知否知否
应是绿肥红瘦

关心则乱 著

江苏凤凰文艺出版社

图书在版编目（CIP）数据

知否知否应是绿肥红瘦 / 关心则乱著 . —— 南京：
江苏凤凰文艺出版社 , 2024.5
ISBN 978-7-5594-8280-8

Ⅰ . ①知… Ⅱ . ①关… Ⅲ . ①长篇小说 – 中国 – 当代
Ⅳ . ① I247.5

中国国家版本馆 CIP 数据核字 (2024) 第 008289 号

知否知否应是绿肥红瘦

关心则乱 著

责任编辑	周颖若
特约编辑	文 茵 曹 岩
封面设计	普遍善良
出版发行	江苏凤凰文艺出版社
	南京市中央路 165 号，邮编：210009
网　　址	http://www.jswenyi.com
印　　刷	河北鹏润印刷有限公司
开　　本	700mm×980mm　1/16
印　　张	18.75
字　　数	315 千字
版　　次	2024 年 5 月第 1 版
印　　次	2024 年 5 月第 1 次印刷
书　　号	ISBN 978-7-5594-8280-8
定　　价	48.00 元

江苏凤凰文艺版图书凡印刷、装订错误，可向出版社调换，联系电话 025-83280257

目录

001 …… 第一回 卫氏之死

033 …… 第二回 华兰择婿

051 …… 第三回 祖母养孙

067 …… 第四回 墨兰装病

第九回 入暮苍斋 …… 165

第十回 庶女明兰 …… 185

第十一回 乖张顾二 …… 207

第十二回 少年弘文 …… 237

第十三回 淑兰和离 …… 261

目录

第五回 嬷嬷教导 …… 079

第六回 华兰出嫁 …… 107

第七回 庄儒传道 …… 123

第八回 天之骄子 …… 139

愿心无挂碍，无挂碍故，无有恐怖，远离颠倒梦想，究竟涅槃。

愿观世音菩萨慈悲，照见五蕴皆空，度一切苦厄。

关心则乱 作品

第一回 · 卫氏之死

戌时的梆子且刚敲过,泉州盛府陆陆续续点上灯火。西侧院正房堂屋的上首坐着一位头发花白的老妇人,手缠念珠,衣着朴素,与周遭的富贵清雅颇有些格格不入。此时屋内下首坐着的正是盛府当家老爷——盛纮。

"祖宗保佑,儿子这次考绩评了个优,升迁的明旨约月底可下来。"此时初夏,盛纮身着一件赭石色的薄绸夏衫,言语间甚是恭敬。

"也不枉你在外头熬了这些年,从六品升上去最是艰难,过了这一关,你也算得是中品官员了。这次你升到哪里,心里可有底?"盛老太太语调平平,未有波动。

"耿世叔已然来信报知,应该是登州知州。"盛纮向来为人谨慎,但言及此处,也忍不住流出喜色。

"那可真是要恭喜老爷了。素来知州一职多由从五品担当,你一个正六品可以当一州知州,不但是祖宗积德,也得多谢为你打点的人。"盛老太太道。

"那是自然。京中几位世叔、世伯的礼单,儿子已经拟好,请母亲过目。"盛纮从袖中掏出几张素笺,递给一旁侍立的丫鬟。

"老爷这些年处事越发老到,自己拿主意便是。切记一句话,君子之交淡如水,银子要使用得法,礼数要周全,不卑不亢且要亲近。那些老大人一辈子都在官场上打滚,修炼得个个都是火眼金睛。这些年来他们对你多有照拂,固然是因为你父亲在世时的情分,也是你自己争气,他们方肯出力。"盛老太太多说几句话便有些喘,身边的房妈妈立时端起茶杯凑到她嘴边,一手还轻轻在老太太背上顺着。

盛纮见状,一脸惶然,急切道:"母亲千万保重,儿子能有今天,全倚仗了母亲教养，当初若非母亲大义，儿子这会儿也不过在乡下浑噩度日罢了，儿子且得孝敬母亲呢。"

盛老太太不语，似乎神出，过了半晌，道："说不上什么大义不大义的，不过全了与你父亲的夫妻情义，总不好让他百年之后坟茔凄凉，好在……你总算上进。"语音微弱，渐渐不闻。盛纮不敢接口，堂屋内一时肃静。过了一会儿，盛纮道："母亲春秋正盛，将来必然福泽绵延，且放宽心，好好将养才是。"说着环顾四周，不由得皱眉道，"母亲这里也太素净了，弄得像个庵堂。母亲，听儿子一句，寻常人家的老太太也有吃斋念佛的，却也摆设得热热闹闹，母亲何必如此自苦，若让人瞧见了，还以为儿子不孝呢。"

盛老太太道："热闹自在心里，人心若是荒了，装扮得再热闹也无用，不过聋子的耳朵——摆设罢了。"

盛纮低声道："都是儿子不孝，管不住媳妇。"

盛老太太道："不怨你，你的孝心我是知道的。也不用埋怨你媳妇，我本不是她的正经婆婆，没得摆什么谱，三天两头来见，她也累，我也烦。你也不用忧心有人说你不孝，我早年名声在外，不少人是知道我脾气的，这么远着些，大家反倒舒服。"

盛纮急急地说："母亲说的什么话，什么叫不是正经婆婆，母亲是父亲明媒正娶的正房太太，是儿子的嫡母，更有再造之恩，凡且种种，都是儿子、儿媳的错，母亲千万别这么说。"

盛老太太似有些不耐烦，轻轻挥了挥手："这些琐事，老爷就别管了，倒是升迁在即，老爷得紧着打点。你当泉州同知这些年，有不少心得之人，走前可得尽了礼数。大家同在一个官场上，今日不见明日见的，不要冷了同僚的心，总得好聚好散才是。"

"母亲说得是，儿子也这么想。忆起当初刚到泉州之时，还觉得这岭南地带气候炎热，人情粗犷，就算不是个化外之地，却也不得教化。不承想这里风调雨顺，百姓纯朴，又地靠沿海，得鱼盐之利、船务之便，虽不如江南富庶，倒也民财颇丰。这几年住下来，儿子倒有些舍不得了。"盛纮微笑道。

盛老太太也笑道："这倒是。我一辈子都住在北方，便是千好万好的江南我也是不愿去的，没想到这泉州倒住惯了，这里山高皇帝远，日子悠哉。临行前把这大宅子卖了，置办个山水好些的小庄子，既不招摇，将来也有个养老的地方。"

"这打算极好,儿子觉得妙极,回头就去办。"盛纮笑道。

盛老太太规矩极严,这番话说下来,满屋的丫头婆子竟没有半分声响。母子俩说了会子话,盛纮几次动唇想提一件事,都又缩了回去,一时屋内又冷了下来。盛老太太看了他一眼,端着茶碗轻轻拨动茶叶。一旁的房妈妈极有眼色,轻声招呼屋里的丫鬟婆子出去,亲自把人都赶到两屋边上,吩咐几个一等大丫鬟几句,才又回到正房服侍,正听见盛老太太在说话:"……你总算肯说了,我原还当你打算瞒我这老太婆到死呢。"

盛纮垂首而立,一脸惶恐:"悔不听母亲当初之言,酿出今日这等祸事来,都是儿子无德,致使家宅不宁。"

"只是家宅不宁?"盛老太太略微提高声音,"没想到你如此昏聩。你可知此事可大可小?"

盛纮吃了一惊,作揖道:"请母亲指点。"

盛老太太从紫檀软榻上直起身子:"我原是不管事的,也不想多嘴多舌惹人厌,你喜欢哪个都与我不相干,你房里的是非我也从不过问,可这几年你也越发逾礼了。你去外头打听打听,哪个规矩人家有你这样待妾室的!给她脸面体己,给她庄子店铺,她如今也有儿有女,只差一个名分,什么都不比正经儿媳妇差。你这样嫡庶不分,乱了规矩,岂不是酿出家祸来?好了,好了,今日终于闹出人命来了,血淋淋的一尸两命,你又如何说?"

盛纮满面愧色,连连作揖:"母亲教训得是,都是儿子的错。儿子糊涂,总想着她孤身一人托庇于我,着实可怜。她放着外头正经太太不做,宁愿给我做小,我心里不免怜惜了些。加上她是老太太这里出来的,总比一般姨娘体面些,却没想爱之是以害之,让她越发不知进退,儿子真是知错了。"

盛老太太听见后面几句话,轻轻冷笑几声,也不说话,端起茶碗轻轻吹着。房妈妈见状便上前说:"老爷宅心仁厚,老太太如何不知?这件事拖了些许年,不说清楚,大家以后过日子总也不顺当。老太太是长辈,有些话不便说,今日就让我这老婆子托个大,与老爷说说清楚,望老爷不要怪罪。"

盛纮见房妈妈开口,忙道:"房妈妈说的什么话,妈妈这些年为盛家鞠躬尽瘁,服侍母亲尽心尽力,于我便如同自家长辈一般,有话尽管说。"

房妈妈不敢受礼,侧身福了福,道:"那老婆子就饶舌了。那林姨娘的娘与老太太原是闺中结交的,当时也不过几面之缘,本就不比另几个闺中姊妹要好,各自出嫁后更是全无来往。我是自小服侍老太太的,这事最清楚不过。后来她夫家行止不当获了罪,虽未抄家杀头,却也门庭没落下来了。那年林老太太的男人病逝,她膝下无子,一时没了倚仗,带着女儿度日凄凉,临死前她寻到老太太处,只求着老太太看在当日的闺中情分,好歹照料她女儿一二。她那些亲戚个个如狼似虎,没得害了女孩子。老太太是吃斋念佛之人,心肠最是仁善不过,这便将林姨娘接进府来。那几年,我们老太太待她不啻亲女,吃的、穿的、用的,样样都挑顶尖的给,还日日念叨着要给她置办份嫁妆,寻个好婆家。"

听到这里,盛纮面色微红,似有羞色。房妈妈叹了口气,接着说:"谁承想,这位林姑娘却是个有大主意的人,给找了几户人家她都不愿意,却私底下与老爷有了首尾。老婆子说话没规矩,老爷别见怪。这整件事我们老太太全然被蒙在鼓里,等到太太怒气冲冲地哭到老太太跟前,老太太这才知道自己身边养的女孩儿这般没有规矩。"

盛纮羞惭不已,面红耳赤,话也说不出来。

房妈妈温言道:"原本太太和老太太也不似今日这般,想太太刚过门那会儿,婆媳俩也是亲亲热热、客客气气的,可那事一出,倒像是我们老太太特意养了林姑娘给老爷做小老婆似的。后来老爷您纳了林姨娘过门,再接着林姨娘生儿育女,日子过得比正经太太还体面,太太不免将怨气都归在老太太身上,和老太太也疏远了,老太太真是凉透了心。"

盛纮"扑通"一声,直直地给盛老太太跪下了,垂泪道:"儿子罪该万死,给母亲惹了这许多不快,让母亲有委屈却无处可说,儿子不孝,儿子不孝!"

说着便连连磕头。盛老太太闭了闭眼睛,朝房妈妈抬了抬手,房妈妈连忙去扶盛纮。盛纮不肯起身,告罪不已。盛老太太道:"你先起来吧,这些内帏中事你一个大男人原也不甚清楚,起来吧,母子哪有隔夜仇的。"

盛纮这才起来,额头却已是红肿一片。盛老太太叹气道:"我也知道,你儿时与你姨娘相依为命,日子过得不易。我那时连自己儿子都顾不上,自不知下人欺上瞒下的不肖行径,让你受了苦。现如今,你那太太又不是个宽厚的人,因此你总怕林氏和枫哥儿受委屈,叫下人欺负受气,给他们房产田地傍身,我如何不知道你的良苦用心?这才闭上眼睛,合上嘴巴,装聋作哑,权当个活死人罢了。"

盛纮泣道:"如何与老太太相干?都是儿子无德,母亲心如明镜,句句说到了儿子心坎儿上,儿子就是怕……这才宠过了些,坏了规矩,儿子万死。"

"别一口一个'万死''万死'的,你死了,我们孤儿寡母的依靠谁去?"

盛老太太示意房妈妈给盛纮把椅子端过来，扶着犹自流泪的盛纮坐下。

等房妈妈给盛纮上了条热巾子，净面上茶之后，盛老太太才接着说："且不说天理人情，你也不想想，你现如今刚过而立之年，仕途不说一帆风顺，却也无甚波折。当初与你一道中进士的有几个与你一般平顺的？有多少人还在干巴巴地苦熬。眼红你的，等着挑你的错处的，那可不是没有。再说了，那卫姨娘又不是我家买来的丫鬟，她也是正经的好人家出身，原本是江南的耕读人家，原也是要做人家正房太太的，若不是家中遭了难，如何肯给你做妾？现如今，她进门不过五年就惨死，要是有心人拿此事作为借口，撺掇着她娘家闹事，参你个治家不力、枉顾人命，你还能顺顺当当地升迁吗？"

盛纮心头一惊，满头大汗："幸亏老太太明白，及时稳住了卫家人，儿子才无后顾之忧。"

"卫家也是厚道的，知道了卫姨娘的死讯也没怎么闹腾，只想要回卫姨娘的尸首自己安葬，我自是不肯。卫家人连我多给的银子都不肯要，只说他们没脸拿女儿的卖命钱，只求我多多照拂明丫头便感激不尽了。那一家凄惶，我瞧着也心酸。"

盛老太太掏出手绢来拭了拭眼角，房妈妈亲自从外面端着茶壶来续水，给两个润瓷浮纹茶碗里都添上水，细心地盖上茶碗盖，也跟着叹气道："卫姨娘是厚道人，她养出来的姐儿也可怜。自打她生母没了，她就连着发烧了两天，烧得糊里糊涂的，醒过来这些天就一直痴痴傻傻的，连整话都没说过一句。那日我奉了老太太的命去瞧她，只看见外面婆子丫鬟嬉笑打闹，屋里竟没半个人伺候，我一进去就看见姑娘她竟自己下床倒水喝！哎哟哟，真是作孽，不过四五岁大，连桌子都够不着的小人儿，爬到杌子上，踮着脚捧着茶碗喝水，真真可怜见的！"房妈妈也抹起眼泪来了。

盛纮想起卫姨娘往日的柔情良善，心中大痛，惭色道："我本想把她送到太太那里去，可这几天如丫头也病了，太太那里也是一团忙乱，打量着过几天，太太得闲了再送去的。"

盛老太太顺匀了气，缓缓地说："得什么闲，明丫头是要她抱着还是要她背着，家里丫鬟婆子要多少有多少，凡事吩咐下去自有人去做，不过略费些心思罢了，她推三阻四地不肯养明丫头，怕是在拿乔吧。"

盛纮拘谨地又站起来，不敢回声。盛老太太看了他一眼，声音带着些许冷意："你不敢说她，也说不着她，无非是自己立身不正，被她句句抢白罢了。

当初你自己先坏了规矩，把个姨娘宠得没大没小，竟跟正房太太一般排场做派，太太说了些什么我也想得到——怎么？没事儿的时候，都是姨娘自己带孩子养，死了亲娘倒想起她这个挂名的嫡母了？这也怨不得太太恼了。以前的事，我全都不管，只问你两句话，你老实答来。"

盛纮忙道："母亲请讲，莫说两句话，就是千句万句，儿子无有不答的。"

"第一，卫姨娘这一尸两命，你是打算囫囵过去算了，还是要拿人抵命？"盛老太太目光紧紧盯着盛纮。

"自是要细细算计，家中有这等阴毒之人岂能轻饶？她今天能害卫姨娘和我足了月的骨肉，明日就能朝其他人下手，我盛家门里岂能容这种人？"盛纮咬牙答道。

盛老太太面色微霁，缓了一缓，接着问："好，第二，现今家中这样没大没小、嫡庶不分的情形，你打算怎么办？"

盛纮长吸一口气："母亲明鉴，我回来看见卫姨娘一身都是血的尸首，还有那未出母腹就没了的孩儿，心中也是悔恨难当。下人们敢如此张狂，不过是没有严厉的规矩约束着，上梁不正下梁歪，一切的根子自然是出在上头，我已下定决心，必得整肃门风。"

"好，好，有你这两句话就好。"盛老太太心中微敞，知道盛纮为人，便不再往下说，只连连点头，"你这官要是想长长久久做下去的，我们盛家想要子孙绵延的，必得从严治家，要知道祸起萧墙之内，许多世家大族往往都是从内里头烂起来的，咱们可得借鉴。"

"母亲说得是，前几日儿子一直为考绩之事忧心，现如今心头大石落下，腾出时间来整顿整顿，先从卫姨娘临盆当日的那起子丫鬟婆子收拾起来。"盛纮音调微扬，心里显是颇怒。

"不行，现在不能查。"没想到盛老太太一口否决。盛纮奇了："老太太，这是为何？难道要纵容这些个刁奴不成？"

盛老太太颇有深意地看了盛纮一眼："你在泉州任同知数年，大家伙儿都知根知底，家中女眷都素有交往，一众丫鬟婆子、仆役下人，不少都是本地买来的，家里有个风吹草动，别人如何不知？你虽与僚友大多交好，却也难保有暗中嫉恨你的人。你前脚刚死了姨娘，后脚就大肆整顿仆役，这不是此地无银三百两，摆明了告诉别人你家宅不宁？"

盛纮一警，口中称是："亏得母亲提醒，儿子险些误了事。要是在泉州收拾家里，到时候要打卖人口，怕是全州都晓得了。待我们到了山东，到时候天南地北，我们怎么发落那几个刁奴，哪个外人又知道内情？"

"正是。所以，你这会儿非但不能声张，还得稳住这一大家子，风平浪静地到登州赴任。待明旨下来，你拿了官印，咱们一家子到了山东安定下来，你再慢慢发作不迟。"

"老太太明鉴。儿子已经许多年没和母亲说体己话了，今日说了这一番，心里好生敞亮，将来管家、治家还要多倚仗老太太了，得让太太多多来向老太太请教才是。"盛纮诚恳道。

"不了，我已是半截入土的人，这次要不是动静闹大了，我也不多这个事。以后我这边一切照旧，让你媳妇每月请安三次即可。你们自己的事自己管，自己的家自己理，我只清清净净地念佛吃斋就是。"

盛老太太似有些累，靠在软榻的靠背上，微合眼睛，声音渐渐弱下去。屋角檀木几上摆着一盏紫铜麒麟香炉，静静地吐着云纹般的香烟。

二

盛府东侧莲花池旁，此时天日将晚，屋内闷热，院子里倒凉风习习，几个小丫鬟正在院里嗑瓜子闲聊天，也没留半个人在房里伺候。姚依依一个人躺在里屋榉木造的架子床上，半死不活地发呆。

她把肉团一样的小身体埋在靠枕堆里，短小的四肢张成"大"字形，神情呆滞，萎靡不振，自从来到这个世界之后，姚依依一直处于这种游魂状态。

她转着小脑袋，四下打量屋子。这个房间当中放着一张如意圆桌，看不出那是什么木料，不过光泽很好，显然是上等货色。墙边靠着一个雕花的木质顶柜，上面的花纹依稀是八仙过海的样子，还有几张矮几和圆墩方凳。

姚依依觉得口干，就光着脚丫下了床。南方人习惯用木板铺地，所以光脚丫踩在地板上也不觉得冷。来到如意圆桌前，看见桌子下面放着一张小杌子和一张略高于小杌子的圆凳，姚依依觉得很好笑。她踩上小杌子，再爬上圆凳，稳稳当当地够到了桌子，伸长短短的小胳膊，拖过一个沉甸甸的茶壶，吃力地双手捧起，对着壶嘴就咕嘟咕嘟地喝起来。

喝完后，逆着刚才的顺序又爬回床上，忽觉得齿颊留香，姚依依脑子钝钝地想道：哦，今天不是白水了，变成茶水了，似乎还是好茶。

前些日子她也是睡到口干，自己爬着去喝茶，忽然门外进来了几个人，领头的一个老妈妈看见她爬桌子喝水的样子，好像被雷劈了一样的震惊，似乎深受打击，当场就把院子里的丫鬟婆子发落了一顿，对着自己好一顿劝慰、安抚。

当时姚依依刚来这个世界没两天，还完全没有进入状态。来到一个新世界后应该出现的父亲、母亲、奶妈或贴身丫鬟，她一概没有，每天只是走马灯一般地进进出出许多人。她连面孔都还没认全，于是只能木头木脑地听着、看着，没有任何反应。那老妈妈叹了口气，说了几声"可怜"就走了。

姚依依后知后觉地发现自己被同情了，其实她很想说，没有人在房里她更自在，作为一个冒牌货，要她在惊魂未定的情况下镇定装样子，这……比较难。

她一个人在屋里想伸腿就伸腿，想趴青蛙就趴青蛙，反倒有利于穿越后初期情绪恢复。那天那老妈妈走后，那些丫鬟婆子立刻改善了服务，在桌子上放了些点心吃食，茶壶内蓄了茶水，昨天还放了一盆新鲜沾水的葡萄。更为贴心的是，她们按照姚依依的身高体形，放了几把高低不一的凳子、墩子，刚好形成阶梯状，好方便她爬上爬下——然后，她们又出去玩了。

姚依依十分感动。

屋外的院子里传来阵阵说话声，姚依依不用竖起耳朵也听得清清楚楚。最近这段日子，盛府里风起云涌，这个冷清小院里的丫鬟们抖擞精神，将八卦事业开展得如火如荼。

"今儿早上我听老爷跟前的来福说，前儿个上头的明旨下来，咱们老爷这回升了个知州，月底便要去登州赴任了。这几天林姨娘那里忙得乱哄哄的，急着要把一些铺子折现，到时好一并带走呢。"丫鬟A说。

"我的乖乖，你们说这些年来，林姨娘到底有多少家底呀？我瞧着她素日比太太还阔气，都说她是大家小姐出身，因是仰慕老爷，才委屈自个儿做了小的，看来此话不假。"丫鬟B很兴奋地说。

"呸！你听那起子捧高踩低的胡扯！我娘早对我说了，那林姨娘不过是个破落官宦家的孤女罢了。当初刚来咱们盛府的时候，身边只带着一个小丫头和一个老妈子，箱笼包袱加起来统共也不过五六个，身上穿的还没有府里一二等的丫头好，哪儿来什么家底！"丫鬟C有些气愤。

"呀，那林姨娘现如今可阔气了，老爷这么偏爱她，连带着枫哥儿和墨姑娘老爷都偏爱着，难怪太太总也不顺气。林姨娘真有能耐。"丫鬟D语带羡慕。

丫鬟E接上："那是自然，不然怎么哄得老爷这么喜欢她，连太太的脸面和府里的规矩都不顾了？老太爷心里虽不高兴，却也懒得管。她肚子又争气，儿女双全，自然腰杆子硬。唉，眼瞧着咱们这院子是不行了，卫姨娘在时还好，老爷还时常来，这会儿卫姨娘一去，立时便冷冷清清的，也不知我们姐妹几个会被安置到哪里。要是能去林姨娘那头儿就好了，都说那儿的姐姐吃的、穿的还有月钱都比旁处要好。"

"小蹄子，你想得美，我告诉你，林姨娘可不是个好相与的主儿。"姚依依听出又是丫鬟C的声音，她冷笑着说，"当初她刚进门时还好，刚一生下枫哥儿，便不着痕迹地把几个有资历的丫鬟婆子都慢慢地贬了出去，我娘、赖大娘，还有翠喜的姐姐和老娘。你道是为什么？还不是因为这些人当初见过她落魄寒酸样儿的。"

"呀！姐姐说的是真的吗？这林姨娘这般厉害？"想要调职的丫鬟E很是吃惊。

"我要是瞎说，叫我烂舌根！"丫鬟C恨恨地说，"现如今倒好，有身份的妈妈不会说，会说的都被贬出府去了，府里竟没有人说她的过去，只有那些个得了她好处的黑心鬼四处说她的好话，什么琴棋书画无一不通，什么诗词歌赋样样皆精，心地厚道啦，禀性纯厚啦，我呸！真正厚道纯厚的那个刚刚去见了阎王，就是我们顶顶老实的卫姨娘！"

"崔姐姐，你小声点儿，被听见你可落不着好！"丫鬟F好心提醒。

"哼！我怕什么！我是早配了人的，且我娘是老太太跟前的，早就出了府的。前日里我老子娘已向老太太讨了恩典，这次老爷升迁去登州，我就不跟着去了，在庄子里帮着做些活儿，到时候再也不用见这些糟心事儿了。"

原来丫鬟崔C已经找好退路了，难怪这么不忌惮，姚依依想着。

"喀！要不是这次卫姨娘的事，谁知道林姨娘的心这么狠，瞧她说话那么斯文有礼，待人又和气，谁想得到呀！我们卫姨娘刚死，她就把蝶儿姐姐几个都给撵走了，连我们姑娘的奶妈都一并给遣了，只留下咱们这几个什么也不懂的三等丫头……"丫鬟A越说声越低。

"她们几个是姨娘最得力的，素日也与姨娘极要好，自是要撵走的，不然到时候老爷问起来，查出个什么端倪可怎么办。"丫鬟崔C说。

"什么端倪？你又瞎扯什么？"丫鬟B轻声说。

丫鬟崔C沉声说："哼！我们虽是三等丫鬟，但也不是瞎子。那日卫姨娘临盆时，明明寅时一刻就叫疼了，蝶儿姐姐急着去林姨娘那里求给叫个稳婆，可那稳婆为什么拖到快巳时才来？家中的婆子里也有不少懂接生的，怎么偏那么巧那几天都放了假？待到卫姨娘熬不住的时候，蝶儿姐姐急着要净布要开水，怎么咱们几个不是被唤去叫人，就是被差遣着跑腿了？要紧的时候，院子里竟没一个人好使唤。要知道，老爷和太太是早几日就出了门的，西院的老太太是不管事的，府里一干大小事情都是林姨娘说了算，你说有什么端倪？！老天有眼，老爷突然有公事，早几日回府，刚刚看见卫姨娘咽下最后一口气，问了蝶儿姐姐几句，立时发了火。要是再晚几日回，怕是早被林姨娘收拾得干干净净，什么也查不出来了！"

此话说完，院子里一片安静，只有几声长长的嗟叹。姚依依同学轻轻吐了口气，换了个姿势，等着听下半场。过了一会儿，有一个丫鬟说："可这十几日，我也没瞧见老爷发作，只不过住到书房里去了，林姨娘也还是好端端的，在老爷心中，林姨娘自是比卫姨娘重的。"

丫鬟崔C短短地冷笑几声，不再说话。

"要我说呀，林姨娘也是，何必与卫姨娘争呢？卫姨娘如何比得上她？就像萍姨娘和香姨娘那样，不搭理就是了。"丫鬟D叹着气说。

"这你就不知道了，萍姨娘和香姨娘如何比得我们卫姨娘？卫姨娘虽不懂什么诗呀画呀，但也不是什么低三下四的丫头，是正正经经抬进门来的。更何况我们卫姨娘生得极好，又年轻体贴，自打进门后，老爷也多有宠爱，原已生了个姑娘，要是再生个哥儿，也不见得比林姨娘差，可惜了……"丫鬟F一副过来人的口气。

"说得就是，听说那是个极俊的哥儿，眉眼生得和老爷一模一样——真是可怜，竟生生闷死在娘胎里，唉……伤天害理呀。"丫鬟B用很轻很轻的声音说，"就算事情查出来了又怎样？老爷难不成会让林姨娘抵命？看在枫哥儿和墨姑娘的面子上，也不能怎么样，不过拿几个下人出气罢了。"

院子里又是一阵安静。姚依依点头，这个丫头很有眼色，一语中的。

"崔姐姐，还是你命好，老子娘和几个兄弟都有本事，回头你出了府，自是有福可享的，就是不知道我们这干姐妹到哪里去了，眼看着这个小院子是要散了，也不知道我们姑娘会到哪里去。"丫鬟E时刻牢记就业问题。

"享什么福！不过是换个地方做活儿罢了，只是离得爹娘兄弟近些，能享点儿天伦之乐就是了。你们也别着急,都是三等丫头,林姨娘再迁怒也算不到我们头上来,到时候换个主子伺候而已。"丫鬟崔C不无得意地说。

"换个主子,也不知有没有卫姨娘这么好说话的。她是个厚道人,从没对我们红过脸,那年我妹子病了,她还赏了我些银子呢。"丫鬟A说。

"老实是老实,可也太懦弱了些。我们这屋里是没礼的,旁人爱来就来,院里的婆子媳妇也敢算计姨娘,她一味地忍让,也没落着好。除了蝶儿姐姐,谁又敢为她出头抱不平?谁又念着她的好了?要我说做主子的呀,就该有些主子的款儿来,想要事事做好,不过是不辨是非罢了。"丫鬟B说。

这些话题太沉重了,很快丫鬟们就把关注点转向崔C小姑娘的终身大事上来,一时间院子里又轻快起来。姚依依同学仰面躺在床榻上,看着雕花架上的青罗帐发呆。这种没头没尾的聊天,她已经听了十几天了,目前她这个身体是盛府里的六小姐,芳名叫作盛明兰。

一个没了依靠的庶出小姐,如今又似乎有些烧坏了脑袋,呆呆傻傻的,不会说话,下人们自然全不放在眼里,加上这段日子盛府里鸡飞狗跳的,不是忙着搬家,就是忙着收拾银钱。

一些老妈妈和管事媳妇都忙得脚不沾地,就没人看管这帮小丫头了。她们大多是家生子,年纪虽不大,家长里短却门儿清。这些三等丫鬟本就规矩不严,闲磕牙时也从不避讳,这倒便宜了姚依依,这十几天宛如听连续剧一般,把这盛府里的鸡毛蒜皮听足了两耳朵。

盛明兰的亲爹,也是这盛府的当家老爷,名叫盛紘,两榜进士出身,目前官居正六品,即将升迁为登州知州。他原是庶出的,西院的那个老太太是他嫡母,他有一妻N妾。不要问姚依依他有几个妾,那几个小丫头讲故事忒没条理,听得她也不甚清楚。

先讲那一妻,盛府的正房太太王氏,原是户部左侍郎家的小姐。

这门婚事说起来是盛紘高攀了。王家是世代簪缨的大家,而当时盛家的老太爷,也就是盛紘的老爹已然挂了,他本人不过是个小小的进士。不过没关系,有盛老太太在,她的出身比王家更好,是勇毅侯府的嫡出大小姐,加上去世的老太爷曾是名动天下的探花郎,所以王家老太爷抓着头皮考虑了再三,这门婚事就成了。

婚后王氏育有长女盛华兰小姐,芳龄刚可以说亲事;长子盛长柏先生,是小学毕业前后的岁数;下边还有个小女儿盛如兰,好像和姚依依目前的这个身体差不多大。

再说那N妾，第一个要讲的当然就是"名震江湖"的林姨娘。

林姨娘当初寒寒酸酸地进了盛府，白手起家，竟然圆满完成了从一穷二白到小康的转型。这位林女士育有一儿一女：盛长枫先生和盛墨兰小姐。二人年龄不详，大约处在盛长柏和盛如兰的中间。

好像还有两妾，萍姨娘和香姨娘，其中香姨娘有个儿子，叫盛长栋，年龄还是不详；至于其他没有子女的姨娘，姚依依就不知道了。请不要责怪姚依依这样消极怠工的穿越态度，她的穿越着实悲催了些。

从××政法大学以优异的成绩毕业后，姚依依参加了公务员考试，成功进入一个离家很近的地方法院任职。法院由立案庭、刑事庭、民事庭、审监庭和执行局组成。实习期过了之后，被点入最繁忙的民事庭里当书记员，经手事务中最多的就是分家产和争遗产，这让姚依依年轻美好的心灵饱经沧桑，最后果断地选择去支边一年。

有一种法庭叫"马上法庭"。那些贫困山区，交通极不方便，进城一次得好几天甚至一个星期。如果原告没有秋菊女士的毅力，案件通常会息事宁人，于是就有了这种所谓的"马上法庭"。

早期时，敬业的法官会带着小组成员，牵着几匹马或骡子，扛上所需的文件、印章等东西，徒步走村串岭去那车子也开不进去的地方，按照传票在当地开庭。

总而言之这是件很苦的差事。当地的法庭人手不够，于是常常需要周边城市的法院支援。

当了十几年妇女主任的姚妈一听说女儿这个决定，当场就要拉女儿去医院检查脑子。在大城市打拼事业的能干哥哥电话里一通暴吼。只有姚爸思想崇高，觉得女儿十分有理想、有道德，细细分析了支边的利弊之后，姚妈才缓过来。

其实姚依依只是觉得自己的人生太一板一眼了，日子固然舒服，可少了必要的人生阅历。她希望能去不同的地方看看走走，了解和自己生活在不同世界的人们。

一年后，姚依依吃尽了苦头，带着满心的满足和骄傲，终于可以回城的时候，当地突然连日暴雨，好不容易一天晴了，他们却遇到了天杀的泥石流。

躺在床上，换了壳子的姚依依同学只想说：保护山林，人人有责，乱砍滥伐，断子绝孙。

三

泉州地处闽南，民丰物饶，盛纮在这里任同知数年，协理分掌地方盐、粮、河工、水利以及清理军籍、抚绥民夷等事务，多有政绩，这几年知府换了三任，他却在原任上升了品级。

盛纮又颇会做人，与当地士绅官吏多有交好，闻得盛大人要升迁，这几日便人人争着给他设宴饯行，盛纮不便推托，连日应酬，把家中收拾行装、举家迁移之事托付于太太王氏。

几日来，府中仆妇管事如过江鲫鱼般穿梭于王氏所居的东院之中，王氏一扫几年来的郁气，忙得不亦乐乎。这天午后，王氏堪堪将事情料理个大概，叫几个贴身丫头点算剩下的名目，便与刘昆家的进了内厢房说话。

内里靠墙置放着一张四方大卧榻，铺着细织蓉簟，堆着锦缎薄绸，上面并排沉沉睡着两个五岁上下的小女孩儿，两个大丫鬟守在榻边的小杌子上，给两个女孩儿轻轻打着扇子，见王氏进来，她们连忙起身行礼。

王氏挥挥手，示意不要出声吵了两个女孩儿午睡，径直走到榻边去看。只见一个女孩儿圆胖富态，睡得娇憨可人，王氏眉头一松，眼中颇有笑意；再看另一个女孩儿，生得倒是眉目秀美，就是面孔苍白，显是气血不足，整个人羸弱不堪，在睡梦中也皱着小小的眉头。王氏轻轻叹了口气，给两个女孩儿披了披身上的锦烟薄毯，走到一张藤椅上歪着。

刘昆家的叫两个丫鬟出去看着门，自己也走到王氏跟前，寻了一把小圆凳坐下，却被王氏拉住，请她也坐到旁边的藤椅上。刘昆家的辞了辞，便坐下了。

"太太这几日受累了，里里外外地忙，眼瞧着东西都收拾得差不多了。今早登州那边传信来，说是那边的府衙内宅也都收拾出来了，只等着老爷太太过去便可住了。要说呀，这维大老爷与我家老爷虽是堂兄弟，竟比寻常亲兄弟还要好呢，也不知花了维大老爷多少银子，这情面可大发了。"刘昆家的热络地说起来。

"维老爷的爹与我那过世的公爹是同胞兄弟，老爷与维大哥当初一同在令国公的家学里读书，后又一同拜在杨阁老门下。哦，那会儿杨阁老还只是翰林院侍读。大老太爷那时正宠着一个姨娘，全然不管维大哥母子过得凄凉，亏得我们老太太颇为看顾那位老嫂子和侄子，又因老爷没被老太太收养之前过得也不易，这不和维老爷同病相怜，兄弟俩凑一块儿最是亲厚不过。维大哥虽未出仕，却理家得当，家财极厚，钱财于他并不放在眼里。老爷与我娘家哥哥都做着官，将来也能照拂他的子孙，费他几个钱也没什么要紧的。"王氏颇有得色。

"太太心里这么想，当着老爷的面可千万别这么说，定要多多感谢维老爷的厚意才是。也别老是提太太娘家怎样怎样了，可别忘了当初林姨娘是怎么煽风点火的。"刘昆家的见王氏老毛病又犯了，连忙提醒。

王氏不悦："那个谗言可恶的狐媚子！"

刘昆家的不好接话，便岔开话题，笑着说："六姑娘在太太这里可好？听着那日老爷亲自抱着她一路从莲花池畔走过来，我就知道六姑娘定是要跟了太太的。"

王氏看了一眼卧榻上的女孩儿，道："这丫头没了亲娘，迟早是要归到我头上，这我也知道，却怎么也咽不下这口气。当初姓林的贱婢生了儿女，老爷怎么不想着我是嫡母，怎么不把孩子归到我这里来养？哼，说什么骨肉亲情难舍，便让林姨娘自己养了。现如今卫姨娘一死，他倒记起我是嫡母了。我本想吊他一吊，拖几天再说，谁知那天老爷气势汹汹地抱着这孩子到我屋里，二话不说把她放下。我被唬了一唬，便没敢多说，收下了这个孩子。"

刘昆家的念句佛，笑着说："太太慈悲为怀，这才是正理。不论老爷有几个姨娘，太太总是嫡母，这名分是越不过去的。之前是林姨娘狐媚蒙蔽老爷，这才坏了规矩，太太只管好好理家教子就是。我瞧着这回老爷是要整治林姨娘了，太太这头可得稳住，做出一番正房太太的大家气派来，千万别乱了阵脚。"

"整治什么？不过雷声大，雨点小，那贱婢是他的心肝宝贝，他怎舍得？"

"太太可千万别这么说，我瞧着这回不对劲。"刘昆家的摇头，把身子往前凑了凑，"太太可还记得卫姨娘跟前的蝶儿？"

王氏点头："那丫头倒是烈性，竟敢当面质问林姨娘，她这样为主子出头，也不枉卫姨娘与她姐妹一场。后来也不知怎么样了。"

刘昆家的低声说："我男人从外头打听来，说林姨娘前脚将蝶儿撵到庄子

015

里，后脚老爷身边的来福便将人带走了，然后放到西院。老爷闲了后细细地盘问了蝶儿足足半个时辰，之后蝶儿就由老太太做主，不知送到哪里去了。"

王氏大感兴味，问："此话当真？既如此，怎的老爷全无动静？"

刘昆家的起身取过一把扇子，站到王氏身边为她轻轻地摇着，说："怕只怕那林姨娘三寸不烂之舌，硬是又把老爷给哄心软了。不过就算只打骂几个下人，杀杀林姨娘的威风也是好的，太太正好趁机作为一番。"

王氏不语，心中暗自筹算。刘昆家的看见王氏神情，踌躇着开口："只是有些话，奴婢不知当说不当说，说了怕太太怪我没规矩，不说又愧对老夫人的嘱托，心中不安。"

王氏忙握住刘昆家的手，柔声道："你说的什么话，我与你吃同一个人的奶水一起长大，本就亲如姐妹。你早我一年嫁了人，本当把你整家做陪房带了来，可你婆家是母亲得力管事的，这才分开了几年，你有什么话尽可说来。"

刘昆家的笑着又坐到王氏跟前："瞧太太说的，老夫人最是心疼太太。当初太太出嫁时，多少得力的人都陪送了过来，只是我家公公是老夫人用惯了的老人，这才留在府里养老。那年老夫人一听说林姨娘生了个哥儿，就急得整晚睡不着，连夜把我找了去，细细地吩咐嘱托了半天，然后把我们两口子都送了过来。为的是什么，太太心里不清楚？不就是怕太太在婆家受欺负，怕柏哥儿受冷待吗？真是可怜天下慈母心。"

王氏叹气，拿帕子摁了摁眼睛："都是我不孝，这个岁数了还要母亲操心。多亏你来，日日劝我，我这才收拾了倔脾气，与老爷和了好。你又教我给老爷纳妾，挫挫林姨娘的气焰。说起来那卫姨娘也是你找来的，你看人的眼光不错，貌美却又翻不出幺蛾子来，她进门这几年，林姨娘可消停多了，这次更是多亏了你，那贱婢才落了错处。"

"这都是太太的福气，与奴婢有什么相干。只是卫姨娘这一死，是八字才一撇，且还差着一捺呢！老爷怎么处置林姨娘且不得知，兴许被哄过去了也未可知，咱们可不能松了这口气。"刘昆家的说。

"哼！老爷要是不处置那贱婢，还像往常那样宠着、护着，那我也不要脸面了，索性把事情捅了出去，叫御史言官参老爷个宠妾灭妻且枉顾人命，看他还如何做官！"王氏拍着案几道，冷哼着。

"哎哟，我的太太哟，老夫人就怕您这个犟脾气，才整夜睡不着的！您千万别说这种气话，这是伤人一千，自损八百哟！"刘昆家的忙摆手，急急地劝道，"您这么一来，与老爷夫妻还做不做？柏哥儿前程还要不要？将来日子怎么过？"

王氏立刻泄气了，咬牙道："那你说怎么办？没出嫁时母亲只一味教我怎么管家理事，却不曾说过如何管治姨娘。偏这林姨娘又不是寻常偏房，打不得，骂不得，还是从老太太那里出来的，真憋屈死我了。"

"太太且喝杯茶消消气，听我慢慢说来。"刘昆家的倒来一杯温温的茶水，递到王氏手里，"老爷固然是行事不当，但老夫人说太太也有不是之处。"

"我有什么错处？难不成给老爷包戏子、买粉头才算是？"王氏犹自愤愤。

刘昆家的笑道："瞧太太又说气话。那日舅老爷府里，老夫人细细问了太太身边几个大丫头，便对我说太太您有三错，要奴婢回头与太太说，奴婢斗胆，今天便当了这个耳报神。"

她顿了顿，理一理思绪，开始道："当初太太刚嫁来时，说话就把老爷的两个通房丫头给遣了，老爷和老太太可是半句话都没有的。那几年太太一人独大，别说老太太待太太客气，就是老爷，也与太太相敬如宾。太太这第一错，就是日子过得太顺心了，不免自大忘形。您内事要管，外事也想管，老爷的银子、人、事你统统都要做主，行事言语说一不二，开口闭口就是王家如何、老太爷和舅老爷如何的，这叫老爷心里如何舒坦？男人谁不喜欢女人做小伏低，谁不想要个温柔可心的婆姨？老爷又不是个没用窝囊的，外头谁不说咱们老爷大有前途？太太您一次、两次地给老爷脸子看，时不时地下老爷面子，老爷如何与您贴心？如何不起外心？"

王氏颓然靠在椅背上，想起新婚时的旖旎风光，不由得一阵心酸。当初闺中姐妹谁不羡慕她嫁得好，夫家虽不是位高权重，却也财帛富足，家世清贵。她一不用给婆婆站规矩，二无妾室烦心，夫婿人品俊伟，才识出众，仕途顺当，将来做个诰命夫人也不是不能想的。

不知从何时起，老爷与她越来越淡漠，贴心话也不与她说了。而她也只顾着抓尖要强，想要里外一把拿，把盛府牢牢捏在手心里，正兴头时，冷不防斜里杀出个林姨娘来。接下来她便一步错，步步错，直让林姨娘一天天坐大。

刘昆家的冷眼看王氏神情，已知有眉目，就接着说："老夫人说，自古女人出嫁都是依附夫婿的，太太不紧着拢住老爷的心，却只想着一些银钱、人、事，这是本末倒置了。"

过了半晌，王氏点点头，缓缓喝了一口茶。

刘昆家的放心了，拿起一旁的扇子又慢慢摇了起来："太太本是心直之人，哪知道那些子狐狸精的鬼蜮伎俩，让林姨娘和老爷暗中有了私情却懵然不知，要是早发觉了，趁着事情没闹大，偷偷禀了老太太，将林姨娘立时嫁出去，老爷也只有认了。偏偏等到事情不可开交之时，太太就是再闹也不顶事了，这是太太第二错。"

王氏苦笑，这事她当初何尝不懊悔？只怪自己疏忽大意，从来不去管婆婆那头的事情。

刘昆家的继续说："最后，也是最要紧的，老夫人说了，太太您自己也是规矩不严、礼数不周，因此在老爷那里也说不得嘴。"

王氏不服，立时就要辩驳，被刘昆家的轻轻按住肩头，安抚道："太太别急，听我慢慢传来。老夫人说，您当儿媳妇的，不在婆婆面前立规矩不说，不说晨昏定省，每月居然只去个三两次，每次去也是冷着脸，说不上几句话。婆婆的吃穿用住全都自理，您概不操心张罗，这说出去便是大大的不孝。太太您在老爷那里便是有一百个理，只此一条您就没嘴说了不是？不论老太太如何冷情，不喜别人打扰，您总是要把礼数孝道给尽全了的。"

王氏不言语了，这句话正中要害。其实这泉州地界上也有不少人暗暗议论过她，几个要好的太太也与她说过此事，劝她得多孝敬婆婆，免得被人指摘，她当时并不放在心上，老太太免了她每日请安，她乐得从命。

刘昆家的看王氏眼色闪烁不定，知她心中所想，便悠悠地说："孝顺婆婆总是有好的，第一便是太太的名声。当初维大老爷的爹也是闹得宠妾灭妻，可是大老太太将婆婆服侍得全金陵都知道她的孝心，大老太爷便也奈何不得了。"

王氏觉得大有道理，便不作声了。刘昆家的再说："这其次，老爷有些事情做得不合礼数，您说不得他，可是老太太尽可说得。当日老爷要给林姨娘抬举庄子店铺，您一开口，人家未免说您嫉妒，容不下人，可要是当初老太太肯说两句，今日也不至于如此了。"

王氏一拍藤椅的扶手，轻呼道："正是如此。当时我也真是晕了头，只知道和老爷、老太太置气吵闹，却没掐住七寸，只闹了个无用，平白便宜了那贱婢从中取利。亏得你今天点醒了我，我才知道这般缘由。过去种种，果真是我的不是。"

刘昆家的连忙添上最后一把火："太太今日想通了就好，前头的事咱们一概不论，往后可得好好谋划谋划，不可再稀里糊涂叫人算计了去才是。"

王氏长长舒了一口气，握住刘昆家的手，哽咽道："我素日里只知道耍威风、逞能耐，这几年不意竟到如此地步，往后的日子你还得多多帮衬着才是。"

刘昆家的连忙侧身说"不敢当"。这主仆二人正你客气来我感激去，躺在四方榻上的其中一个小女孩儿微微动了动。姚依依同学松了松躺得发麻的腿，眼睛睁开一条缝看了看旁边睡得像只猪的小女孩儿——盛如兰小姑娘。她正微微打着小呼噜，看来是真的睡着了。

姚依依向泥石流发誓，她绝不是有意偷听的，她早就醒了，只是懒得动弹，也不想说话，于是闭着眼睛继续躺着。谁知这两位居然把这里当聊天室了，从搬家养女儿一路谈到爱恨情仇，越说越兴奋，越说越投入剧情，姚依依反而不好意思醒过来了。

只听见那刘昆家的还在说："咱们老爷又不是个糊涂虫，心里明白着呢，太太切不可和他耍心眼儿，不然反倒要坏事了。您是直肠子，如何与林姨娘比弯弯绕的狐媚伎俩？您当前要紧的呀，就是贤惠和顺，对上您要好好孝敬老太太，我瞧着老爷对老太太极敬重，您就算不能晨昏定省，也得隔三岔五地去给老太太问个安，就是摆样子也得像模像样；这对下嘛，您要好好抚育六姑娘，老爷对卫姨娘多有歉疚，您对六姑娘越好，就越能让他想起卫姨娘是怎么死的，还显得您贤惠慈爱，日子长了，老爷的心也就拢回来了。"

姚依依觉得这刘昆家的说话忒有艺术性，她要劝的话归纳起来无非是：太太呀，您拿镜子照照自己，咱要脚踏实地、实事求是，您和林姨娘去比女性魅力，那是基本没戏。不过别担心，当不了刘德华，咱可以当欧阳震华，您就好好伺候婆婆，带带孩子，咱打亲情牌、品德牌，走走老妈子路线，那还是很有赢面的。

那刘昆家的还没说完："六姑娘这几天不怎么吃饭，也不说话，太太得多上心了。这六姑娘是个丫头片子，又分不着家产，回头置办一份嫁妆送出去就是了，也碍不着太太什么事，还能给五姑娘做个伴不是？"

姚依依闭紧眼睛，她更加不愿意醒过来了，想她一个有为青年沦落到这种地步，让她情何以堪呀！况且这层皮子和自己似乎不是很和谐，让她一直病歪歪的，甚至不觉得饿。拒绝接受现实的姚依依目前依然处于消极怠工中。

四

盛府下人有不少是本地买来的，那些舍不得离开故土亲朋的都被放了，还发了些遣散银子，众人交口称赞盛大人仁厚爱民。

盛纮挑了个宜出行的黄道吉日，一大清早带着阖家老小出发。盛府上下几十口人，外加行李辎重足足装了七八船，盛纮担心太过招摇，便遣可信管事押送着其中几条行李船先行北上，同时也好提前打点宅邸。

姚依依跟着王氏住在船舱右侧，身边丫鬟婆子又换了几张新面孔，她也懒得记了，依旧是每日吃了睡，睡了吃，吃不了许多，却睡得过头。

除了先头几日有些晕船之外，和她一道的盛如兰小姑娘都十分兴奋地观看水上风景，一边看一边蹦蹦跳跳地来与这个"不会说话得了傻病"的六妹妹讲。

盛如兰小姑娘估计没怎么出过门，哪怕就是飞起一只大老鸹，她也能兴奋个半天，挥舞着胖手指一路大惊小怪的。王氏看不下去时便呵斥她两句。小如兰郁闷，不敢老扒在舱窗上，只能和姚依依说话。每次她叽叽喳喳个半天，姚依依就有气无力地"嗯"一声或点点头。

"娘，我瞧六妹妹是真傻了，连话都不会说。"六岁的小如兰对于新伙伴表示不满。

"五妹妹，休得胡说，明兰是病了，昨儿个我就听她说话了。她比你小，又刚没了卫姨娘，你可不许欺负她。"十二岁的盛长柏坐在窗边看书，眉清目秀，身姿挺拔。

"昨日她只说了四个字——我要方便，大姐姐，你也听见的。"小如兰扯了扯姚依依的辫子。姚依依纹丝不动地靠在软榻中，好像又睡着了。

"好了，如兰。"十三岁半的盛华兰小姐正是亭亭玉立的时候，出落得像一朵刚出箭的白兰花一般娇嫩漂亮，她挨在软几旁翻看着刺绣花样，"没得吵什么，一路上就听见你咋咋呼呼的，一点儿规矩都没有。你再吵闹，当心我去回父亲，叫父亲罚你抄书，看你还有没有闲心去管旁人。自己玩你自己的去。"

小如兰噘噘嘴，似乎有些怕长姐，不甘愿地跳下姚依依的软榻，到一边和丫鬟翻花绳去了，走到盛华兰身后时，还朝她扮了个鬼脸。

过不多久，华兰身边的大丫鬟进来了。华兰放下手中花样，问："怎样了？"

那丫鬟抿嘴一笑，回道："果不出小姐所料，那头正热闹着，因是在船上，闹将不起来，这会儿正抹泪呢。我本想多打听两句，被刘大娘撵了出来。"

华兰笑了笑，心里高兴。长柏放下书卷，皱眉道："你又去打听了？父亲已经吩咐不许多问，你怎么总也不听？成日打探像什么样子！"

华兰白了弟弟一眼，说："你啰唆什么，我的事不用你管，读你的书吧。"接着又自言自语地轻轻说道，"她果真是惹恼了父亲，可究竟是为什么呢？今晚非得问问母亲不可……活该！"

姚依依眯着眼睛装睡。作为在场唯一知情的人，她觉得这几天船内可比船外的风景精彩多了。刚开船十天，盛纮就在泊船补给的码头打发了两三个管事，请注意，他们都姓林。

他们原是投奔林姨娘来的落魄族亲，这几年他们做了林姨娘的左膀右臂，在外面管着铺子、庄子，在里面包揽采买差事，人前人后都威风八面的。这次盛纮要撵人，他们自然求到林姨娘面前，林姨娘大吃一惊。她心思慎敏，知道事情不对，便去盛纮面前求情。可这次不论她好说歹说，盛纮都冷着脸，不去理她，偏偏又是在船上，主子下人首尾相闻，她也不好拿出弹琴吹箫、西施垂泪那一整套功夫来，只能眼睁睁地看着自己被去了臂膀。

王氏心里乐开了花，脸上却不曾稍有透露，只得苦苦绷住脸皮，不敢当众流露喜色，撑得极是辛苦。她心情愉快，行事也大方起来，待姚依依越发亲厚，吃的穿的都照自己亲女置办，一停船靠岸就去请大夫来给姚依依诊脉，看看是不是真傻了。可惜姚依依不配合，依旧是一副病恹恹的样子，吃不了几口饭，倒成日睡得昏沉沉的。

盛纮常来看姚依依，每看一次就更担心一次，每次抱着女儿掂掂分量，眉头都皱得更紧些，便催着船夫快行疾走，想着快点到登州，安定下来之后得给女儿好好看看。

初夏南风正劲，由南向北行船十分顺利。待到了山东地带，盛纮带着几个幕僚自行下了船，走陆路去京城吏部办理升迁手续，还要叩谢皇恩以及拜谢一干师长、同僚，其余亲眷则往登州去。

盛纮这一走，林姨娘越发老实，干脆连面都不露了，只在自己船舱内教养儿女。船上众仆妇、船工及别家船舶驶过，常能听见林姨娘舱内传来琅琅的读书声，都纷纷赞叹盛府是诗书传家，果然家学渊源。王氏又气愤起来，逼着长柏也读出些声来让旁人听听。长柏哥哥素来寡言稳重,听母亲如此要求,顿时小白脸涨成了个期期艾艾的大茄子。

姚依依曰,茄子更加不会读书。

姚依依睡得昏头昏脑,不知过了多久,反正等到如兰小姑娘坐厌了船,长柏哥哥看完了三卷书,华兰大小姐绣完了四块手绢时,终于停船靠岸。

码头上已经有管事带一干仆役等着接人了。灰头土脸的岸上人和头昏脑涨的船上人都没啥好说的,直接换乘了车驾,接着又是颠颠簸簸了好几天。还好登州也是靠水近的地方,待到盛老太太快被颠断了气的时候,大家终于到了。

姚依依是南方人,不怎么晕船,却很晕马车,吐了好几天的黄水,几乎连胆汁都呕了出来。这次不是装睡了,而是直接晕死在一个孔武有力的婆子怀里,被抱着进了家门,根本不知道登州新家是个什么样子。等到有些缓过气来的时候,她已经在炕床上了,每次睁开眼睛,都能看见一个大夫在旁边摇头晃脑的。第一次是个四十岁左右的大叔,第二次是个花白头发的老大爷,第三次是个须发皆白的老翁。按照中医大夫年龄与医术成正比的定律,这大夫应该是一次比一次高明了。

连着请了三个大夫,都说盛府幼女病况堪忧,不是医药不好,而是问题出在姚依依身上,她完全没有求生意志。王氏看着小女孩只瘦得皮包骨头,心里开始惴惴不安。最近和盛纮关系刚有些缓和,盛明兰又是盛纮亲自抱到她处来养的,倘若盛纮回来看到小女儿病死了,那王氏真是揽功不着反添堵了。

盛纮回来看见女儿屡弱成这个样子,对林姨娘越发上了怒气,白日里处理公务,下了衙回府就发落下人。盛府初来登州,无论买人卖人外边都不知道内情,只当是新官上任,内府下人也多有调整而已。盛纮心里有气,避着不见林姨娘,连着两日将她房里的几个得力丫鬟婆子都打发了,或贬或撵或卖,还夜夜歇在王氏房里。王氏几乎乐出毛病来,拿给姚依依补身体的人参一棵比一棵大,一棵棵赛似萝卜大,只看得姚依依心里发毛。

这边春光明媚,那边却凄风苦雨。林姨娘几次要见盛纮,都被下人拦在外面,不过她终究不是寻常人,这一日晚饭后,盛纮和王氏正在商量着盛明兰的病情,几个孩子都回了自己屋子,只有姚依依还昏沉沉地躺在临窗的炕床上,夫妻两个一边一个挨着炕几,说着说着,话题就绕到在登州置办产业的事上了。

突然外面一阵喧哗,传来丫鬟们呵斥阻止声。王氏正待打发身边刘昆家的去看看,忽地一阵风动,湖蓝软绸的薄帘子被一把掀开,当前进来一个人,不是那林姨娘又是谁?

只见她全无环佩修饰,头上乌油油的,绾了一个髻,竟半点珠翠未戴,脸上未施脂粉。她原就生得风流婉转,一身暗蓝素衣更映得她肌肤欺霜赛雪,一双弯弯如新月的黛眉似蹙非蹙,腰身盈盈一握,似乎瘦了许多,端的是楚楚可怜。

外面传来丫鬟婆子互相推搡打闹的声音,显是林姨娘带了一支娘子军来闯关了。盛纮转过头去不看她。王氏怒不可遏地拍着炕儿:"你这副鬼样子,做给谁看!叫你好好待在房里,你闯进来做什么?吵得满屋人都知道,你当旁人和你一般不要脸呢?你们快把她撵出去!"

说着,几个丫鬟就来推赶人。

"不许碰我!"

林姨娘奋力挣开,扑通一声,朝着盛纮跪下,声音如铁器撞刀砧,脸色决然:"老爷,太太,我今日是横下一条心的,倘若不让我说话,我就一头碰死在这里,好过零碎受罪!"

盛纮冷喝道:"你也不用寻死觅活的,打量着我素日待你不薄,便学那市井妇人,来做这一哭二闹三上吊的戏给谁看!?"

林姨娘泪如泉涌,凄声道:"这些日子来,我心里跟熬油似的闷了些许话要说,可老爷避着我不肯见,我心里已是死了好几回了。可是老爷,您是百姓父母官,平日里就是要办个蟊贼,您也得容人辩上一辩,何况我毕竟服侍老爷这些年,还养了一对儿女,如今您就是要我死,也得叫人做个明白鬼啊!"

盛纮想起卫姨娘的死状,光火了,一下砸了个茶碗在地上:"你自己做的好事!"

林姨娘珠泪滚滚,哽咽道:"纮郎……"声音凄然。

王氏火大了,一下从炕上跳下来,对着丫鬟媳妇吼道:"你们有气儿没有?死人呢,还不把她拉出去!"

林姨娘昂首道:"太太这般不容我说话,莫非是怕我说出什么来?"

"你满嘴喷什么沫子,休在这里胡诌!我有什么好怕的?"

"若是不怕,便在今天一口唾沫一个坑,把话撂明白了,是非黑白老爷自会明辨。"

王氏气得胸膛一鼓一鼓的,林姨娘犹自垂泪,屋里一时无话。盛纮到底是做官的,知道今天不如把话都说明白,便叫丫鬟去找管事来福。刘昆家的十分心活,将屋内一干丫鬟媳妇全都叫出屋去。不一会儿来福进来,盛纮低声吩咐了一番,来福领命,回头带了几个粗使婆子进来,把一干仆妇都隔到正房院外去。

房里只剩下盛纮、王氏、林姨娘和刘昆家的、来福一共五人,哦,还有昏睡在榻上的姚依依同学,估计这会儿众人都把她忘了。姚依依再次向泥石流发誓,她并不想留在这里听三堂会审,可是……她最好还是继续昏迷吧。

林姨娘轻轻擦拭着眼泪,哀声说:"这些日子来,我不知哪里做错了,老爷对我不理不睬不说,还接二连三发落我身边的人。先是投奔我来的两个族亲,接着又是我身边的两个丫鬟。前日里连一直服侍我的奶妈也要逐出去。老爷办事,我并不敢置喙,可也得说个青红皂白呀!"

盛纮冷冷地开口:"好!我今天就说个青红皂白。我来问你,卫氏到底是怎么死的?"

林姨娘似乎并不吃惊,反而凄然一笑:"自那日卫家妹妹过世,我就知道会有这一天。当日在泉州之时,府里的丫头婆子都隐隐约约地议论着,说是我害死了卫姨娘,我本以为这不过是几个无知下人嚼舌根,又因老爷升迁在即,我不敢拿琐事来烦扰老爷,便暗暗忍下了,总想着清者自清,过不多时谣言总会散去,可没想……没想到,老爷竟然也疑了我!"

说着,滚珠般的泪水止也止不住地汹涌而出。

盛纮怒道:"难道我还冤了你不成?卫姨娘临盆那日,你为何迟迟不去请稳婆?为何她院中连个使唤的人都没有?为何家里几个会接生的婆子都不在?当日我与太太都去了王家,只留你在家,不是你还是谁?"

林姨娘白玉般的手指抹过面颊,哀哀戚戚地说:"老爷,您可还记得几年前三姑娘夭折时,太太说的话?太太说叫我以后少管姨娘们的事,管好自己便是了。当日老爷与太太离家后,我就安安分分地守在自己院里。老爷明鉴,家里两个主子都离开了,府中的下人们还不想着松快松快歇息歇息?偷懒跑回家的婆子多了去,又不止那几个会接生的婆子。我进门不过几年,那些婆子可是家中几十年的老人了,我如何支使得动!"

盛纮冷哼一声,不说话。王氏转头看刘昆家的,眼中微露焦急担忧之色。

林姨娘接着说:"后来下人来报,说卫姨娘肚子疼,要生了,我连忙叫丫鬟去传门子，让他们去叫稳婆来。可谁知二门婆子和几个门子都在吃酒赌钱，我的丫头求爷爷告奶奶唤了半天，他们才慢吞吞地去了。这一去便是好几个时辰。事后我也问过那几个门子，他们只说是路近的稳婆不在家，跑了好几里地去城西找来的，这才误了卫姨娘临盆。老爷，太太，上有天，下有地，我说的句句属实，若是我存心要害卫姨娘，便叫我天打雷劈，不得好死！老爷若是还不信，可自去问那日的婆子、门子，我是什么时辰去叫稳婆的，自有人听见的！"

说着，又呜呜地哭了起来。

盛纮转头，深深看了王氏一眼。王氏心一跳，去看刘昆家的。她却朝自己皱了皱眉。要知道，那几个会接生的婆子大都是她的陪房，而二门的媳妇和门子更是一直由她来管，就算盛纮不起疑心，她也免不了一个督管不严、放纵下人的罪责。

"如此说来，你倒是一点儿罪责都没了？好伶俐的口齿！"王氏也不能多说，显得她十分清楚内幕也不好。

林姨娘膝行几步，爬到炕前，一张清丽的面孔上满是泪水，更如明月般皎洁。她哽咽着缓缓诉说："若说我一点儿错也没有，那也不然。我胆小怕事，不愿将事揽在身上。若是我当日亲自陪在卫妹妹身边，指挥丫鬟媳妇，也许卫妹妹也不至于年纪轻轻就……我不过是怕担责任，怕被人说闲话而已。我是错了，可若说我有心害死卫妹妹，我就是到了阎王那儿也是不依的！我到底是读书长大的，难道不知道人命关天吗？"

盛纮心里一动，默声坐着。

王氏气极，正想大骂，被刘昆家的眼神生生制止，只好强自忍耐。那林姨娘又抽泣了两下，哀声凄婉，颤声说："老爷，太太，我本是一个无依无靠之人，这一辈子都是依附着老爷活的，倘若老爷厌弃了我，我不如现下立刻就死了。我原也是好人家的女儿，老太太要给我挑人家，是我自己不要脸面，定要赖在盛家，不过是敬慕老爷人品。被众人耻笑，被下人瞧不起，我也都认了，是我自己心甘情愿的……我也知晓自己惹怒了姐姐，让姐姐心里不快，姐姐怨我、厌我，我都明白，也不敢自辩……只盼望姐姐原宥我对老爷的一片痴心，当我是只小猫小狗，在这偌大的盛府之中赏我一个地方缩着，有口吃的就是了。只要能时时瞧见老爷，我就是被千人骂，万人唾，也无怨无悔！太太，今日当着来福管事和刘姐姐的面，我给您磕头了，您就可怜可怜我吧！"

说着，还真磕起头来了。一下一下地，砰砰作响。盛纮心头一疼，连忙跳下炕，一把扯起林姨娘："好端端的，你这是做什么？"

林姨娘抬起头，泪眼婆娑地望着盛纮，千般柔情，万般委屈，凝视了一会儿，却什么也不说，转头扑在王氏腿边，一边哭一边哀求道："求太太可怜，要打我罚我都成，就是别把我当那奸邪之人……我有不懂事的，就叫我来训斥，我什么都听太太的……我对老爷是一片真心的……"

林姨娘哭得声嘶力竭，气息低哑，双眼红肿，然后气竭地倒向另一边盛纮的腿上。盛纮实在不忍心，颇有动容，轻轻扶了她一把。

太给力了！

姚依依终于忍不住眼睛睁开一条缝去看，见盛纮脸上不忍大盛，王氏气得脸青唇白，却半句话也说不出口，浑身抖得好像打摆子；来福看得目瞪口呆，刘昆家的自叹弗如。

林女士惊人的才华奇迹般把一心想要睡死的姚依依同学惊醒了。她扪心自问，一个出身官宦人家的小姐，虽然落魄了，然养尊处优了十几年，她有勇气这样当着下人的面表决心，表痴心，说跪下就跪下，该求饶就求饶，该哭就哭，该争就争，为什么自己就如此懦弱，不肯面对现实呢？不就是投了一个不咋地的烂胎吗？

在一个凉凉的夏夜，一个专业过硬、技艺精湛的林女士终于唤起了姚依依生存的勇气。

那天晚上的对话原本明明是在质问林女士罪责的，可这话题不知什么时候歪楼了。林女士从一个被告变成了原告，上诉案件从追究卫姨娘的死因莫名其妙变成了大老婆迫害小老婆的事件追踪调查，过程转换得若有若无，如羚羊挂角，无迹可求。听众们不知不觉就被绕进去了。其实明面上听来，林女士并没有指控王氏任何罪名，但她的每句话都似乎在暗示着什么，连姚依依这样上惯法庭的专业人才，听着听着，也觉得好像是王氏冤枉陷害了她。

林女士的舍身出镜很快见效。盛纮同志暂停了处罚措施，并且于第二天去林姨娘房里小坐了片刻。林姨娘屏退众人，拿一个成窑五彩小盖钟给盛纮沏了一碗酽酽的铁观音，正是盛纮素日喜欢的火候。再看林姨娘，一身单薄的月白绫罗衫子，满头的云鬓只插了一支素银花卉绞丝小发簪，真是楚楚可怜，如花娇弱。无论谁，来的时候纵有万般火气，也退了一半。

"昨日在太太处，我给你留了脸面。照你说的，卫姨娘的死你竟没有半点干系?"盛纮冷声道。他总算是在官场上打过滚的人,好歹还记得自己是来干什么的。

林姨娘泪光闪闪:"老爷给我脸面,我如何不知?老爷今日独自来与妾身说话,妾身也索性摊开了说。那卫姨娘是太太给老爷讨来的,之前太太又接二连三地弄了香姨娘和萍姨娘,这为的是什么,府里上下都明白,不过就是看着老爷疼我、怜我,太太不喜。我在这府里人单力微,素日里竟连个说话的人都没有,若不置些得力可靠的人手在身边,且不知如何被人糟践。我自己不打紧,可我不能让枫哥儿和墨姐儿遭罪呀,这才关紧了门庭,撇清了自个儿,平日里凡事不沾身,为的就是保自己平安。卫姨娘那晚出事之时,我的的确确存了私心,不愿理睬,可要说我存心害她性命,真是血口喷人了。纮郎,纮郎,我纵然有千般万般的错,您也瞧在枫哥儿和墨姐儿面子上,前日先生还夸枫哥儿书读得好呢。"

盛纮心中一动,也不声响,端起茶碗来喝了一口。林姨娘慢慢移到他身边坐下,头挨到他肩上,细诉:"纮郎,我深知你为人。当初你我定情之时,老爷就对我起过誓,绝不让我叫人欺侮了去,这才顶着太太娘家的脸子,给我置办了田产铺子,让我好在府里挺起腰杆做人。纮郎待我一片厚意,我如何不知?若我做出那狼心狗肺之事,叫我天诛地灭,不得好死。"

语音婉转,千娇百媚,即便是毒誓,发起来也如说情话一般。盛纮不由得松开了眉眼,正待伸手揽过林姨娘温存一番,突然想起那日与盛老太太说的话,于是缩回手,推开了林姨娘。

林姨娘素来拿捏得住盛纮的脾性,没承想被推开,脸上丝毫不露,只盈盈泪眼望着盛纮。盛纮看着林姨娘,沉声说:"卫姨娘的事就此揭过,我会与太太勒令府里上下谁也不得再提起,但是从今日起,有几件事我要与你说清楚。"说着,双手负背站到炕前,"此事我也有过,一味怜惜爱重于你,竟忘了圣人之言。所谓长幼有序,嫡庶有别,我们这样的人家,可不学那商贾之家弄什么平妻来丢人现眼。太太纵有一万个不是,她究竟是大,你是小,你当尽礼数。从今往后,你撤了那个小厨房,我也停了多给你的一应花销,你院里的丫鬟婆子与府里其他人等一般份例,不得有所厚薄;你若愿意赏人,便自己出钱,一应事宜皆按照府中规矩来。想来你这些年来也有不少体己,尽够用了。以后你要守着规矩,给太太每日请安,若有不适,隔日去也成,但以后叫你院里的人收敛些,不得对太太不敬,说些没规没矩的胡话,若被我知道了,一概不轻饶!"

027

林姨娘花容失色，心里凉了一片，正待辩白，盛纮接上又说："我也并非不明事理之人，你与太太不睦已久，我也不会想着你和她立时就能姐妹和睦，但你当先服软。我也不会收回给予你的那些产业，那些东西还给你傍身，可管事之人不能由你胡乱指派。当初你那两个族亲在泉州每日喝花酒、包戏子，排场竟比我还大，以后你指派的管事得由我看过点头，不许再招那些浑不懔的狗才，不得败坏我盛家名声……枫哥儿和墨姐儿还留在你身边养着吧。你若真为了孩子着想，也不至于弄到如此地步，现在你就多想想那两个孩儿吧。"

林姨娘本有一肚子的话要说，听得盛纮最后一句话，却不言语了。她知道这是盛纮要继续做官，要博一个好官声，就不能让人抓住了私德上的毛病。盛纮刚才说的不过是要她做小伏低，却没有剥了她的产业，也没有分离她的孩子，这已是底线了。这次卫姨娘的死她终究是大有干系，能够如此销案，已是大幸。她是聪明人，知道什么时候该见好就收，纵然心中有所不甘，也只咬牙忍下，反而打起精神来与盛纮温存。

盛纮在林姨娘处软玉温香了半晌，之后直奔王氏正房。还有一场硬仗要打。

他来到王氏房中，依旧屏退了仆妇，只留夫妻二人在内室说话。待他把刚才和林姨娘说的话交代过后，王氏粉面含怒："你的心肝宝贝，我何时敢说什么了？你要怎么办就怎么办，我如何敢有半个'不'字！"

盛纮深吸一口气，道："你也别打量着我不知道，我只问你三句话，第一，舅老爷家无病无灾，你早不去，晚不去，为何偏要等在卫姨娘临盆前几日扯着我去？第二，府里那些懂得接生的婆子总共四个，其中有三个是你陪嫁来的，她们素日都是听谁效命的，你比我清楚；第三，我又如何会那般巧地回府，正好瞧见卫姨娘最后一面？"

王氏心中微惊，嘴里却不慌不忙："生平不做亏心事，不怕半夜鬼敲门！那日我走时，特意请大夫给卫姨娘诊过脉，明明是好端端的，那大夫正是老爷最信的那个廖大夫，老爷不信可自去问他。他说，卫姨娘出嫁前常年做农活，本就身体端健，哪怕没有稳婆也可以自己顺产。可我一走，林姨娘却三天两头往卫姨娘饮食里下些寒凉或燥热之物，这才引得卫姨娘生产不顺。林姨娘有的是银子，里面外面的人手也都尽有，就算我的陪嫁婆子不听使唤，她难道就没人可用了？明明是她巧言善辩，老爷却全听信了。那泉州城里有多少稳婆，她足足拖了几个时辰才把稳婆叫来，就算不是她存心，也是她手下的人放纵！哼，我站得直，立得正，纵有些花哨伎俩，也不过是想瞧瞧林姨娘如何应对罢了。倘若她没有害人之心，卫姨娘便是无人理睬，自个儿待在院里，也能平平安安地生下孩子来的。"

盛纮没有反驳，反而连连点头："这内里的事情我早已查清，这次的事，林氏大有干系。但要说她真想害死什么人，却也不至于，只能说卫姨娘命薄，两下里一凑，刚好给对上了。你那些陪嫁婆子素日就与林氏斗气，也不是有意拖延。事已至此，难不成我还真杀了林姨娘填命不成？那两个孩儿倘若心生怨怼，家宅如何安宁？"

王氏生气，扭过身子不理盛纮，气鼓鼓地拿起手绢绞了起来。

盛纮坐到王氏身边，轻言细语地劝道："这几年我让太太受委屈了，太太放心，从今往后，我当不再纵容林姨娘。你是大，她是小，你是我明媒正娶、三书六礼聘来的正房太太，百年后要与我共享宗祠香火的枕边人，她林氏便是翻了天也是越不过你去的，她自当给你请安问好，打水服侍。"

王氏心头一喜，回头笑道："你可舍得？"

盛纮索性搂住王氏的腰，轻轻抚摩："没什么舍不得的，一切当以盛家为重，林氏再重，还能重过阖府上下的体面？太太，你当拿出大家规矩来，也得记得自己的规矩，你自己不先立得正，如何让别人服帖？老太太那里……"

王氏被他几下摸过，身子早就软了一半，许久没与盛纮这般亲近熨帖，心中柔情大盛："我知道自己也有不足之处，你放心，只要她守规矩，我自不会欺压于她，也不会再使小性子与老爷置气。孩子们都这般大了，难道我还会与她争风吃醋不成？"

盛纮觉得王氏语气缓和了许多，于是再接再厉，把王氏搂着在耳边轻轻吹气，逗弄得王氏粉面泛红，气息发烫。

"我的好太太，你是大家小姐，自知道家风不正、家道不宁的道理，如今华姐儿眼看着就要及笄了，这说亲之事就在眼前，要是咱家有什么不堪的事传了出去，岂不是连累了华姐儿？华儿是我的头生女，又是嫡出，我还想着要给她找个千好万好的女婿，到时候也摆摆那泰山老丈人的威风。"

王氏听得眉开眼笑，愈加顺从："老爷说得是，我都听老爷的。"

姚依依同学躺在隔间，她昨天终于破天荒喝了一碗喷香的鸡丝粳米粥，今天多少有些精神，歪在软榻上睡不着，再次不好意思，她又把人家夫妻的话都听见了。

嗯，这个怎么说呢？

  盛府的混乱源自林姨娘的崛起，不能不说林姨娘舍弃外面的正头太太不做，宁愿当个姨娘是看准了人，对人下菜碟。她不是稀里糊涂的尤二姐，她找盛纮，是因为知道他是个性格独立不受妻子钳制的男人，她也知道盛纮早年当庶子时的凉苦，并以此为切入点，为自己在盛府博得了一个不败之地。

  姚依依觉得也不用责怪盛纮老爹，只能说男人对于恋人的原谅是无原则的，而对于没什么爱情的妻子的尊重却是有条件的。

  盛纮这样受过教育的封建士大夫，虽恪守礼法，但作为一个有追求、有文化的青年官僚，他对情感毕竟还是有需求的。王氏对他来说是包办婚姻，但如果婚后两个人用心经营，包办婚姻也能生出情深意重的挚爱夫妻来，可惜王氏在这上面犯了错误。

  而林姨娘对盛纮来说，却是自由恋爱的结果。在众人无所知的情况下，两个人偷偷摸摸，遮遮掩掩，越是压制的情感越是浓烈，那个时候的盛纮，想必是动了真心。

  比对徐大才子，盛纮还算有节制。

  应该是林姨娘眼光不错，运气更不错。盛纮从庶子爬上今天的地位，很清楚妾室受欺侮的地方无非两处：日常生活和子女抚养。

  所以他干脆直接给林姨娘独立的经济来源。有了钱，自然腰杆就挺了，并且坚持让林姨娘自己养孩子。

  可是这样一来，规矩就荡然无存了。

  随着时间推移，林姨娘生儿育女，王氏又无法从感情上把丈夫拉回来，林姨娘的地位越来越稳固，她开始培植自己的亲信，渐渐与王氏有了分庭抗礼之势。盛府由里到外，渐渐形成两派人马，且战火愈演愈烈，而姚依依目前身体的这个生母——卫姨娘，就是在这种妻妾对峙情况下的无辜炮灰。

  《穀梁传》曰："毋以妾为妻。"就是说，妾是没有资格扶正为妻的，有妾无妻的男人，仍可算是未婚的。而嫡妻死了，丈夫哪怕姬妾满室，也是无妻的鳏夫，要另寻良家聘娶嫡妻。

  但规矩是死的，人是活的，况且这只是规矩，并不是律法，所以不是没有漏网之鱼。虽然并不多，但不是没有。

  姚依依是学法律的，她知道，从本质上来讲，封建社会的律法维护的是男子的权益。一旦男子的全部利益归结到正室以外的女人身上，那么正室退位让贤的情况总会发生，这很悲哀，但是还好不多。

倒霉的陈世美同学挨了包爷爷一铡，不是因为他休妻再娶，而是因为他犯了人命案。

男人犯重婚罪是不会被杀头的，当然，在礼教森严的古代，如果像盛纮一样想要在仕途上更上一层楼，那就不能因为这个坏了名声。

刚开头几年，盛纮不管不顾，与林姨娘情海无边，不愿上岸，可他毕竟是有理智的封建士大夫，不是以突破封建枷锁为己任的民国诗人。他对林姨娘的热情终归会消退，而王氏娘家的出手干预加快了这一速度。

王家出人出力，还想出了美人计，这个招数实在不算新鲜，但贵在有效。从古至今，宫廷到民间，屡试不爽。但没想到林姨娘战斗力极强，王氏连着给几个颇有姿色的丫头开脸，竟然也没能拉回盛纮。毕竟林姨娘出身官家，姿色秀美，和盛纮谈起诗词歌赋、风花雪月来，连王氏也插不上嘴，何况几个丫头？

于是王氏剑走偏锋，找到了正处于困境的卫氏，她虽无上佳的文学教养，但她拥有一个所有女人最直接也是最立竿见影的优点——美貌。

果然，真爱千斤抵不上胸脯四两，盛纮一看见卫氏就被迷倒了。她不识字，没关系，他来教她；她不懂诗词书画，没关系，他来点拨；耳鬓厮磨、红袖添香，何尝不乐？加上卫氏性情温柔敦厚，盛纮倒也真喜欢上了。

这下子林姨娘急了，她所倚仗的无非是盛纮的宠爱，卧榻之侧，岂容他人鼾睡？她绝不允许有人踩进她的地盘。她折腾卫姨娘，估计一开始也没想要她的命，只是希望把胎儿给弄没了，最好把她的身体也给弄垮了。

可是卫姨娘特别点儿背，立时就一命呜呼了。

卫姨娘的死，让盛纮陡然清醒了，纵然没有像对林姨娘那般的情意，终归也是同床共枕过的女人。看见她死在一摊血泊中，盛纮终于意识到家庭内部的矛盾已经激化了。作为一个常年办差的实干型官员，盛纮如何不明白卫姨娘的死其实是府里规矩败坏的结果？

妻妾斗争的惨烈让盛纮不寒而栗，于是他决心整顿。要恢复良好的家庭等级规矩，就得放弃对林姨娘的过度偏爱，从情海中爬上岸，站在大家长的角度，公平持正地管理家庭。

不过就算如此，他也还是不敢把林姨娘和她的孩子完全交到王氏手中，他知道这两个女人的嫌隙不是一两天就可以抹平的。

王氏这次基本上获得了想要的东西。就算她依然在爱情上斗不过林姨娘，至少也获得了在家中唯一的女主人地位。正房妻子对妾室始终是提防的，尤其是面对贵妾时，更有危机感。

妻妾之争，是一个很复杂的命题，包含了智慧、毅力、胆量、家庭背景、个人性格，当然还有运气，种种因素在里面发生作用。只能说优势基本上还是在妻子这一边，妾室被扶正的可能性并不高。

而这位可怜的卫姨娘不过是众多倒霉小妾中的一位，她的死就像大海中的一朵微小浪花，虽激起过一些波澜，但最终被无声无息盖过。而后，盛纮和王氏为了家族体面，逐一替换府中仆妇下人，而林姨娘自己当然不会提。渐渐地，盛家无人再提起卫姨娘的死，甚至没几个人知道当初这位惨死的美丽怯弱的女子。

姚依依想到这里，又没有生存意志了。她既没有实力派的姨娘做生母，又不是嫡母所出，她将来在盛府的地位会很微妙。她这次投胎实在是鸡肋，比差的要好些，比好的又差些，比上很不足，比下却没余出多少。

怎么做才能在这个世上好好活下去呢？五岁的盛明兰开始严肃思考生存问题。

第二回·华兰择婿

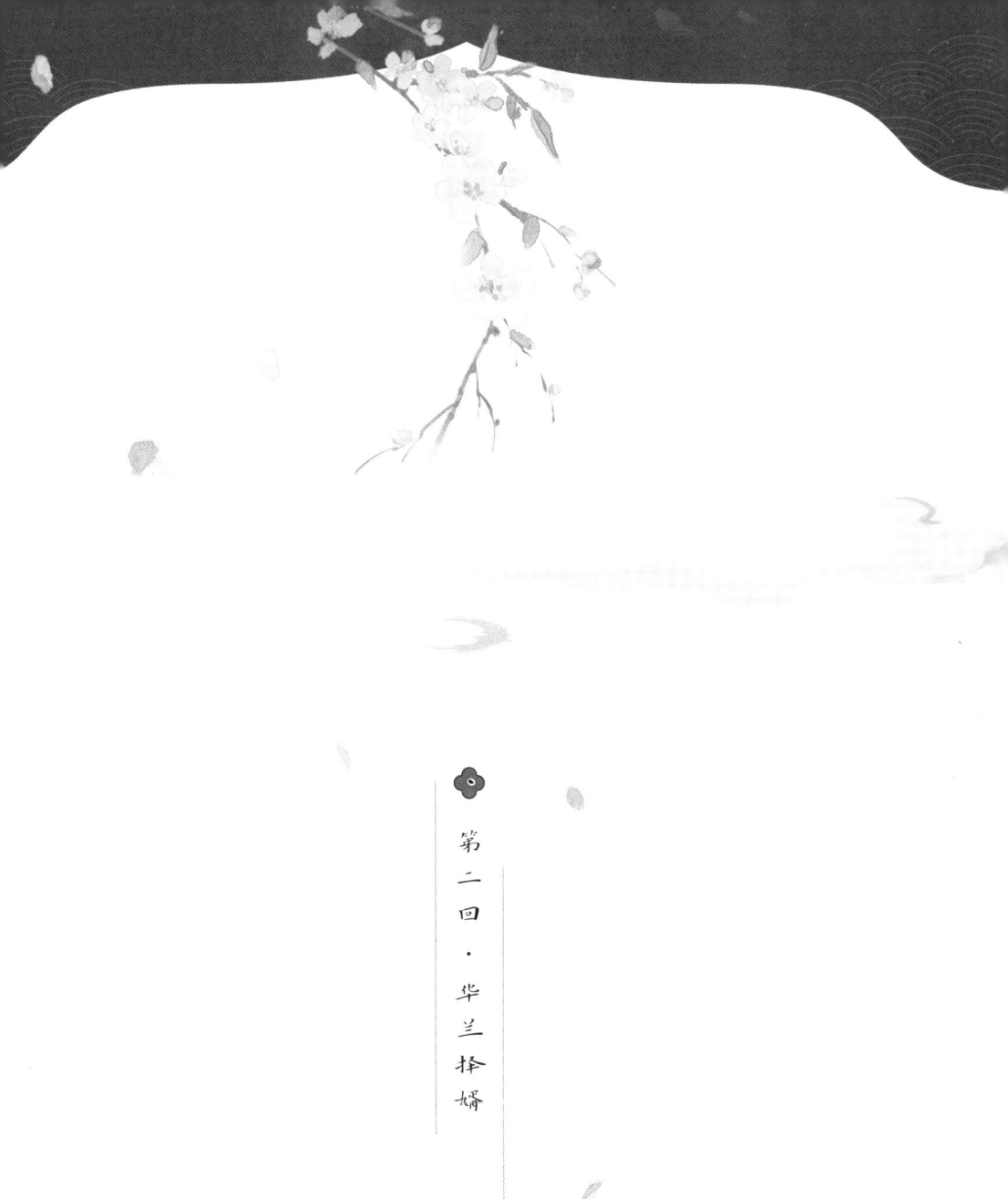

一

盛纮新官上任，新任期，新气象。他有心打造登州第一家庭的良好形象，给全州老百姓做一个父慈子孝、全家和乐的好榜样，为建设封建社会良好风貌的新登州做出贡献。于是，他在上任交接完成之后，挑了一个风和日丽的早上，带着王氏以及三子四女和几个丫鬟婆子，声势浩大地来给盛老太太请安。

进了寿安堂正厅，盛纮和王氏向盛老太太行过礼，分别坐在罗汉床两边的方椅上，接着让仆妇领着几个孩子按着次序一一行礼，先是三个嫡出的，再是四个庶出的，没有妾室。

明兰——就是姚依依同学，清早起床浑浑噩噩，连早饭都没吃，就被抱出房间，被一个十四五岁的丫鬟领着行礼。她排行倒数第二，轮到她磕头时，已经有些醒了，这头一磕下去，她立刻就完全清醒了，结结巴巴地跟着说了句："给老祖宗请安。"

很久没说话，又怕说错话，明兰一开口就是语音稚弱。她说话不利索，立刻引来几声轻轻的嗤笑。明兰转头去看，站在一边的如兰小姑娘正轻轻掩着嘴。她身边站了一个眉目清秀的小姑娘，看着似乎稍微大点儿，估计是排行第四的墨兰小姐。她头戴一对点翠的白玉环，身穿湖绿色的细纹罗纱，站姿规矩，头微微下垂，温婉又恭敬。

盛纮微微皱眉，去看王氏，王氏立刻瞪了如兰身边的妈妈一眼，那妈妈惶恐地低下头。

瞧着如兰和墨兰两人，盛老太太心中叹息，又看看呆头呆脑的明兰，被人笑话了也不知道，还傻傻地站在当中，一副懵懂迷茫的样子。她不动声色地呷了口茶，眉目低垂，等到最小的盛长栋也行完了礼，方道："我素日清净惯了，不喜人多热闹，都是一家人，何必拘礼，还照往常，只每旬来请安吧。"

王氏粉面泛红，估计昨晚睡得很好："瞧老太太说的，在您老面前尽孝原就是晚辈的本分。前几年是我不懂事，疏忽了孝道，前儿被老爷说了一通，媳妇已经知错了，望老太太瞧在媳妇蠢笨的分儿上，莫要与媳妇一般见识，媳妇在这儿给您赔罪了。"

说着便站起来给盛老太太跪下。盛老太太看了盛纮一眼，盛纮忙跟着一起说："母亲，莫说这晨昏定省，就是时时给您端茶递水都是她应当的。若是母亲不允，儿子只当您还在生媳妇的气，御家不严都是儿子的不是，儿子自当去父亲灵前领罪。"

说着也给盛老太太跪下了。王氏用帕子抹了抹脸，红着眼睛道："母亲，儿媳真的知错了。往日里在娘家时，儿媳也学过百善孝为首，自打进了盛家门后，却被猪油蒙了心，左了性子，疏忽了对您的孝道，老太太尽管罚我就是，千万莫往心里去。老太太若是怕人多嫌吵闹，往后我们分着来请安就是了。"

说完低声啜泣。盛纮也双眼红了起来。

明兰站在左边最后一个位置往前看，心里暗想：这夫妻两人不知是不是昨晚连夜排练过，一搭一唱配合得十分到位，说眼红就流泪。

明兰怀疑的目光不免溜向他们的袖子，难道是洋葱？

正想着，对面的三个男孩子和这边的女孩子已经齐齐跪下，纷纷恳求盛老太太。一个个言辞恳切，好像盛老太太如果不答应他们来请安，他们就立刻心碎难过得要死掉了一样。如兰小姑娘慢了一拍，被身后的妈妈推了一把，也跪下了。明兰一看，也后知后觉地跟着跪下，就是不知道说什么好。

盛老太太见状，长叹一声，也不再坚持，挥挥手让丫鬟把盛纮夫妇扶起来："既如此，就依你们吧。"说着，又看了呆呆的明兰一眼。瘦弱的小姑娘又是最后一个自己站起来。

盛长栋年纪太小，站都站不稳，磕过头后就被婆子抱走了，剩下的人都依次坐下。

明兰以前一直不太清楚请安是怎么回事，从字面意思来说，请安就是问老太太一句"How are you"的事，但看着小丫鬟们给几个少爷小姐分别端上圆墩杌子之后，明兰觉得自己应该更正观念了。

请安，是古代内宅很重要的一项活动。管事的媳妇对婆婆汇报最近的工作情况，或者请示将来的工作计划，如果孩子是养在婆婆跟前的，那就抓紧机会看两眼自己的娃,免得回头都认不出哪个娃是哪个肚皮生的。如果孩子是养在自己身边的,就拿出来给祖父祖母看看,搞点儿天伦之乐,或扯些家长里短,逗老人家开心。

可惜王氏很久没有干这份工作了,口气熟络不好,生疏也不好,更加掂量不好和盛老太太说什么,所以今天盛纮同学特意陪着来请安,充当和事佬之外,还要负责率先打破冰面。

"母亲,这几天住得可习惯?这登州天气可不比泉州温暖湿润。"盛纮道。

"是凉了些,不碍事。"盛老太太道。

"我倒觉得这登州比泉州好,大山大水的,高高阔阔的,离海近,气候也不干,我说老爷是得了个好差事,不寒不燥的。"王氏笑道。

"我一个老婆子倒没什么,不知几个小的觉得如何,可有不适?"盛老太太说,眼睛望向左右两排的孙子孙女。

王氏热切的目光立刻扫向盛长柏。长柏哥哥规规矩矩地站起身,微微躬身:"回老太太的话,孙儿觉得很好。"

结束,十二个字,简明扼要,然后坐下。

盛老太太放下茶碗,看了看盛纮和王氏,然后去看其他的几个孩子。盛纮没有什么反应,王氏好像有些尴尬,偷偷瞪了儿子一眼。

第二个说话的是盛长枫,他生得与胞妹墨兰颇为相似,圆润白净的小脸上挂着谦和的笑容,声音清亮:"泉州温软,登州大气,一地有一地的好处,我朝天下焉有不好?孙儿前几日读到杜子美的诗,'岱宗夫如何,齐鲁青未了。造化钟神秀,阴阳割昏晓',山东既出圣人,又有泰山,真是好地方,哪天老祖宗有兴致,咱们还可以去看看那封禅之山呢。"

话音朗朗,吐字清楚,看得盛纮连连点头,眼露满意之色。盛老太太也忍不住多看他两眼,道:"枫哥儿好学问,都说枫哥儿读书是极好的,诗词文章颇得先生夸奖。"

一时寿安堂内气氛融洽起来,盛纮更是高兴,几个小的也松了口气,只有王氏笑得有些勉强。明兰偷眼看去,发现她正死死地揪着手绢,好像在卡着盛长柏的喉咙,好让他多吐出两句话才好。

华兰看了看王氏,转头向上座娇嗔道:"老祖母尽夸着三弟,可是嫌弃我们这些丫头了?"

盛老太太和煦地笑着:"你这孩子胡说什么,你小时候是老爷手把手教的读书写字，又特意为你请过先生，谁敢嫌弃我们家大小姐？华丫头大了，反倒越发淘气了。"

盛华兰出生在最好的时候，那时王氏与盛纮新婚燕尔，与盛老太太婆媳和睦，没多久又有弟弟出世，盛华兰姣美讨喜，作为嫡出的大小姐真是集千万娇宠于一身。她在盛老太太跟前也养过一阵子，因为王氏舍不得，又给送了回去，但已是孙辈里和老太太最有感情的了。相比之下，一母同胞的如兰小姑娘出生时就没那么风调雨顺了。

"父亲教过姐姐？那为什么不教我？我也要请先生！"果然，如兰跳下矮墩，跑到盛纮身边，拽着袖子撒娇道。

王氏把如兰扯到自己身边，斥道："不许胡闹！你父亲如今公务繁重，如何能陪你玩？你连描红都坐不住，请什么先生！"

如兰不肯，跺脚噘嘴，王氏又劝又哄，盛纮已经沉下脸来，盛老太太微笑地看着。这时，一直安静不语的墨兰突然说话了："五妹妹年纪小，描红又最要耐性，自然无趣，不过学些诗词道理却是好的。我觉得也用不着请先生了，大姐姐学问这样好，不如请她来教，岂不正好？"说完，抿嘴而笑，斯文天真。

盛纮见女儿说话周到，态度柔雅，忍不住赞道："墨儿说得好，女孩子家不用科举仕途，自然无须认死理地练字，不过读些诗词文章陶冶性情却是不坏。华儿得空教教如儿也好，身为长姐自当教导弟妹。"

王氏脸上一哂，不予理睬。华兰微有不屑。盛老太太却在看唯一没说话的盛明兰——她正傻傻地看着墨兰，心中又是叹息。

东拉西扯几句之后，王氏慢慢把话题带到华兰的及笄礼上去。没说两句，盛老太太就发话让妈妈在这里摆早饭，分摆两桌，一桌在正房，三个大人吃，次间摆一桌，孩子们一起吃。

早饭端上来，出乎意料地简单，即使是不甚了解情况的明兰也觉得有些寒酸了，一个大瓷盘里面盛着白馒头和香油花卷，外加白粳米熬的清粥，还有几个小菜。

明兰抬头，看见长柏哥哥神色似有歉然，长枫和墨兰神色如常地起筷用餐，华兰和如兰则齐齐噘了噘嘴，虽然动作幅度不一，但角度如出一辙。

明兰由丫鬟服侍着也慢慢吃着，回想这几天在太太屋里吃过的早餐：莲藕蜜糖糕、奶油松酿卷酥、炸糕、肉松香蒜花卷、蜜汁麻球、枣熬粳米粥、红稻米粥、腊肉蒸蛋、燕窝炖蛋、干丝清炒牛肉脯、麻油凉拌熏肉丝、十六样各色小菜拼成的什锦酱菜八宝盒……

大户人家讲究食不言，寝不语，何况他们兄妹六人来自三个不同的生产厂家，这之前连话都没说上几句，这会儿就更是只闻得调羹筷子轻动声。

吃完早餐，盛纮赶紧去上衙，王氏回自己院子，几个孩子吃完后也都被不同的妈妈接走了。负责明兰的那个妈妈在抱厦还没来，明兰就跳下凳子，到门口望了望。对于陌生的地方她不敢乱走，但是沿着门口的走廊散散步应该没关系吧。

北方的建筑和南方的建筑就是不一样，高阔的廊柱，方正的石板条凳，没泉州府邸那么精致秀气，却也大气明朗。明兰扶着墙壁一边走一边看，不知拐了几个弯，经过了几个房间，越看越摇头。这里房舍空阔，摆设简单，除了必要的家具，一应金玉古玩全无。仆妇婆子大都是上了年纪的，只有几个小丫头在洒扫浆洗，看着比别处的丫头寒酸。院子里无花无木，门庭颇为寥落，活脱脱一个苦寒窑。

明兰暗想：看来传闻是真的。

这位盛府老太太出身勇毅侯府，生性高傲，年轻时目无下尘，早年最喜欢折腾，据说把夫家和娘家都得罪了。后来盛府老太爷过世，她守了寡也转了性，待到盛纮成年娶妻之后，盛府的产业她一点儿没留全交给了盛纮，自己却没剩下多少体己银子。

她念佛吃斋，与世隔绝，整个寿安堂的下人也都跟着一起出了家一般，平常饭菜简陋，差事没油水，日子清淡。有一阵子甚至连院子大门都关上了，似乎完全和人气旺盛隔离开来。下人们都不愿去寿安堂受苦，所以这里使唤的也都是当初跟着老太太陪嫁过来的老人。

明兰总结：冷门单位，效益不高，福利稀薄，领导没有进取心，职员缺乏积极性。

走到又一个拐角，明兰突然闻到一股熟悉的香味，顿时呆了，这味道宛如来自她记忆的最深处，她本已打算忘记的过去。她顺着香气来到一个房门口，推门而进。一个小小的房间，正对面是一张长长的紫檀案几，上面只放着几卷经书。向左进去是两张如意纹方凳，旁边是一张灵芝纹紫檀方桌。再往里去，明兰看见了一座小小的佛龛，上悬着秋香色乌金云绣纱帐，下面是一张香案，正中摆着白玉四足双耳貔貅卧鼎，鼎中正缓缓燃着香烟。明兰闻到的原来是檀香。香台左右各设一座，中间下方是一个蒲团。原来这是一间内设的佛堂。

香台上供奉着一尊小巧的白玉观音，明兰抬眼望去，只见那观音端庄肃然，眉眼却慈悲，仿佛看尽了人世间的苦难。明兰忽然眼眶一热，忍不住掉泪。她想起姚妈在她下乡前，特意买了一个玉观音的挂坠，去庙里开了光，谆谆叮嘱着女儿戴上，好保佑她此去一路平安。当时姚依依不耐烦地听母亲唠叨，急急忙忙爬上了车子，现在却是想听也不能够了。

她认为老天亏待了她，如果死亡是注定的，那她也应该投生在一个更好的身体里才是，凭什么华兰、如兰甚至墨兰都能够千娇万宠，她却要重新开始奋斗人生？她要熟悉这个陌生的世界，去讨好并不是她亲生母亲的王氏，估计忍气吞声是免不了的，受些委屈也是正常的。

想到这里，她顿时悲愤不已，悲愤过后是木然，木然之后是消极，她没有特别想要活下去的意思。

姚依依觉得，她原来美满的人生被偷走了，换成了一个可怜女孩儿的人生。如果她投胎在一个千娇万宠的女孩儿身上，那么她也许会很心虚，但矫情几下之后，她也会接受算了。可现在的情况却是历史的倒退。

她原本的生活虽然没有丫鬟婆子伺候着，可那时她的生命是自由的。她拥有好的工作和温暖的家庭，可以像大多数普通女生一样，平凡充实地过完一生。

而现在的明兰小姑娘呢？亲妈是小妾，而且已经死了，估计这会儿正等着投胎。老爹有三子四女，看似也不特别喜欢自己这个庶女。还有一个没有当圣母打算的嫡母，就连将来的丈夫人选她也没有权利发表意见，将来的人生她只能碰运气。

哦，对了，还有更糟的，她也许会连个正房也凑不上，庶女向来是做妾的好材料呢。

这样富有挑战性的人生，叫姚依依如何甘心？

可她只能甘心。

她学着母亲当初礼佛的样子，恭敬地跪在观世音菩萨面前，双手合十，诚心诚意地祈求，祝祷那个世界的母亲、兄长平安康泰，莫要牵挂自己。从今天起，她也会关心粮食和蔬菜，关心河流和大山，认真努力地生活下去。

滚烫的泪水大颗大颗地涌出来，她无声哽咽着。泪水顺着略显瘦弱的小脸，滴落在浅青色的蒲团上，有些渗入不见了，有些滚落到地上，与尘土混为一体。晨间的光线透过藕荷色的纱窗照进佛堂，光彩清朗，柔光明媚。

明兰小小的身体伏在蒲团上，心里前所未有地宁静平和。她发自内心虔诚地低声祈祷，愿观世音菩萨慈悲，照见五蕴皆空，度一切苦厄；愿心无挂碍，无挂碍故，无有恐怖，远离颠倒梦想，究竟涅槃。

二

"明兰，小丫头，你给我拿个橘子过来，要剥好皮的。"如兰小姑娘坐在秋千上。

明兰呆坐在石墩上看天，没有动静。如兰又叫了几声，见明兰还是没反应，她就顺手捡起一颗小石子丢过来。明兰肩膀一疼，吃痛地转过头，看见如兰小姑娘笑得龇牙咧嘴的："你这个小傻子，还不快给本小姐剥橘子去！"

明兰无语地望天，慢吞吞地走到一旁的小几边，拿起一个橘子正要剥，却被斜里伸出的一只手挡住了，那只手娇嫩漂亮，十片尖尖的指甲上还染着淡红的凤仙花汁。

"如兰，你又欺负六妹了！你给我下来！"华兰大小姐怒气冲冲地走过去，一把将如兰从秋千上扯下来，"前儿个父亲怎么说来着？姊妹中，六妹年纪最小，我们当姐姐的要多体贴她，关照她，你倒好，一天到晚欺负她！当心我告诉父亲去！"

"谁欺负她了？我不过叫她剥个橘子。"如兰小姑娘挺着小肚皮嘟嘴。

"下人都哪儿去了，叫主子剥橘子，还是你身边的丫头尤其金贵，竟使唤不得了？"华兰漂亮的大眼瞪过去。本来侍立在一旁看笑话的三四个丫鬟都纷纷垂首，惶恐地缩在一旁。

"瞧见六姑娘要动手剥橘子，你们一个个都死了啊，不会拦着吗？好得力的丫头，如今竟看起主子的笑话来了，赶明儿我回了老爷太太，让你们自出去回家，整日看笑话去！"华兰大小姐言辞尖刻地训斥起来。

如兰立刻不依了，上前扯着姐姐的袖子，大叫道："大姐姐，你不许欺负我的人，我告诉母亲去！你为了一个姨娘生的小傻子为难自己的亲妹妹！"

"去告！去告！什么姨娘生的，父亲把她抱来母亲这里，就是我们的亲妹妹！你再说什么姨娘生的混账话，小心父亲打你板子！"华兰食指用力地戳着如兰的脑门儿。

如兰气鼓鼓的，又反驳不出来；明兰低着头，装傻，不言语。

华兰和如兰虽是同胞姐妹，长相却不一样。华兰长得像盛纮，明媚秀美，眉宇间英气勃勃；如兰长得像王氏，圆盘子脸，眉目端正，姿色不免平凡了些，不过将来长大了，也许能往端庄上发展。造物主显然没有公平对待这对同父同母的姐妹，不论容貌、才能，还是父母宠爱，妹妹统统不如姐姐，明兰只希望如兰的心理不平衡不要愈加严重就好了。

其实在王氏身边讨生活并没有那么难，华兰姐姐和长柏哥哥早就有自己的院子了，长栋小弟弟还处于流口水的阶段，明兰需要应付的只有如兰小姑娘。

如兰其实人不坏，只是喜欢使性子、耍威风，恨不得天天被人捧着。可是她上头一姐一兄她都惹不起，林姨娘那里的一兄一姐她又惹不到，连站都站不稳的长栋小弟弟她惹着无趣，于是只剩下一个倒霉的明兰可以让她呼来喝去了。

每当这个时候，华兰大小姐就会像齐天大圣一样从天而降来主持正义。她未必喜欢明兰，但看不得如兰嚣张的样子。作为得宠的长女，她在盛府的权威仅次于三个长辈，训斥妹妹，处罚下人，做起来得心应手，说起来头头是道。

明兰心里十分感谢这位又漂亮又威严的大姐姐，她是真正的天之骄女，容貌、家世、魄力无一不有，她真心希望这位大姐姐将来永远能这样幸福骄傲。

现在每天早上，明兰被妈妈抱着和王氏她们一起去给盛老太太请安。那之前各房姨室已经先给王氏请过安了。林姨娘请安的间隔很有规律，大约是三天请安两天告假，原因很万金油——身体不适。

如果前晚盛纮在她房中过夜，她就会扶着腰说身子累；如果前晚盛纮没去，她就会抚着胸口说心累。林姨娘每次来请安王氏，王氏就要做半天心理建设，免得自己暴怒起来扑上去划破林姨娘那张楚楚动人的脸蛋，极端挑战王氏的修养。

反观小明兰，不过五六岁，没有得宠的亲妈，年纪幼小又钝钝的，王氏没有欺负她的必要，当然也不会去特意照顾，反正是与如兰一道吃睡，但是细心的人还是能看出不同之处。

每顿饭摆的都是如兰喜欢的菜，明兰跟着吃，没有挑菜的权利；如兰的衣裳都是新的，明兰穿剩下的，虽然也是九成新；有什么新鲜的果子糕点，当然是紧着如兰先吃，剩下的给明兰；至于什么金、银、玉的锁呀、链呀之类的首饰，明兰是压根儿没见过，不过每次出门，王氏还是会给她脖子和头上弄点东西戴着去充充门面。

迎春姑娘的遭遇告诉我们，不是一味忍气吞声就可以安享太平的。一个没有什么倚仗的庶女，倘若自己都不为自己出头争气，还有谁会理你？所谓天助自助者。

明兰身边的妈妈是一个懒怠大意的婆子，要东往往给西，多差遣两声，就嘟着嘴巴不乐意。小丫头们有样学样，也都是懒散不得力的，还常常用明兰听得见的声音说"悄悄话"，什么"左一次右一次的，没个完了，真把人折腾死了""摆什么主子款儿，还真当自己是什么千金大小姐，不过是个姨娘生的罢了""消停些吧，谁耐烦伺候她"之类的。

明兰一句不吭，当作没听见，照旧使唤。因为盛紘对王氏还没有完全放心，所以时不时会去看看明兰，这时明兰就会老实不客气地说："晚上口渴，妈妈不给我水喝；您上次给我海棠露了吗？我一点儿也没见着；太太给的点心？妈妈说她小孙子喜欢吃，就给拿走了；妈妈说，等她有空了再给我补衣裳上这道口子。"

盛紘的脸色立刻就放下了，王氏也尴尬不堪。她最近正忙着办华兰的及笄礼，哪有工夫管明兰，她一生气就把丢了她面子的丫鬟婆子统统罚了一顿。一开始丫鬟婆子不服，照旧给明兰小鞋穿，明兰也不当回事，继续告状。不过两次，仆妇们都老实了，明兰的日子也好过了。

渐渐入夏，日头炎热，暑气炙烤着人的皮肤。这一天明兰在内屋午睡，两个值班的小丫头在外堂有一搭没一搭地说着闲话。

"大小姐的及笄礼可真气派！据说太太把登州有些脸面的太太夫人都请来了，门口光是轿子就排了两排。为了怕外客热，太太还一口气买了几十车冰块镇着，流水价地往里送冰碗子。老爷也特意回府观礼。"一个十岁出头的小丫鬟说。

"太太特意从翠宝斋定制了一套头面首饰，妈妈说那可是京城第一珠翠楼，不知花了多少银子。还有大姑娘身上那条襦裙，妈妈说那上面的刺绣是流觞绣，走动起来上面每一条纹路都会动似的，那是太太娘家老太太送来的。大姑娘的命真好！秋雨姐姐，你说我们姑娘将来……"一个圆脸的四五岁小女孩说。

"唉！我们姑娘怎么能比，大小姐可是太太生的……"

明兰躺在里屋听着丫鬟的对话，这两个小丫头是王氏分给她贴身使唤的，大点儿的叫秋雨，小的叫小桃，前者原来是王氏房里的三等丫鬟，后者是刚刚从后院里提拔上来的，说是和六姑娘年龄相仿好相处——想到这里，明兰无可奈何地鼓鼓脸。

因为要整顿盛府内宅，盛纮恨不得把所有的下人都汰换一遍，除了个别太太和林姨娘的得力心腹，其他二三等的洒扫丫鬟几乎全都倒腾了一遍，然后又从后院里选些新的来补充。那些模样伶俐的，都是先给了前头几个少爷小姐，轮到明兰时，只剩下这个傻傻的小桃。

不过……也好。明兰把小小的身体在绒毯上翻了个身。

盛华兰的及笄礼明兰并没有看见，但可以想象那场面，她并没有特别羡慕嫉妒的，只是睡得迷迷糊糊之际会想，盛华兰这样的出身才是穿越女应该投的胎呀。

完成了及笄礼，王氏立刻以无限的热情投入寻找大女婿的工作上去，时不时地要和盛纮、盛老太太交流意见。每当这个时候，华兰就会一脸娇羞地掩面回屋。

明兰不由得感叹，社会果然进步了。想当年姚妈举着照片给姚依依说相亲对象时，姚依依可是全程参与的，并且拥有最终否决权和决定权。可这里即使是盛华兰这般受宠，她的婚事自己也无法插手，明兰第一次见识到了什么叫父母之命、媒妁之言。

经过一段时间的商议，盛纮夫妇手里留下两个最终候选人，令国公府第五个孙子和忠勤伯府的次子。还没等夫妻俩商量出结果来，时任开封府尹的邱敬大人来为儿子提亲了。

"原本华儿刚刚才及笄，也不急着选婿，可邱大人这一提亲，我们不得不快了。要么应了邱大人家这门亲事，若是不应也得有个说法。"王氏坐在一张蝠蝠流云乌木桌旁，面前堆放着几张大红洋金的帖子，头上龙凤金簪的流苏不住地抖动。

"邱兄是我的同年，我们两家原也知根知底，本来结成这桩婚事也无不可，可是……"盛纮手握着一把黄杨木骨的折扇，在屋里走来走去。

"可是什么？老爷快说呀。"王氏急道。

盛纮坐到王氏对面，端起桌上的白瓷浮纹茶盏浅啜一口，道："那邱二公子我是见过的，模样、品行都配得上华儿。本来我就不喜华儿嫁入王公府邸，那里虽然富贵，但终究门庭深锁，华儿又心高气傲，真嫁入了那地方也未必如意。我们与邱家那是门当户对，也不怕华儿受委屈，可是这次我去京城，瞧着不妥。"

王氏听到华兰嫁入公侯之家的难处时连连点头，听到最后，还执起手中团扇给盛纮轻轻打扇。盛纮缓了缓，凑过来低声说："当今皇后没儿子，论嫡是不成了，而接下来最长最贵的，无非是德妃、淑妃所出的三王爷和四王爷两位皇子。圣上迟迟没有立太子，不过是因为三王爷身子孱弱，且年过四旬尚无子息，而有子嗣的四王爷却偏偏晚了半天出世。如今圣上身子尚硬朗还好，万一有个山陵崩，那些王爷身边的近臣怕是有事。"

王氏于朝堂之事一窍不通，茫然道："这与大丫头的婚事何干？邱敬大人是个外官啊。"

"可邱敬的长兄是三王爷的讲经师父！"盛纮怫然。他其实也很想和妻子推心置腹，可妻子的思想总和他不同步。林姨娘倒是和他很同步，却偏偏是个妾。

王氏想了想，不由得大惊失色："老爷，这的确不妥，不论圣上是不是立三王爷，只要三王爷生不出儿子来，将来这皇位也得给人家呀！我听说那四王爷可不是个吃素的。"

看妻子总算上道了，盛纮点点头，又叹气道："我也时常劝说邱敬兄，像我等外官暗暗结交些京官内臣就算了，可千万莫要牵扯进立储大事中去。京城里那么多公侯伯府，都门儿精，有几个掺和进去的？当初先帝爷即位时夺了好几个爵位，撤了不知多少一二品的大员，何况我等？我劝了几次，邱兄都听不进去，反而和他长兄加倍亲近三王爷。我也知道三王爷为人宅心仁厚，明德贤孝，可是、可是……"

"可是他没有儿子！"王氏及时给盛纮补上，"没有儿子，三王爷再贤德也没用。邱大人也太糊涂了，储位之争岂是闹着好玩的？我瞧着四王爷一准能上位。"

"那也不一定。"盛纮突然杀了个回马枪，"邱兄以及三王爷身边一干僚臣也不全糊涂，他们知道三王爷若非子嗣问题，早就立了储的，于是就想出一个点子。"

王氏道："什么点子？"

盛纮越发压低声音："这也不是什么秘密，他们撺掇了几个大臣在外头鼓吹着，要效仿宋英宗故事。"

王氏绞着帕子，愤懑地嗔道："老爷就别和我转文了，我大字都不识一筐的，如何知道什么宋英宗故事。"

盛纮含蓄地啧了下，无奈地解释道："就是说，如果三王爷即了位后却始终没有儿子，就让他从兄弟那儿过继个儿子过来。圣上儿子可不止这两位王爷，下面几位年少的王爷不都有儿子吗？反正论起来都是圣上的孙子。"

王氏笑着拍手道："这倒是个好主意，那几个小王爷母族卑微，圣上也不上心，皇位是无缘了，过继他们的儿子最是妥帖。可……这能成吗？四王爷能答应？"

"谁说不是？如今鼓吹过继一事的几个早已成了四王爷的眼中钉，肉中刺，不怕一万，就怕万一，倘若将来是四王爷即位，那邱家……"盛纮没说下去，但王氏也全明白了。

"这就是个赌注，赌赢了邱家鸡犬升天；赌输了，邱家一败涂地。可何必要赌呢？邱家现已是富贵双全的了。"盛纮喟叹道。

"老爷，邱家的婚事咱们不能答应。他邱家愿赌，咱们可不能拿华儿来赌，要是弄个不好，咱们全家被牵连也是有的。"王氏的思路突然清晰起来，她从腰下又拿出一条绛红底绣葵花的汗巾细细揾着额头，忽抬头转而又问，"老爷素日在官场上为人厚道，常与人交好，如今就没一个可以结亲的？"

盛纮道："不是没有。还在泉州时，我就细细盘算过我那群同年同科好友，都不合适。"

"都不合适？"王氏疑道。

"你那日是怎么说挑女婿的？"盛纮看了她一眼，学着王氏的口气慢悠悠地说，"要门第好，家底厚，人口简单，公婆妯娌好侍弄，最最要紧的是人家后生要有能耐，要么读书有功名，要么会办事有产业，要么有武功爵位。我素日结交的大都是读书人，与我同年同科的，官位高的不多，官位高的，又家底单薄。可人家出身的孩子，早就被族中长辈定好了。大理寺的柳兄倒合适，可他家嫡子还小，将来倒可以给如兰说道说道。唉！"

王氏神色有些尴尬，讪讪地笑道："老爷不必忧心，这不还有别家嘛，我瞧着令国公府就很好。他们虽是降等袭爵，但从太祖爷封爵至今不过才第三代。那忠勤伯府倒是原等袭爵，可他们家如今的光景不好，早被圣上厌弃了，还是不要的好。令国公府好，赫赫扬扬，家世鼎沸，又风光又旺盛。"

"这可未必见得。"盛纮慢条斯理地打开折扇，慢慢摇着，"我幼时随老太太在京城住着，与维大哥在令国公府家塾读过书，那家人我很是瞧不上。外边

045

看起来光鲜，内里却污秽不堪，那家塾也腌臜得很，我与维大哥只读了半年就出来了。这次我到京城办事时，听闻令国公府愈加不堪。家里人口众多，俱是安富尊荣。几个小爷，不过和长柏一般大，屋里竟有二十多个媳妇丫鬟伺候着，如此穷奢极欲，大的小的全都挥霍无度，铺张奢靡，出得多，进得少，内囊早就空了。我不过稍稍与耿世叔透露华儿及笄在即，他们就找了来与我说，言谈之中流露出有结亲之意。"

王氏吓了一跳："你是说，他们瞧上了大丫头的嫁妆？"

"难说，何况他们家贪媳妇嫁妆又不是一两次了。"盛纮不屑。

王氏犹豫道："可那终归是国公府呀，那样排场风光的人家，若不是现在有难处，也轮不上我们华儿。"

盛纮冷笑道："若只是短了银钱，我也不至于如此，只是那家子孙实在不肖。偌大一家子里，读书、武功、筹谋计划之人竟无半个，老国公夫妇自己倒还好，可膝下几个儿子……哼！大房骄奢淫逸，父子素有聚麀之消；二房，哦，来提亲的就是这房次子。那二房的一把年纪了还不停地讨小老婆，房里的丫鬟媳妇将及淫遍，我在京城时听闻，他连儿媳妇房里的贴身丫鬟都讨去睡了，真真辱没斯文，败类之至！"

王氏听得魂飞魄散："我说他们堂堂一个国公府怎么上赶着来我们一个六品知州家里提亲，怕是京城里的体面人家都不肯把女儿嫁过去吧？"

"太太这次说对了。"盛纮收起扇子，摇头道。

"那也不能是忠勤伯府呀，他袁家如今门庭冷落得紧。"王氏气愤道。

"这倒不是。"盛纮终于来了兴致，热切地说，"我这次特意去见了忠勤伯爷，他家长子是早聘了国子监祭酒章大人家的千金。那次子我瞧着倒好，沉稳识礼，威风凛凛，年纪轻轻就在五城兵马指挥司里谋了个差事，我又特地去向窦指挥使打听他的人品才干。窦老西你也知道，素来狂傲，可他也把那袁文绍结结实实夸了一顿，还叹气说，那少年郎因被家世连累，一般的官宦世家都不肯与他们结亲，差些的人家又瞧不上眼，好端端的一个后生，拖到快二十岁了还没成家。大约是我在窦老西面前显了意，第二天，袁家就托了人来说项。"

王氏犹自绷着脸："你也说了，一般的官宦世家都不与他们结亲，他们如今要势没势，要钱没钱，我们干吗上赶着去？"

"废话！若不是人家现在有难处，也轮不上我们华儿。"盛纮也用王氏的话反唇相讥，"他家也是倒霉，先帝爷在位时，不慎卷入伊王谋逆案中，还连同几个世家一起被夺了爵。后来当今圣上即位后大赦天下，翻查了旧案方发现有几家是被牵连的，遂起复了四五家，他家就在其内，可还是被斥责处事不谨、行止不端，褫夺了十年的银米俸禄，冷落起来。"

"老爷既然说得头头是道，何必还要和他家结亲？"王氏撇撇嘴。

"你懂什么？像这种有爵位在身的王公家出来的子弟，大都颟顸无能，因祖上有荫，故不思读书，不想习武，不求进取，两三代之后便不成样子了。可这袁家因为遭过难，他家子孙便比一般的能干懂事，有过磨难的方知立业之难，我瞧着袁文绍很好。"

王氏还是不豫，转过头去不说话。盛纮走过去扶住王氏的肩膀，细声说："华儿是我们的头生女，我如何会委屈了她？记得那时我还只是一个小小的候补知事，又被指派到那苦寒之地，华儿出世时，我们竟连一个像样的奶妈子都寻不到。我一边读书一边当差，你又要管家又要服侍我和老太太。华儿那时乖得让人心疼，从不哭闹惹事，稍大一点了，还能帮你理事。说句诛心的话，这许多子女里，我最疼的就是华丫头。"

王氏想起当初那段艰难的日子，眼眶就红了。盛纮声音也微微颤抖："当时我就想，委屈了谁也不能委屈了华儿，我不指望着用华儿攀龙附凤，只希望她能嫁个有担当的男人，夫妻和睦，琴瑟和鸣，将来生儿育女，一生平顺。"

言语殷殷，一片慈父心肠。王氏再也忍不住落下泪来，忙低头拭泪。盛纮又道："袁家再不好，终归有爵位护着，若是仕途不顺，至少有个伯府可以依附。若是袁文绍争气，将来一样有荣华富贵等着华儿。"

王氏早就被说动了，一边用手绢角拭泪，一边嗔道："呸，一个潦倒货也被你说得跟朵花似的。老爷见事比我明白，且再让我打听打听那袁文绍的品性如何。都二十岁了，也不知他房里有几个人，要是有那淘气跋扈的，我可不依，我的华儿可不是嫁过去受罪的。"

"好好好，都依着娘子。"盛纮亲热地搂过去，"那小子要是贪花好色，我第一个不答应，我们定要细细思量，给华儿找个顶顶好的女婿才是。"

夏末秋至，北方不比南方，天气渐渐干凉起来，盛府免不了煮些甜汤来润肺止咳。明兰自来这里后大半时间倒是病着的，这一变天就更加虚弱，常常干咳气喘。请大夫来不过开些滋补之药，偏偏明兰最厌恶汤药的味道，她急切地思念着川贝枇杷露和咳喘宁，越这么想就越抵制汤药，喝一碗倒要吐半碗，整日里病歪歪的，半点力气也提不起来。曾经身板壮壮，还练习过防身搏击术的姚依依真是气不打一处来。

盛纮和王氏斟酌再三，又四处打听袁文绍的人品才干，最后还是定了他，这就过了纳彩之礼，送出了华兰的生辰八字，遂行问名礼。

王氏的思路非常神奇，居然分别请了一个得道高僧和一个有为道士来合八字，这一僧一道都说双方是百年好合的八字，王氏这才放了心。盛纮瞧王氏房中的香几上，左边摆了一个拂尘，右边立了一个木鱼，不由得失笑："太太这到底是信佛呢，还是信道？也说个准数，对准了拜方灵验些呀。"

王氏知丈夫是在调侃自己："哪个灵验我就拜哪个，只要华儿好，让我拜墙根儿草也成。"

盛纮容色一敛："我知你是一副慈母心肠，最是好心。最近我瞧着明儿不好，你也多留些心，这么咳下去，莫送了一条小命。"

王氏道："昨日京里来信，忠勤伯府这几天就要来下小定了，华儿见我忙得焦头烂额，就自己把明丫头的事给揽过去了。"

盛纮摇摇头："华儿一个小孩子知道什么，你还是自己过问牢靠些。"

王氏笑道："瞧老爷说的，华丫头哪里是小孩子了，要是诸事顺当，不是明年年底就是后年年初便要嫁人了，将来要服侍公婆夫婿，也该学着照看人了。这几天，她把自己份例的雪梨羹和杏仁汤都送给了明丫头，还天天拿眼睛死盯着明丫头吃药，吐半碗就要加一碗，明丫头吓得都不敢吐药了。"

盛纮心中大慰，连连点头："好好，姊妹间本就该如此，华儿有长姐风范，很好很好。"

华兰大小姐是个严格执行的负责人，温情不足，威严有余。明兰但凡流露出一点儿不肯吃药的意思，她就恨不能撩起袖子亲自来灌药。明兰吓出了一身汗，病倒好了一大半，华兰又捉着她天天踢毽子。

明兰犹如被押解的囚犯一般，在华兰的监督下，立在院子里老老实实地踢着毽子，每天要踢足三十个，每三天要累进五个。华兰大小姐居然还拿了本册子做明兰的锻炼日志，一脸狱卒相地天天记录，少踢一个都不行。

华兰是个大姐姐型的女孩，内心充满长姐情结，可惜她同胞的弟弟妹妹都无法满足她这个需求。长柏秉性老成稳妥，华兰不要被他训去就烧高香了。而如兰任性刁钻，桀骜不驯，华兰素与她不和，说她一句倒会还嘴三句，王氏护着，她又不能真罚如兰。

而林姨娘那里的两个她不屑插嘴，长栋又太小，所以她一直没什么机会摆大姐姐的谱。

明兰脾气乖顺和气，让做什么就做什么，说她两句也不会犟嘴，只会怯生生地望着你，水灵灵的大眼睛忽闪忽闪的，偶尔还发个小呆，萌得要命。华兰对这个小妹妹很是满意，几乎比对自己亲妹妹还要喜欢些。

忠勤伯府动作挺快，没过多久就来下小定，因为袁文绍年纪着实不小，他们希望明年年中就能完婚。盛纮拿出当年考科举时的文章架子，写了些云山雾罩的托词在信里，也不知人家是不是能看懂，大约意思是女儿还小，不忍早嫁，言辞恳切地表达了慈父爱女之心。那袁家立刻又加了不少聘礼，还请了鸿胪寺的一位礼官来下聘。盛纮里子面子都赚足了，也很上道地又加了些嫁妆，并把婚期定在明年五月，两家都很满意。

之后，华兰就被锁进了闺房绣嫁妆收性子。明兰松了口气，她现在已经累积到每天要踢六十五个毽子了，踢得她腿直抽筋。这下看守自己被关起来了，她也再次回到了吃吃睡睡的小猪生活，当然，时不时地要被如兰骚扰一下。

第三回・祖母养孙

一

　　天气渐渐转寒，春、夏、秋都还好，这一入冬，南北气候差别就立刻显现出来了，各房纷纷烧起了地龙以及各色土炕、砖炕，还有精致漂亮的木炕——就是把宽阔舒适的床和炕结合起来的寝具。明兰本是南方人，从不知古代北方竟然还有这样既保暖又舒服的炕床。估计是踢毽子的功劳，天气这样冷，明兰竟然没有感冒生病，不过，别人病倒了。

　　盛老太太到底年纪大了，且南北迁徙太远，水土不服，入秋之后也开始咳嗽了。她素来威严，屋里的丫鬟婆子不敢逼她吃药、踢毽子，所以病根一直没断，一入冬就时不时地发低烧。这一天突然烧得浑身滚烫，几乎昏死过去，大夫来瞧，也说凶险得很。老人家最怕这种来势迅猛的寒证，一个弄不好怕是要过去，这下可把盛纮夫妇吓坏了。

　　盛老太太要是没了，盛纮就得丁忧，华兰就得守孝，那袁文绍已经二十岁了，如何等得了？盛纮夫妇立刻意识到事情的严重性，于是同心同德，齐心协力，日夜轮流去照看盛老太太。每一服方子都要细细推敲，每一碗药都要亲尝，险些累得自己病倒。不过这副孝子贤妇的模样倒是引得全登州官宦士绅竞相夸赞，也算歪打正着了。

　　几天后，盛老太太终于退了烧，缓过气来，算是捡回一条命。盛纮夫妇不敢放松，紧着把库房里的各种滋补药品送到寿安堂里去。对明兰来说，再名贵的滋补药也是中药，那味道好不到哪里去，心里不免暗暗同情盛老太太。还没同情两天，寿安堂突然传来一个消息，说是盛老太太年老孤寂，想要在身边养个女孩儿，聊解冷清。

　　消息一传出来，几家欢喜几家愁，先说欢喜的。

"娘为何叫我去？都说老太太脾气乖戾，性子又冷漠，一年到头也说不上几句话。那屋里简陋得很，没什么好东西，况且老太太一向不待见你，我才不去自讨没趣。"墨兰窝在炕上的被笼中，身上披着一件栗色点金的灰鼠皮毛袄子，怀里抱着个横置的金葫芦掐丝珐琅手炉，小小年纪已经出落得清丽儒雅。

林姨娘瞧着女儿，又是骄傲又是担忧："好孩子，我如何舍得你去受苦？可咱们不得不为将来做筹谋。你可瞧见了你华兰大姐姐备嫁的情形？真是一家女，百家求，何等风光！等过个几年你及笄了，不知是个什么光景。"

"什么光景？"墨兰欠了欠身子，调子还是那么斯文，"娘莫再说什么嫡出庶出的了，父亲早说了，将来绝不委屈我，他会这样待大姐姐，也会这样待我的，我自有风光的日子。况且娘你手里又有产业，我有什么好怕的。"

"我的儿，你知道什么？你华兰姐姐今日如此风光，一是你父亲做官畅达，官声素来不错，来往交际也顺遂；二是咱家多少有些家底，不比那些没家底的清贫小吏；三是那华丫头是个嫡出的，她有个世代簪缨的舅家。这最后一处你如何比呢？况且你与那如丫头只差了几个月，将来怕是要一同论嫁，那时能有好的人家留给你？"林姨娘拿过女儿手里的暖炉，打开来用手边的铜簪子拨了拨里面的炭火，盖上后又递了回去。

纵是墨兰素来早慧，闻言也不禁脸红："娘浑说什么呢！女儿才几岁你就说这个。"

林姨娘拢住女儿的一双小手，秀致的眉目透出一抹厉色，沉声道："当年的事我从不后悔，给人做小，得罪了老太太，不容于太太，这些我一概不怕。你哥哥到底是个小爷们儿，不论嫡出庶出总能分到一份家产，将来自有立身之地，我唯独担心你。"

墨兰低声道："娘别往心里去，父亲这样疼我，几个女孩儿除了大姐姐就是我了，将来总不会亏待我的……"

"可也厚待不到哪里去！"林姨娘一句话打断了女儿，往后靠在秋香色金钱蟒大条褥堆里，合目慢悠悠地说，"你如今七岁了，也该晓事了。我七岁时，你外祖父家就败了，我不曾过过一天像样的日子，你外祖母没有算计，全靠典当度日。那时她总叹没能嫁到好人家，当初明明是一起嬉闹玩耍的小姊妹，有的就披金戴银荣华富贵，有的却落魄潦倒，连娘家人也不待见。总算她临过世前做对了一件事，把我送到这盛府来。"

屋内静静的，只有地上的熏笼缓缓地吐着云烟。林姨娘微微出神，想起第一天进入盛府的情景:那时盛纮虽然官职不大,但盛祖太爷挣下了大份的家业给子孙,老太爷又是探花郎出身,盛府自然气派。那样精致漂亮的花园,那样描金绘银的用具家什,绸缎羽纱四季衣裳,她一辈子都没想过这世上还有这样富贵的日子,这样养尊处优的生活。那时盛纮又斯文俊秀,文质彬彬,她不由得起了别的念头……

墨兰看着母亲朦胧秀丽的面庞,突然开口:"那娘你又为什么非做这个妾不可呢?好好嫁到外头做正头奶奶不好吗?惹得到处都是闲话,说你、说你……自甘……"

林姨娘忽地睁开眼睛,炯炯地看着她。墨兰立刻低下头,吓得不敢说话。

林姨娘盯了她一会儿,才转开眼睛,缓缓地说:"你大了,该懂事了……老太太什么都好,就是有一样,老喜欢絮叨什么'易求无价宝,难得有情郎'。所谓贫贱夫妻百事哀,老太太是侯府嫡小姐出身,自不知道外面贫家的苦楚。一个廪生一个月,不过六七斗米及一两贯钱而已,我们府里的头面丫头月银都有八钱银了,单你身上这件袄子就值五六十两,你手炉里烧的银丝细炭要二两纹银一斤,加上你日常吃的穿的,得几个廪生才供得起?"

墨兰额头上冒出细细的汗来。林姨娘苦笑着:"况且,难道贫寒子弟就一定品行好吗?我有个表姐嫁了个穷书生,原指着将来能有出头之日,可是,那书生除了能转两篇酸文,科举不第,经商不成,家里家外全靠你表姨妈张罗,她陪着夫婿吃尽了苦头,为他生儿育女,还攒下几亩田地。那年不过收成略略好些,那穷酸书生便要纳妾,你表姨妈不肯,便日日被骂不贤,还险些被休。她抵受不住,只得让妾室进门,不过几年便被活活气死,留下几个儿女受人作践。哼!那书生当初上门提亲时,也是说得天花乱坠,满嘴圣人德行之言,什么琴瑟和鸣,相敬如宾……呸,全是空话!"

墨兰听得入神。林姨娘声音渐渐低柔:"女人这一辈子不就是靠个男人?男人是个窝囊废,再强的女人也直不起腰来。那时我就想,不论做大做小,夫婿一定要人品出众,重情义,有才干,能给家里遮风挡雨……跟了你父亲,虽说是妾,却也不必担惊受怕,至少能有一份安耽日子可过,儿女也有个依靠。"

母女俩一时无语,过了一会儿,林姨娘轻笑着:"老太太当初给我找的都是些所谓的'耕读之家',她自己又固守清贫,如何给我置份体面的嫁妆?呸!我到底也是正经官家出身的小姐,要是指着吃糠咽菜,还进盛府来做什么?真真可笑。"

"那你还让我去老太太那儿,她能留我?"墨兰忍不住出声。

林姨娘笑意温柔:"傻孩子,这是你父亲在抬举你呢!我再体面也还是个姨娘,你又不是养在太太身边的,倘若能够留在老太太跟前学些规矩礼数,以后站出去也尊重些,将来议亲时自比一般庶女高。老爷说是让老太太自己挑个孩子,其实你想想,华兰要嫁了,如兰太太舍不得,明兰是个死气恹恹的病秧子,剩下的还有谁?"

墨兰又惊又喜:"父亲果然疼我。可是……我怕老太太……"

林姨娘捋了捋鬓发,眼波流动,笑道:"老太太这人我还是知道的,她秉性耿直,更喜欢怜悯弱小,虽然傲慢了些,却不难伺候。明儿一早开始,你就去老太太跟前请安服侍,记得,要小心温顺,做出一副歉意内疚的样子来。千万不要在外头叫我娘,要叫姨娘,有时损我两句也不打紧,嘴巴甜些,动作机灵些,想那老太太是不会把我的账算在你头上的。唉!说起来都是我连累了你,若你投生在太太肚子里,也不必巴巴地去讨好那老婆子了……"

"娘说的什么话?我是娘血肉化出来的,说什么连累不连累的。"墨兰噗笑着依偎到林姨娘怀里,"有娘在旁教导,女儿自能讨老太太欢心,将来有了体面,也能让娘享些清福。"

林姨娘笑道:"好孩子,等将来老爷再升品级做的官更大些的时候,保不齐你能比你大姐姐嫁得更体面些,到时候还有天大的福分等着你呢!"

二

"彩坏,快去催催大小姐,别磨叽了,老爷已经等着了。"王氏站在一整面黄铜磨的穿衣镜前,转身让两个小丫鬟上下拾掇,身上穿着一件绛红色金绛丝对襟直袄,头上斜斜插了一支金累丝花卉的蜜蜡步摇。

"母亲莫催,我来了。"随着笑声,华兰掀开帘子,鬓边插了一枚和母亲同色红宝石镶的喜鹊登梅簪,身上一件玫瑰金镶玫红厚绸的灰鼠袄,映得少女的脸庞红润明媚,"母亲,刚才我瞧见明丫头身边的妈妈急匆匆地往房里去,莫非您要把明丫头也带上?还是免了吧,她身子不好,吃过晚饭就歇下了,这会儿没准儿都睡着了。"

"歇什么歇,今儿她非去不可。"王氏冷声道。

华兰看着王氏，低头沉吟，轻声屏退那两个小丫鬟，然后上前一步到王氏身边，试探着问："母亲莫非是为了老太太要养女孩儿的事？"

果然，王氏冷哼一声："你老子好算计，打量着我不知道他打什么主意。刚刚压制了那狐狸精没两天，这会儿又想着怎么抬举她了。我原先不说话，是想着老太太这么多年都不待见她，想也不会要她的女儿，谁知……哼！真是龙生龙，凤生凤，你那好四妹妹，这几天日日服侍在老太太身边，端茶递水，低声下气，可着心地赔小意，哄人开心，如今寿安堂那儿里里外外都把她夸上了天，说她仁孝明礼，是老太太跟前第一孝顺的孙女。我估摸着，今晚你父亲又要催老太太下决心了。"

华兰神色一重："所以母亲打算把明兰推出去，让老太太养她？"

"便宜谁也不能便宜了那狐狸精！"王氏啐道。

华兰想了想，高声道："彩佩，进来！"

一个身着宝蓝色云纹刻丝比甲的小丫头进来，躬身行礼："姑娘有什么吩咐？"

"去，告诉刘妈妈，给如兰姑娘也收拾一下，待会儿我们一块儿去老太太那儿探病。"华兰说道。王氏面色紧了紧，彩佩应声出去。

王氏忙责道："让如兰去干什么？"

"母亲知道我要干什么。"华兰静静地说。

王氏看了女儿一会儿，轻轻叹了口气："我自是知道明兰是不顶用的，可……可我如何舍得如兰去，她的性子早被我娇养坏了，还不曾好好教导，怎么能去老太太跟前吃苦？"

华兰暗自咬了咬嘴唇，凑到王氏耳边轻轻说："难道你想看那女人得逞？"

王氏咬牙。华兰看母亲心动了，说："母亲就算把明兰推到前面，只消父亲一句话便会被挡回来，'老太太养女孩儿不过是聊解寂寞，送个病秧子过去没得累坏了老太太'，那时太太如何说？只有如兰去方行。一则，太太把亲生女儿送给老太太养，在父亲面前可得个好，博个贤孝之名；二则，如兰性子骄纵，在老太太跟前也可收收性子；三则，倘若老太太养的是墨兰，没准儿几年后又和林姨娘亲上了，要是养着如兰，如何与太太不亲？这可一举三得。"

王氏面色一动，似乎犹豫，华兰又说一句："寿安堂就在府里，太太要是想如兰了，尽可时时去瞧，要是不放心，指些可信得力的妈妈丫鬟就是了，难不成如兰还会吃苦？"

王氏在心里忖了几遍，狠了狠心，出门时，就把如兰和明兰一起带上。

盛纮正在外屋等着，看见出来大大小小好几个，有些惊愕。王氏笑道："今儿个听大夫说，老太太大好了，趁这个机会，把几个小的也带上，也好在老太太跟前尽尽孝心，栋哥儿太小，就算了。"

盛纮点点头。

一行人离了正房，前后拥着丫鬟婆子，当中两个妈妈背着如兰和明兰，步行来到寿安堂。看见房妈妈正等在门口，盛纮和王氏立刻上去寒暄了几句，随即被引入房里。

屋里正中立着一个金刚手佛陀黄铜暖炉，炉内散着云雾，地龙烧得十分温暖，临窗有炕，炕上铺着石青色厚绒毯，盛老太太正歪在炕上，身后垫了一个吉祥如意双花团迎枕，身边散着一条姜黄色富贵团花大条褥，炕上还设着一个黑漆螺钿束腰小条几，几上放着杯碗碟勺，另一些点心汤药。

盛纮和王氏进门就给盛老太太行礼，然后是几个小的。盛老太太受完礼，让丫鬟端来两张铺有厚棉垫的直背交椅，还有若干个暖和的棉墩，大家按次序坐下。盛纮笑道："今日瞧着老太太大好了，精神头也足了，所以带着几个小的来看看老太太，就怕扰着您歇息。"

"哪那么娇贵，不过是受了些凉，这些日子吃的药比我前几十年吃的都多！"盛老太太额头戴着金银双喜纹深色抹额，面色还有些苍白，说话声也弱，不过看着心情不错。

"都说病来如山倒，病去如抽丝，老太太一向身体硬朗，都是这次搬家累着的，索性趁这次机会好好休养休养，多吃几帖强身健体的滋补药才是。"王氏笑道。

"我倒无妨，就是连累你们两口子忙上忙下的，这几日也没睡一天好觉，瞧着你们也瘦了一圈，这是我的罪过了。"盛老太太淡淡地说。

王氏忙站起来："母亲说这话真是折杀儿媳了，服侍老人、伺候汤药本是为人媳妇的本分，谈何罪过，儿媳惶恐。"盛纮见王氏如此恭敬，十分欣慰。

盛老太太微笑着摆摆手，眼睛转向窗棂："这两天委实觉得好了，今天还开了会儿窗，看了看外头的白雪。"

华兰笑道："老太太院子里也太素净了些，要是种上些红梅，白雪映红梅，岂非美哉？小时候老太太还教我画过红梅来着，我现在屋里的摆设都是照老太太当初教的放的呢。"

盛老太太眼中带了几抹暖色："人老了，懒得动弹，你们年轻姑娘家正是要打扮侍弄的时候呢，如何与我老婆子比。"

正说笑着，门帘一翻，进来一个端着盘子的丫鬟，身边跟了一个小小的身影，王氏一眼看去，竟是墨兰，脸上的笑容立刻僵了一半。

只见墨兰巧笑嫣然地上前来，从丫鬟盘子里端下一个合云纹的白底浅口的莲花瓷碗，笑着说："老祖母，这是刚炖好的糯米金丝枣羹，又暖甜又软乎，且不积食，您睡前润润肺最好。"说着端到盛老太太身边，房妈妈接手过来。

看见她这般作为，王氏觉得自己的牙根开始痒了，盛纮却觉得眼眶有些发热，华兰不屑地撇了撇嘴，如兰和明兰一副瞌睡状。

盛老太太吃了口炖酥的蜜枣，微笑着说："瞧这孩子，我说她不用来，她非要来，天儿怪冷的，就怕冻坏了她，可怜她一片孝心了。"

房妈妈正一勺一勺地把蜜枣送上去，也笑着说："不是我夸口，四姑娘真是贴心孝顺，老太太一咳嗽她就捶背，老太太一皱眉她就递茶碗，我服侍老太太也是小半辈子了，竟也没这般细心妥帖呢。"

盛纮欣慰道："能在老太太跟前服侍是墨儿的福分，终归是自己的孙女儿，累着点算什么。"说着转头对墨兰道："墨儿，要好好伺候老太太。"

墨兰俏声答"是"，笑得亲切人。王氏也笑道："说得也是，到底是林姨娘在老太太身边多年，墨儿耳濡目染，多少也知道老太太的嗜好习性，自然能好好服侍老太太。"

此言一出，几个人都是一怔。屋内气氛有些发冷，墨兰低下头不语，眼眶有些发红。

盛纮不去理王氏，把身体朝前侧了侧，径直说："之前和老太太也说了，您年纪大了，膝下凄凉，不如养个孩子在跟前，不知老太太意下如何？"

盛老太太摇头道："我一个人清净惯了，没得闷坏孩子，不用了。"

"母亲这样说，儿子更加不能放心。"盛纮接着说，"这次母亲病了一场，登州几个有名望的大夫都说，您这病一大半是心绪郁结所致。您常年独居，平日里连个说话的人都没有，肝脾郁堵，愁绪不展。太过寂寞了对老年人不好，不能总关着院门，所以保和堂的白老爷子才说，让您养个乖顺的孩子承欢膝下，一来可以排遣寂寞，二来也不会太累着您老人家，何况您饱读诗书，能够得到您的提点，是孩子的造化。"

盛老太太见不能推托，便叹了口气，看了这满屋子的人一遍，似有些无奈："你觉得哪个孩子来我这儿好？"

盛纮大喜："这自然由老太太自己挑，找个乖巧妥帖的，合您心意的，也好让您日子过得有滋味些。"

王氏微笑着接上："是呀，家里这许多女孩儿，总有一个您可心的。华儿能有今天的见识，多亏了在老太太身边待，现下里如儿顽劣，明儿无知，要是老太太能点拨点拨，那可真是她们的造化了。"

盛老太太看了看表情各异的夫妻俩，抻了抻身子，略微在炕上坐直了些："还是问问孩子吧。"说着，先看向墨兰，问："墨姐儿，我问你，你愿意跟着我住在这里吗？"

墨兰红着脸，细软着声音回答："自是千般愿意的。且不说老太太是老祖宗，孙女理应尽孝，再者，老太太见多识广又慈心仁厚，对墨儿有莫大的恩惠，墨儿愿意在老太太跟前受些教诲。如今，除了大姐姐，我算是姐妹里最大的，没有我不出力，反让妹妹们受累的。"

王氏笑道："墨姐儿真长进了，一会儿工夫想出这许多由头。"

盛老太太点点头，又转过头去看如兰："如丫头，你来说，你愿意跟着祖母住在这里吗？"

如兰小姑娘正在打瞌睡，猛不丁地被点到了名，慌慌张张地站起来，四下看了看，一脸茫然。王氏头上冒冷汗，后悔刚才出门时没有好好教女儿说辞，真没想到老太太会当众发问，这下只能看女儿自由发挥了。

盛老太太看如兰一脸懵懂，笑着又问了一遍。如兰一边转头去看王氏，一边期期艾艾地说："为什么要住过来？太太也住过来吗？我屋子……能全搬过来吗？"

盛纮虽然内定了人选，但还是看不得如兰这样，呵斥道："老祖宗要你过来是抬举你，怎么这般没体统？！"

如兰被父亲骂了，当下眼眶里转了几滴泪，小脸涨得通红，眼看就要哭出来。王氏心疼，却不敢当着面去哄。华兰轻轻过去，把妹妹领回来，掏出手绢给她擦脸。

盛老太太笑着摆摆手，又转头去看最后一个："明儿，你出来，对，站出来，别怕，老祖母问你，你愿不愿意到这里来，和老祖母一起住呢？"

冒牌的明兰小同学，其实刚才也在打瞌睡，但是这会儿已经全醒了，和如兰的狼狈不一样，她是具有长期瞌睡经验的。读法律的人都知道，政法不分

059

家，政治课那漫长的战线上，处处留下了她战斗的口水印。修炼到第二学期，神功初成，她可以做到即使在瞌睡中被随时叫起来，也能清楚地回答问题。

所谓技多不压身，没想到上辈子打瞌睡的功夫这辈子也能用上，被叫到名字后，明兰很淡定地挪到前面，答道："愿意。"

就好像人家问她是要猪后腿肉还是猪前腿肉呀，她很镇定地回答，要猪头肉。

盛老太太似是没料到，顿了顿，看向众人，盛纮夫妇和几位小姐的表情都一样，显然六姑娘呆傻的形象已经深入人心。

老太太沉默了一会儿，清了清嗓子，道："明儿倒是说说，为什么愿意到我这儿来？"

王氏有些紧张，老太太和这个傻丫头连话都没有说过几句，明兰如何解释，总不能说她们祖孙俩心有灵犀，所以情比金坚吧。

明兰很不愿意装出一副天真的样子，那样太假，可是人类最大的优点就是向现实妥协，哪怕她是火星人，这会儿也得入乡随俗。

于是，明兰忍着心底自鄙的呼号，糯声糯气地小声开口："父亲说，老太太生病是因为没人陪着，有人陪着，老太太就不会生病了，生病要吃苦药的，老太太别生病了。"

这个回答非常完美，兼具了艺术性和实用性，屋里一片安静。盛老太太有些窝心，盛纮再次欣慰了，王氏舒了口气，华兰暗暗希冀，墨兰惊觉姐妹里还卧虎藏龙，如兰又开始瞌睡了，而明兰被自己酸倒了牙。

她衷心崇拜那些四十岁大妈还坚持要演十八岁姑娘的实力派女演员，她们的精神和牙龈一定都异于常人地坚强。

盛老太太问完了三个孙女之后，就说乏了，让儿孙们都自回屋里去，老人家要歇息了。盛纮本来还想为墨兰说两句话，也只好憋着回屋了。

刚回屋，还没宽衣洗漱，老太太身边的房妈妈突然来了，盛纮夫妇忙请她进屋，房妈妈是府里的老资格了，她说话利索，三言两语把来意讲明了——老太太要明兰姑娘过去。

此言一出，盛纮夫妇两个立刻天上地下，王氏大喜过望，恨不能立刻去烧两炷香还愿，盛纮则有些沮丧，觉得老太太终究不肯待见林姨娘。

"老爷，您的一片孝心老太太都领受了，老婆子在这里替老太太道谢了。太太，烦劳您抽空给六姑娘收拾下，回头传我一声，我就来接人。"

房妈妈素来为人爽利，说完后便躬身回去了。

"老太太是什么意思？咱们家里的姑娘，除了华儿就是墨儿最大，自然是长姐服其劳，难不成让个不懂事又病弱的孩子去？"盛纮张开双臂，让王氏解开衣服，他怎么想也觉得墨兰比明兰更合适，"更别说这些日子墨儿一直在老太太跟前服侍，人皆道她孝顺妥帖，老太太还在犹豫什么？"

王氏正身心舒爽，笑道："这是老太太挑人，咱们觉着好没用，得她自个儿愿意才成。老爷啊，凡事得人家心甘情愿的才好，总不能您觉着好，就给硬安一个，老太太瞧在老爷的面子上，不会驳您，可她心里未必舒服。所以您且放宽心，不论老太太挑哪个孩子，不都是老爷的闺女？如今老太太发话了，您照办就是了。老太太合心意，您也尽了孝心，不是两全其美？再说了，老太太宅心仁厚，她必是瞧着卫姨娘早亡，明儿又病弱懵懂，想要抬举她呢。"

盛纮觉得这个理由比较靠谱，越想越觉得可能性高。他就算再想抬举墨兰，也不能逼着老太太接受她，不过林姨娘与自己是真心相爱的，墨兰算是个爱情结晶，为了这结晶，他打算再去努力一把。

第二天，盛老太太刚起床，房妈妈正捧着个银丝嵌成长命百岁纹路的白瓷敞口碗伺候老太太进燕窝粥，外头的丫鬟就朝里面禀报："老爷来了。"然后打开靛青色的厚绒毡帘子让盛纮进来。盛老太太微瞥了他一眼，嘴角略扬了扬，让房妈妈撤下粥点。

"这么大清早来做什么？天儿冷，还不多睡睡。"待到盛纮行完礼坐下，盛老太太道。

盛纮恭敬地说："昨儿个房妈妈走后，我想了一宿，还是觉着不妥。我知道老太太是悯恤明儿，可是您自己身子还不见大安，若是再添一个懵懂无知的稚儿，叫儿子如何放得下心来？不如让墨儿来，她懂事乖巧，说话做事也妥帖，服侍老太太也得心，老太太说呢？"

"此事不妥。"盛老太太摇头道，"你心虽是好的，却思虑不周。孩子是娘的心头肉，当初我抱华儿过来不过才三大，媳妇就足足瘦了一圈，几乎脱了形，她嘴里不敢说，心里倒似那油煎一般。我也是当过娘的人，如何不知？所以当初即使你记在我名下，我也还是让你姨娘养着你。虽说太太才是孩子们的嫡母，但那血肉亲情是脱不去的，让墨儿小小年纪就离了林姨娘，我着实不忍……当初你不就是以骨肉亲情为由,没叫太太养墨儿吗?怎么如今倒舍得了?"说着睨着盛纮。

盛纮扯出一丝笑来:"老太太说得是,可是明儿她……"

盛老太太淡淡地接过话茬:"如今明兰在太太处自然是好的,可太太既要管家,又要给华儿备嫁,还要照料如儿和长柏,未免有些操持太过。更何况她到底不是明兰的亲娘,行事不免束手束脚,正好到我这儿来,两下便宜。"

盛纮被堵得没话,干笑道:"还是老太太想得周到,只怕明儿无知,累着您了,那就都是儿子的罪过了。"

盛老太太悠悠地说:"无知?不见得。"

盛纮奇道:"哦?此话怎讲?"

盛老太太微微叹了口气,扭过头去。旁边的房妈妈见色,忙笑着接上:"说来可怜,来登州后,老爷头次带着妻儿来给老太太请安那回,用过早膳,旁的哥儿、姑娘都叫妈妈丫鬟接走了,只有六姑娘的那个妈妈自顾吃茶,却叫姑娘等着。六姑娘四处走动,摸到了老太太的佛堂,待我去寻时,正瞧见六姑娘伏在蒲团上对着观音像磕头,可怜她忍着不敢哭出大声来,只敢轻轻闷着声哭。"

盛老太太沉声道:"都以为她是个傻的,谁想她什么都明白,只是心里苦,却不敢说出来,只能对着菩萨偷偷哭。"

盛纮想起了卫姨娘,有些心酸,低头暗自伤怀。盛老太太瞅了眼盛纮,略带嘲讽地说:"我知道你的心有一大半给了林姨娘,可墨儿自己机灵,又有这么个亲娘在,你便是少操些心也不会掉块肉。倒是六丫头,孱弱懵懂,瞧在早死的卫姨娘分儿上,你也该多看顾她一些才是,那才是个无依无靠的。"

盛纮被说得哑口无言。

送走了盛纮后,房妈妈扶着老太太到临窗炕上躺下,忍不住说:"可惜了四姑娘,且不说林姨娘如何,她倒是个好孩子。"

盛老太太轻轻笑了:"一朝被蛇咬,我是怕了那些机灵聪慧的姑娘了。她们脑子灵,心思重,我一个念头还没想明白,她们肚子里早就转过十七八个弯了,还不如要个傻愣愣的省事。况且你不是说听到她在佛前念叨着妈妈吗?会思念亡母,算是个有心的孩子了,就她吧。"

王氏神清气爽,事情朝她最希望的方向发展,那狐狸精没有得逞,如兰不用离开自己,还甩出了个不烫手的山芋,这登州真是好地方,风水好,旺她！于是第二天，她也起了个大早，指挥着丫鬟婆子给明兰收拾，打算待会儿请安的时候就直接把人送过去。

众人忙碌中，华兰威严地端坐在炕上，小明兰坐在一个小矮墩上，听大姐姐做训示——不许睡懒觉，不许偷懒不锻炼，不许请安迟到，不许被欺负……华兰说一句，她应一句，早上她本就犯困，偏偏华兰还跟唐僧念经似的没完没了。明兰就纳闷了，不过一个十五六的小姑娘，居然比她当年女生宿舍的管理员阿姨还唠叨，委实是个奇葩。

"你听见没有？整日傻呵呵的，想什么呢？"华兰葱管般的食指点着明兰的脑门儿。

明兰清醒过来，感慨道："他可真有福气，有大姐姐这般体贴照顾着。"

"谁？"华兰听不清。

"大姐夫呀。"明兰努力睁大眼睛，很天真的样子。

屋里忙碌的丫鬟婆子都捂嘴偷笑，华兰面红过耳，又想把明兰撕碎了，又羞得想躲出去。明兰很无辜地眨巴眨巴大眼睛瞅她，用肢体语言表示：怎么了，我说错什么了吗？

王氏人逢喜事精神爽，精神爽带动出手爽，为了显示她其实是个十分贤惠慈爱的嫡母，给明兰带去十几匹上好的料子，缎面的、绒面的、烧毛的、薄绸的、绫罗的、缂丝的……因是直接从华兰的嫁妆中拿来的，所以十分体面，还有几件给如兰新打的金银小首饰，也都给了明兰，足足挂满了一身。

请安后，明兰被妈妈领着去看新房间，如兰蹦蹦跳跳也跟着去了，而王氏和华兰继续与盛老太太说话。王氏犹如一个送货上门的推销员，因为担心被退货，所以对着盛老太太不住地夸奖明兰如何老实憨厚，如何听话懂事，夸得华兰都坐不住了，笑道："老太太您瞧，太太她生怕您不要六妹妹呢，可着劲儿地夸妹妹。"

一屋子主子仆妇都笑了，盛老太太最喜欢华兰这爽利的口齿，笑着说："小丫头片子，连自个儿亲娘都编派，当心她克扣你的嫁妆，回头你可没处哭去！"

华兰再次红透了脸，扭过身去不说话。王氏满面堆笑："老太太说得是，我就担心这丫头在家里没大没小惯了，回头到了婆家可要被笑话了。"

盛老太太朝着王氏侧了侧身，正色道："我正要说这个。自打华儿订下婚事，我就写信给京里以前的老姐妹，托她们荐个稳重的教养嬷嬷来，那种从宫里出来的老人儿,有涵养,懂规矩,又知书达理,让到我们府里来,帮着教华丫头些规矩,只希望太太不要怪我多事才好。"

王氏大喜过望,立刻站起来给老太太深深拜倒,带着哭腔道:"多亏老太太想得周到,我原也担心这个,若是寻常官宦人家也算了,可华儿许的偏是个伯爵府。虽说咱们家也不差,可那些公侯伯府里规矩大套路多,一般人家哪知道,华儿将来交往的亲朋怕不是王府就是爵府,华儿又是个直性子的,我总愁着她不懂礼数,将来叫人看轻了去。老太太今日真是解了我心头的大难题,我在这里给老太太磕头谢恩了!来,华儿,你也过来,给老太太磕头!"

王氏说着眼泪就下来了。华兰忙过来,还没跪下就被盛老太太扯到怀里。

老太太一边叫房妈妈扶起了王氏,一边拉着大孙女,殷切地看着她,哽咽着说:"你是个有福气的孩子,你爹爹为你的婚事是到处打听比量,那后生的人品才干都是数得着的,你上头有老侯爷护着,下边有夫婿、娘家,将来要懂事听话,等过几日那嬷嬷来了,你好好跟她学规矩,学行事做派,将来到了婆家也能有个尊重。唉……想那会儿你还没一个枕头大,这会儿都要嫁人了……"

华兰忍了忍,泪水还是淌了下来:"老祖宗放心,我会好好的,您也得好好养着身子,孙女将来要常常来看您呢。"

盛老太太心里伤感,朝房妈妈点了点头。房妈妈从里头取出一个极大的扁形木盒子,木质看起来有年头,但盒子四角都镶嵌着的錾云龙纹金带环纹则华丽生辉。房妈妈把盒子送到炕上,盛老太太接过,对华兰说:"你的嫁妆几年前在泉州就打造好了,你爹娘都是尽了心力的,也没什么缺的了,这副红宝赤金头面是我当初出嫁时陪送来的,今儿就给了你了。"

盒子打开,屋内顿时一片金灿流光。那黄金赤澄,显是最近刚刚清洗过的,红宝石硕大闪亮,每颗都有拇指那么大,大红火热,耀眼夺目,连出身富贵之家的王氏也惊住了,有些挪不开眼,华兰更是怔住了一口气。

房妈妈笑着把盒子塞进华兰手里:"大小姐快收下吧,这上面的红宝石可是当年老侯爷从大雪山那边的基辅国弄来的,打成一整副头面给老太太做嫁妆的。从头上的、身上的、到手上的,足足十八颗,用赤足金仔细镶嵌打造出来的,两班工匠费了三个月才打好,就是戴着进宫里参见贵人也够了。大小姐呀,这可是老太太的一片心意,快收下吧。"

华兰一时激动,埋在老太太怀里哭了起来,一边谢一边哭。王氏在一旁也抹着眼泪，这次的眼泪绝对货真价实。

老太太要养六姑娘的事已然定下，一上午就传遍了盛府，林姨娘听闻后，当场摔了一个茶碗，墨兰坐在一旁抹眼泪，哭得泪水滚滚："我说不去不去，你非让我去，瞧吧，这回可是丢人现眼了！"

一旁几个贴身的丫鬟都不敢吭声，整个盛府都知道这几天墨兰在老太太跟前殷勤服侍，都以为去的人会是墨兰，谁知临阵变卦，这次丢脸可丢大了。

林姨娘站在屋中，钗环散乱，秀丽的五官生生扭出一个狠相，恨声道："哼，那死老太婆要钱没钱，又不是老爷的亲娘，摆什么臭架子！她不要你，我们还不稀罕，走着瞧，看她能嘚瑟到哪儿去！"

第四回·墨兰装病

一

  明兰并不一直都是这么消极怠工的，想当年她也是一个"五讲四美"勤劳刻苦的好孩子、老师喜欢同学信任的好学生，没承想到了这里，际遇却一落千丈。这次她从王氏那儿搬到盛老太太处时，竟然只有一个比自己更傻的小桃愿意跟她去，其他的丫鬟一听说要跟着去寿安堂，不是告病就是请假，再不然托家里头来说项。那个妈妈更是早几天就嚷着腰酸背痛不得用了。
  "小桃，你为什么愿意跟我？"明兰满怀希冀。
  "可以……不跟吗？"
  沧海桑田，一种落魄潦倒的空虚感迎面而来，明兰拉着小桃的手，灰头土脸地离开。
  寿安堂的正房有五间上房，正中的叫明堂，两旁依次过去是梢间和次间，前后还有几间供丫鬟婆子值班居住用的抱厦，这是典型的古代四合院建筑。明堂有些类似现代的客厅，梢间和次间是休闲间或睡房，老太太自己睡在左梢间，把明兰就安顿在左次间，因为中间隔的是黄梨木雕花隔扇，明兰住的地方又叫梨花橱，昨晚房妈妈刚收拾出来的，摆设很简单朴素，一概用的是冷色调：石青色、鸦青色、藏青色……唯有明兰睡的暖阁用上了明亮的杏黄色。
  刚安顿好，老太太房里的丫头翠屏就来传话，说老太太要见明兰，明兰便跟着过去。看见老太太披着一件玄色八团如意花卉的厚锦褙子，半卧在炕上，炕几上放着一卷经书和几挂檀木数珠，还立着一个小小的嵌金丝勾云形的白玉磬。
  她看见明兰，招招手让她过来。明兰请过几次安，知道礼数，先行过礼，然后自觉地站到炕旁以四十五度角立在老太太跟前，抬头等着训示。盛老太太看她一副小大人的拘谨样子，笑着把她拉上炕，温言道："你是我养过的第四个孩子，前头三个都和我没缘分，不知你又如何。咱们来说说话，你不必拘着礼，想说什么就说什么，说错了也不打紧。"

明兰睁着大大的眼睛，点点头，她也没打算说谎。和这些一辈子待在内宅的古代女人相比，她那点儿心机真是连提鞋都不够。

"可读过书吗？"盛老太太问。

明兰摇摇头，小声地说："大姐姐本来要教我《声律启蒙》的，刚教了头两句，她就被关起来绣嫁妆去了，刘妈妈看得严，大姐姐溜不出来。"

盛老太太眼中闪了闪笑意，又问："可会写字？"

明兰心里苦笑，她原本是会写的，可在这里就不一定了，于是小声地说："只会写几个字。"

盛老太太让翠屏端了纸和笔上来让明兰写几个瞧瞧。墨是早就研好的，明兰短短的胳膊，捋了袖子，伸出小手，颤颤巍巍地捏住笔。她小时候在青少年宫混过两个暑假的毛笔班，只学到了一手烂字和握笔姿势。

她用五根短短的手指"按、压、钩、顶、抵"，稳稳地掌住了笔，在素笺上写了一个歪歪斜斜的"人"字，然后又写了几个简单的字，"之、也、不、已"，等等。

老太太一看明兰这手势，心里先暗暗赞赏，这孩子年纪虽小，胳膊手腕却姿势很正，悬腕枕臂，背挺腰直，目光专注，但因人小力弱，字就不大雅观了。明兰把记得起来的只有两三笔画的字都写完了，最后又写了横七竖八的墨团，老太太凑过去仔细辨认，竟然是个笔画复杂的"盛"字。

"谁教你写字的？"老太太问，她记得卫姨娘不识字的。

明兰写得满头大汗，用小手背揩了揩额头，道："是五姐姐，她教我描红来着。"

盛老太太笑出声来："教你描红？怕是让你替她写字，她好去淘气吧。"

明兰红了脸，不说话，心想这群古代女人真厉害。

"这个'盛'字又是谁教你的？描红帖上没有吧？"老太太指着那个辨认不清的墨团问。

明兰想了想："家里到处都有，灯笼上，封贴上，嗯……还有大姐姐的嫁妆箱子上。"

盛老太太满意地点点头，摸了摸明兰的小脸，一摸之下立刻皱了眉头，这个年纪的小孩子但凡能吃饱，都是脸颊胖乎乎的，可明兰的小脸上拧不出一把肉来，于是板着脸道："以后在我这儿，可得好好吃饭吃药，不许混赖。"

明兰觉得必须为自己辩解一下，小声说："我在吃呢，也从不剩饭，就是不长肉。"

盛老太太目光温暖，却还是板着脸："我听说你常常吐药。"

明兰觉得很冤枉，揉捏着自己的衣角轻声分辩："我不想吐的，可是肚子不听我的话，我也没有办法呀，这个……吐过的人都知道。"

老太太目光中笑意更盛，去拉开明兰的小手，帮她把衣角抻平："不但你的肚子不听你的话，怕是连你的丫鬟也不听你的话吧，听说这回只有一个小丫头跟着你来了？"

盛老太太孤寂了很久，今日接二连三地动了笑意，不由得调侃起来，没想到面前这个瘦弱的小人儿竟然一脸正经地回答："我听大姐姐说过，水往低处流，人却是要往高处走的，不论我去哪儿，也没什么人愿意跟我的。"

"那你又为什么愿意来？我吃素，这里可没肉吃。"老太太问。

"那我也吃素好了。"明兰闪着大眼睛，很巴结。

童音稚稚，余意怅然，老太太看了小女孩一会儿，然后也摇起头来，搂着明兰叹气道："只剩一把骨头了，还是吃肉吧。"

盛老太太给明兰指了个新的老妈子，姓崔，团团的圆脸，话不多，看着却很和气，抱着明兰的时候十分温柔。老太太看明兰和小桃主仆俩一个比一个傻，又将身边的一个小丫头丹橘给了明兰。丹橘一来，小桃立刻被比得自惭形秽。她不过比明兰大了一岁，却稳重细心，把明兰的生活照顾得周周到到。

小桃是外头买来的，丹橘却是家生子，她的老子娘都在外头管庄子田地的，因家里孩子多，爹娘看不过来，所以小小年纪就进府了，后被房妈妈看中，挑来寿安堂伺候。

盛老太太是侯府出身，虽然生活简朴，规矩却很严，一言一行都有定法。这里的小丫鬟老婆子都瞧着比别处老实些。明兰是个成年人灵魂，自然不会做淘气顽皮之态，崔妈妈刚接手就对房妈妈说六姑娘性情敦厚好伺候。

晚上睡觉前，丹橘早用汤婆子把被窝烘暖了，明兰让崔妈妈换好了亵衣，抱着直接滑进了暖烘烘的被窝，然后轻轻拍着哄着睡觉。夜里口渴了或是想方便了，明兰叫一声便有人来服侍。第二天早上，明兰一睁开眼，温热的巾子已经备好，暖笼里焐着一盏温温的金丝红枣茶。先用巾子略敷了敷额头和脸颊，待醒醒神后，崔妈妈又搂着迷迷糊糊的明兰喝下茶，再给她洗漱净面、穿衣梳头，小丹橘就在一旁服侍衣带扣子、着袜穿鞋，再出去给盛老太太请安。

一连串动作行云流水，自然妥帖，丝毫没有生硬之处，小桃在一旁看得目瞪口呆，一点儿也插不上手。明兰直到站在老太太炕前要行礼时都还没回过神来，直觉胃里暖洋洋的，身上也穿得厚实，大冬天早起一点儿也不难受。

老天菩萨，明兰来这个世上这么久，第一次享受到了这种一根指头都不用动的尊荣。腐败啊，堕落啊，明兰深深忏悔自己的腐朽生活。

给老太太行礼请安后，老太太又把明兰搂上炕，让她暖暖和和地等众人来请安。过不多久，王氏带着孩子们来了，中间缺了墨兰和长枫，说是病了，王氏一脸关心状，明兰偷眼看去，只见老太太神色丝毫未变。

"两个一块儿病了，莫不是风寒？这病最易传开了，我已经差人去请大夫了，只希望佛祖保佑，两个孩子无事方好。"王氏忧色道。

明兰在心里悄悄竖起了大拇指，这一年来王氏演技见长，那眼神、那表情，不知道的看见还以为长枫和墨兰是她生的呢。

盛老太太忽道："回头让老爷亲自去瞧瞧，两个孩子搁在一块儿，得病也容易染上，枫哥儿也大了，不如趁早分开好些。"

王氏吓了一跳，心头却一喜，惊的是老太太已经多年未曾计较这个了，这会儿怎么突然发难了；喜的是由老太太给林姨娘颜色瞧，总比她自己出手正道些，连忙道："老太太说得是，枫哥儿和墨姐儿最得老爷欢心，这次一块儿病了，老爷是得去瞧瞧。"

盛老太太淡淡地看了她一眼，低头喝茶。王氏笑着转头去看明兰，只见她身着一件簇新的桃红色羽纱袄子，规规矩矩地站在一旁，又嘘寒问暖了几句。明兰谈了几句搬新家的感受，华兰又插科打诨了几句，大家乐呵呵地笑了一阵后，便回去了。

人走后，房妈妈立刻领着一个捧着八角食盒的丫鬟从外面进来，她自己扶着老太太下炕。崔妈妈领着明兰来到右梢间，看见丫鬟们已经把食盒里的早餐摆上了一张黑漆带雕花六角桌。等老太太坐下后，崔妈妈把明兰抱上圆墩。明兰刚一坐上，看见桌上的早点，就吓了一大跳——不会吧，鸟枪换炮呀！

丰盛的一大桌子，红沉沉的枣泥糕，紫酽酽的山药糕，一盘热气腾腾的糖霜小米糕香气四溢，酥脆金黄的炸香油果子，焐在蒸笼里的小笼包子，居然还有一碗撒了香菜末子的荞麦皮馄饨，面前放的是甜糯喷香的枣熬粳米粥，旁边搁着十几碟各色小酱菜。

明兰握着筷子，有些发傻，她对那次寿安堂的寒酸早餐印象十分深刻，忙抬眼看了看老太太，轻声说："这么多呀。"

老太太眼皮都没抬，开始细细品粥。房妈妈眉开眼笑地接上话："是呀，今儿个老太太突然想尝尝。"她劝了那么多年都不肯听，这会儿算是托了六姑娘的福，老太太终于肯停止过那么清苦的生活了。

明兰心里感动，又看了看老太太，小嘴巴动了动，低下头，又抬头悄悄地看了她一眼，低声说："谢谢祖母，孙女一定多吃长肉，给您长好多肉。"

老太太听到前半句时只是心里微笑，听到后半句时，忍不住莞尔，什么叫"给您长好多肉"，当她养小猪吗？房妈妈更是侧过头去捂嘴笑。

早饭过后，祖孙俩又回到炕上，盛老太太拿了本《三字经》出来，让明兰念两句来听听，看她认识多少。明兰十分心虚地拿过来，决定给自己抹黑，于是硬着头皮张嘴："人之刀，生木羊，生木斤，习木元……"

老太太险些一口茶喷出来，连连咳嗽了好几下。明兰吓了一跳，连忙绕过炕几去给老人家拍背顺气，一边顺一边还很天真惶恐地问："老太太，我念错了吗？"

老太太深吸了好几口气才缓过来，看着孙女一脸懵懂，强撑着道："你念得……很好，只是错了几个字而已，不妨事的，慢慢学就好。"

十二个字只对了三个，不足30%的正确率，明兰内心很忧伤，想她堂堂一大学生装文盲容易吗？

当天忧伤的不止明兰一个。傍晚盛纮下衙回家后，王氏立刻把盛老太太的原话加上自己的理解汇报了一遍，盛纮连官服都没换，黑着一张脸就去了林姨娘处。关上门后，外头不知道里面发生了什么，只依稀听见哭闹声、咆哮声，外加清脆的瓷器摔破声……

大约半个时辰后，盛纮脸色发青地出来，丫鬟进去服侍时，发现林姨娘房里狼藉一片，林姨娘本人伏在炕上，哭得海棠带雨，几乎昏死过去。

得知这个后，王氏精神振奋地连灌了三杯浓茶，然后分别给元始天尊和如来佛祖各上了一炷香，嘴里念念有词，即使知道盛纮去了书房睡觉也没能减弱她的好心情。所谓敌人的敌人就是我的朋友，王氏决定以后要加倍孝顺老太太。

二

第二日请安时，长枫和墨兰兄妹俩果然"病好了"，王氏拉着他们兄妹俩嘘寒问暖的，一会儿问什么病，一会儿又问病好得怎么样了。墨兰还好，长枫却是羞红了脸，众人按齿序给老太太行过礼后，长枫兄妹俩双双给老太太请罪。

"让老太太挂念了，我们原也没什么病，只是前日晚睡，着了些凉，昨日早起便觉着头重脚轻，本也不打紧，可我想着老太太刚才大好，要是被我过了病气可怎么是好？又因三哥哥与我住得近，林姨娘恐病气也传给了哥哥，所以索性连哥哥也留扣下了。"

墨兰细声细气地说，脸色憔悴，身姿娇弱，看起来似乎真是病了一场。长枫白净的小脸有些讪讪，跟着道："也不知怎么了，昨日一早起来，妹妹就病了，林姨娘也不让我出门，让祖母操心了，祖母可别怪罪。"

说着连连作揖。明兰在一旁看着也觉得不似作假。盛老太太看着一脸惶然的长枫，面色微霁，温言道："枫哥儿快十岁了，该有自己的屋子和使唤人了，也好便利读书，没得整日和妇孺一起，耽误了功课。你大哥哥明年打算去考童试了，现下正用功呢，连太太、妹妹也不多见。虽说我们这样的人家捐个生员也就是了，可到底不如考出来的好。你也要好好上进，将来或光宗耀祖，或自立奉亲，都看你自己的造化了。"

老太太这番话不但是说给长枫听的，也是说给林姨娘听的，真真是肺腑之言。长枫立刻就肃容直立，恭恭敬敬地给老太太拱手作揖。那边的王氏听老太太提及长柏，喜上眉梢，得意之色无可掩饰。长柏还是一副少言寡语的样子，眉毛都没抬一下。

老太太又拉着长枫说了几句话，始终没理墨兰。她的小脸慢慢涨红了，窘得手足无措，盛老太太这才看了看她，慢慢地说："墨丫头这次受风寒，大约是前几日在我跟前孝敬时落下的因头，天寒地冻的，你身子又弱，自然抵受不住。"

墨兰含泪答应，小脸侧抬，看着老太太泪汪汪的，又是可怜又是委屈，道："不能在老太太身边服侍，终是我没福气。这几日心里难受，才会着风寒的。都是孙女的错，孙女想错了，请老太太责罚。"说着就跪到炕前，小身子摇曳颤抖，屋里的丫鬟婆子也看着不忍。

盛老太太看了她一会儿，让翠屏把她扶起来，拉到身前，温和道："墨丫头呀，我没让你来这儿，你不用往心里去，不过是太太身边事多孩子多，我替她看一个，好让她轻省些。你一个小姑娘，切不可心思过重，累及身子便不好了。还是要多养养，将来还要学女红针黹、规矩礼数，且得受累，便是你六妹妹我也是这么说的。"

墨兰泪珠在眼眶里转了转，便没掉下来，点点头，依偎到老太太身前。华兰见状也过去轻轻劝慰。王氏转头去看看如兰，不由得叹气，如兰正不耐烦地点着鞋子，一双眼睛巴巴地看着外头；再转头看明兰，发现她只呆呆地低着头看自己的脚，又觉得自己女儿也还好。

众人回去后祖孙俩照旧自用早饭，今天的早饭又多了新鲜狍子肉和江米熬的肉糜粥，明兰从没吃过这种肉，觉得特别香，不禁多吃了一碗。看小女孩鼓着脸颊吃得香，老太太忍不住也多用了些，一旁的房妈妈看得也高兴。

吃完饭，老太太又叫明兰脱鞋上炕。这次她给了明兰一本描红册，让她伏在炕几上描红，写一个字认一个，一边写，老太太一边轻声指导。没多久盛老太太就发现明兰记性甚好，一上午可以记住十几个字，尽管人小力弱，字大多歪歪扭扭的，一笔一画却颇有章法，起笔画横时，自然会向左先一倾，然后再稳稳地朝右画过去。

这一来，盛老太太就教出了兴趣。她怕一整天都教明兰习字小孩儿家会闷，又拎出一本诗集，挑了几首朗朗上口的短诗，一句一句念给明兰听，第一首就是那著名的《咏鹅》，一边念，一边解释诗里面的字义。

明兰有些窘，但还是装模作样地跟着念，两遍跟过之后就会"背"了，盛老太太越发喜欢，把小女孩儿搂在怀里亲了亲。老太太年轻时颇有才名，所以当初才会那么看顾能诗会画的林姨娘。明兰被搂得头发散乱，夸得脸红，不过骆宾王七岁能作诗，她六岁背首诗应该属于正常范围吧。

"明丫儿，知道这诗的意思吗？"盛老太太笑问，脸上的皱纹似乎都舒展开了。

"祖母说了里面的字后孙女就知道了。从前有三只鹅，它们弯着脖子朝天唱歌，白色的羽毛浮在绿色的水上，红红的鹅掌拨动清水。"明兰朗声答道。

"喜欢这首诗吗？"老太太听得笑容满面。

"喜欢。这诗里既有颜色又有声音，就是没见过鹅的人也好像看见了那三只大白鹅一样。"明兰努力用幼儿语言来解释。

盛老太太指着明兰笑道："好好好，三只鹅……没错，就是那三只呆鹅！"

两天处下来，盛老太太觉得这个说话都不利索的小孙女实是个妙人，她也不似华兰那般能说会道，也不似墨兰那般知情识趣，看着呆头呆脑的，偏偏有一种不可言表的意趣。她说的孩子话，乍听都没什么错，还很一本正经，小脸一派认真，可总让人有些想捧腹的意味。

一上午的脑力、体力双重劳动之后，盛老太太中午胃口大开，趁着高兴多吃了一碗饭。明兰为了向新老板表现出愿意多长肉的诚意来，也奋力吃了一整碗饭。那碟油光水滑的冰糖红焖蛏子肉因为卖相甚好，居然被祖孙俩同心协力一起拿下了。房妈妈看得目瞪口呆，偷偷吩咐翠屏去准备双份消食的陈皮腌酸梅泡的神曲茶。

吃完午饭，祖孙俩坐在靠窗的一对宽大的黑檀木錾福寿纹圈椅上歇息，打算消消食再去睡午觉。此时冬季已近尾声，冰消雪融，午间阳光暖意融融。明兰被晒得暖洋洋的，像只毛茸茸的小猫咪一样蜷缩在铺着锦缎棉椅套上。中午吃得很饱，明兰小脸红彤彤的，稚嫩喜人，盛老太太看着眼睛渐渐眯拢的小孙女，突然问道："明儿，你觉得你四姐姐真的生病了吗？"

这句话问得有些玄。

明兰本来昏昏欲睡，听到这句问话后，努力把眼睛睁大一些，神情有些茫然，说得颠三倒四的："不……不知道，我本来觉得四姐姐是恼了羞了，所以装病不肯来的——老爷每次来查五姐姐功课时，她就装病来着，可是今早看见四姐姐，又觉得她是真生病了。"

老太太听了这大实话，微微一笑，对上那一双明亮的大眼睛，拢了拢她头上的碎头发，摸摸头上圆圆的小髻，道："若你四姐姐真是装的呢？咱们该不该罚她？"

明兰挨着祖母温暖的手掌，摇摇头，伸出白玉般的一对小爪子，巴住老太太的袖子，轻声道："不能来老太太这边，四姐姐就算身上没病，心里也是难受的，必是有些不妥当的，也不算装病。大姐姐那会儿天天押着我踢毽子，我倒是真装过病来着。"

明兰其实挺同情墨兰的，估计之前林姨娘得宠时，也经常这样耍脾气，所以当墨兰被拒绝时，林姨娘立刻反射性地给老太太脸子瞧，可惜这次撞到了枪口上。

要知道，盛纮自从升官来登州之后，已经下定决心要整顿门风。他的确喜欢林姨娘和她的孩子，也愿意抬举他们，可是他更喜欢自己的家族和社会地位。老太太前脚刚拒绝墨兰，林姨娘后脚就让一双儿女装病不去请安，这是摆明了下老太太的面子，也是明刀明枪地告诉整个盛府，她林姨娘腰杆硬着呢。

而老太太立刻反击，是在逼盛纮在宠爱林姨娘和家族体统之间做个选择，"孝"字当头，盛纮毫不犹豫地选择了后者。这就好像买股票不能光看公司的运行状况，还要多看国家形势，现在盛府的形势是，盛纮愿意护着林姨娘，但林姨娘必须谨守做妾的本分。

老太太觉得这个小孙女见事明白，微微有些意外，又温和地问道："那明儿觉着你四姐姐错在哪里？"

明兰晃动小脑袋，有模有样地说："让谁来老太太这边，本就是我们的孝心和老太太的乐意，四姐姐不该因为没遂成心愿就来装病让您操心。"

老太太满意地笑了，把明兰抱过来坐在自己膝盖上，摸着她的小脸道："我的六丫头呀，你说得好。要知道，在老祖母这里识字学女红都是次的，咱们第一紧要的就是学着明理知事。人活在这个世上，总有遂心的和不遂心的，是你的就是你的，不是你的莫要强求，要惜福随缘，不能为求目的不择手段……"

老太太看见小孙女一脸懵懂，表情似懂非懂，觉得自己说得也太深奥了，就不再说下去，叫崔妈妈来把明兰抱进梨花橱去睡午觉。

其实明兰都听懂了，盛老太太这人挺悲催的。当初她养林姨娘吧，原想养出个高洁的姑娘，没想到却养出她现在这副模样，心机重，战斗力强，把盛府闹了个天翻地覆，而这一切缘由概因一个"贪"字。这次她养的是个庶女，倘若因为跟在她身边就心高气傲起来，还有了不该有的指望，那反而是害了她，所以老太太在这儿未雨绸缪呢。

躺在暖和的炕上，明兰小小地叹了口气。其实盛老太太不用担心，从接受这个身份的那一天起，她就在想自己的将来了。显然这是个很正常的古代世界，森严的等级制度，明确的封建规则，她唯一能做的就是经营好自己的生活。

人类的幸福感是通过比较得来的，如果周围人人都比你惨，哪怕你吃糠咽菜也会觉得十分愉快。庶女们之所以痛苦，是因为一起长大的嫡出姐妹往往会有更好的人生，看着一个爹生的一起长大的姊妹处处比自己强，心里不痛快是必然的。

但是，如果不和嫡女去比较呢？明兰假设自己出生在一个食不果腹的农家，或是更差，生在一个命不由己的奴仆家呢？比起这些，她已经好很多了，目前的生活让她至少衣食无忧，还算是微有薄财，父亲也不是贾赦之流乱嫁女儿的烂人，家庭也还算殷实。

像她这样的古代女孩儿，人生已经被写好轨迹——按照庶女的规格长大，嫁个身份相当的丈夫，生子，老去。除了不能离婚，很可能得接受几个"妹妹"来分老公之外，和现代倒没很大的区别。有时，明兰会很没出息地想：这样也不错。

如果生活不顺遂，老天硬要给她安一个悲惨的人生，哼，那就要命一条，要头一颗，真的无路可走，她也不会客气。她不好过，也不会让亏待她的人好过，到时候白刀子进，红刀子出，大不了鱼死网破，谁怕谁！她可是被泥石流淹死过的人！

想到这里，明兰心里反而通透了，舒展着小肚皮，沉沉睡去了。

第五回·嬷嬷教导

一

又匆匆过得十几日，待一日冬雪初晴，王氏期盼已久的孔嬷嬷终于姗姗而至。据说她原是山东孔府旁支的旁支的旁支后人，从宫女升作女官。这几十年皇帝换了好几任，她却一直安然在六局女官的位子上轮换着，前几年病老请辞出宫后，一直在京中的荣恩观养老。

时下，不少公侯伯府或世家望族时兴请些宫中退出来的老宫人到家里来教养女儿规矩礼仪，明兰的理解是增加女儿的附加值。

这位嬷嬷前后已在英国公府、治国公府还有襄阳侯府教养了几位千金小姐，都说她脾气温厚，教规矩的时候耐心细致，不像别的嬷嬷动不动就要罚要打的，却又能把礼数规矩教到位。王氏没想到盛老太太这么有面子，居然能请到这么有档次的嬷嬷，又到寿安堂谢过几次。

能在宫里当足几十年女官而没有发生任何作风问题，明兰估计这位嬷嬷长得很安全。见面之后，果然如此。孔嬷嬷大约比老太太小几岁，体形瘦削，眼睛不大，鼻子不高，一张干瘦的大饼脸瞧着很和气，穿着一件银灰色素面织锦褙子，只在袖口镶着绒毛皮边，头上也只简单地戴了支斜如意纹的白玉扁方，一身显得很素净。

她原照着宫中的老规矩要给老太太行礼，忙被老太太扶了起来，她们是旧识，便一同坐在炕上聊了起来。这样长相平凡的一个人，一说起话来却让人如沐春风，一举手一投足都大方流畅，谦谨端庄。盛纮和王氏笑着陪坐在一旁，华兰兴奋得小脸发红，收敛手脚，一句话都不敢多说，墨兰坐得端雅，保持完美的微笑听两位老人说话。王氏怕如兰不懂事，丢了盛家的人，所以根本没让她来。

"盛大人为官明正，治理德方，在京中也素有耳闻，如今儿孙满堂，府上的少爷小姐都芝兰玉树一般，老太太真有福气。"孔嬷嬷含笑着说。

"居然能把你这大忙人请来，我是有福气。我这大丫头可交给你了，有什么不好的，你只管打罚，不必束手束脚的。"盛老太太笑着指了指华兰。

"老太太说的什么话，我今日虽有些体面，不过是诸位贵人给的面子，说到底我在宫中也不过是个奴婢。照我看呀，规矩是用来彰显德化、明正伦理行止的，不是用来折腾人的。规矩要学，但也不用死学，用心即可，况且老太太的孙女能差到哪儿去？"孔嬷嬷一边说，一边随意地看了眼华兰。华兰似乎受了激励，端端正正地坐着，腰背挺得笔直，目光期盼，仿佛用肢体语言表决心一般。

"嬷嬷此次能来，真是托了母亲的福，回头嬷嬷教导华儿得空时，也与我们说些京里头的事，好让我们这些个常年在外的乡下人长长见识。"王氏道。

"泉州到登州，从南至北，物宝民丰，天高海阔，太太既见过高山大川，又晓得天南地北的风土，见识当在我这一辈子不挪窝的老婆子之上，太太过谦了。"孔嬷嬷谦和地微笑。这番话说得王氏全身汗毛孔都熨帖舒坦，笑得更加合不拢嘴。

这位孔嬷嬷话说得很慢，但没有让人觉得拖沓，话也不多，但每句话都恰到好处，让旁人都听得进去，恭敬又适意，明兰在一旁看了很是佩服。王氏和华兰本来以为会来一个严厉的教养嬷嬷，已经做好吃苦的准备，没想到孔嬷嬷居然如此和气可亲，高兴之余，更感激盛老太太。本来王氏早已备下了孔嬷嬷住的屋子和使唤的下人，可孔嬷嬷委婉地表示想先在寿安堂住一夜，好和老太太叙叙旧，王氏自然从命。

当夜，孔嬷嬷睡在盛老太太的暖阁里。

"你居然肯来，我本来可不敢请你。"盛老太太道。

"我真是厌烦那些权贵之家了，每个人都有千张面孔，面上、肚里弯弯绕绕地算计个不歇。我这一辈子都是猜人心思过来的，连梦里都思量着那些贵人的肚肠，本想着请辞后能过几天舒心日子，没承想还是不消停，索性借了你的由头逃出京来，好过几大清净日子。再说我也老了，总得落叶归根。"孔嬷嬷一改刚才的不慌不忙，一副疲惫状。

"落脚的地方可找好了？若是有用得着的地方，一定找我。"盛老太太目露伤感。

"不用了，早找好了，我还有个远房侄子在老家，他没父母，我没子嗣，正好一起过日子。况且你也知道，我也没几天活头了，不想再拘束了。"孔嬷嬷一副解脱的样子。

盛老太太微有怜意，低声道："你这一辈子也不容易，当初你都定亲了，入宫的名牌上明明是你妹妹的名字，却被你后娘拿你硬冒名顶替进了宫，耽误了你一辈子。"

"什么不容易，"孔嬷嬷豁达地笑了，"我这辈子可比常人精彩，不说吃过的、用过的，就是皇帝我就见了三个，皇后见过五个，后妃贵人更是如过江之鲫，也算是开眼了！还能衣食无忧地活到花甲，没什么好抱怨的。倒是我那妹妹，嫁人、偷人、下毒、被休，一辈子弄得声名狼藉，我那后娘为她倾家荡产，最后潦倒而死，我可比她们强多了。"说着呵呵笑起来，"当初听到这消息时，我可偷着喝了一整瓶老窖庆祝！"

盛老太太笑道："你还是老样子，瞧着恭敬，内里却落拓不羁。"

孔嬷嬷微有伤感，道："不这样，怎么熬得过去？"说着，突然冲老太太怪声怪气道，"倒是你，怎么修身养性到如此地步？你当年那派头哪里去了？"

盛老太太摇了摇头，无奈道："纮儿终归不是我亲生的，何必讨人嫌？况且我也乏了，当年折腾得天翻地覆又如何，还不是一场空？"

孔嬷嬷冷笑道："我看你是越活越回去了。你不想想，当初静安皇后可比你日子难多了，儿子死了两个，女儿被抱走，皇家又不能和离走人，她又能如何？太宗爷宠她，她高兴；冷落她，她也高兴。当年她对咱们几个怎么说的？'女人这一辈子顺心意的事太少了，出身、嫁人又全不由己，当须给自己找些乐子，对酒当歌，人生几何'，她虽不长命，可天天活得开心过瘾，薨逝后，太宗爷日日思念，后来一病不起……"孔嬷嬷的声音渐渐低下去。盛老太太也目光惘然，想起了那个肆意昂扬的洒脱女子。

孔嬷嬷嘘了长长的一口气："好在先帝爷最终还是立了她的小儿子，她也算留了后。我就听她的话，该吃就吃，该享受就享受，也不枉这一辈子。当年进宫的人要是你这个倔性子，早不知死了多少回了！"

盛老太太回忆起自己娇憨的青春，一片怅然，半响，甩甩头，岔开话题道："好了，别说了，你瞧瞧我家怎么样？"

孔嬷嬷翻白眼道："一塌糊涂，没有规矩！最没规矩的第一个就是你！"她似乎在京中闷了很久，终于逮到个机会畅言，盛老太太无法，只得让她接着说。

"你家老太公倒是个人物，挣下偌大一份家业，临终前亲自给三个儿子分了家，可坏就坏在他才走没多久，你夫婿也去了。若没有你，盛大人他一个庶子，早被他黑心的三叔给嚼得骨头渣子都不剩了，还能剩下这份家业来？你那会儿，要钱有钱，年纪还轻，勇毅老侯爷和夫人都健在，再嫁也不是难事，纵然金陵和京城不好待了，天高海阔找个远处过日子就是了。男人一嫁，儿子一生，自己过小日子，岂不美哉？你偏要给你那没良心的守节，把庶子过继到名下，撑起整个盛家，给他找师父，考功名，娶媳妇，生儿育女。然后呢，你功成身退，缩到一角当活死人了，简直不知所谓！"孔嬷嬷差点把手指点到盛老太太脸上。

"你虽不是他的亲娘，却是他的嫡母，对他更是恩重如山，你大可挺直了腰杆摆谱，有什么好顾忌的？告诉你，儿子都是白眼狼，娶了媳妇忘了娘，你若是自己不把自己当回事，他乐得把你撇边上！我朝以孝治天下，他但凡有半点忤逆，就别想在官场上待了。你好歹把日子过舒坦些，就算不为了你自己，也得为了你那宝贝小丫头。"孔嬷嬷说着，朝梨花橱那头努了努嘴。

盛老太太被喷得一头一脸的唾沫，又无可辩驳，终于有个话题可说，忙道："对了，你瞧我那明丫头怎么样？"

孔嬷嬷侧着脸，沉吟了一会儿，方道："很不错。"

看盛老太太一脸期待的样子，又加了几句："那孩子一双眼睛生得好，淡泊、明净，好像什么都看明白了，却又不清冷，还豁达开朗、稳重守礼，知道不在人前招眼，比你强，不枉你心肝肉似的待她。"

盛老太太白了她一眼："什么心肝肉，几个孙女我都是一般的。"

孔嬷嬷不耐烦地挥手："少给我装蒜！适才一顿晚饭，你往她碗里添了几次菜？隔一会儿，就嘱咐一句'多吃点儿'，再隔一会儿，又是一句'不许挑食'，她往哪个菜多伸一筷子，你身边的房妈妈就暗暗记了，你当我是瞎子？才儿她睡觉，你把我撂在这里半晌，定要看着她吃药就寝，估计等她睡着了才来的吧？"

盛老太太无可奈何："那孩子睡得不少，却老也睡不踏实，一晚上得醒过来几次，有时半夜还哭醒过来，我知道，她是心里闷着伤心却说不出来。夜里折腾，白天还没事人一般，照样跟着我读书识字，乖乖地坐着听我这老太婆说古。说来也怪，她不如当初的林姨娘识文断字、能写会画，也不如华丫头伶俐讨喜哄我开心,可我反觉得她最贴心。"她说得怅然。

"那是你长进了,冤枉了半辈子,终于知道看人要看里头货,外边再花里胡哨也不如人品敦厚要紧。也是你独自太久了,如今有个孩子日日做伴,再怎么端着,也忍不住要当心肝。"孔嬷嬷目光犀利,说话一语中的。

盛老太太指着她骂道:"你这张利嘴,怎么没死在宫里?让你出来祸害人。"

孔嬷嬷瞪眼:"那是自然。"

说着,两个老人笑在一起。

笑了半晌,盛老太太一边擦眼泪,一边伸着脖子往梨花橱那里看,被孔嬷嬷拉住:"别看了,吵不醒你的小宝贝儿,她不是喝了一整碗安神汤吗?要是醒了早有声响了。快回来,我有话对你说。"

盛老太太想想也是,便转了回来。孔嬷嬷正色道:"我是山东民女,你是金陵的侯府千金,因了静安皇后,相识一场也算缘分,有些话我要劝你。"

盛老太太正色点点头,孔嬷嬷方道:"我知道你冤枉了半辈子,奋力拼搏却也不过是人亡情逝,因是凉透了心,也不肯再嫁,只守着盛家过日子。可我问你,你还有多少日子可活?"

孔嬷嬷见盛老太太神色伤怀,接着说:"静安皇后临终前说了一番话,我今日送给你——所谓谋事在人,成事在天,咱们做女人的,一辈子不容易,但凡能做的都做了,后头如何就看老天爷的意思了。父母生养不易,咱们如何也不能白白糟蹋了这一世,该怎么过就怎么过,有一天日子便要过好一天。你既然还有口气在,就得好好过下去,看见不平就说,瞧着不对就骂,把你金陵徐家大小姐的架子端出来,把府里的规矩整一整,不说你自己能过得舒坦些,也能给你盛家子孙留个好样不是?你说是不是这个理?"

盛老太太眼圈红了,拿帕子轻轻拭着眼角:"到底是老姐妹,现如今也只有你与我说这番话了,你的一番心意老姐姐我领了……好歹,我也得撑到明丫儿出阁。"

孔嬷嬷眼见劝成,大是欣慰:"你能这么想就对了,六姑娘还小,日后且得倚仗你呢,不求她大富大贵,能顺遂地找个好人家就是了。"

二

次日一早,明兰端着习字帖去老太太跟前,打算这几天把没剩下多少的《千字文》一鼓作气拿下,以后就不用装文盲了。正当她迈着小短腿来到正堂,却没想王氏一大早就来接孔嬷嬷了,活脱脱是来领救济粮的灾民,生怕晚些来就没了。

她坐在下首,恭敬地听盛老太太说话:"……昨夜我撂下老脸求了孔嬷嬷,让她劳累些力气,在教大丫头时,把其余几个小丫头也捎上,虽然她们年纪还小,但跟着听些,看些,也好增长些涵养……"王氏自然愿意,本来她就觉得难得请到个这么高规格的家教,怎么也不能浪费。于是明兰的习字课只好先行中断,一吃完早饭就被崔妈妈送到华兰处。

绕过点熙桥,穿过半片小园子,来到华兰的葳蕤轩。一看见华兰,明兰顿时眼前一亮,只见今日华兰身着一件烟柳色的银错金双凤织锦短袄,下着浅碧色轻柳软纹束腰长裙,头上绾着如云的朝月髻,上只束着一条累金丝嵌宝石金带饰,整个人如一枝玉兰花苞一般,真是明媚鲜艳至极,连孔嬷嬷都忍不住多看了几眼。明兰心里暗道:那姓袁的家伙好艳福。

王氏见长女如此风采,心中骄傲至极,再转头去看另外两个——如兰明显情绪不高,蔫耷吧唧地站在一旁;墨兰却精神饱满,一看见孔嬷嬷就伶俐地嘘寒问暖,引得王氏一阵气闷,呵斥道:"如儿,见了孔嬷嬷怎的不问好?这般没规矩,仔细你的皮!"

如兰闻言立刻嘟起小嘴,低头愤愤。

王氏离开后,孔嬷嬷开始上课,她把教学重点放在华兰身上,另外三个属于陪客性质。学习态度一开始就不端正的如兰,基本是摸鱼打诨,没一会儿就坐到一边和小丫鬟翻花绳去了。明兰其实也不想学,但是她没有如兰这么硬的底气,也没她这么强的怨气,勉强性学习对明兰来说是家常便饭,早就习惯成自然,比起现代应试教育体制,孔嬷嬷这点不过是毛毛雨啊毛毛雨。

如今换了个环境,一样的道理,明兰要能在这里立住脚,也非从头开始学习不可。

"按说女孩儿家人品德行最重,举止教养不过都是虚礼,可大几体面人家偏偏喜欢讲这个虚礼。这关系也可大可小,做得好未必有人夸你,做错了却不免被人明里暗里地笑话，姐儿们都是聪明人，当知道其中要紧。"

孔嬷嬷对着几个女孩儿谆谆教导，一上来就把学习必要性说清楚了，接下来就好办了。孔嬷嬷的课讲得很好，深入浅出地把要点先点明了，然后示范纠正，还时不时地举些实际的例子。华兰、墨兰做不好，她也不生气，让女孩儿们自己慢慢领会。

墨兰紧紧地跟在华兰身边，华兰做什么她就做什么，高标准、严规矩地要求自己，还时不时地问"嬷嬷，我这样对不对""嬷嬷，您瞧这么着好吗"，几乎喧宾夺主地把自己当正牌学生了。华兰咬着嘴唇，努力忍耐着不在孔嬷嬷面前发飙训人。

明兰的学习态度比上不足，比下有余，一上午也跟着练了几个福礼和走路的姿势，但总觉得越学越别扭。她来这个世界不过一年多，倒有一大半日子是躺在床上装死的，别说华兰，就是和另两个比，自己对这个世界的礼数也是一窍不通，现在一时半会儿如何能跟上进度？

于是她趁着中午吃饭时让崔妈妈剪裁出素笺来订了个小册子，先把上午的知识点回忆起来记下，然后下午去上课时，让小桃把自己的小毛笔、小砚台、小墨锭还有那个素笺小册子都装在一个竹编的手提篮子里带去。孔嬷嬷再上课时，她就不急着上前去练习，而是在一张松竹梅花梨木小几上铺开了笔墨纸砚，然后趴在桌子上，摘起随堂笔记来。

孔嬷嬷正指点华兰几种不同的布菜姿势，不动声色地瞥了明兰一眼。

上培训课摘笔记，对于明兰这样饱受应试教育锻炼的同志来说，简直就是本能。要是老师在上面讲课的时候手里不拿支笔，那简直活脱脱就是被老师注意的标靶。一笔在手，心中不愁，明兰立刻进入状态，十几年的素质教育也没有白瞎，条条款款归纳总结得十分清楚。

所谓规矩礼数，是个很笼统的概念，包括日常生活中的一举一动，举凡行礼、走路、说话、微笑、待人接物，乃至端一杯茶，喝一口水都有成例的做法。本来大家小姐从小耳濡目染，自然而然就会养成这种举止习惯，孔嬷嬷来不过是给女孩儿们提点一下顶层贵族与盛家这种中层官宦人家的礼数迥异罢了，讲白了，就是个速成班。

师父领进门，修行在个人，几个兰姑娘一通修行，明兰是先天不足后天正在补；如兰是力有余而心不足，三天晒网，两天也没怎么打鱼；墨兰虽然聪明，可毕竟身形尚小，年龄悟性限制，动作不够伶俐规整；最后当然是华兰一枝独秀，学得快，记得牢。

几天下来就初见成效，华兰不盛气凌人了，墨兰也不扭捏了，如兰也不撒野了，明兰也不发呆了，女孩儿们似乎突然间温婉端庄起来，说话大方得体，行为举止春风拂柳，看得盛纮大为满意，连着夸了好几天，连王氏也真心尊敬孔嬷嬷起来了。

"到底是宫里来的，就是有能耐。这不打不骂不红脸的，就把这几个丫头给收拾了。"王氏啧啧连声，"都是托了母亲的福，我听说孔嬷嬷在京里时，一般的公侯之家是请不到的，你可不能在她面前摆架子，倒叫人家笑话我们没见识。"

盛纮为人素有心计，后得盛老太太教养，心胸开阔，目光长远，他知道这官要做得长久，必得耳聪目明，知己知彼，这几日他时时借机讨教孔嬷嬷一些京城故事。孔嬷嬷看在盛老太太面子上，也把京中权宦贵胄复杂隐秘的关系挑干系不大的略略说了。

孔嬷嬷几十年混迹于深宫内院，往来之人大多是社会顶层人物，见识自也不凡。几次谈话下来，盛纮受教不浅，几乎将孔嬷嬷当自家长辈了，恨不得把她留下才好。无奈孔嬷嬷惦念故乡，坚辞不肯，盛纮也只好作罢。

孔嬷嬷的培训班很人性化，辛苦学了十天后，她发话让休息一天，刚好又赶上个好天气，华兰领头，带着如兰、明兰去园子里玩，同样也休假的孔嬷嬷则到寿安堂找盛老太太唠嗑。

"我怕是小看你们家六姑娘了。"孔嬷嬷坐在炕上，和盛老太太隔着炕几而坐。

"怎么说？"老太太很是兴味。

孔嬷嬷把茶杯端到眼前，细细观赏，悠悠地说："我原先只当这孩子厚道老实，人却钝钝的，没承想竟走了眼，原来是个大智若愚的孩子。"

"你没得又乱扯，不过教了几天规矩，竟教出个大智若愚来。"盛老太太笑着摇头。

孔嬷嬷掀开茶盖，轻轻拨动着碗里的茶叶，道："你别不信……这几天教下来，你家大姑娘还好，聪明伶俐，一点就通，无非耐性欠了些；五姑娘也不说了，人小好玩也无可厚非；四姑娘看似柔弱，实则要强，非要硬撑着学。你也知道，那些子磨人的规矩原就不是小孩子学的，人未长开，身量未足，许多动作根本施展不开，四姑娘硬要逞强，光昨儿一天就摔坏了四个茶碗、两个碟子，布菜的时候还掉了筷子。"

盛老太太听了，不说话，摇摇头。孔嬷嬷瞥了她一眼，嘴角一弯，又戏谑道："只有你那宝贝六姑娘，瞧着不声不响的，却一上午就把这关节想通透了，头天下午就带了笔墨纸砚来，也不来凑着我啰唆，只把我说的、做的及纠正华兰、墨兰的，拣了要紧的一一记录在纸上。我偷眼瞧了瞧，嗯，很是不错。"

盛老太太依旧不信，笑着摇头："明丫儿才识得几个字，如何记得了？你又来诓我。"

"你若不信，且着人把她那册子取来瞧便是。"孔嬷嬷道。

盛老太太也起了好奇心，立刻叫房妈妈把明兰的随身书篮子取来。房妈妈问崔妈妈要来了书篮子交上去，老太太立刻把那竹编的四方篮子打开，里头果然整整齐齐地放着笔墨砚台，另一个小巧的厚白纸册子。老太太翻开一看，大吃一惊。

册子上清楚地记录着这些天上课的内容，还把各项内容分门别类地归纳总结，例如"饮食类""休息类""日常类"等，类下列条，条下再分目，用"一、二、三、四"编写整齐，一条条一句句都清楚明白。大约是因为识字不多，半篇都是错别字，不是少了笔画，就是错了边框，有些地方还画了几幅好笑的小图。

例如给长辈布菜时，袖子当如何卷，卷起几寸，明兰估计是写不明白，索性就在那一行字旁画了条短短的小胖胳膊，上面的衣袖略略卷起，然后用箭头注上详细的说明。

盛老太太略略翻了几页，觉得又好笑又好气，越翻到后面大约是内容多了，明兰还用红色细线在重要处细细地注上记号。房妈妈凑过头去看了一眼，失笑道："我说那日丹橘向我要朱砂呢，原来是给六姑娘派这用场的。这法子好，到处都写得密麻麻的字，黑压压的，瞧着人眼晕，这注了几处红的，又显眼又明白，六姑娘想的好主意。"

老太太看见里头还有几个奇怪的符号，指着问孔嬷嬷："这是什么？瞧着不像字。"

孔嬷嬷放下茶碗，笑道："我也问过六姑娘，她说有些字不会写，就先记个符号预备着，回头去查了《字汇》和《正字通》再补上。你别当她是混涂的，我细细看了看，这些个歪歪扭扭的符号都有讲究，自有她的套路，一丝儿也不差。"

老太太看得有些傻眼,又望向孔嬷嬷,只见她笑着摇头,叹着:"我当初在老尚宫那儿学东西时也摘过小抄,可也没这么好的,规整得这般细致清楚,足见她脑子里想得明白,想必将来行事也爽利干净,且她性子又温婉和气,唉!可惜了,没托生在太太肚子里头……"

老太太默然不语,过了好一会儿,才道:"日子好坏不在富贵,她若能想明白这一层,将来自有舒心的好日子可过。"

孔嬷嬷缓缓地点头:"我瞧这丫头不糊涂,定能明白你的苦心。"

随着培训班继续开展,与学习成绩进步成反比的,是直线上升的姊妹矛盾。越到后来,墨兰越跟不上华兰的学习速度,这是很自然的,小学生和初中生的接受度本就不一样,可墨兰看似柔弱,实则要强,拼着命地挤在华兰身边,缠着孔嬷嬷问这问那,有时候华兰明明可以学下一部分了,可为了墨兰,孔嬷嬷只好放慢进度。

华兰忍了又忍,回去向王氏不知告过多少次状了,王氏也无奈,跟盛纮说了后,不过惹来一句"墨儿也是好学,姊妹自当亲和"之类的废话。那句话怎么说来着?不在沉默中爆发,就在沉默中变态,古代没有安定医院,所以华兰姐姐选择爆发。

这一天下午有些干冷,孔嬷嬷刚讲完一段,就有些喉干气燥,于是让几个女孩儿练习给长辈安泰,她自回里屋去用几勺茯苓膏润润肺。华兰看着墨兰娇喘吁吁地坐到锦杌上歇息,心里一阵一阵地憋气,忍不住冷笑:"四妹妹可真卖力,按说用得着这些烦琐的规矩礼数的地方也不多,妹妹今日这般用心,倒似将来一定用得上一样。"

墨兰脸上一红,细声细气地说:"嬷嬷说了,这些虽是虚礼,宁可学着不用,也不能被人笑话了去。妹妹愚笨,又怕将来丢了家里的脸,索性多卖些力气。"

华兰到底是大姑娘,稍稍出口气后,也不愿和小孩儿一般见识,独个儿坐到窗边扭头去看风景。可如兰就不一样了,这些日子她听王氏叨咕,正是一肚子火,当即跳出来,一把接过吵架接力棒,冷声道:"四姐姐既知道自己愚笨,那便要识相些,别一天到晚缠着孔嬷嬷,倒拖累了大姐姐。"

墨兰一脸惶恐,争辩:"我如何缠着孔嬷嬷了?只是父亲盼咐我要好好跟嬷嬷学,回头他要考我,我不敢不从,不懂的地方自得问清才是。"

如兰鼻孔里哼出一股气来，轻蔑地看着墨兰："你少拿父亲来压我。孔嬷嬷是老太太特意为大姐姐请来的，大姐姐才是她的正经学生，教我们不过是捎带上的，你天天抢在大姐姐头里，碍着大姐姐好好请教孔嬷嬷，难不成还有理了？哼，见着别人的好，就喜欢抢别人的！"

墨兰脸一下子涨红了，眼泪在眼眶里蓄起来，颤声道："五妹妹说的是什么？我全然不明白。什么抢别人的？都是一个爹生的，不过欺我是庶出的罢了！好好好，我原是个多余的，何苦留在这世上碍人眼睛，不如死了干净！"说着便伏案大哭起来。

如兰急了，冲到墨兰跟前，大声道："你又哭！你又哭！回回有事你便掉金豆子来装样，叫孔嬷嬷瞧见了，又说是我欺负你，好叫父亲罚我！你、你、你……"她又气又急，跺着脚又说不出来。华兰看不能不管了，也过来不冷不热地道："四妹妹快别哭了，我们以后可不敢惹你，一有个什么，便哭得跟个泪人儿一般，我们可怕了你了。"

墨兰听了，哭得更加伤心，越哭越厉害，渐渐有些喘不上气来，身体一抽一抽的。如兰跺脚，华兰冷笑，明兰正在整理刚才的笔记，看着旁边一出闹剧，很是头痛。可如果此时她置身事外，回头也有苦吃，只得抓抓脑袋，跳下圆墩，来到墨兰身边，轻轻道："四姐姐，别哭了，让孔嬷嬷瞧见了可不好，她还以为咱们盛家女儿无家教呢。"

墨兰不理她，继续哭泣，哭得声嘶力竭，好似非把事情弄大一般。明兰学的是法律专业又不是心理，悲凉地心里叹气，还得继续，于是过去扯着墨兰的袖子，又道："四姐姐，我且问你一句，孔嬷嬷能在咱家待多久？"

墨兰虽然大哭，但听力无碍，听到明兰莫名其妙地问了这一句，便稍稍缓了哭声，抬眼睛看她。明兰摇晃着脑袋继续说："我听老太太说，待到一开春，天气暖和些，冰融雪消好上路些，孔嬷嬷就要走了，这算算也没多少日子了。四姐姐，我问你，在剩下的日子里，是让孔嬷嬷多教些好呢，还是少教些好呢？"

墨兰哽咽着，睁着红通通的眼睛看着明兰，气噎声堵地不说话。明兰看她总算抬头，忙劝道："我知道四姐姐想让孔嬷嬷多指点一二，可是若照着你来教，一则大姐姐受了拖累，二则孔嬷嬷也教不了多少。不如四姐姐委屈些，先囫囵记下孔嬷嬷教的东西，回头得空了慢慢自己琢磨，既不伤了姐妹和气，又能多学些东西，岂不更好？"

说完后，明兰大觉骄傲，以她的口才当法院书记员真是浪费了，应该去当律师才对。

听得明兰如此说，墨兰渐渐不哭了。眼看局势控制住了，没想到如兰又天外飞来一句："何必这么费劲巴脑呢？大姐姐嫁的是伯爵府，难不成咱们人人都有这个福分？我说四姐姐呀，有些事情还是不要痴心妄想的好！"

火上浇油！

墨兰奋力站起，指着如兰和明兰，气得浑身发抖，恨声道："好！好！你们打量我是庶出的，左一个右一个地拿言语来糟践我，不拿我当人看！我何必多余活在世上？！"说着又伏在桌子上惊天动地地大哭起来。

明兰仰天长叹，她也是庶出的好不好？干吗把她也算上呀！

此时，听得身后帘声响动，孔嬷嬷回来了。她让随身的小丫鬟扶着回来，瞧见屋内的情景，一脸寒霜，冷笑连连地扫了四个女孩儿一遍，目光瞬间锐利起来。那肃杀寒冬般的视线扫过她们，四个女孩儿不禁都缩了缩，不自觉地安静起来，老实地恭立一旁，心下都有些惴惴不安。

一时间，屋里只听见墨兰微微的抽泣声，她一边拿帕子拭泪，一边偷眼去看孔嬷嬷，等着嬷嬷来问她的委屈。谁知孔嬷嬷根本没理她，一句话也没说，径直坐在正座上，叫小丫鬟端来四副笔墨纸砚和四本《女则》，一一摊摆在四个女孩儿面前。

女孩儿们惶恐地用手指扭拧着帕子互相对看，孔嬷嬷一脸冰冻般的寒气，半丝笑容也无，冷冷道："每人五十遍，抄不完，以后也不用来学了。"

如兰不服，刚想开口辩驳，蓦地被孔嬷嬷威严悍烈的目光一瞪，讪讪地缩了回去。华兰咬了咬嘴唇，提起笔就抄了起来。明兰暗叹着气，也跟着抄了。只有墨兰有些不敢置信地看了看孔嬷嬷，眼泪也不流了，呆呆站在当场。孔嬷嬷看也不看她们几个，自顾自地拿起一卷佛经看了起来。墨兰无奈，也抄写起来。

这一抄，就抄到黄昏，眼看到了晚膳时分，孔嬷嬷依旧不动，叫丫鬟点了灯，一言不发地让女孩儿们继续抄。明兰已抄得手臂发麻，头昏脑涨，抬头看了一圈难友们，个个也都是一副黄连面孔，其中尤以如兰小姑娘为甚，不断伸着脖子朝外探头看。

外面等了好几个丫鬟婆子，是各处派来接小姐去吃晚饭的，已经轻轻地问了好几声。女孩们又饿又累，都期盼地抬头往上看。谁知孔嬷嬷恍若未闻，只让小丫鬟出去说了一声"还未下课"，四个女孩儿齐齐颓然低头。明兰腹诽不已——她是无辜的呀！

又过了一会儿，孔嬷嬷看了看铜漏壶，便对另一个丫鬟吩咐："去请老爷、夫人以及林姨娘过来。"

这一下，四个女孩儿都怕了，心知事情要闹大。华兰尤其不安，墨兰也偷眼去看孔嬷嬷，如兰最怕盛纮，手中的毛笔都抖了起来，明兰手中不停，继续抄写，但也暗暗发慌。这情景有些像她小时候犯错被老师留了课堂，一脸凶神恶煞的班主任等着家长来"赎"人，没想到重新投了次胎，又享受到了这般待遇，颇有些熟悉感。

没过多久，盛纮夫妇和林姨娘都到了，四个女孩儿被父亲严厉的眼神扫过，都齐齐缩了脖子。孔嬷嬷起身把上首的正座让给盛纮和王氏，盛纮先辞过，后才与王氏坐下。孔嬷嬷自端坐到旁边的灰鼠靠背大椅上，又给林姨娘端了个矮脚凳放在下首。林姨娘略略欠了欠身，没有坐下，只在一旁站着。

自从离了王氏处，明兰许久没见林姨娘。只见她苗条身段，盈盈婉约，一身木兰青双绣梅花锦缎外裳，清雅秀丽，头插一支点翠白玉响铃簪，走动间轻声叮当作响，甚是好听好看，生生把一旁珠翠环绕的王氏比了下去。

"孽障，自己闯了什么祸，还不说来！"盛纮一看就知道女儿们惹了事，一边低沉喝道，一边歉然地去看孔嬷嬷。王氏焦急地看着两个女儿，却也不便多说。林姨娘倒沉得住气，低头站着不动。四个女孩儿谁也不敢吭声。

孔嬷嬷见众人坐定，挥挥手，她身边四个小丫鬟倒似训练有素，整齐利落地行动起来。两个出去把外头的丫鬟婆子隔出几米远，两个把葳蕤轩正房的门窗都关好，只在屋内留下几个心腹贴身服侍。

一切布置妥当，孔嬷嬷才朝着盛纮微笑，温和道："今日叨扰大家了，原本这事也无须惊动许多人，但既老太太托了我，我也不敢推托延误，这才惊扰老爷、太太，且墨姑娘是养在林姨娘屋里的，便连林姨娘一同扰了。"

盛纮立刻拱手道："嬷嬷有话请说，定是这几个孽障不省事，惹了嬷嬷生气。"说着又去瞪女儿们。四个女孩儿缩在一边不敢说话。

孔嬷嬷微微摇了摇头，轻声道："说不上生气，只是姑娘们大了，有些是非却得辩一辩。烟儿，你过来，把今儿下午的事清楚地回一遍。"

说着，孔嬷嬷身后走出个小丫头，走到当中福了福，便把下午的吵架事件清楚地复述了一遍。这丫头年纪虽小，口齿却伶俐，声音脆亮，把四个女孩儿吵架时说的话一一转述,一字未减,一字未加。几个女孩听见了,都脸红羞愧,不声不响。

听完后,王氏觉得有些小题大做,不过是小姐妹间吵架罢了,可盛纮越听越怒,待到听完,大力拍着案儿,怒喝道:"你们几个孽障,还不跪下!"

女孩儿们吓得连忙要跪下,却被孔嬷嬷叫住了,道:"天冷地寒,别把姑娘们的膝盖冻着了。"女孩儿们松了口气,还以为逃过一劫,谁知孔嬷嬷叫丫鬟拿出四个锦缎厚绒的蒲团并排放在地上,然后点点下颔,示意现在可以跪了。

明兰很窘。女孩们一字排开地跪下。明兰对于下跪是个生手,跪得东倒西歪,孔嬷嬷很好心地帮她纠正姿势。

盛纮把案儿拍得啪啪响,吼声几乎震动屋顶,指着下首跪着的女孩们道:"孽障,孽障!你们如此不知礼数,胡言乱语,与那粗俗村姑何异,有何脸面做盛家后人?还好你们是姑娘家,这要是儿子,将来免不了要争家夺产的,岂不即刻便是兄弟阋墙之祸?罢罢罢,不如现下打死了了事!"

说着便要去取家法。明兰没见过家法,如兰是无知者无畏,华兰和墨兰却吓得哭起来。王氏原想要求情,看着盛纮极怒,绞着帕子不敢开口,拿眼睛去求孔嬷嬷。孔嬷嬷笑着摆手道:"老爷不必动气,一味处罚也不好,总得让她们知道自己哪里错了。我忝为几个姐儿的教养嬷嬷,托大些说,也算半个师父,不如让我来问问她们。"

盛纮气急败坏,欷然地对着孔嬷嬷道:"嬷嬷涵养、学问都是一流的,当初便是宫中的贵人您也是问得、训得,何况这几个孽障,嬷嬷但问无妨。"

孔嬷嬷目光一瞅四个跪着的女孩儿,问:"你们可知错了?"几个女孩立刻都说知错了。孔嬷嬷又问:"那错在哪里?"女孩儿们脸色变化,咬牙的咬牙,抹泪的抹泪,赌气的赌气,傻眼的傻眼。华兰咬着嘴唇,首先开口道:"女儿错了,不该训斥妹妹,没得惹出事端来,让父亲母亲生气操心了。"

王氏不知如何,去瞧盛纮,盛纮面无表情。孔嬷嬷微微一哂,去看墨兰,墨兰抖得如风中柳絮,显是又害怕又伤心,哽咽道:"女儿也错了,不该与姐姐顶嘴。"

孔嬷嬷嘴角微微挑了下。接着是如兰,她心里不甘,只说:"我不该与姐姐吵架。"

最后轮到明兰,她真是欲哭无泪,绞尽脑汁也想不出来个所以然,憋了半天,小脸涨得通红,怯怯地说:"我……我……我真不知道呀。"

盛纮略略缓了气，刚才听小丫鬟复述事情经过，怎么听明兰都没错，没吵架，没挑头，没煽风点火，倒是好好劝了几句，却被连累也跪在地上，看那小人儿稚气可怜的样子，心里甚是同情；又扫了眼墨兰，哭得悲戚，想起华兰、如兰的冷言冷语，怒气又冒起来，指着华兰骂道："你是长姐，年岁又比她们大许多，原指着你能照拂幼妹，以正范例，没想你竟如此刻薄，一点儿也不待见妹妹，将来嫁出去了也是丢我们盛家的脸！"

华兰心中火烧般气愤，手指甲深深嵌入掌心，倔强地低着头，一句也不分辩。盛纮又指着如兰骂道："你小小年纪也不学好，什么胡言乱语都敢说出来，墨姐儿是你姐姐，有做妹妹的这般和姐姐说话的吗？瞧着姐姐哭得厉害，也不知让一让，我没和你们讲过'孔融让梨'吗？没教养的东西！"

如兰本就性子暴，闻言，立刻顶嘴："做什么好东西都要先给她？！去年舅舅托人捎了一块上好籽玉给我做玉锁，可被四姐姐瞧见了，她哭了一顿，说什么自己没亲舅舅，爹爹就把那玉给她了！还有那回爹爹特意给大哥哥带了方田黄石做印章，也是半道被三哥哥截了去！爹爹为什么老是要我们让他们？我不服，就是不服！"

盛纮气得手臂不住颤抖，当即就要去打如兰，被王氏拦住，她抱着盛纮胳膊哭着求："老爷好偏的心，这回孩子们犯了错，孔嬷嬷都是一视同仁，你却只骂我生的那两个，老爷可是厌恨了我？不如我这就求了去吧！"

一时间，屋内闹作一团，林姨娘低着头轻轻抹眼泪，墨兰也哭得伤心。孔嬷嬷看了她们娘儿俩一眼，目光似有嘲讽，然后放下茶碗，站了起来，笑着朝盛纮道："老爷请先别气，这原也不是什么大不了的错，只不过我正当着教养差事，分内要理一理，今日让老爷、太太这般动气，倒是我的不是了。"

盛纮连连摇手："嬷嬷，哪里的话，都是我治家不严，叫嬷嬷笑话了，好在嬷嬷与老太太是故交，于我们便如长辈一般……好，还是请嬷嬷说吧。"

孔嬷嬷站在上首，对着四个女孩儿朗声道："这世上的事大多逃不出个'理'字，我素不喜欢当面说一套，背后做一套，没得把话给传误了，今日当着几个姐儿的面，在你们父母面前一次把话说个明白。适才你们都说知错了，我瞧未必，现下我来问。"

女孩儿们都不作声。孔嬷嬷又道："好，咱们先从因头上说起。四姑娘，你抬起头来，我问你，五姑娘说你处处抢着大姑娘的风头，还拖累了大姑娘，你可认？"墨兰眼眶里蓄满了泪水，哀哀戚戚道："都是我不懂事，我原想着孔嬷嬷难得来，想要多学些东西，给爹爹争光，给家人长脸面，没想竟惹得姐姐妹妹不快，都是我的错……"

盛纮听了面有不忍，想起王氏往日的抱怨，心有不满地又看了华兰一眼。

华兰心中大恨，忍不住就要扑上去把这巧舌的妹妹掐上一把，王氏几乎咬碎一口银牙。孔嬷嬷闻言短笑几声，道："四姑娘，你为人聪明伶俐，说话处事周全，可我今日还是要劝你一句，莫要仗着几分聪明，把别人都当傻子了，须知聪明反被聪明误。"

此言一出，墨兰当即停住了哭泣，睁圆了一双眼睛，不敢置信地看着孔嬷嬷，随即又委屈地去看盛纮，盛纮也有些不明。

孔嬷嬷若无其事，继续道："你有两错，第一是言错。你与姊妹拌嘴，不该开口闭口就是庶出嫡出的，我虽来这家不久，可四姑娘摸良心说说看，盛大人待你如何？你一句不合，便开口要死要活地做撒泼状，这是大家小姐的做派吗？"

墨兰轻轻抽泣。林姨娘有些坐不住了，轻轻挪动身体，哀求地看着盛纮，盛纮却不去看她，他似被孔嬷嬷说动了，一直仔细听着。

孔嬷嬷道："第二是你心里念头不好，你口口声声说想学东西，想为家人争光长脸，难道盛府里只有你一个姑娘？难道只有你长脸了，盛府才算有光彩？那你的姊妹呢？她们就不用学东西长脸？且不说我原就是为着你大姐姐来的，你也不想想，你大姐姐还能和你们一处待几日？再有几个月她便要出门了，偏她结的亲事还是个伯爵府，学规矩礼数正当要紧，你就算不念着姐妹间的谦让，也当念着大姐姐的急难之处。我听说林姨娘原也是官宦人家出来的，难道她没有教过你，纵算不论长幼嫡庶，可也得分一分轻重缓急？"

盛纮本是个明白人，但因分外怜惜林姨娘，一颗心也多少偏向墨兰了些，此时听了孔嬷嬷的说道，心里咯噔一下，暗道：此话不错，如此看来，倒是墨兰褊狭自私了。遂看向墨兰和林姨娘的目光就有些复杂了。明兰跪在地上，偷眼看了林姨娘一眼，只看见她一双纤细的手紧紧地抓着帕子，手背上青筋根根浮起。

孔嬷嬷又道："四姑娘，我知道你素来拔尖，可各人有各人的缘法，今日之事看似大姐儿挑的头，实则你大有干系。这十几日你处处争强好胜，事事抢头，一有不如意，便哭天抹泪，怨怪自己是庶出，你这般作为，可念得半点姐妹情分，念得半丝父亲恩情？"

一连串问话听着温和,却处处中了要害,墨兰被说得哑口无言,脸上还挂着眼泪,张口结舌却说不出来半句。她转眼看盛纮也正不悦地看着自己,目光指责,再转头去看林姨娘,见她也惊怒不已,却不能开口相帮,墨兰心头冰凉,委顿在地上,轻轻拭泪。

孔嬷嬷转过身子,对着盛纮福了福,温言道:"适才老爷说我与老太太是故交,我今儿也厚着脸皮说两句,儿女众多的人家,父母最要一碗水端平才能家宅宁静。虽说姐妹之间要互相谦让,但也是今日这个让,明日那个让的,没得道理只叫一头让的,日子长了,父女姊妹免不了生出些嫌隙来,老爷,您说是不是?"

她身形老迈,声音却温雅悦耳,且说得有条有理,听得人不由自主地信服,自然心生同感。盛纮想起自己往日作为,女儿还好,要是儿子之间也生出怨怼来,那盛家可不长久了,更何况嫡有嫡的过法,庶有庶的活法,他一味厚待林姨娘那房的,怕也有祸事出来。想到这里,不由得背心生出冷汗来,对着孔嬷嬷连连拱手称是。

这时,倔强的华兰忍不住热泪夺眶而出,王氏拿帕子抹着眼睛,母女俩一起万分感激地望着孔嬷嬷。明兰听得两眼冒光,对孔嬷嬷佩服得五体投地。这般犀利直白,真真痛快淋漓!

孔嬷嬷说完了墨兰,转向华兰。这会儿华兰心也平了,气也顺了,身子跪得直挺挺的,服气地看着孔嬷嬷,等她训话。

孔嬷嬷正色道:"大姐儿,你是盛府的大小姐,原就比几个妹妹更体面些,老爷太太还有老太太也最宠爱你,日头长了,便养出了你的骄娇二气来,平日里心头不满,便直头愣脑训斥妹妹,也从无人说你,更何况你这十几日一直心里憋火。"

华兰不好意思地点点头。孔嬷嬷看着她,语重心长地说:"大姐儿呀,说几句不中听的,女儿是娇客,在家里是千娇万宠,可一旦做了人家媳妇,那可立时掉了个个儿。公婆你得恭敬侍候,夫婿你得小心体贴,妯娌小姑得殷勤赔笑,夫家上下哪一个都不能轻易得罪了,一个不好便是你的错,你连分辩都无从辩起。你四妹妹纵然有错,你也不该冷言冷语地伤人,当大姐姐的应当想出个妥帖的法子来,既让妹妹知道错处,又不伤了姐妹和气才是。"

华兰忍不住道:"四妹妹从不听我的,软硬不吃,嬷嬷你说该如何办?"

孔嬷嬷冷冷道:"这便是你自己的本事了。你今日连自己亲姊妹之间都料理不好,他日出了门子,东边的公婆,西边的妯娌,北边的叔伯兄弟,南边的管事婆子,一屋子隔着血脉山水的生人,你又如何走得圆场面?难不成还让你爹娘来给你撑腰不成?"

华兰听得傻了,还自出神,王氏却是过来人,知道这是孔嬷嬷的贴心话,连声谢道:"嬷嬷真是肺腑之言,这些掏心窝子的话,我家华儿一定牢牢记下。"接着转头对华兰道:"华儿,还不谢谢嬷嬷?"华兰已经呆了,被旁边的刘昆家的押着给孔嬷嬷磕了头。

见孔嬷嬷几句话就收服了两个姐姐,如兰早已经乖乖地低着头,孔嬷嬷瞥了她一眼,半分好气都没有,呵斥道:"今日五姑娘真是好威风,原本你两个姐姐不过拌了两句嘴,揭过去也就没事了,你却唯恐事情闹不大,不好好劝着,还蹿上跳下,煽风点火。虽说年纪小,却也不该口无遮拦,浑说一气。适才你爹爹说了你两句,便是有不中听的,你也不该如此忤逆顶嘴,照我说,你当比姐妹们罚得更重些才是!"

如兰正要叫屈,盛纮凶巴巴的眼神立刻逼过来,她忙缩着脑袋,连连磕头认错:"我错了,我错了,爹爹饶了我吧,我下回不敢胡说了!"

看如兰服软,盛纮多少解了些气,他原就知道这个女儿心思单纯,性子却不驯,如今也老实了,倒也不怒了。

最后,孔嬷嬷的目光停在了明兰身上。明兰脑门儿一紧,连忙乖乖跪好,勇敢地抬起头来。孔嬷嬷看着明兰一双澄净的眸子,道:"你定觉得自己并没有错,不该受牵连,是不是?"

明兰犹豫了下,坚定地点点头。孔嬷嬷平静地道:"我今日告诉你一个道理,一家子的兄弟姐妹,同气连枝,共荣共损,即便你一个人没有错,但是你三个姐姐都错了,你没错也错,所以待会儿我要一同罚你,你可服气?"

明兰张大了嘴,一转眼就看见孔嬷嬷身边的丫鬟已经端着几条戒尺过来了,几乎要晕过去。这这这,这是赤裸裸的株连呀!妈妈呀,这叫什么事儿呀!

倒是盛纮觉得明兰可怜,忍不住为她求情:"嬷嬷,明儿到底没做错什么,况且她年纪最小,身子又弱,不如训斥几句就算了。她一向听话懂事,下次一定会牢记的。"

谁知孔嬷嬷铁面无私,摇头道:"不成。若单饶了她,下次岂非助长了哥儿姐儿置身事外的风气?将来手足有事,都隔岸观火了如何办?非罚不可。今日明兰这顿板子,就是让几个姐儿都明白,什么叫作一家人!"

明兰心里哀号：为毛要用打她板子来给大家说明这个问题呀？

孔嬷嬷走出几步，然后道："你们姊妹平日里闹，我从不置喙，十几天来装聋作哑，不过是想着你们到底是亲姊妹，总能自己和好，因此等着你们自己把事给了了，没承想，你们姐妹争执，与那缺吃少穿的小家子里头争果子吃、争衣服穿有何两样？大家小姐的气度一点也无，令我好生失望。须知一个家族想要繁盛，必得兄弟姐妹齐心协力才是，许多大家族往往都是从里头败起来的，望各位姐儿深鉴。"

盛紘听得连连点头，觉得极有道理，要是将来进了京城，别闹笑话才好，孔嬷嬷今日真是金玉良言，连他自己一同受教了，到底是宫里出来的。

孔嬷嬷最后判决："现罚你们每人十下手板，回去把那五十遍《女则》抄好，明日谁没抄完，便不用来见我了！"

说着便举起托盘里的戒尺晃了晃。只见那戒尺以老竹制成，柔韧结实，在初点的灯光下泛着淡红的光泽，挥动间呼呼有声，光是听声音就先把人吓倒了。如兰软了一半，哀求着去扯王氏的衣裙，墨兰又开始凄凄惨惨地哭起来，华兰梗着脖子咬着嘴，明兰呆滞状。

孔嬷嬷缓了口气，眼珠在屋内寥寥数人身上转了一圈，又道："不过你们终究是娇小姐，今日受罚后，此事不必外传，也可保全了姑娘们的名声。"

说着便让四个丫鬟每人持一条戒尺，站到小姐们身边去。王氏看着那戒尺也有些不忍，正想求情，忽听一声娇柔的声音："嬷嬷请慢。"

大家回头去看，原来是林姨娘。

只见林姨娘袅娜地走到当中，先给盛紘福了福，然后对着嬷嬷轻声娓娓道："请嬷嬷勿怪，这里原本没有我说话的地方，可我心中愧疚，有话不吐不快，万望嬷嬷见谅。今日之事，说到底都是墨儿不懂事而引出来的，说起来她才是因头，尤其六姑娘，小小年纪就被拖累挨打，我心中着实过意不去，不如六姑娘的那十下板子就让墨儿替了吧。"

林姨娘本就看着柔弱，此时她目中含泪，语气歉然，真诚之至地看着盛紘。盛紘颇有些感动，转头去看墨兰。墨兰到底年纪小，一时没想明白，吃惊地看着林姨娘。倒是华兰把脖子一梗，大声道："我是长姐，妹妹们有错也都是我的错，六妹妹的板子我来领好了！"

明兰心里暗叹，坚决地拒绝道："别，别，大姐姐还要绣嫁妆呢，板子我自己挨吧……"华兰感动地去看她。这时墨兰总算反应过来，连忙抢着说：

"还是我来吧,我来……"

一时间替明兰挨打成了热门职业。

见女儿们如此,盛纮才觉得气顺些,心里对孔嬷嬷的手段更是佩服,感激地又向她拱了拱手。孔嬷嬷颔首回意,但丝毫不为所动:"林姨娘此话差矣,我将姐儿们一齐罚了,原就是为了弥补姊妹情分,今日她们一同挨了打,以后便能揭过重来,若是厚此薄彼,岂非更生嫌隙?林姨娘用心很好,但欠些道统了。"

林姨娘双手紧握着帕子,眼中似有点点泪光,凄声道:"孔嬷嬷说得是,是妾身无知了,可今日累得几个姐儿们挨了罚,妾身着实过意不去,都是妾身没有教好墨儿,不如连我一起罚了吧!也算略略补过。"

盛纮见她娇弱动人,更感动了。不料还没等他感动完,就听见孔嬷嬷一声冷笑。

孔嬷嬷心中嘲讽,她等的就是这句话,冷声道:"看来林姨娘是得好好学学规矩了,越说越不得体。姨娘说因自己没教好墨姐儿是以当罚,可华姐儿和如姐儿是太太教养的,明姐儿更是老太太身边的,莫非林姨娘的意思是要连太太和老太太一起罚了?至于我这个教养嬷嬷更是难辞其咎!林姨娘可是这个意思?"

林姨娘脸色惨白,颤声道:"不不,不……我不是这个意思……我怎敢……是我无知……"

盛纮连忙摆手:"嬷嬷这是哪里的话……"心里大怪林姨娘得罪人。

孔嬷嬷并不生气,只正色道:"林姨娘,我今日也说你一句,要知道,人贵在自知,你今日偏有两不知,第一知,你当晓得自己是什么身份,我与老爷、太太正说着话,你这般贸然插嘴应当不应当?好在我与老太太有故交,若是换了旁人,岂不让外头笑盛府没规矩?"

字字如刀,句句如剑,盛纮忍不住去瞪林姨娘。

孔嬷嬷接着道:"第二知,你一再知错犯错。你先说自己是不该开口的,可你偏又开口;你口口声声说自己无知,既知自己无知,为何还随意插嘴姑娘教养之事?你明明什么都知道,却又什么都犯了,这岂非知法犯法,更得罪加一等?莫非是仗着养了哥儿姐儿,自认高出众人一筹不成?"

一边说,一边别有深意地看了一眼盛纮,目光似有轻轻责备。

盛纮被看得羞愧难当。他知道孔嬷嬷是在责备自己过分宠爱林姨娘了,他也觉得孔嬷嬷的话都很有道理,想起墨姐儿的作为,深感林姨娘教养不当、见识鄙陋,到底吟风弄月不比正经涵养,遂严厉喝道:"你一边站着看吧,我和太太还有孔嬷嬷在这里,焉有你说话的份儿?!"

王氏早已不哭了,两眼冒光地看着孔嬷嬷。林姨娘脸色一阵红一阵白,她自打嫁与盛纮,从未如此丢人过,恨得牙根紧咬,但面上不露声色,只轻轻啜泣着站到一边。看见林姨娘气得轻轻颤抖,华兰、如兰大是解气,觉得此刻便是再多打十下板子都值了,明兰几乎想向孔嬷嬷要签名了。

孔嬷嬷威严地朝众姐妹道:"你们肯姊妹相互体让是好的,想是你们已经明白了,但知错归知错,处罚归处罚,好了,你们把左手伸出来!"

盛纮站起来,威严地发话:"都跪好,老老实实地把左手伸出来,把板子都领了,回头再把书抄了。"

女孩儿们都规矩地跪好,可怜兮兮地看着那戒尺。只听孔嬷嬷轻喝一声,一顿噼里啪啦的响动,四条戒尺上下飞舞,明兰立刻觉得掌心一片火辣辣地疼,墨兰尖声哀叫起来,如兰尤其哭天抢地。那薄而有弹性的竹板打在手心,皮肉分离般地痛,纵使硬气的华兰也忍不住。打了六七下,明兰已经疼得只会抽冷气了。

王氏心疼,看着忍不住掉泪,周围的丫鬟婆子都是一脸不忍,盛纮也别过头去不看。不一会儿,板子打完了,林姨娘再有城府也忍耐不住,一下子扑到墨兰身上轻轻哭起来。王氏也顾不得脸面,搂住华兰、如兰心肝肉地不肯放。

盛纮却见明兰小小的身子独自跪坐在蒲团上,疼得满脸冷汗,小脸惨白,惶惑无依的可怜样儿,左右竟没有人去疼她,到今日盛纮才知道老太太那天的话是什么意思。他硬起心肠不去看其他几个女儿,先恭敬地送走了孔嬷嬷,然后走过去轻轻抱起明兰,冷声吩咐各自回去,自己则抱着明兰往寿安堂去了。

这一日大闹,几个女孩儿早就精疲力竭。这时事情一完结,如兰、墨兰便倒在各自生母怀里睡了过去,华兰也被乳母搀扶着进去歇息了,明兰也累极了,被盛纮抱起往外走时,还不忘记隔着父亲的肩膀,吩咐等在外门的小桃把她的小书篮子整理好带走。

盛纮不禁失笑:"敢情没把你打疼,还有力气惦记东西。"

明兰跪了半天,又被打了一顿板子,还抄了一下午的书,此刻外头冷风一吹,脑子正不甚清楚,一边揉着自己的小手,一边呆头呆脑道:"方才那《女则》我已经抄了一大半了,待会儿再抄一会儿就得了,自然得带上,不然明日怎么去见孔嬷嬷呢？"

盛纮借着前头灯笼的光亮，看了看小女儿。只见她眉目宛然，目如点漆，依稀当初卫姨娘的模样，又见她鼻翘目秀，隐隐有自己幼时的风貌，想起当初她刚出世时，自己也是抱过、亲过、疼过的，可后来卫姨娘惨死，又出了这许多事情，他对这女儿既愧且怜，便不大爱见了，只记得要照拂她的生活，却并不如疼爱华兰、墨兰那般。

他这时却又生起另一股疼惜之心，便和蔼地微笑道："孔嬷嬷打了你，你不气她，还上赶着去找罪受？"

明兰小小地叹了口气："姐姐们都挨打了，我怎么能一个人撇清了？一女犯错，全女都要连坐，不过这样也好，下回姐姐们就不敢再吵了，唉——"

盛纮大乐，刮了下明兰的小鼻子："小丫头满嘴胡诌，还小大人样叹气！你知道什么叫连坐？"说着腾出一只手来拢住明兰的左手，摸上去有些热肿，盛纮心里怜惜小女儿吃了苦头，温言道，"疼吗？"

明兰吸了吸鼻子，哭声道："疼的。"顿了顿，心里委屈，不知不觉泪水就掉下来了，哭腔着说，"疼极了。"

盛纮疼惜地把小女儿在怀里抱紧了，哄道："下回姐姐们再吵架，你就偷偷来告诉爹爹，爹爹要是不在家，你就远远躲开，或去找老太太，咱们明兰是好孩子，不理她们，好不好？"

明兰把小脸儿埋进父亲颈窝里，夜风森寒，可是趴着却是暖暖的，有一股父亲的味道，让明兰想起了小时候姚爸常常背着她骑大马的情景。她用短短的小胳膊环着盛纮的脖子，用力点点头："嗯！"

一路上父女俩说说笑笑到了寿安堂，一进正门，盛纮就对等在门口的丹橘道："去二门找来福管家，让他去书房找出那瓶'紫金化瘀膏'，速速取来。"

丹橘吓了一跳，连忙应声前去。盛纮抱着明兰走进正房，看见老太太正在炕上等着，便把明兰放到炕上。老太太顺手揽过明兰，一触手忽觉得女孩冻得冰凉，赶紧就把自己身上的玄金二色金八团吉祥如意软毡给她团团裹上。待盛纮给她行过礼，她才道："适才孔嬷嬷已遣人把前因后果给讲明白了，老爷今儿受累了，下了衙还不得歇息，赶紧回去将息着。"

盛纮面有惭色道："也不见得如此累了，倒是计母亲操心了，怕是连晚饭都还没用吧？"

盛老太太搂着昏昏睡去的明兰，看着她疲惫的小脸，转头对盛纮道："孔

101

嬷嬷在宫中便是执掌宫规的,说话做事未免鲁直了些,老爷不要见怪才好。"

盛纮忙道:"哪有的事。儿子纵是再昏聩,也不至于分不出好歹来。孔嬷嬷身子不好,原是要告老归乡的,靠着母亲的面子才将她请了来,儿子敬重佩服嬷嬷的人品德行还来不及,如何有他想?说来说去,都是儿子无用,没把女儿们教好。"

盛老太太看他面色真诚,不似作伪,十分满意。她与盛纮也母子几十年了,多少了解他的为人,知道他言出真心,又见他适才亲厚地抱着明兰回来,心里适意了些。

母子俩又说了会儿话,盛纮便回去了。

过了一会儿,房妈妈便使唤丫鬟婆子端着几个食盒进来,把煁在暖笼里的晚膳取出来,一一摆放在炕上,盛老太太正把明兰摇醒:"先把饭吃了,再睡不迟。"

明兰累极,含混地说:"我不饿,不吃了。"老太太如何肯依,还是把明兰拖起来。房妈妈拧了条热帕子给明兰敷了面,她才醒了过来。老太太亲自拿了冰帕子给她敷了伤手。房妈妈见明兰的小手红肿,挑了丹橘取来的膏子细细敷匀了,嗔道:"这孔嬷嬷也真是的,我们姑娘原就没错,一同处罚已是冤了的,还不轻着点儿打!"一边说一边轻轻去吹气。

盛老太太其实也心疼,但还是板着脸道:"什么一同不一同的,小孩子不好好学规矩,被教养嬷嬷罚是常事,便是我小时候难道少挨嬷嬷的骂了?"

明兰一脸糊涂,歪着脑袋,木木地看着祖母好一会儿,才恍然大悟:"原来是我们没学好规矩才挨打的呀,哦,那是该打的。"就这样把姐妹吵架的事给隐没了。

房妈妈顿时忍俊不禁,老太太听了,也暗暗觉得好笑,知道这孩子都明白了,心下安慰,轻轻揉了揉孙女的头发道:"好孩子,以后的日子会顺当起来的。"

林栖阁,灯火幽幽,只里屋十分明亮,墨兰半躺在炕上犹自哭泣,手上密密地缠着淡绿色的药布巾子,散发着阵阵药香。林姨娘搂着女儿,轻声道:"都是娘不好,一味要你争强好胜,却忘了韬晦,如今正撞在浪尖上。"

墨兰惨白着小脸,不安道:"都说父亲疼我,这次他宁肯替明兰求情,也不为我说半句话,别是生了我的气了。"

旁边站着个白净瘦脸的媳妇，身穿酱紫色绣杏黄如意绕枝长比甲，她笑着道："姑娘莫急，老爷适才是碍着孔嬷嬷的面子，责罚了姑娘，老爷心里也是疼的，这不，回头就送了药膏子来给姑娘了！"

墨兰听了，心里略略松些。林姨娘冷冷地笑了两声："要是往日，老爷早就过来了，今日居然连我一起骂了……哼哼，好厉害的孔嬷嬷，好厉害的老太太。雪娘，你难道没看出来？"

雪娘惊道："小姐此话怎讲？难不成这里头还另有说法？"

林姨娘掠了掠鬓发，嘴角含冷意："这次我是着了道，一意叫墨兰争表现，却忘了寿安堂那位的厉害。今日孔嬷嬷将四个姐儿一一训斥了，明里听着是一碗水端平，可是若细细去品，那意思却差远了。如兰、明兰两个小的还好，不过走个过场。她对华姐儿的那番话听着严厉，却实实在在是好话，在教她为人做事哩。可是她说墨儿的呢？真正是句句诛心，只差没点明了说墨儿自私自利不顾姐妹！哼，什么'各人有各人的缘法'，她那意思就是说，我家墨姐儿是庶出的，别痴心妄想要攀华姐儿那般的好亲事罢了！"

雪娘想了想，道："小姐的意思是，这都是老太太的布置？"

林姨娘哼了一声："不中也不远了。孔嬷嬷把老太太想说不便说的，想做不好做的，一股脑儿都说了做了，既不得罪儿子媳妇，又能全了心愿，真是一举两得。瞧着吧，这事儿可没完呢。"

墨兰大惊失色："果真如此，那我可怎么办呢？父亲会不会厌憎我了？"

林姨娘温柔一笑："傻孩子，怕什么，兵来将挡，水来土掩，咱们只要抓住了你父亲，便一切都不怕了，太太便是想不透这一点。"

葳蕤轩，王氏搂着如兰已经睡下了，华兰却还在抄写《女则》，王氏心疼女儿，道："你那五十遍不是早抄完了吗？怎么还不歇息？老爷送来的药膏子还没化开呢。"

华兰直起脖子，昂然道："我是家中最大的，若说犯过错，便是我的错最大，妹妹们罚抄五十遍，我自要多罚些才是。"

王氏对这个大女儿素来是七分疼爱三分骄傲，道："我的华儿长大了，竟知道这番道理了，明日孔嬷嬷瞧了你的心意，自然会喜欢的。"

说起孔嬷嬷，华兰陡然精神一振："娘，我今日才算真正瞧见了什么叫厉害不露声色的手段！你看孔嬷嬷，平日里连高声说话也没一句的，最是和气厚道不过，可责罚起人来，却头头是道，愣是训得人无话可说，听者心服口服。再瞧瞧她的作为，知道我们犯了错，也不急着发难，却是文火慢熬，慢慢将我们给制服了，啧啧，真厉害！一句话还没说，便早早准备好了下跪的蒲团、打手板的戒尺，连打完后敷手掌的冰帕子也预备下了，称得上是算无遗策！从明日起，我要加倍向孔嬷嬷学东西，多长长见识才好！"说得眉飞色舞，忽地转眼瞥了母亲一眼，叹气道，"母亲，你要是有孔嬷嬷一半的本事，就轮不到那姓林的张狂了。"

"你这张嘴也该管管了，就怕你去了婆家也这般。"王氏反而忧心。

华兰娇娇地一笑："都是母亲的种。"

王氏更是忧心："我最怕的就是你这脾气，天不怕，地不怕的，说好了是爽利明快，说坏了是尖酸刻薄。我当初嫁与你父亲，算是低嫁，如今你却是高嫁，你当哪家婆婆都如你祖母这般好说话、不管事？房里塞人，偏疼别个媳妇，克扣银钱……林林总总，到时候有你受的。"

华兰骄傲地仰起头："我才不怕，将来呀，无论屋里屋外，谁也别想插进手来！"

自那日大闹后，从太太小姐到府内丫鬟婆子，都对孔嬷嬷的培训班加倍尊重起来，谁也不敢再有丝毫轻慢之心，尤其是墨兰，几乎是夹着尾巴做人。

经过孔嬷嬷的前程教育，盛纮暂时理智战胜情感，连着半个月睡在王氏房里，让林姨娘母女俩清醒清醒头脑。王氏日日春色满面，高兴得险些放鞭炮。要说这次盛纮是下了决心，至少要做出个样子给孔嬷嬷看，十分有毅力地拒绝林姨娘的任何求见。

林姨娘一看情形不对，终于祭出绝招，让儿子长枫趁盛纮考校学问时，递上一方轻柔的青绢，上面用艳丽的朱砂写了一首哀怨的情诗，什么"朝朝思君心欲碎，暮暮啼血泪如雨"之类的。盛纮读了之后顿时柔情万千，某天半夜终于按捺不住去见了林姨娘。

王氏知道后大怒，道："就怕小妾有文化！"

不过这次之后，盛纮也意识到不能对林姨娘太过纵容。而林姨娘也很乖觉地收敛不少风头，墨兰也同样老实起来。在这样良好的学习氛围下，孔嬷嬷又细细指点了半个多月，待到长柏县试发榜之后，孔嬷嬷便告辞而去。盛纮又给孔嬷嬷添了许多箱笼充作束脩，孔嬷嬷留下一半，剩下的都退了回去："半截入土的人了，带这许多东西，还以为我是来打劫的呢。"

最后几日，王氏婉转表示，希望孔嬷嬷给京中的故交写信，替家中女儿多多美言几句，算是给华兰以后的日子营造个条件。不料孔嬷嬷笑着推辞："大姐儿又不是去做客的，她在京城是要久住的，天长日久的，什么名声都得自己造出来。我若把大姐儿夸到天上去，回头那忠勤伯府指望太高，反倒不妙。"

这句话翻译一下就是：期望值不要太高，太高了容易失望，低一点反而更容易让华兰出彩。也不知王氏懂了没有，只是难掩失望之色。于是孔嬷嬷又加了句："大姐儿便是一面活招牌，待她生儿育女立住脚跟了，我若还能蹦跶，便可替余下几个姐儿喊两嗓子。"王氏想到了如兰，满脸笑容地道谢。

第六回 · 华兰出嫁

一

　　孔嬷嬷走后,几个女孩儿再度过回各自修行的日子,盛老太太就又把明兰捉回去识字念书,并且多加了一门新功课——女红,启蒙师父由房妈妈暂代。房妈妈当年是陪嫁过来的一等大丫鬟,号称侯府女红第一把手,举凡纺织、缝纫、刺绣、鞋帽、编结、拼布……林林总总无一不精,如今虽人老眼昏花做不得精细的活计,但教教明兰这样的菜鸟绰绰有余。

　　根据盛老太太和林姨娘两个活生生的例子,房妈妈见明兰学字读书一点就通,很担心明兰也是只爱诗文不喜针黹。谁知明兰一开始就十分配合,拿出比读书认字更热忱的态度来学习,房妈妈又惊又喜,立刻拿出全副本事来训练明兰。于是明兰上午跟着盛老太太读书,下午跟着房妈妈学女红,老太太在一旁乐呵呵地看着。

　　先让明兰在小布头上练习针法:先缝线条,直的要笔直,圆的要滚圆,针脚要细密像缝纫机踏出来的,间隔要均匀得完全一致,这是基本功,光是练习这个就足足费去了明兰一个月时间。一个月后,房妈妈挑了个光头好的下午给明兰考试,勉强给了及格。

　　房妈妈有些奇怪:"姐儿这般用心学,怎么学女红偏就不如你读书识字来得快又好呢?"

　　明兰心里默默地想:作了弊的和白手起家的自然不一样。

　　盛老太太也很奇怪:"你这般喜欢女红吗?比读书都认真卖力。"

　　明兰默默流泪:鬼才喜欢女红!她以前连十字绣都不玩的好不好?

　　应试教育有个很大的特点,说好听了是目标明确,行动直接,说难听了是功利性强。作为打现代过来的明兰在学完《千字文》后,就开始思考一个问题。

作为一个深闺女子，诗词歌赋、琴棋书画样样皆精，到底有什么用？她又不能拿读书当饭吃，因为她考不了科举。还是在贵族子弟中博个才女的名声？

作为嫡女的盛老太太当然会说："陶冶性情，怡心养品，冠盖满京华，乃家族之光。"

可是明兰不是嫡女呀，而且盛家也不是侯府，她根本进不去那种顶级的贵族社交圈。

而林姨娘大约会说："在我成功的道路上，诗词歌赋、琴棋书画给了我很大的帮助。"

可是明兰也不想当小老婆呀。

直到有一次，房妈妈随口说一件如意斋的中等绣品可以卖二三两银子之后，明兰忽然找到了一个最好的努力方向——不论是读书太好还是理财太精，都可能会被这个社会诟病，只有女红，保险又安全，既可以获得好名声，将来有个万一，也算有一技傍身。

明兰把自己的想法稍稍润色后，如此回答祖母："女红实在，可以给祖母做暖帽，给父亲做鞋子，给母亲和姐姐绣香囊，还可以给哥哥缝帕子。"

盛老太太感动得眼眶都热了，把明兰搂在怀里揉了半天："好孩子，难为你了！"

明兰一头雾水。盛老太太的理解是：读书不过得益在自身，女红却是惠及家人，孙女小小年纪就知道关心家人了。

为了增加学习的趣味性，盛老太太描了几朵简单的梅花给明兰绣着玩。明兰很卖力地绣呀绣，绣呀绣，刚绣完一朵半，已经春梅落尽，桃花初绽了。房妈妈叹了口气，索性把那花样子添上几笔，让明兰绣成桃花算了。

"梅花和桃花不一样呀，怎么换得过去呢？"明兰小声抗议。

"没事，你绣出来的差别不大。"盛老太太安慰她。

明兰："……"

待到四月，桃花灿灿时，京城忠勤伯府来信说袁文绍将于月底出发迎亲，数着日子，不几日便可到登州。这边，盛纮的大堂兄盛维也到了。本来华兰的婚礼应该有舅舅在场，可是那王衍如今也是官身，并不能随便离任，只有盛维是料理生意的，反倒可以自由行动。他这次带着次子长梧一起来贺喜，回头还要陪长柏为华兰送亲到京城。

盛维随盛纮来寿安堂拜见之时，明兰正坐在炕几旁背诵《爱莲说》："水陆草木之花，可爱者甚蕃……予独爱莲之出淤泥而不染，濯清涟而不妖，中通外直，不蔓不枝，香远益清，亭亭净植……"童音稚稚，朗朗背诵，小小的女孩儿摇头晃脑，憨态可掬。盛老太太端坐在炕上，侧首笑吟吟地听着，满眼都是温暖的欢喜。

盛维心里一动，又见盛老太太精神愉悦，面色红润，竟比两年前见时还显旺盛几分，便侧眼看了看明兰，只见她一双点漆般的黑瞳，明亮清澄，一见自己到来，立刻从炕上爬下来，乖乖地在一旁站好。见她如此知礼懂事，盛维很是喜欢，心里更加明了。

给盛老太太见过礼后，盛维笑吟吟地把明兰揽过来道："你是六丫头吧，你几个姐姐我都见过，只有你，回回来你家，你都病着，如今可好了？"他长了一张国字方脸，颇有风霜之色，明明只比盛纮大了几岁，看着却像大了十岁似的，神情十分和蔼。

明兰捧着一对胖胖的小肉拳头，规矩地上来行礼，像模像样地问好："侄女都好了，谢大伯伯关怀，大伯伯好，大伯伯远道而来，真是辛苦了。"

脆脆的稚音，说话却偏一副小大人的正经样，屋里几个大人都乐了。盛维尤其大笑，搂着小明兰不住抖动。明兰被笑得小脸憋红，心里愤懑道，她明明都照规矩来的好不好？笑什么笑，严肃点！

盛维在怀里摸了摸，掏出一团红绸子包的东西，递给明兰道："这是你堂伯祖母给你的，你几个姐姐都有，就差你一份了。"明兰抬眼看了看祖母和父亲，见他们轻轻点了点头方才收下，打开红绸一看，眼前一片金光灿烂。

这是一个沉甸甸的赤金如意锁，忙拿给盛老太太看，老太太笑着把金锁上的细链子挂到明兰脖子上。明兰立刻觉得脖子一沉，足有好几两重，连忙扭着小胖身子乖乖向盛维鞠躬，一边鞠躬一边道："谢谢堂伯祖母，谢谢大伯伯。"

这时，翠屏端着个雕绘着荷叶莲藕的红漆小茶盘进来，见明兰过来，便习惯地把茶盘往明兰面前一端，明兰伸手接过其中一个茶碗，颠颠地走过去。

盛纮原以为照习惯明兰会把茶碗端到自己面前，谁知明兰的小短腿走到一半居然转了个弯，低头捧着茶碗，径直把茶奉给了盛维，第二碗才端给自己；接下来，又见明兰踮着脚把炕几上那盘鲜红的山东大枣拿下来，殷勤地端到盛维的茶几上。

盛纮暗暗好笑，忍不住笑骂道："这六丫头，不过收了件礼，便这般又捧茶又上枣子的，忘了你亲爹吗？"

明兰神色扭捏，小脸通红，停下忙碌转动的肥松鼠般的小身子，尴尬得小手小脚甚是无措，不好意思地讪讪道："拿人手短嘛。"

盛老太太和盛维、盛纮两兄弟顿时哄堂大笑。盛维一把拉过明兰在怀里抱了抱，见她小脸稚嫩雪白，怯生生的，着实可爱得紧，于是又从身上摸出了个精致的锦囊袋子，放到明兰手里，戏谑道："大伯伯吃人嘴软，喏，这是新打的九十九条小鱼儿，也都给你了！我说小明儿，你家的吃食也太贵了些！"

老太太几乎笑出眼泪，一边笑一边指着骂："你们几个没大没小的猴儿！"周围的丫鬟婆子也偷偷捂嘴。明兰连忙从那水果盘子里挑出十几个果肉肥厚的大枣子给盛纮送去，讨好地傻笑道："父亲吃，父亲吃，这枣子肥……"

盛纮笑着拉过明兰，摸了摸小女儿柔软的头发，然后打开明兰手中的锦囊绣袋，拈出一个金灿玲珑的小鱼状金锞子，放在明兰胖胖的小手掌中："好看吧？拿着玩吧。"

明兰突然拿了这么多金子，着实有些不好意思，小脸红红的，又给盛维鞠躬作揖。这时王氏来了，带着除华兰外的几个孩子，明兰小小地舒了口气，连忙去给王氏行礼。

王氏与老太太和盛维见过礼，又让儿女们行礼。瞧见明兰胸前偌大一块金灿灿的金锁，如兰小嘴噘了噘，墨兰低眉顺眼，没什么表情。经过孔嬷嬷的教育，她们俩已经老实许多了。

盛维与侄女寒暄了几句，如兰骄矜，墨兰斯文，都不大言语，盛纮也没什么可说的，倒是王氏满面笑容道："嫂子太客气了，让大伯为华兰跑这么老远已过意不去，还带了这许多东西来。"说着转头道："还有你们的，哥儿的物件在老爷书房，姐儿的都在葳蕤轩那儿呢，待会儿去取吧。"

孩子们立刻给盛维道谢。大家又说了几句，如兰便兴奋地要去看礼物，盛老太太笑着让孙女们先过去。三个女孩儿离开后，屋内的气氛立刻静下来。盛维正色对着站在对面的长柏说："我听得柏哥儿已过了府试，弟妹真是好福气。"

长柏拱手道："大伯伯谬赞，小侄无知，尚得多加读书。"

111

王氏心中骄傲，回道："还差着最后一道院试才算个秀才呢，大伯先别忙着夸他。都说梧哥儿也在读书，回头他们哥儿俩好一同赴考。"

盛维摇着头笑道："这可不成，当初我读书就不如二弟，你那大侄子随我，只看账本精神，见了那些'之乎者也'就犯晕。你二侄子虽能读两本书，却比柏哥儿差远了，我瞧着他还是喜欢舞枪弄棒些。这次送大侄女去京城完婚后，我打算让梧哥儿去拜见下鲁奎鲁总教头，试试看走武路子。"

盛纮笑着道："这敢情好，那鲁杠子的武艺、人品都是一等的，当初他考武举时常与我一同吃酒，这些年也没断了往来，回头我给他写封信，让梧哥儿带上，也好多照应些。"

盛维大喜："那可多谢二弟了！梧儿，还不快给你叔叔磕头谢过！"

身旁侍立的长梧，看着和长柏差不多大，但身子骨儿结实，方口阔面，开朗精神，高高兴兴地给盛纮磕了头。盛纮忙扶起："大哥又说这两家话，梧哥儿将来有了出息，也是我们的福气，有自家兄弟在官场互相照应着，咱们家族才能兴盛不是？"

盛维又转头去看长枫，笑道："瞧吧，你梧堂兄是不中用了，回头只能做个武夫，看来还是得你们亲兄弟俩一同赶考了，我闻得枫哥儿诗文极好，小小年纪便颇有才名，将来定能考个状元回来。"

长枫一直含笑站在一旁，此时才拱手道："小侄有愧，只望将来能有大哥一半学问便知足了，前朝张太岳九岁为童生，小侄不才，打算明年去试试手。"

盛老太太正色道："虽说诗文要紧，但科举考试并不全考诗文，你也当多花些力气在文章上，便是你祖父当年诗文倜傥盖士林，也是先学好了文章的，回头你也随你大哥哥一同读书吧。"长枫笑着答是。

又说了会儿话，盛老太太让三个哥儿自去玩，大人们再聊会儿天。

等他们出去了，盛维才恭敬地对盛老太太道："这次您侄媳妇本也是要过来的，偏被家事绊住了腾不开手脚，我替她给二婶子磕头道喜了。"

"这大老远的，来什么来，侄媳妇管着偌大一家子如何出得来？我们两房用不着这些虚的。你母亲身子如何了？可还健朗？"盛老太太笑道。

盛维神色黯淡了些："家里一切都好，就是我娘她最近越发懒了，身子骨儿大不如前，她时常叨念着二婶子您，我想着等婶子什么时候得了空，来我家住一阵子，就是怕累着婶子您了，是以娘不许我提。"

盛老太太叹气道："累什么累，我与你娘妯娌一场，也甚是相得，弟妹去瞧老嫂子有什么不好说的？唉……我对老嫂子极是敬佩，她一个弱女子熬了这许多年，也算熬出了头，却可怜累出了一身的病痛。"

盛维真诚道："当初都亏了婶子给我们母子撑腰，侄儿一家方有今日，说起来真是……"

盛老太太连连摆手制止他继续："不提了，不提了。"

盛纮见气氛沉重，想找个轻松的话题，看了看王氏，王氏收到信号，立刻明白，于是笑道："好久没回金陵，不知道松哥儿媳妇怎么样了，上回来信说她有了身子？"

盛维神色愈加黯淡："可惜了，前儿忽地小月了。"

一阵压抑，气氛更加沉重，盛纮不满地瞪了王氏一眼，王氏很冤枉，她又不知道。

好吧，搞活气氛也是需要天分的，王氏显然还需修炼，盛纮不满完王氏，决定自己出马，笑道："不知上回来说梧哥儿的那户人家如何，大哥可打听好了？要是好，我这做叔叔的可得开始备贺礼了。"

盛维脸黑如锅底："唉！不提也罢，那家闺女跟马夫私奔了！"

屋内气氛更加……

当晚，盛纮要与盛维把酒夜话，王氏陪着盛老太太聊了会儿天。晚饭前崔妈妈领着明兰回来了，丹橘和小桃怀抱着两大包礼物，后面还有两个粗使婆子合抬着一个箱子。

盛老太太把明兰拉到身边，当小囡囡般摇了半天，笑道："这回我们明丫儿可是发财了，告诉祖母，大伯伯都送来些什么呀？"

明兰刚才压根儿没看清，掰着小手指回忆起来："有……金子、缎子、珠子、镯子，嗯……钗子、簪子，也有的……嗯，还有、还有……"还有了半天终是背不出来了。盛老太太听得直翻眼，伸出手指用力点了点明兰的小脑门儿，板着脸训道："还有你这个小呆子！"

说着，便叫翠屏指挥婆子打开包袱和箱笼来看——新出的湖缎各色四匹、蜀锦各色三匹，光泽花色都极光鲜的，徽州的文房四宝两套、赤金缠丝玛瑙镯子一对、银叶丝缠绕翠玉镯子一对、珠钗金簪各两对、红艳滚圆的珊瑚珠子和各色琉璃米珠各一盒、各色时新花样戒指五个，剩下林林总总还有些女孩儿的小玩意儿。

盛老太太皱眉道:"这礼有些重了。"

王氏笑道:"大伯说了,这好几年都没见了,索性都补上。"接着又转头拉过明兰道:"你这傻孩子,都说你记字快,这么些东西就记不住了?怪不得老太太说你是个小呆子!"

明兰不好意思地呵呵傻笑一阵,她比较擅长记数字和案例来着。盛老太太听了王氏的话,眼光似嘲讽地闪了闪,什么也没说。

接着王氏又对着老太太笑着说:"咱们明丫儿是厚道孩子,当初在我那儿时,给什么穿什么,喂什么吃什么,从不挑三拣四,更不眼红姐妹的东西。如儿和她住一块儿时,吃的、玩的、摆的到处都是,明儿连碰都没碰一下呢。怪道老太太疼你,到底有气派。"

盛老太太轻轻看了王氏一眼,不动声色道:"华丫头出阁后,太太要多费些心,得好好教养剩下的三个姐儿,姑娘家不好眼皮子太浅了,没得叫人看轻了。"

王氏立时眉飞色舞,谁知盛老太太又说了句看似完全无关的话:"明丫头,才儿你走后,又叫小桃把你大伯伯送的那袋子金鱼拿了去,怎么,紧着跟姐姐们显摆去了?"

明兰瞪圆了眼睛,答道:"才不是显摆,是我要分给姐姐们的。"

王氏的表情立刻有些难看。盛老太太不可捉摸地笑了笑:"你姐姐们要了吗?"

明兰摇头,嘟着嘴道:"我们板子一起挨,金鱼儿自然也要一块儿分的,我叫小桃连那杆象牙小秤都一块儿带去了,可是大姐姐死活不要,说是大伯伯给我一个的,她们以前见大伯伯时都已有过的。"

盛老太太欣慰道:"大丫头果然是懂事了,这回侄子也给她添了不少嫁妆,咱们得知足。"

王氏这才舒了口气。

过了一会儿盛老太太传饭,王氏通常回屋与女儿们一起用饭,便带着丫鬟婆子告辞离去了。一离开寿安堂的院子,立刻加快脚步,匆匆往葳蕤轩去了,还没等丫鬟打开正房的帘子,王氏就听见里头传来华兰训斥如兰的声音。

"你眼皮子怎这么浅?瞧见明兰那几个金锞子就想分一半,你素日没见过金子不成?!"华兰的声音。王氏听得眼皮一跳。

"大伯伯是昏头了,凭什么给她那么多金锞子?都应该给我们才是!"如兰还嘴。

王氏听得青筋暴起，让彩环、彩佩留在门口看着，自己一步冲进内屋，指着如兰大声喝道："死丫头还不给我住嘴！浑说什么，上回孔嬷嬷真该多打你几板子才是！"

华兰、如兰姐妹俩正坐在一对海棠锦绣墩上，见到王氏进来，都赶紧站起福了福。王氏一把扯住如兰，沉声道："以后不许说什么小妇、庶出的，你忘了你父亲的话吗？"

如兰心头一紧，对了，盛纮也是庶出的，虽知道自己说错话了，但犹自不服气，道："当初我与大姐姐的金锁是大老太太送来的，根本没有林姨娘的份儿，四姐姐那个金锁还是后来大伯伯、大伯母补来的。不是母亲说的吗？大老太太最最痛恨小妾姨娘的……就算大伯伯瞧在父亲的面上抬举明兰，意思一下赏些小玩意儿也尽够了，做什么左一个金锁右一袋金鱼的，没得惯出那小丫头的德行来！我瞧她那金锁比我的还精致些。"

王氏头痛不已，一下坐在软榻上。华兰见状，过来用力拧了一把如兰的胳膊，低声道："你知道什么！那大老太太与我们老太太最要好，当初大老太太不待见四妹妹，为的是祖母，今日抬举六妹妹，也是为的祖母，要怪，你就怪当初你不肯叫老太太养吧！"

王氏爱惜地看了眼长女，转头对如兰呛声道："你大姐姐说得对！我方才打听了，原本你大伯伯只给了六丫头金锁的，是六丫头招人喜欢，端茶问安孝敬得体，你大伯伯这才又拿出了一袋子金鱼，可你呢？你也不想想，你大伯伯哪回来不是给你们姐妹送这送那的？华儿还好，可你每次瞧见了你大伯伯，只在那里充大小姐派头，瞧不起商贾怎么的？嘴皮子也懒，人也不殷勤，一副娇气的鬼模样，是个人瞧见都不喜欢！"

如兰从来没被王氏这般数落过，小脸涨红，怒道："谁要大伯伯喜欢！不是母亲说的吗？要是没有老太太，大老太太早就被大老太爷休了，要是没有父亲，大伯伯哪来这么大家业！大伯伯一家受了我们家这么大的恩惠，拿他们多少东西都是不过的。我干吗要讨好大伯伯，他给我东西是应该的！"

只听唰的一声，华兰一下站起身，厉声呵斥道："你胡扯什么！还不快闭嘴，再多说一句，我立刻撕了你的嘴！"见姐姐神色严厉，眼中冒火，如兰梗着脖子闭上嘴。

华兰转身对着王氏，责备道："母亲真是的，明知道妹妹性子莽撞，这种话也敢对她说。她要是哪天昏了头出去胡诌，祖母和父亲还不扒了您的皮？到时候那姓林的就该更得意了！"

王氏顿时头大如斗，抚着额头倚在软榻上，一脸中风状。

华兰坐到如兰身边，难得有耐心地教导妹妹："诚然父亲和祖母是帮了大伯伯很多忙，可是如今养在老太太身边的是明兰，父亲的女儿更不止你我两个，再过不久我便要出门了，到那时再不能提点妹妹，如儿以后遇事得自己多想想了。"

如兰嘴唇动了动，一副犟头倔脑的样子。华兰努力更耐心些："你我一母同胞，纵是往日吵过嘴，难不成姐姐会害你？以后你莫要动不动就与墨兰争吵，那死丫头惯会惺惺作态，心思又机巧，你不免吃亏，大不了你不与她玩便是，以后若闷了，去找六妹妹吧。我瞧着她倒是不坏，虽说比你小，行事可比你妥当多了。这才多少日子，老太太已经把她当心肝肉对待了，什么好东西都紧着她，你瞧近日父亲多疼她！"

如兰低着头，不以为然地噘了噘嘴，嘀咕道："她们如何与我相比，她们都是庶出的，自得讨好卖乖才有一席之地，我可是太太生的。"

华兰用力地顿了一顿："没错，我们是太太生的，可也得拿出嫡女的气派来，不要临了反不如庶出的出挑！"

二

五月初三，风和日丽，天温气暖，宜嫁娶。迎亲的队伍吹吹打打一路而来，盛府内也到处扎花点红，装点得一派喜气洋洋。明兰一大清早就被崔妈妈拉起来打扮，头上绾着两个圆圆的蝴蝶髻，戴着一对红珊瑚珠镶的金丝缠枝发环，上身穿大红色镂金丝钮折枝玉兰锦缎交领长身袄，从膝盖起露出一截月白云纹绫缎绉裙，往镜子里一照，再鼓着小胖脸颊一笑，嘴角一颗小小的梨窝，活脱脱一个喜庆的年画娃娃。

去葳蕤轩时，明兰见墨兰和如兰也是一样彤红喜气的穿着打扮，胸前都用细细的金链子挂着盛维送的璎珞盘丝金锁，然后她们按次序跟华兰道别。

墨兰："祝大姐姐鸳鸯福禄，丝萝春秋，花好月圆，并蒂荣华。"

如兰："大姐姐喜结良缘，望大姐姐和姐夫琴瑟和鸣，白头偕老，子孙兴旺，枝繁叶茂。"

明兰："京城天气干，大姐姐平时多喝水，对皮肤好。"实在想不出来了，她们就不能给她留几句成语说说吗？

华兰看看明兰，眨眨眼睛，好不容易酝酿出来的一些泪意又没了。

王氏又交代了几句之后，旁边走出个明兰没见过的嬷嬷，身穿一件暗紫色团花比甲。华兰不甚明白地去看母亲，王氏眼神有些躲闪，支支吾吾道："请这位嬷嬷给我们姐儿说说夫妻之礼吧。"

说完便带着众人离开葳蕤轩。明兰立刻明白了，心里"切"了一声，不就是X教育吗？

此时外头已然来了不少夫人太太，王氏便要去待客，顺便把三个女孩儿一起带去见见人。她们三个被妈妈领着在女客面前转了一圈，大红袄子映着雪白娇嫩的小脸，如同花朵般鲜艳，引得众人俱是啧啧赞叹，这个伸手摸一把，那个扯着细细看问。

盛纮到登州上任不过一年，盛府与当地的官宦缙绅相交尚浅，众女客依稀知道这三个姑娘中只有一个是嫡出的，但她们三个都是一样的打扮，王氏又不好在这繁忙当口当众指明了说，于是一干夫人太太只好各凭兴趣手感了。

喜欢清秀文雅的去看墨兰，喜欢端庄矜持的便去扯如兰，众人见明兰最小，又生得玉雪可爱，行止规矩大方，偏身子幼小圆矮，手短脚短，行动娇憨稚气，让人莫名喜欢，去摸的人最多。

明兰的小脸也不知被这群卖女孩的老火柴摸了几把，不但不能喊非礼，还得装出一副被摸很荣幸的样子。不过当小孩也不全是坏处，他们至少比新娘子早一步看见了传说中的大姐夫袁文绍。

新郎官今年二十岁，属于晚婚族，生得体健貌端，面白有须，但估计昨天连夜刮掉了，所以颊上显出一片浅青色；一身大红喜服显得鹤势螂形，目光明亮，举止稳重，和三十多岁斯文白净的岳父大人盛纮站在一起，更像同辈人。

王氏拉着袁文绍的手上下打量了大约半炷香，直看得女婿脸皮发麻才放开手，然后又说了半炷香时间的"多担待"之类的嘱托。

礼过后，袁文绍带着新娘子上了船，由伯父盛维和长弟盛长柏送亲，王氏在盛府大门口哭湿了三条帕子，盛纮也有些眼酸。

当天盛府内开了十几桌筵席，又在登州有名的鸿宾楼里开了几十桌加席，足足热闹到半夜宾客们才离去。古代夜生活没有小孩参与的份儿，明兰早被妈妈带回寿安堂，小胖手掩着小嘴不住打哈欠。丹橘和崔妈妈把她安置妥当后，盛老太太和小孙女一同躺在床上，有一搭没一搭地听小明兰说着外头婚礼的情况。

听着听着，盛老太太忽地道："明儿，给祖母背首说婚嫁的诗吧。"

明兰最近正在学《诗经》，想了想，挑了首最简单的，便朗声道："桃之夭夭，灼灼其华。之子于归，宜其室家。桃之夭夭，有蕡其实。之子于归，宜其家室。桃之夭夭，其叶蓁蓁。之子于归，宜其家人。"

"明儿背得真好。"黑暗中，盛老太太似乎轻轻叹了口气，声音有一抹伤悲的意味，似乎自言自语道，"明儿可知，祖母年少时，最喜欢的却是那首《柏舟》，朝也背，晚也背。可现在想来，还不如《桃夭》实在。女人这一辈子若真能如桃树般，明艳地开着桃花，顺当地结出累累桃果，才是真的福气。"

明兰困极了，根本没听清祖母在说什么，依稀像是在说种桃子，于是迷迷糊糊地回答道："桃树好好的，要是结不出桃子，定是那土地不好，换个地方种种就是了，重新培土、施肥、浇水，总能成的，除非桃树死了，不然还得接着种呀……"

盛老太太初初听了，不禁愕然，想想又有些莞尔，再去看小孙女时，发现小胖妞已经沉沉地睡去了，小脸白嫩嫣红，嘟着小嘴，还轻轻地打着呼。老太太慈爱地看着小孙女的睡脸，一下一下轻轻拍着她。

当夜，王氏喝了一碗安神汤，满怀着对女儿的担心，昏昏沉沉地歇下了。而喝得醉醺醺的盛纮，则被林姨娘早疏通好的人手扶去了林栖阁，那里她早备好了解酒酸汤和热水毛巾，歇下后两人一阵云雨。林姨娘见盛纮心情很不错，根据她的经验，这会儿的盛纮特别好说话，于是准备好的说辞就要上演。

昏暗灯光下，林姨娘脸带娇羞，万分柔情，婉约道："纮郎，今日妾身也是十分高兴，一是为了大姐儿结了门好亲，二是为了我们墨儿。今日不少夫人太太都夸说墨儿得体大方，招人喜欢呢。只是……唉……"幽幽叹气，拖出一长串的忧伤。

"既然高兴，又为什么叹气？"盛纮困倦，很想睡了。

"妾身想着将来墨儿是不是也有大姐儿这般福气。虽说如今府里几位姑娘都是一样的，可就怕将来说亲时，人家嫌她不是太太养的……"林姨娘声音渐低。

盛纮想起自己当初去王家求亲时的艰难，也叹气道："嫡庶终究有别，不过有我在，自不会委屈了墨儿。"

林姨娘柔声道："纮郎待我们娘儿仨如何，妾身最是清楚，但官宦王侯人家的女客间来往纮郎如何插手？须得太太带着姑娘们出去见世面才成，这样墨儿也不至于叫我这个卑微的生母拖累了，埋没在内府不得人知道。"说到后来，语音凄然。

盛纮沉思片刻，道："有理。回头我找太太说，以后和女客们往来不可只带如兰一个，得把墨儿和明儿也带上，若她们品性好有造化，将来盛家也能多结两门好亲。"

林姨娘神色娇媚，靠在盛纮的怀里，娇呼道："真真我的好纮郎！"一转眼，忽又难过起来，眉目轻蹙，"听外头瞧热闹的丫鬟说，华姐儿足有一百二十八抬嫁妆，还有田地庄子和许多陪房人口，真好气派，不知墨儿……"

盛纮本有些迷糊，但毕竟被孔嬷嬷洗过两回脑，对林姨娘的要求有些警惕，想了想，方道："若不论婆家，几个女儿我自是一样待着，不过大丫头是太太拿自己的陪嫁添妆的，细算起来，墨儿未必有大姐儿这般的嫁妆了。"

林姨娘娇嗔道："纮郎好脾气，太太既嫁过来了，她的陪嫁自也是盛家的，几个哥儿、姐儿都叫太太一声母亲，她怎么也不能太偏了呀！"

盛纮心头一凉，脑子开始清醒起来，慢悠悠地道："偏不偏的另说，只那没出息的男人才整日惦记女人的嫁妆。我那连襟当初也是三代官宦的名门出身，就是用了王家的嫁妆，如今在大姐姐面前都不好说话。当初我求亲时便下了决心，太太的嫁妆我是一个子儿也不动的，通通留给长柏好了，反正也是盛家的子孙。"

林姨娘急了，一骨碌从被窝里坐起来，道："那枫哥儿和墨儿呢？难不成纮郎不管他们了？难不成为了我这个姨娘，还得连累他们将来受苦？"说着又是泪水盈盈。

盛纮心里记着孔嬷嬷支的招数，慢悠悠地道："你没有丰厚的陪嫁，难不成是我的过错？"

林姨娘被噎住了，不敢置信地看着盛纮，没想到他会如此说话。

盛纮暗叹孔嬷嬷料事如神。有一次闲谈时，孔嬷嬷一语道破他与林姨娘相处时的一个周期模式，每次都是林姨娘先哭诉自己的卑微可怜，然后他就心疼哄她，然后林姨娘愈加可怜惶恐自己的将来，哭哭啼啼个没完，然后他就心软地许她这个那个。

孔嬷嬷当时便冷笑道，若是林姨娘有太太那般的家世和嫁妆，她会否与盛纮做小？

盛纮虽然相信自己与林姨娘是有"真感情"的，但自知之明倒也没丢，不至于那般异想天开。于是孔嬷嬷便教了盛纮刚才那句话，用来给林姨娘种种逾分的要求做个急刹车，甚至连后面几句话都准备好了。

盛纮披上中衣坐起，声音冷下来："当初我就是怕你们母子受欺负，才硬是从祖产中拨出一块来给你们傍身，这本已不合规矩，但为着你和枫哥儿、墨姐儿，我还是做了。你已比一般妾室体面许多，难道还不知足？你若想与正房太太比肩，当初就不该与我做妾。"

林姨娘听得几乎憋过气去，颤抖着身子道："纮郎为何如此？我与你是一片真情，便是外头别家的正房太太我也不做，愿意与你做小，你怎、怎……"

盛纮心中有些抑郁，直道孔嬷嬷是女诸葛，连林姨娘下一句说什么都猜中了，于是他便跟着见招拆招道："你既与我一片真情，且甘愿做小，又为何时时抱怨，还常与我要这要那的？难道一片真心便是如此？"

说着说着，连盛纮自己都有些腻歪，好像也觉得林姨娘和自己没那么"一片真情"了。

林姨娘被说得哑口无言，好像迎头被打了个闷棍，抽泣了会儿，组织好语言，才委屈地哽咽道："若是为了我自己，我半句也不会提的，可、可是，我得为着孩子们呀！我知道自己卑微，可枫哥儿和墨姐儿可是老爷的亲骨肉呀，我、我实在担心……"

盛纮冷声道："墨儿将来若是高嫁，为着盛家脸面，我自会破例添置，不过若是亲家平常，难不成我还让墨儿的嫁妆和嫁入伯爵府的华儿比肩？还有如儿、明儿，她们也是我的亲骨肉！至于枫哥儿，男子汉大丈夫存于世间，本当自立，读书考举出仕，将来自立起门户，难不成一味靠祖荫？当日我大伯父几乎将家产折腾光了，大哥如今的家业大多是自己挣来的！我虽不才，但有今日也不是全倚仗老太爷的！"

林姨娘抹着眼睛，心中暗恨，自孔嬷嬷来后，盛纮已大不如以前宠爱她、顺着她，她一直曲意承欢，柔顺服侍着，今天她本想趁着盛纮高兴，说服他再多置些产业在自己名下，将来自己一双儿女也好不落于人后，不料盛纮似早有准备，说起来一套一套的，滴水不进，她不由得心中暗暗发慌。

盛纮看林姨娘神色惶恐，形状楚楚可怜，自觉放缓了语气："我如何不疼爱枫哥儿和墨姐儿？可终究长幼嫡庶放在那里，我若乱了规矩，不但惹人笑话，兴许还闹出家祸来。"

盛纮忽又觉得自己太软了，想起孔嬷嬷最后那几句话，立刻当场用上，疾言厉色道："你也要管好自己，就是你整日作这般想头，才闹得墨姐儿与姐妹们出头争风，若是将来枫哥儿也如此不悌，我立刻发落了你！"说着，立刻披衣起身下床，自己整理形容，不管林姨娘在后头如何呼喊，径直往门外走，只最后回头说了一句，"好好教养儿女，将来自有你的好日子，能给的我都给你了，其他的，你也莫再惦记了！"

林姨娘惊怒交加，她受宠惯了，一时拉不下脸面去求盛纮，只咬碎一口银牙。

盛纮一边朝外走，一边叹气，孔嬷嬷常年混迹内宅，对这些家族的底细最是清楚，她说过的那几家败落被夺爵的公侯伯府他都知道，甚至有些还认识。

家祸往往都由子孙不肖起，子孙不肖又由家教混账而来，真是落架的凤凰不如鸡，那些落魄家族举家食粥的潦倒，他在京城看得触目惊心。他也亲眼见过大伯父如何宠妾灭妻，偌大家产几乎穷尽，若不是有自己嫡母的撑腰和盛维的自己打拼，那一房早就败落潦倒了，林林总总，前前后后，盛纮一想起来就心惊肉跳。

外头冷风一吹，盛纮定了定神，又觉得自己太多虑了，毕竟如今长柏和长枫都勤勉好学，如何与那些斗鸡走狗、玩鸟赏花的纨绔子弟去比。当初盛纮由亡父的故交世叔领着一一拜访认人时，好生羡慕那些世代簪缨的清贵世家。那种家族端的是门风严谨，子孙出息，数代不衰，就是有爵位的人家也不敢轻视了去，也不知将来盛家有没有这般福气了。

盛纮长叹一声，做一个有理想、有抱负的官老爷，容易吗？

第七回·庄儒传道

一

　　华兰出嫁时，王氏不只给了大笔嫁妆，还把府里勤快老实的丫鬟婆子挑了不少一起陪送了过去。盛老太太原就想整顿府内，索性趁这机会重新安排使唤人手。本来王氏很抵触这次人员调动，但是一听说要裁减林栖阁的人手，立刻就举双手赞成了。

　　按照封建等级理论，姨娘的丫鬟婆子应该比太太少，以前是盛纮偏心，可如今盛纮回头是岸了，于是林栖阁就要裁减编制。林姨娘不是没闹过，说那些人手都是给长枫和墨兰使唤的，于是王氏立刻反唇："那柏哥儿和如姐儿又怎么说？"

　　解释公式如下：王氏＋长柏＋如兰＝林姨娘＋长枫＋墨兰，但是，王氏应该＞林姨娘，那么就是说，长柏＋如兰＜长枫＋墨兰。于是，盛老太太很不悦道："滑天下之大稽，这如何使得！"

　　林姨娘眼看着多年布置的人手，被裁去了不少，心头恨得如火烧，可也不敢反抗。在老太太面前，她说不通道理；在盛纮面前，她也"感动"不了他的"真情"；在王氏面前，她又比不过身份。末了，她只能闷在自己院里，阴沉着一张脸，砸掉了一整套茶具。

　　和林姨娘一样遭遇人员调换的还有六姑娘明兰。面对添人这样的好事，六姑娘很不上道。她听见要加人的第一反应是："为什么要添人？崔妈妈、丹橘还有小桃，三个服侍我一个，已经够了，其他事情也有人做呀。"

　　明兰这么想很正常，她所来的地方正在闹经济危机，全世界范围内裁员中，属于把女人当男人使，把男人当牲口使。盛老太太用一种恨铁不成钢的表情看了明兰足足一盏茶的工夫，长叹一声，到佛堂里去念了两遍清心咒，克制自己不去捏死心爱的小孙女,而房妈妈则很体贴地给六姑娘扫盲。

当年盛老太太在勇毅侯府当大小姐的时候,有自己独立的院子不说,身边有管事妈妈三个、一等丫鬟五个、二等丫鬟八个、三等丫鬟八个,还有五六个跑腿使唤的小幺儿,其针线、浆洗、洒扫的使唤婆子若干,"若干"大约等于十个。

明兰掰着指头数,越数嘴巴张得越大:"那……那……那不是有三十多个人服侍祖母一个?"

房妈妈抚了抚身上一件半新的栗色小竖领对襟褙子,细棉夹绸的缂丝六团花刺绣得十分精致,大是骄傲道:"那是自然!过世的老侯爷就这么一个闺女,自是无所不用其极的金尊玉贵,老太太当时在整个京城的淑女里也是数得上的。"

明兰想了想,立刻问:"那现在勇毅侯府也是如此吗?我曾听祖母说,勇毅侯府这一辈有三个姐姐。"

房妈妈的老脸有些撑不住,支吾着道:"……那倒没有,如今的勇毅侯……和当初的有些不大一样了。"她心里暗叹,这六姑娘总是能很精确地抓住要点。

明兰展眉笑道:"妈妈不要皱眉,祖母那时只有一个,现在侯府有三个姐姐,自然不能一般排场了。"

"姑娘说得是,正是这个理。"房妈妈的老脸总算找了些回来,笑出一脸暖暖的皱纹,道,"如今咱家老爷官居六品,是为知州,自不能与侯府的排场一般,没什么一、二、三等的,不过府中姑娘也得有匹配得上身份的做派。之前姑娘还小,身边只有丹橘、小桃两个也还罢了,现姑娘一天天大了,总不好还跟那小户人家一般寒酸,说出去倒叫外头笑话咱们家了。再说四姑娘和五姑娘都是这样的。当然也不可逾越了,不然叫言官参个奢靡徒费也是祸事。"

房妈妈拉拉杂杂说了一大堆,明兰点头如捣蒜。第二天,外头的管事婆子领着十来个小女孩儿来到寿安堂,高矮胖瘦不一,都立在堂中。王氏在一旁笑吟吟地坐着,拉着明兰道:"你自己瞧着,喜欢哪一个就挑出来。"

明兰转头去看,和那些女孩儿的目光微微相触,那些小女孩儿如同兔子般立刻缩回眼神,也有几个大胆的朝明兰讨好微笑。明兰心里有些不适感,好像小时候在路边摊挑东西似的,仿佛这些小女孩儿并不是独立的人,只不过是小金鱼、小乌龟一般的小玩意儿。

女孩儿们的目光不论大胆还是瑟缩，都露出渴望的神色。经过房妈妈教育，明兰知道对这些女孩儿而言，一经挑中立刻可进入内宅，脱离做粗活、穿布衣的仆役生活，运气好的将来还能有机会更上一层楼。明兰扪心自问，安逸舒适的生活与人格的尊严自由，哪种更重要？

明兰正在思考深刻的人生问题，盛老太太瞄了她一眼。房妈妈见了转而对王氏道："六姑娘年纪小，都没见过几个人，如何挑得？还是老太太来吧。"

盛老太太颔首同意。

老太太显然是挑人的老手，她细致地询问领人来的管事婆子，哪些是外头买的，哪些是家生子，以前都在哪里做活，老子娘在哪里，有什么特长。领来的女孩子已经剔除了有碍观瞻的和不健康的，最后盛老太太挑出了四个女孩儿。

王氏忙道："这么少，岂不委屈了六丫头？老太太再多挑几个吧，若是这几个不合心意，咱们再买几个也使得。"明兰低着头想，其实如兰的丫鬟超编了吧。

盛老太太瞥了王氏一眼，道："多大的脑袋戴多大的帽子，老爷立事不易，省些银钱也好，省些外头的言语也好，咱们内宅的女人更得体贴男人。"

王氏面色尴尬，诺诺地应声，心里决定，回头把墨兰那边的丫鬟给一起"体贴"了。

二

那四个小丫鬟都在十岁以下，两个比明兰小，两个比明兰大，芳名分别是：二丫、招弟、小花和妞子。盛老太太笑着让明兰给她们重新起名。这个明兰有经验，小桃的名字就是她起的，这四个干脆就叫"李子、荔枝、枇杷、桂圆"好了，一色的果蔬多整齐呀。

正要开口，一旁的丹橘轻轻咳嗽了一声，笑道："四姑娘身边的两个姐姐，名字叫作露种和云栽，听说是书上来的，怪道又好听又文气呢。"

站在丹橘旁边的小桃用目光表示对自己名字的抑郁，盛老太太和房妈妈也似笑非笑地以表情调侃明兰，害得她不爽了一把，不就是唐诗嘛，谁不会呀！

大窘之余，明兰立刻翻了本诗集出来，三两下找出一首，高蟾好吧，有李白厉害吗？人是诗仙好不好？明兰气势万千地站在当中，指着那个小个子的女孩儿："你叫燕草。"指着那个细瘦的，"你叫碧丝。"指着那个温柔腼腆的，"你叫秦桑。"最后那个爽利大胆的叫绿枝。

丹橘最是体贴，立刻上前凑趣："姑娘起的好名字，好听又好看，且她们四个是绿的，我和小桃是红的，谢谢姑娘了，这般抬举咱们这两个笨的。"

说着还拉了小桃一起给明兰福了福。明兰多少找回些自尊。小桃也很高兴，跟着一起捧场："是呀，我和丹橘姐姐可以吃，她们不能吃呢。"

盛老太太顿时笑倒在榻上，乐呵呵地看着小孩们胡闹。四个刚来的女孩儿捂着嘴轻笑，房妈妈微笑着坐在小机子上，心里适意地想：来了这六姑娘，这寿安堂如今可真好。

盛老太太日渐开朗，兴许是心里舒坦了，身体也好多了，盛纮十分高兴，直说当初要个孩子养是对了，老太太都有力气管家务了。盛府内的人员变动差不多时，长柏送亲回来了，因为盛维和长梧还要留在京城办事，所以长柏自己先回家，同船来的还有一位瘦骨嶙峋的老先生——庄儒。

盛纮几年前就开始邀请庄先生来府里开课授徒，前前后后礼物送去好几车，诚恳的书信写了一打有余，奈何庄先生教学质量有口皆碑，学生成材率高，导致生意很好，一直不得空。几个月前，庄先生过七十岁整寿，席上乐过了头，多喝了两杯，不幸染上风寒，足足在床上躺了一个多月，大夫建议去气候湿润的地方调理调理，江南太远，登州正好。

庄先生摸摸自己没剩下多少斤两的老骨头，觉得还是老命要紧，于是应了盛纮的邀请，随着在京城的长柏一起回来。一起来的还有一位中气十足的师娘，他们的女儿早年就远嫁晋中，儿子则在南边一个县当典吏还是主簿也弄不清，盛纮特意辟出府内西侧的一个小园子，连日整修好给庄先生老夫妇住。

老两口随行仆人不过三两个，辎重箱笼却有二三十个，个个沉甸甸的。明兰听过八卦小桃的汇报后，感叹道："看来古代家教业也很赚钱呀。"

请庄先生，盛纮本来为的是两个大儿子的学业，但经过孔嬷嬷的深刻教育，他觉得好的师资力量就不要浪费，于是恭敬地和庄先生商量一番后，又加了一笔束脩，把三个女孩儿和最小的栋哥儿也算上，当作旁听生。

开学前一天，盛纮和王氏把儿女们叫到跟前叮嘱，先是长柏和长枫，盛纮照例从经世济民讲起，以光宗耀祖收尾，中间点缀两句忠君爱国之类的，两个大男孩儿低头称是。

"庄先生学问极好，虽年纪大了些，却是出名的才思敏捷，教书育人十几年，于科举应试之道最是明白，你们要好好求教，不可懈怠！不许仗着自己有些许功名才名就招摇傲气，叫我知道了，立即打断你们的骨头！"这是盛纮的结束语，训斥得疾言厉色。

按照儒家学派的理论，当父亲的不可以给儿子好脸色看，最好一天按三顿来打，不过对于终将变成别人家人的女儿们倒还可和气些，盛纮转向三个女儿时，脸色好看多了。

"虽说女孩子家无须学出满腹经纶来，但为人处世，明理是第一要紧的，多懂些道理也是好的，免得将来出去一副小家子气被人笑话。我与庄先生说好了，以后你们三个上午就去家塾上学，下午讲八股文章和应试章法时就不用去了。"

盛纮说这番话时，王氏脸色有些绿，她自己并不识字，至于什么湿呀干的，更是一窍不通，新婚时还好，日子长了，盛纮不免有些郁闷。他自诩风流儒雅，所以当他对着月亮长叹"月有阴晴圆缺"时，就算不指望妻子立刻对出"人有悲欢离合"来，也希望她能明白丈夫是在感叹人世无常，而不是牛头不对马嘴地说什么"今天不是十五，月亮当然不圆了"！

时间久了，王氏自然知道自己在这方面的煞风景，于是后来她就积极主张女儿读书。华兰还好，可是如兰十足像她的性子，别的倒还机灵，偏只痛恨书本，被日日逼着方学了几个字，根本不能和整天吟诗作赋的墨兰比。想到这里，王氏神色一敛，道："你们父亲说得对，不是要你们学诗词歌赋这些子虚浮影的东西，而是学些道理才是正经，将来掌家管事也有一番气派！"墨兰头更低了，如兰松了口气。

盛纮觉得王氏说得也没什么不对，便没有说话，忽想起一事，道："以后上学，你们三个不要挂那副大金锁。"转而对王氏道："他们这般读书人素来觉得金银乃阿堵之物，大哥送的那三副金锁尤其光耀金灿，出去会客还成，见先生不免招摇。"

王氏点头，道："那便不戴了。"想了想，又对女孩儿们道："你们姊妹三个一同见人，不好各自打扮，前日老太太不是打了三副璎珞金项圈吗？你们把各自的玉锁挂上，都说玉乃石中君子，庄先生必然喜欢。"

盛纮很满意："太太说得对，这样便很好。可是，明儿有玉吗？"说着看向明兰，目光有些歉然。

王氏笑道："明丫头在我跟前日子短，我也疏忽了，还是老太太周到，特意从自己的屋里翻出一块上好的玉料，送了翠宝斋请当家师傅亲手雕成了。我瞧着极好，玉色温润，质地润泽，手工精细又漂亮，瞧着比四丫头、五丫头的还好，我说到底是老太太，拿出手来的东西就是比一般的好！"

明兰低着头，暗叹：女人啊女人，说话不暗藏些玄机你会死啊！

这玄机藏得并不深，大家都听懂了。男孩儿们还好，如兰立刻射过来两道探视线，低着头的墨兰也抬头看向她。盛纮知道王氏的意思，不动声色道："你是嫡母，丫头们的事原就该你多操心些，如今还要老太太补救你的疏忽，真是不该。"眼看着王氏咬着嘴唇目光不服，盛纮又加了句，"也罢，反正明丫头养在老太太处，也只好多烦劳些老太太了。"

夫妻俩一阵目光你来我往，然后归于平静。

明兰给他们默默补充——

盛纮的潜台词是：当正房夫人的，所有的孩子原就该你来管，你厚此薄彼还有理了？

王氏的心里话是：不是我肚里出来的，又没从小养在我身边，凭什么还要我费钱、费心、费力？没给她苦头吃，就算是我圣母了。

盛纮结案陈词是：算了，孩子也不要你养，各找各妈就是了，明兰的亲妈死了，就靠着祖母好了，你也别多废话了。

最后盛纮又说了长栋几句，这孩子才四五岁大，他的生母香姨娘原是王氏的丫鬟，如今依旧附在正房里讨生活，儿子算是养在太太跟前的。这小男孩儿素来胆小畏缩，既不是嫡又不受宠，王氏倒也没为难他们母子，只不过一概忽略而已。

出去时，明兰看见等在房门口的香姨娘，低眉顺眼，恭敬低调，她看见长栋出门来，喜气地迎上去，温柔地领着小男孩走了。明兰忽然觉得：比起死去的卫姨娘，她还算是幸运的。

华兰出嫁后，如兰就住进了葳蕤轩。盛纮训完话，如兰就阴沉着脸回了闺房，一脚踹翻一个大理石面的乌木如意小圆墩，然后扑到床上，用力撕扯着锦罗缎子的枕头，后头王氏跟进来时，正看见这一幕，骂道："死丫头，又发什么疯？"

如兰霍地起来，大声道："四姐姐抢了我的玉锁也就算了，那是林姨娘有本事，凭什么连明兰那个小丫头也越在我的前头？我还不如个小妇养的！"

王氏一把扯住女儿的胳膊，拉着她在床沿坐下，点着额头骂道："你父亲不是后来又给你补了一个玉锁吗？玉色只在墨兰那个之上，你个没知足的东西！明兰那个是老太太给的，你自己不愿去寿安堂，怪得了谁？"

　　如兰恨恨道："我是嫡出的，不论我去不去讨好祖母，她都当最看重我才是。如今不过叫明兰哄了几天，竟然嫡庶都不分了，还整日说什么规矩礼数，笑死人了！一个庶出的小丫头，给口吃的就是了，还当千金大小姐了！我听人说，外头人家里的庶出女儿都是当丫头使唤的，随卖随打，哪有这般供着！"

　　王氏气极了。旁边刘昆家的笑着递上来一杯茶，一边打发走一干小丫头，一边收拾地上的狼藉，道："姑娘年纪小，不知道，只有那不识礼数的商贾和庄户人家才不把庶出女儿当人看。越是显贵的人家，越是把姑娘家一样对待的！要知道姑娘是娇客，将来嫁人总有个说不准的。当初太太在娘家时，有两个远房表姐，一个嫡，一个庶，那家也是一般当小姐供着。论亲时，嫡的嫁了高门大户，庶的嫁了个穷书生，可天有不测，谁知后来那高门大户竟没落了，反是那穷书生一路官运亨通，家业兴旺。那庶小姐也是厚道的，念着当初嫡母和嫡姐的情义，便时时帮衬娘家和嫡姐家，后来，连那嫡姐的几个儿女都是她照应着成家嫁人的呢。"

　　如兰气鼓鼓地听着，冷笑道："刘妈妈这是在咒我也如那嫡姐一般了？"

　　王氏一巴掌拍在如兰背上，骂道："你个没心眼儿的东西！刘妈妈是咱们自己人，说的都是贴心话。刘妈妈是说，越是大户人家，越不能让人家说闲话，女孩子没嫁人时都是一样对待。倒是你，成日争风要强，自己却又没本事，讨不得老爷、老太太的欢心，你学不得你大姐姐也就罢了，也学学明兰呀！"

　　如兰闷着不说话，想起一事，道："母亲当初不是说老太太没什么可巴结的吗？怎么这会儿又是金又是玉的，出手这般大方？"

　　王氏也郁闷了："烂船也有三斤钉，是我糊涂了，想必她还有些棺材本吧。"想了想，又苦口婆心地劝女儿，道，"你这孩子也太不容人了，你六妹妹这般从不与你争闹的，你竟也容不下，偏又没什么手腕，将来怕是要吃大苦头。不过说到底，你又何必与她们争？如你大姐姐一般，你的身份在那儿，将来必然嫁得比她们好，日子过得比她们舒服，眼前闹什么？没得惹你父亲不喜欢，就算装，你也给我装出一副姊妹和睦的样子来！"

　　如兰似有些被说服，艰难地点点头。

三

第一天上课，三个兰都做一般打扮，一色的果绿色圆领薄锻直身长袄，胸前绣着杏黄折枝花卉，下着素白云绫长裙，胸前都缀一枚玉锁，脖子上戴着个光耀灿烂的金项圈，上头的璎珞纹和细金丝坠饰极是精细漂亮。

"这金项圈怪好看的，让老祖母破费了，回头我得去好好谢谢她老人家。"墨兰笑着对明兰说道。因为头天上课，盛老太太让大家早些去家塾堂，是以免了请安。

"是好看，不过分量尔尔。我原有一个金项圈，足有十几两呢。"如兰满不在乎地说。一边翻书的长柏不悦地瞪了她一眼。

"十几两？那岂不是把脖子都坠下去了？怪道从不见你戴呢，我觉着这个项圈就很重了。"明兰揉着脖子，嘟哝道。

"六妹妹这枚玉锁很是上乘，瞧着倒像是西域昆仑山那边的籽玉。"长枫细细打量明兰的玉锁。

墨兰其实早就注意这玉锁了，见哥哥提了话头，便过去拿住了明兰的缡头细看。只见那锁片玉色润白，隐隐透着一抹翠色，但光泽一转，水头流转间又似黄翡，整块玉质地细润，淡雅清爽，晶莹圆润，纯美无瑕，便赞道："真是好玉！这般好玉色，我从未见过呢。"心中暗嫉，思忖道：这玉质犹在自己的玉之上，若自己进了寿安堂，这玉岂非是自己的？想起被盛老太太拒绝，不由得暗自恼恨着。

那边的如兰并不很懂玉，自打进学堂，她一直直勾勾地看着墨兰胸前那块玉，只是想着王氏的叮嘱，一直忍耐，如今见大家都在谈玉，便忍不住道："六妹妹，你可要当心了，四姐姐瞧上了你的玉，回头找父亲撒个娇、抹个泪，没准儿你这玉就进了四姐姐兜里了。"

长枫皱了眉，转头自去看书了。墨兰涨红了脸，恼道："五妹妹这是什么意思？难不成我是专抢姊妹东西的不成？"

如兰接收到长柏射过来的警告目光，想起那顿手板子，便放柔声音，慢吞吞道："没什么意思，只是瞧见了四姐姐的玉锁，想起些傻念头罢了，姐姐人可不必放在心上。"

明兰去看墨兰胸前的玉锁，只见那也是一块温润上乘的白玉，尤其稀奇的是，上头的色泽竟是深深浅浅的墨色，浓淡宜人，乍一看，宛如一幅水墨山水画一般，不由得暗暗称奇。

墨兰气愤道："这块玉原是王家送来的不假，父亲见这玉暗合了我的名字才给了我的。随后父亲又立刻四处托人找一块更衬你的顶级芙蓉玉给你，你为何还不肯罢休？"

如兰假笑了下："玉好不好妹妹不知道，只知道那是我舅舅送来的一片心意。"

墨兰假惺惺地笑道："五妹妹莫非忘了，那也是我的舅舅！"

如兰咬牙瞪视墨兰，可也不敢再提什么嫡出庶出。这时，长柏重重咳嗽了一声，低声道："先生来了。"大家立刻坐好。

一阵脚步声，庄先生从后堂绕过屏风，进来了。

"如今学子读书大多是为了科举中第，所谓达则兼济天下，想做官，这并无不可对人言的，但中第之后呢？目光短浅，言语乏味，仕途上焉能长久？上去了也得掉下来！功课得扎实，腹内诗书满腹，自是水到渠成。"

庄先生很清楚自己学生的目标，更加清楚学生求学的目的，所以一上来就直接讲"四书五经"，用"经史子集"的周边内容绕着讲，还佐以历代的许多考题，因为他的学生几乎都参与了科举考试，所以他手上有大量的成功与失败案例，他会拿出某篇文章做范例，好的就指出好在哪里，落榜的就点出哪里不足。

这种目标清晰、条理明确的教学方法立刻让明兰对这位古代的老夫子肃然起敬。她一直觉得古代的儒生有些虚伪，明明一个两个都是为了科举做官，还整天一副读书是为了品德道学的修养的样子，可是庄先生对此丝毫不讳言："古之欲明明德于天下者，先治其国；欲治其国者，先齐其家；欲齐其家者，先修其身；欲修其身者，先正其心……心正而后身修，身修而后家齐，家齐而后国治，国治而后天下平。学问不是几篇文章、几首诗，是一概涵养修行，要长久立足，非得扎扎实实地学不可！"

长柏和长枫坐在最前面一排，这个年纪的男孩子正长个子，盛纮的遗传基因不错，坐在最末的小长栋还看不出来，但两个少年都身姿挺拔。第二排的三个女孩子也都秀气知礼，一举一动颇有规范，虽年纪还小，但其中两个已隐隐露出一副美人胚子的模样来。庄先生看着微笑，捋着稀稀疏疏的胡子连连点头。

家塾内总共六个学生，一位老师，外头抱厦中还候着若干个烧茶加柴的丫鬟小厮。古往今来，上课都有一个不可避免的步骤——朗读，还得是摇头晃脑的那种。

不论你是不是已经倒背如流了，都得摇晃着脖子，颠簸着脑袋，微眯着眼睛，拉长了声调一句一句地读，要读出感觉，读出韵味，还要读出无穷奥妙来。墨兰觉得这动作女孩儿做不好看，总是不肯；如兰两下摇过就觉得头晕，于是罢工，反正庄先生从不管她们。

只有明兰深觉好处，这种活动脖子的圆周运动刚好可以松快一下因为低头写字、做针线而酸痛的颈椎，几下摇过后，肩颈立刻舒服许多。明兰终于明白古代书生十年寒窗地低头读书怎么没得颈椎炎了，于是愈加卖力地摇头晃脑读书，引得庄先生一上午看了她两次。

庄先生规矩大，不许服侍的人进来，于是磨墨添纸都得自己来，其他人都还好，可是长栋到底年幼，小小的手墨锭都握不稳，又恰巧坐在明兰背后。

明兰听见后边不断发出慌乱的碰撞声，觉得应该拔刀相助，趁庄先生不注意，迅速回头，把自己磨好的一砚墨和后桌上的砚台利落地调换了一下，真是集干脆和轻巧于一身的完美动作。庄先生抬头，明兰已经坐好，悬腕磨墨，很认真、很专注的样子。

庄先生小眼睛闪了闪，继续讲课。明兰松了口气，这时，背后传来细细如小鼹鼠的小男孩儿声音："……谢谢六姐姐。"

明兰没有回头，只点点头，表示收到。

因为这份革命友情，第二天栋哥儿来寿安堂请安时，在门边偷偷拉住明兰的袖子，扭动小身体拱着小拳头道谢，然后嗫嗫嚅嚅了半天。明兰看着比自己矮一个头的长栋，觉得这个身高比例十分令人满意，耐心道："四弟弟什么事？尽管与姐姐说好了。"

长栋受了鼓励，才结结巴巴把意思说明白。他既不占嫡，又不占宠，香姨娘是王氏丫鬟出身，主子都不识字，何况她？栋哥儿长到五岁了还没启蒙，听庄先生的课纯属听天书，既难熬又羞惭："大哥哥……以前教过我几个字，后来他要备考，我不好烦他……六姐姐，我……"

他少见人，又胆小，说话也不利索。

明兰轻轻"哦"了一声，暗忖，置身事外与助人为乐，何者才好？一转眼，正看见长栋仰着一张畏缩的小脸，满面都是期盼渴望之色，却又小心翼翼地隐忍着，生怕受拒绝。

明兰忽起恻隐之心，朝里头看了看，见老太太正和王氏说话，想想离上学还有些时间，便领着长栋进了梨花橱，在一张小巧的八仙拜寿式雕花梨木条案上翻了翻，找出一本描红册子给长栋，柔声道："这是老太太给我学字的，这本我没用，还新着呢，给你先练着。你年纪小，不用着急，每天只需学十个字便是个聪明的了。以后每日上学我都指派给你几个字，你一边听庄先生说课，一边把字给记熟了便好，如何？"

长栋小脸上绽出一抹大大的笑容，拼命地点头，连声道谢。明兰看他这副感激涕零的样子，想起自家小侄子被四五个大人哄着求着上学的死样子，忽然十分心酸。

这天她当场教了长栋五个大字，示范笔画的起始收笔。长栋瞪大了眼睛看，鼓足了劲儿——记下，然后在上课时照着描红本子写字，描完了红，还在宣纸上来回地练习，待到下课时，明兰回头去看，那五个字已颇有模样了。

"栋哥儿真聪明，父亲知道了，一定高兴。"明兰笑眯眯地摸摸长栋软乎乎的头顶。

长栋一张笑脸欣喜得通红。

明兰本以为小孩子没常性，哪知这以后，长栋每日请安都早来半个时辰，趁请安时来找明兰学字。偏明兰是只贪睡的懒猪，每天都是掐着时点起床的，多少次丹橘几乎要往她脸上泼水才肯起床，这下真是要命了。

"六姐姐，对不住，对不住，你睡好了，都是我来早了，我在外头等你好了……"长栋知道明兰还在床上，站在门边顿住了脚，惶恐地连声说，小身子转头就要跑，被丹橘一把搂住，领着站住，谴责地往床帘里看那巴着被子不肯放的明兰，加上床边的崔妈妈苦笑着，脸盆架边的小桃眼睛眯着，明兰头皮发麻，老实起床。

一个四五岁大的小豆丁，正是贪睡懵懂的时候，小长栋却有毅力天不亮便起床来学字，他要是生在现代的独生子家庭，估计那家长辈能乐得连夜放鞭炮烧高香。为了这种令人敬佩的好学精神，明兰无论如何既不忍心也不好意思让一个小豆丁等，苦着脸，咬着牙，只得天天早起。

"记住了，笔画要从左到右，从上到下，起笔要逆锋，收笔要提气，捺、撇时要慢慢提起手腕子，笔锋才好看……"明兰和小长栋并排坐在炕几前，一笔一画示范着。崔妈妈从外头进来，端着个黑漆团花雕绘小茶盘，上有两个白瓷绘五彩花卉小盖盅。

"谢谢崔妈妈，给您添麻烦了，都是我的不是，才累得崔妈妈劳心。"长栋红着小脸，接过崔妈妈端上来的一个盖盅，轻轻道谢。原在王氏处，平日他从不敢出门走动，整日说话的也只有香姨娘一个，一天也说不上几句话，这几天明兰教下来，不但字学得不错，连说话也利落起来了。

"阿弥陀佛，我的小爷，这说哪里的话，得亏了您来，不然咱们光是叫姑娘起身都要费姥姥劲儿了！"崔妈妈笑道，还瞋了明兰一下。明兰装没听见，只低头吹自己手里的盖盅。崔妈妈又朝着长栋道："四少爷快喝吧，这是新进的罗汉果和梅粉红糖炖出来的甜茶，润肺暖胃，早上喝最好不过，吃早点也开胃。"

长栋双手捧着盖盅喝了一口，小嘴被熏得红润，鼓着白嫩的脸颊，甜到心里去了，羞涩道："真好喝，谢谢妈妈……可这般天天来，让你们破费了，以后还是不用了吧，我不用喝的……"越说越轻声。

崔妈妈笑道："四少爷这是臊我们呢，这点子茶能破费什么？您要是天天来，妈妈我就天天给您上茶！就是不知道……你六姐姐的耐心如何了……"

说着笑眼去看明兰。明兰心里苦笑，哪本书里说穿越去了古代当大小姐就可以睡懒觉的？真是骗人！

梨花橱外，丹橘正给明兰收拾书包袋子和装填笔墨纸砚的竹篮盒子，小桃在一旁帮手，憨憨地问道："丹橘姐姐，四少爷来好是好，可我们姑娘也忒劳累些了，你瞧她，一个劲儿地打哈欠，我宁肯让她多睡会儿，她为何不在晌午教四少爷呢？"

丹橘眉目秀气，朝小桃比画了个封嘴的手势，轻轻道："少些是非吧！这府里的少爷小姐，谁比着谁都不平，老太太也难，要一碗水端平。咱们姑娘有福能养在老太太跟前，还是借着卫姨娘没了的说法，就这样，还不知有多少眼红生事的呢，明里奉承，暗里诋毁，便是多一根针、一束线，都风言风语地没个消停，好在咱们姑娘是个大度心宽的，从不把这些闲事放在心上，如今要是让四少爷也这样，到时又是一番是非。可四少爷瞧着着实可怜，姑娘也不好不管，便是老太太也要装不知道的，如今借着'请安'教几个字，这样正好。"

小桃呆了半晌，雀斑小脸上忽地怅然起来："……丹橘姐姐，咱们姑娘这般和气，从不与姐妹争执，不过是老太太瞧着可怜喜欢，多疼了她些，怎就如此多的是非呢？"

丹橘轻轻笑道："你也不必忧心，内宅里的事大多如此，并不只我们府里是这样的。咱们家好歹还有老爷和老太太镇着，算是太平的了。你是外头庄户人家来的，自由憨直惯了，原不曾知道这些弯弯绕，习惯了就好。也不必怕她们，人善被人欺，该拿的款儿也得拿起来，不然丢了咱们的脸是小，丢了姑娘的脸面是大。"

小桃认真地点点头，低头继续做事，忽又道："对了，还得去和那四个绿衣的吩咐了，姑娘教四少爷写字的事，不许她们出去胡说！"

丹橘捂嘴笑，学着明兰的样子，装模作样道："很好，很好，举一反三，孺子可教。"

这般读书，堪堪过了三五日，庄师娘把一干事物都收拾好了，便向老太太提出要每月找几个下午教授三位姑娘琴艺。盛老太太一开始不答应，怕累着人家，结果庄师娘很江湖气地拍胸脯保证，盛老太太只得答应。当时正在梨花橱里补中觉的明兰听见了，恍然大悟，难怪庄先生的学费如此之高，果然物有所值，原来买一送一呀。

不过通常附赠的未必是好，庄师娘比庄先生还不好糊弄。庄先生那儿，一不用交作业，二不用背书回答问题，有空写两笔文章便够了。可庄师娘那儿丁是丁，卯是卯，女孩儿们面前各摆着一架七弦古琴，师娘一手一指地教姑娘们，还限时查检考试。

一通宫、商、角、徵、羽下来，直弄得明兰头晕眼花，两耳生鸣。她终于明白，自己身上实没有半两艺术细胞，难怪当初大学选修音乐时被老师退货呢。古琴课上得如兰也很受罪，她又比不了明兰有耐性，一上午可以拨断五六次琴弦。墨兰倒是天生的才艺好苗子，一上手就会，弹起来行云流水，被庄师娘夸了几次后越发练得勤快，林栖阁十丈以内，飞鸟惊雀。

不过古琴这东西呢，通常曲高和寡。在这个时代，多数老百姓的终极目标还只是温饱，估计能懂琴并欣赏的古人不会比现代熊猫多。明兰掂量了一下自己作为六品官庶女的身份，心想将来的夫婿只要不是十八摸的忠实听众就偷笑了，哪敢要求人家能听懂这种高级货。

大约一个月后，华兰从京城寄回第一封家信。盛老太太眼睛花看不清，王氏不识字，里面又有些内宅的私密话不好让男孩子和仆妇知道，最后还是如兰和明兰一起合作，磕磕巴巴地把信读完。

这是封平安信，大约是说婚后生活很幸福，袁文绍对她也颇为体贴，只是屋里原有的两个通房都是从小服侍的丫头，让华兰心里很不舒服，不过自从成亲后，袁文绍再也没理会过她们。她的公公忠勤府的老伯爷倒是很喜欢这个活泼讨喜的新儿媳妇，但婆婆就淡淡的，只宠着大儿媳妇。

后来一打听才知道，原来大儿媳妇是伯爷夫人亲表姐的女儿，难怪插不进手。不过因为袁文绍在外头颇为出息，在那个低调的伯府里算是得脸的，府里上下婆子、管事的也不敢小瞧了华兰，日子过得还算不错。

明兰一边读，一边觉得不错，公公到底是伯府真正的掌权人，有他喜欢自是好事，一般来说，公公喜欢儿媳妇只要不喜欢到天香楼去，都是好事！

王氏听完，才长长地出了口气，她知道华兰素来挑剔，有三分好她也只夸一分妙，如今这般说，估计是婚后日子挺滋润的。

"父母倚仗大儿子也是常事，看重长媳更是平常，叫大丫头不要往心里去，过好自己的日子就是了，要孝顺公婆，服侍夫婿……"盛老太太忍不住唠叨。

王氏叹气道："我自知道是这个理，可华儿自小就是家里的头一份，从未叫人盖过去，如今……唉！待到以后分了家就好了，反正伯府归大房的，华儿两口子自己过日子也不错，何况女婿也是个能干的。"

若是平常，盛老太太当然会说两句"父母在，不分家"之类的大道理，可她到底心疼自小养过的华兰，一颗心便顺了过去，道："在长辈跟前学些规矩也好，以后自己分了家单过，便都有章程了，倒是早些有喜信才是要紧……"

第八回·天之骄子

日月如梭，盛府平静无恙，盛老太太慢慢整理府内规矩，王氏也渐渐掌回了管家大权，一应事物皆照个人等级行事，如有不决便问老太太。盛紘见府内秩序井然，仆妇管事俱妥帖听话，也十分满意，唯独林栖阁怨声载道。盛紘记着孔嬷嬷的话，强撑着不去理睬林姨娘，连枫哥儿、墨姐儿说情，也摆出一副严父面孔，把他们一一骂了回去。

　　林姨娘怎肯罢休，十几年专宠她早已受惯了，于是便使出种种手段，一会儿生病，一会儿幽怨，一会儿哭诉，一会儿挑拨。可盛紘到底与她同床共枕了十几年，相同的招数一用再用，便是再好的招也用老了，盛紘已经产生了不弱的抗体。

　　反而年少时盛老太太待他的种种恩情不时涌上心头，盛紘愈觉得自己不孝，想起母子生分的缘由，便产生多米诺情绪效应，遂硬起心肠，冷着林姨娘，把一腔热情倒向工作，鼓励耕织，调配商贾，短短两三年里，治理得登州丰饶富庶，上缴不少税赋，做出不错政绩，加之他惯会做人，地方、京中的熟人都常有打点，三年任期满时，再次获得考评绩优，升了从五品并获连任。

　　官场得意、仕途顺畅，盛紘便不大注意老是闹别扭的林姨娘心情，反倒时不时与不大着调、脾气不好的王氏吵上几句，因他如今立身甚正，王氏已无说辞，但凡她有不当举措，反被盛紘抓住刺中，什么"不孝""不敬""不恭""不贤"，一顶顶大帽子扣下来，王氏毫无还手之力，盛紘次次大胜而归，平日去去年轻漂亮的香姨娘和萍姨娘处调剂一下心情，指点下儿女学业品行，日子倒也过得优哉游哉。

　　林姨娘一瞧情况不对，便打点出万分的温柔手段，并不敢再提什么过分的要求，费了姥姥劲儿才把盛纮哄了回来，但自此也老实了不少。

明兰窝在寿安堂，和盛老太太做伴戏耍，一老一小甚是相得，融融洽洽，笑闹不断。每次盛纮来请安都觉得寿安堂气氛十分舒适惬意，便也放松了心态，与老太太越聊越自在，有时拿着明兰刺绣失败的作品，调侃宠溺一番，加上墨兰、如兰的凑趣，长柏、长枫也算读书有成，妻妾也收拾了脾气，乍看下，居然一家和睦，盛纮几有国泰民安之感。

这天下午，又有庄师娘的古琴课，明兰从上午起就觉得指头发疼，偏偏庄先生犹自讲个没完，再这样拖课下去，中午都没时间休息了，便哀怨地抬头看，发现除了她和正练字的长栋外，其他人都精神抖擞地进行着学术讨论。

现下京城里最热闹的话题正是三王爷和四王爷的大位之争。三王爷新纳了个少妾室，日夜耕耘，累得眼冒金星，却广种薄收，迄今没有生出儿子来。王府里满是道士和尚，日日烧香祝祷，引得不少原本观望的言官御史不豫。而四王爷的独子却茁壮成长，已经开始牙牙学语了。四王爷心宽体胖，反倒脾气见好，簇拥者日众。

皇帝身体一日不如一日，关于储位人选的争论已白热化，两边各有各的人马摇旗呐喊，动不动引经据典，吵得不亦乐乎。

庄先生今天讲到《孔子家语·曲礼公西赤问》，里面有一句"公仪仲子嫡子死，而立其弟"，作为一个好老师，通常要理论联系实际来解说课文，加之这位先生性子豪迈落拓，于是便抛出这个议题，让学生们各自议论——立嫡长乎？立贤能乎？孰佳？

一开始长柏、长枫都反对，认为妄议朝政会招来祸端。庄先生摆着手，笑道："无妨，无妨，如今京城里便是个茶馆也常议论这个，更别说那些公侯伯府和高官大吏了。关起门来偷偷说一说不妨事的，况且咱们今日论的是立嫡与立贤，无关朝政，大家来论一论吧！"

这个命题在盛府也是很具有现实意义的，既然老师这么说了，同学们立刻踊跃加入讨论。辩论双方很鲜明，长柏和如兰是天然的嫡长派，长枫和墨兰是本能的贤能派；其下的，明兰摸鱼，长栋弃权。

长柏首先含蓄地提出秦二世胡亥这个首开先端的烂皇帝，说明不遵从嫡长继承足以断送一个好好王朝。长枫连忙用汉武帝的例子反驳——"刘小猪"在汉景帝的儿子中排行十好几呢。"经史子集"长柏比长枫读得透，立刻言简意赅地指出，汉景帝再宠爱"刘小猪"，也是先把王美人立了皇后，把礼法走圆了，才名正言顺地把"小猪"拱上太子宝座的。

这恰恰说明了嫡长继承的原则。

长枫心里"咯噔"了一下。墨兰继上，温婉地提出那个著名的傻瓜皇帝晋惠帝，细细软软地说："……满朝文武俱知惠帝蠢钝，可为着嫡长依旧立了他，方有之后的贾南风专权和八王之乱，若是当初立了别的小皇子，晋朝不至于偏安南方，大哥哥，您说呢？"

如兰欠缺理论武器，但胜于气势盛："如晋惠帝一般的傻子，世上能有几个？难不成四姐姐把世上所有嫡长子都当傻子了不成？"

这边举隋炀帝这个废长立幼的极端恶劣例子，痛心疾首地叙述炀帝暴政给老百姓带来多大的灾难，那边就立刻用李世民的例子反击，还洋洋洒洒地把贞观盛世给吹了一遍，说明次子未必不如长子。两边争论不下，势均力敌，不过有庄先生镇着，倒也没伤和气，大家说话都斯斯文文的，只是暗涌不断。

说了半天大家都口干舌燥，才发现明兰还优哉地在一边，立刻集中炮火要求明兰表态。明兰眼皮直跳，这是让她站队呀。可这个时候如果装尿，以后就会渐渐被自动剔除于手足间的平等行列，过分懦弱不敢出头，处处缩手缩脚的结局迎春小姐已经很好地诠释了。

当然，这也不符合明兰的性格。她想了想，便笑着对兄姐和庄先生道："我心中有个计较，可嘴笨说不好，不如演上一幕请大家看一看，也算一乐，如何？不过待会儿，大家伙儿谁也不许开口。"

庄先生最是好事，欣然点头，其他几个也这般。明兰立刻招呼丹橘进来，低头在她耳边吩咐了一番，丹橘应下，一会儿她便带着三个梳着双丫髻的小丫鬟进来，其中一个是明兰处的燕草，另两个是如兰和墨兰的小丫鬟。

三个小丫鬟怯生生地站在堂前，给主子磕头行礼，然后拘束地站着，互相看着不明所以。

明兰对着她们三个温言道："适才庄先生给我们讲课，刚品评到我们三姐妹的高低。庄先生面前，咱们又不好自个儿夸自个儿，索性便找你们三个嘴皮灵便的来说说，谁说得好，主子这里有赏！"

燕草惊喜地抬头看明兰，另两个去看自己的主子，只见三位小姐都点头示意，她们便信以为真了。明兰笑着扭头看了一眼几位观众，又对三个丫鬟正色道："你们先说说，四姐姐、五姐姐和我，三位姑娘，哪个最贤惠、聪明、好脾气？"

小丫鬟们到底年纪还小，城府不足，便一一说了起来。

这个说如兰日日练习书法，孝顺父母，那个说墨兰天天吟诗作赋，一派大家风范，燕草说明兰日夜苦练刺绣，常常做这做那。一开始她们还说得比较含蓄，经不住明兰在一旁拼命鼓励，时不时挑上几句，还加大悬赏，于是她们越说越起劲，说着说着，开始急了，渐渐地脸红耳赤，还指着说对方是胡扯，还转入了些丫鬟间的人身攻击了。

明兰赶紧摇手，在她们吵起来之前制止她们，再问："好了，好了，我再问你们，那我们三姐妹中，哪个最年长？"这下三个小丫鬟没异议了，过了一会儿，都嗫嚅着道是墨兰。

明兰听见背后一阵响动，不去理睬，又问："那我们三姐妹中，哪个是太太生的？"这次如兰的那个丫鬟大声道："自是我们姑娘。"其他人无可分辩。

明兰回头朝众人笑笑，庄先生目光中露出些微赞许，朝她微微点头。明兰知道这就算是表扬了，乐呵呵地转头，冷不防瞧见长柏哥哥正在看她，视线一对上，长柏哥哥还天外飞仙般地朝自己微笑了下，明兰立刻惊悚得不得了。

盛长柏此人乃整个盛府的异类，生性沉默寡言，行止端方严谨，少年老成，不论读书还是做事，都自觉老练，和健谈开朗、八面玲珑的盛纮截然相反，据说倒像那个早已过世的王家外祖父，对着生母王氏也常常是一副死了娘的面孔。

今天这一笑，估计连胞妹如兰小姑娘都没享受过吧，明兰拢了拢发凉的脖子。

这时长枫忍不住开口："六妹妹此般不妥。"众人一起去看他，只见长枫挑眉道，"这些小丫头都还小，规矩还没学全呢，如何分辨得出贤惠、聪明、好脾气？自然是为看护主而吵嘴了。"长柏也不说话，只嘴角微微挑起。

明兰"哦"了一声，道："三哥哥说得有理，那咱们换个好分辨的。"然后回头，一脸严肃地又问那三个小丫鬟："你们年纪小不懂规矩，可都有眼睛，我来问你们，这里三个姑娘，哪个生得最好看，最沉鱼落雁、闭月羞花、人比花娇、美若天仙？这个总分得出来吧。"

明兰一口气说完，此言一出，大家立刻笑场。庄先生扶着案几笑得直发抖，其他人都"扑哧"笑出来，长柏也莞尔地摇头。但夹杂在这些声音中，有个明显不属于这里的轻轻笑声，从庄先生背后的屏风后传出来。那里有个后

143

门,莫非是哪个不懂事的下人进去了?

稍稍笑过后,大家便疑惑地去看那屏风。长柏沉声道:"何人在后头?为何擅闯此地?"

下一刻,屏风后走出一个少年,只见他身着一件湖蓝色绣银丝点素团纹的交领长衣,腰束一条浅蓝色缀玉腰带,腰带上别了个滚蓝边月白色葫芦形荷包,上面缀着一颗闪亮的青蓝色碧玺珠子作饰扣。那少年似从外头刚进来,肩上还落着些许粉红色桃花瓣,一头鸦羽般的乌发用玉冠松松扣住。

庄先生看见他,便笑道:"元若,你怎跑到这里来了?你师娘呢?"

那少年走到庄先生案前,拱手而拜,起身朗朗道:"先生别来无恙?京城一别,今日终有幸再见,师娘叫我在外头等着,可是左等右等,先生总不下课,学生心急难耐,便擅自偷入后堂,请众位师兄妹莫要介怀才是。"

说着便朝盛家儿女团团一拱手。那少年笑容温润,唇红齿白,目朗眉秀,身姿如一丛挺拔的青竹般清秀,端的是一种名花倾国的神采,人见了,皆道一声"好个翩翩美少年"!

二

一看这少年通身的气派打扮,盛氏兄妹就知道他来头不小,立刻站起来,各自回礼。庄先生待他们行完礼,才开口介绍,原来这丽色少年是现任盐使司转运使的独子,父亲是齐国公府的次子,母亲是襄阳侯独女、圣上钦封的平宁郡主,端的是满门显贵。

他名叫齐衡,字元若,比长柏小一岁,几年前便在京城拜于庄先生门下受教,后随父亲外任才别了庄先生。近日齐大人到登州来巡查盐务,奉旨整顿,估计要待上一段日子,妻小自然随行。齐衡听闻盛纮的西席便是庄先生,便请父亲递了帖子拜访。

明兰见庄先生待齐衡十分亲热,有些奇怪。这些日子教下来,庄先生言谈举止间似对王公侯门十分不屑,有一次还直指公侯伯府的子弟都是"蠢蠢"。她心里这么想,长枫却已经说出来:"我猜是庄先生的高足,当称呼一声'师兄'。"说着笑而一鞠。

庄先生指着齐衡笑道:"这小子偌大的家世,好端端的不去捐官做,偏要自己苦读，寒冬酷暑都来我那破草堂，急得郡主娘娘直跳脚。"

齐衡雪白的皮肤微微发红，赧色道："父亲常以未曾科考为憾，自期望后人能走正经仕途，幸亏盛大人请得了先生，元若便厚着脸皮来了。"看了眼在一旁沉默微笑的长柏，便又道："这位便是盛大人的长公子长柏师兄了吧？听闻师兄今日将赴考乡试，不知可有字？"

长柏道："草字则诚，庄先生给的。"

然后三个大男孩儿序过年齿后，互相行礼。齐衡朝盛家两位公子拱手道："则诚兄，长枫贤弟。"

庄先生等了半天早不耐烦，骂道："你们几个后生比我这老头子还迂腐，要啰唆自出去，我课还没讲完呢。"

明兰暗道：所以你一直当不上官来着。

趁他们啰唆之际，明兰让那三个已经蒙了的小丫鬟出去，丹橘规矩地也跟了出去，到外头，正好小桃赶到了，随即接过她送来的钱袋子，各数了五十钱给三个小丫鬟，小丫鬟们都忙不迭地谢了。

齐衡笑着告罪。一旁小厮早抬来一副桌椅，原来的位置是长柏靠右，长枫靠左，他们后面坐着自己的妹妹，明兰前头是空的，靠右侧墙而坐，后头是小长栋，如今凭空来了个插班生，庄先生便让他坐到长柏右侧，请他在第一排右侧坐下，正背后理所当然就是明兰。

明兰正腹诽，视线被挡住了，没想那齐衡坐下后，回头冲她一笑，道："六妹妹好。"

明兰呆了一呆——这家伙怎么……

然后直觉地去看墨兰和如兰，只见她们果然都在朝这儿望，连忙正襟危坐，一言不发。

此时屋里一片安静，庄先生清清嗓子，道："刚才六小姐与丫鬟说的话你们都听见了，你们怎么看？不妨说上一说。"

长柏抿嘴笑："六妹妹该说的都说了。"

长枫动了动嘴唇，看了眼齐衡，似乎有所顾忌，便不再非议嫡长；墨兰和如兰一副大家闺秀的做派，矜持得要命。

庄先生看今日众人模样，知道再难问出什么来，叹了口气，便朝明兰道："他们都不肯说，六姑娘，还是你来说吧。"

明兰恭敬地站起来，道："这个……各有各的好处，可是……"说着羞赧一笑,"嫡长好认,省事省力,不容易吵架就是了。"

齐衡忍住了没有回头,直觉背后那声音娇嫩清朗,甚是好听。

庄先生也不评价,示意明兰坐下,又问齐衡:"元若,适才你在后头也听了不少时候,你怎么说?"

齐衡也起身道:"学生刚来不久,如何妄言?不过……"他顿了顿,笑了下,"六妹妹最后一个问题……问得极好。"

气氛立刻松了,大家想起又觉得好笑,庄先生指着他一顿摇头。

过了一会儿,庄先生向第一排的男孩儿正色道:"今日之言我只说一次,出了这门我一概不认。大丈夫当忠君爱国,不论外头如何狂风骤雨,终将过去,要紧关节非得把牢,切不可随意陷入其中,与同僚做无谓争执,做个纯臣才是正理!"

众学生连连点头受教。明兰腹诽:这死老头好生奸猾,他的意思就是说,立不立嫡长都不要紧,只要忠诚于最后当上皇帝的那个人就好了。这话不能明说,但又不能不说,便这般拐弯抹角地说,算是完成任务,能不能领悟全靠个人修行了。

因齐衡要去拜见盛老太太,众兄弟姐妹便齐聚寿安堂用午餐。盛老太太拉着齐衡看了又看,心里很是喜欢,再瞧着边上三个花朵般的小孙女,心里免不了动了一动,想起明兰,又不免叹气。王氏站在一旁,特别兴高采烈地介绍。

盛纮看见齐大人递来的帖子后,对自动找上门来的上司兼权贵喜不自胜,当下就邀请齐衡来盛家家塾一起读书。齐大人原本就担心儿子耽误了学业,当时便两下投机,相谈甚欢,三五下攀过交情,居然神奇地发现,齐国公府与王氏娘家曾经有段七拐八弯的亲戚关系。

王氏笑道:"仔细盘了盘,原来是自家人,虽是远亲,但以后也要多亲近。"这下同僚变成了亲戚,一屋子人愈加谈得热络,连盛家姐妹也不必避讳了。

明兰听了王氏一大通的解说,才知道齐衡为什么上来就叫自己六妹妹。可她这边念头刚动,那边如兰已经热络地叫上"元若哥哥"了,墨兰随后也娇滴滴地叫了一声,明兰忍不住抖了抖,也跟着叫了。那齐衡也有礼地回了一声:"四姑娘,五姑娘,六妹妹。"

他低眼瞟了下明兰,只见她梳着一对小髽,懵然地站在一旁,胖胖的小手掩着小嘴,不住地打哈欠,嫩脸颊如白胖的小包子一般,不禁弯了弯嘴角,忽觉有些手痒。

明兰从未觉得哪日如今天这样难熬,早上天不亮就教小长栋认字,庄先生拖课不肯放,吃顿午饭众人谈兴甚浓,迟迟不肯散席,下午那母老虎般的庄师娘眼看就要杀将上来了,可她没的午觉可睡。不过她的两位姐姐显然觉得今天美妙极了。

下午上琴课时,墨兰的琴声流水潺潺,情动意真,庄师娘闭着眼睛很是欣赏。如兰也一改往日不耐,嘴角噙笑,低头细弹。明兰听着不对味,便去看她们,只见她们脸蛋红扑扑的,眉目舒展,似乎开心得要笑出来。

明兰叹口气,继续拨自己的琴弦,春天呀……

来到这个时代,她才发现和现代的差距之大远出乎想象,古代女孩儿人生的第一要务就是嫁人,然后相夫教子,终老一生,在这之前,所有学习,女红、算账、管家、理事,甚至读书写字,都是为了这一终极目标而做的准备。

墨兰吟诗作赋不是为了将来能士林出彩,而是顶着才女之名在婚嫁市场上更有价值,或是婚后更能讨夫君欢心;如兰学看账本,不是为了将来去做账房,而是将来能更好地替夫家管理家产,打点银钱。同样,明兰学女红更是如此——至少在别人看来。

一个古代女孩儿从很小时起,长辈就会有意无意地灌输婚嫁理念。小时候姚依依从母亲嘴里听见的是:"你这次期中考试成绩退步了,当心连××高中也考不上!"

而在古代,她从房妈妈、崔妈妈嘴里听见的是:"一只水鸭子便绣了四天,以后如何替你夫君、孩儿做贴身活计?别是被夫家嫌弃了才好!"

当然,这时候女孩儿们都会照例做一做娇羞之态,但她们心里很早就接受了嫁人生子的观念,有心计的女孩儿甚至早早就开始为自己盘算了。所以,瞧着墨兰和如兰一脸的春天,明兰一点儿也不奇怪,夫婿对于古代女孩儿而言,不只是爱情,还是一生的饭票,是安身立命的保证。

她们这般姿态明兰反而觉得自然,要是故作一副天真状,硬说是当兄长亲近的,那才是矫情,遇到一个优秀、漂亮、家世显赫的少年郎,会生出想法来那是再正常不过。

明兰忽觉惆怅,寿安堂的生活又安全又温暖,可是她不能永远待在这里,十岁是一个关卡,她们在关外,自己却还在关内。

晚上就寝前,明兰正在看一本琴谱,长柏身边的小厮汗牛颠颠地跑过来,手里捧着一个尺来宽的青花白瓷敞口浅底盆子，小心翼翼地放在桌上，这才松了口气，擦了擦额头上的大汗："六姑娘，这两条小鱼是大爷给您看着玩的，说您要读书做女红，常看看这个对眼睛好。"

明兰凑过去看，只见浅瓷盆里装着两条红白纹的锦鲤，鳞光或红艳或雪白，鱼尾飘逸，水底还缀着几枚小卵石和几根嫩嫩的水草，水光潋滟，游鱼灵动，艳红翠绿加上青花白瓷，甚是赏心悦目。明兰大喜，抬头对汗牛笑道："这个真是好看，你回去告诉大少爷，妹妹很是喜欢，我这里多谢了……丹橘，快拿二百钱给小牛哥压惊，这么一路提着心肝端着这盆子，可是辛苦了。"

汗牛不过才十一二岁大，听说赏钱喜上眉梢，接过钱串子，忙不迭地给明兰一连声道谢。丹橘随手抓了一把桌上的果子给他揣上，然后让绿枝送他出去。

小桃还一团孩子气，看见汗牛走了，立刻凑过去看锦鲤，啧啧称赞。丹橘回头看见主仆俩正盯着锦鲤傻看，还用胖短手指指指点点，不由得笑道："大少爷真是细心，听说他屋里就有这么一大缸子，养了几对锦鲤，这一对约莫就是从他缸里舀出来的。"

小桃抬头傻笑："丹橘姐姐说得没错，我在太太屋里时也这么听说的。大少爷宝贝这锦鲤得很，平日谁都不许碰一下的，尤其是五姑娘，这次竟送了我们姑娘两条，真是稀奇。"

明兰不说话，用胖短的手指伸进水里逗弄两条肥肚子的锦鲤，心道：莫非这就是白天站队的奖赏？如果是，那也不错，说明长柏哥哥很上道，能跟个明事理的老大，实在可喜可贺。

不得不说，王氏的击打成功率还是很高的，挥棒三次至少有两个好球。

三

第二天早上，明兰没能教成长栋，因为如兰和墨兰都提早到了，她们趁老太太还没起身，便进了充当书房的右梢间。明兰一看情况不对，悄悄对丹橘使了个眼色，丹橘领会，到外头门口去等着长栋，告诉他：今天停课。

墨兰先来的，扭扭捏捏了半天，把明兰书房从头到尾依次夸过，终于道明了来意——希望和明兰换个座位。明兰心里明白，嘴里却道："咦？当初不是四姐姐你要坐到左墙边的吗？说那里遮光，你身子差，多照阳光会头晕。"

害得她晒得头晕眼花，还好后来盛老太太从库房里找出一匹幽色纱，给学堂的窗户都糊上了。

墨兰脸上半带红晕，哼哼唧唧还没说出个所以然，这时如兰来了。她就爽快多了，开门见山地要求和明兰换位子："中间太暗，靠窗亮堂些！"

明兰心下觉得好笑，故意拍手笑道："那太好了！索性四姐姐和五姐姐换个位置好了，五姐姐可以亮堂些，四姐姐也不至于头晕。"

墨兰脸色极难看，绞着手绢不语。如兰一开始不明白，问清楚墨兰也是来换位置后，也是一张脸拉三尺长，各自相看对峙着。明兰一脸天真，道："我是坐哪儿都不打紧的，可是让哪位姐姐呢？"不知为何，明兰很坏心地愉悦着。

墨兰、如兰心下算计半天，又看了看一团孩子气的明兰，觉得还是她威胁小一些，最后结论：谁都别换了。

这个年纪的女孩儿模样开始变化了，墨兰渐渐抽高了身条儿，风姿宜人，娇弱如轻柳，轻愁带薄嗔；如兰随了王氏，身形健美端方，和墨兰差不多个子，虽比不上墨兰貌美，却也青春朝气。只有明兰，还是一副团团的白胖小包子状。

明兰摸摸鼻子，基因问题，不关她的事。

也从这一天开始，三姐妹一样打扮的日子彻底结束。

墨兰梳着个小流云髻，插着一对珊瑚绿松石蜜蜡的珠花，鬓边压着一朵新鲜的白玉兰花，身着秋香绿绣长枝花卉的薄缎纱衫，腕子上各悬着一对叮咚作响的银丝缠翠玉镯子，嫩生生如同一朵绿玉兰般。如兰的双环髻上插了一支彩色琉璃蝴蝶簪，长长的珠翠流苏摇晃生辉，身着交领五彩缂丝裙衫，双耳各用细金丝串了颗大珠子，垂下来灵动漂亮，这么一打扮，竟也不逊墨兰了。

两个兰打扮得清雅秀气，也不过分招摇，明兰看得有些恍惚，莫名地庆幸早上自己英明地让崔妈妈给梳了个鬆鬆头，圆圆的两个包，缠些珊瑚珠串就很可爱了。

齐衡一早也带着几个小厮书童来了，月白中衣外罩着一件宝蓝色领口绣海水瑞兽纹束腰长比甲，映得肤色雪白，身姿挺拔。墨兰眼前一亮，款款走过去，温婉如水道："元若哥哥，我昨夜偶有心得，作得一诗，不知工整否，请元若哥哥指点指点如何？"说着从袖子里拿出一张花笺，递过去。

149

谁知齐衡并不接过，笑道："四姑娘的两位兄长俱是长才之人，何不请教他们？"墨兰顿时尴尬，反应极快地道："庄先生常夸元若哥哥高才，妹妹这才想请教的，哥哥何必吝惜一评呢？"小嘴一嘟，天真娇美。

齐衡接过花笺细细读过，墨兰索性站在一旁，凑到边上低声细语，然后长枫也走了过去，三个人讨论平仄对仗，长柏在一旁自在吟哦，并不参与。

如兰一直冷眼旁观，小脸端庄严肃，背脊挺得直直的。昨晚刘妈妈和王氏说真正叫人敬重的大家闺秀绝不随意和人搭话，要说也应是齐衡来找她说才对，千金小姐就该端着架子才是。看见墨兰这副样子，如兰心里恨得直咬牙，只愈加高傲地挺直了坐。

明兰低头默念一百遍"色即是空"。

庄先生一进学堂，看见满屋珠翠鲜亮，便不动声色地开始上课。齐衡是个很优秀的前桌，高高的个子几乎把明兰整个都遮住了，有这样好的屏障，明兰乐得在后面打瞌睡。早上被墨兰、如兰折腾了一通，她本就累了，瞌睡这种事，瞌着瞌着就真睡着了。等醒过来时，明兰看见一双明亮的眼睛带着笑意看着自己。

"六妹妹睡得可好？"齐衡笑眯眯地看着桌上搁着的一张红扑扑的小脸和一对小胖爪子。明兰呵呵傻笑两声："尚可，尚可。"等她完全醒过来，四下一看，已经下课了，大家正在收拾书本，招呼小厮丫鬟整理纸砚。

齐衡转过来，两条修长的胳膊交叠在明兰的桌子上，含笑道："六妹妹睡得很沉，定是昨晚连夜苦读累着了吧？"

明兰整整头上的头发包包，厚着脸皮道："还好，还好，应该的。"

齐衡眼中笑意更甚。明兰继续默念"色即是空"。

这天中午，明兰依旧没有午觉睡，家中来了贵客，齐衡之母平宁郡主到访，正在寿安堂和盛老太太、王氏说话，只等着见一见盛家的儿女。

朝廷钦封的正三品郡主娘娘果然气派非凡，明兰远远地刚看见寿安堂里那棵桂花树郁郁葱葱的枝头，便发现寿安堂外整齐地站了两排垂首而立的仆妇丫鬟，房妈妈已经等在门口，一看见他们便向里头传报。从长柏以下个个都屏气凝神，按着齿序鱼贯进入正房。看见一个丽装女子和盛老太太分坐在正中两侧座位上，王氏坐在盛老太太下侧雕绘八仙过海的海棠木长背椅上，齐衡率先上去给三位长辈见了礼，然后站到那丽装女子身侧。

"还不快给平宁郡主磕头见礼？"盛老太太吩咐。

六个盛家儿女依次给那丽装女子磕头问安，然后立到王氏后边去。

明兰定下来，偷眼打量那平宁郡主，只见她不过三十岁出头的年纪，身穿一件姜黄色绣遍地毓秀葱绿折枝桃红牡丹的薄缎褙子，里头衬着月白纱缎小竖领中衣，下头一条细褶墨绿长裙，露出一对小小尖尖的锦绣鞋头，居然各缀了一颗指头大的珍珠。那郡主云鬓蓬松，娴静若水，生得眉飞目细，妩媚绝美，细看着眉目倒和齐衡有六七分相似。明兰心道：难怪那小子这般美貌。

平宁郡主给每位哥儿姐儿一份见面礼，长柏和长枫各是一块玉佩，质量如何明兰看不见，给长栋的则是一个金光玲珑的福娃娃，三个女孩儿都是一串上好的南珠，颗颗滚圆，圆润生辉，价值非凡。盛老太太平静道："郡主太客气了，怎如此破费，倒叫我们不好意思了。"

平宁郡主微笑道："姑娘们生得喜人，我很是喜欢，可叹自己没福气，只有衡儿这一个孽障，今日便多赏些又如何？况且，唉！也委屈她们了——"

明兰听得心惊胆战，发生什么事了？

王氏笑着转头对三个兰道："庄先生已和你们父亲说了，以后你们就不必随哥哥们一同上学了，专心在屋里学些女红规矩才是正理……"

墨兰一阵失望，转头看见如兰一派平静，就知道她必是早知的，心里飞快地转了起来：除了上课时间，平时很难见到齐衡，她总不能在庄先生上课时擅闯吧。可如果不能见到齐衡，单论父母之命、身份体面，她又有什么优势？想起齐衡俊逸的面容、温柔有礼的言谈，墨兰更是愤恨失落，袖子下面握紧了拳头，一时连王氏后面说了什么也没听见。

明兰却是大大舒了口气，太好了，若这样一起上课下去，家塾里可要处处硝烟了，阿弥陀佛，战火消弭十九形，善哉，善哉。

接着，那平宁郡主又和盛老太太说了几句，王氏几次想插嘴都没找到机会，说着说着，平宁郡主笑道："哪位是府上六姑娘？我家衡儿回去后提起她直笑呢。"

明兰正神游天外，想着明天上午不用上课了，打发完小长栋，给老太太请了安后，便要上床补个眠才好，冷不防被点了名，有些忐忑。盛老太太笑着招明兰过去："喏，就是这个小冤家，因养在我跟前，我没工夫管她，可淘到天上去了。"

平宁郡主拉过明兰的小手，细细打量，见明兰白胖娇憨的圆润小松鼠般模样，嫩乎乎的小手捏着很舒服，便道："好个招人的孩子，怪不得老太太疼她，我见了也喜欢呢。明姑娘，你与我说说，以后不能上庄先生的课了，心里是不是不乐意呀？"

明兰冷不防瞅见齐衡脸上可恶的笑容，心道：这问题真刁钻。只得讪讪道："哪里，哪里……"

齐衡实在忍不住，掩着嘴附到平宁郡主耳边轻轻说了几句，那郡主顿时乐了，越发搂着小明兰，笑道："这敢情好，你可省下午觉了……"

一起上学的兄姐早就看见明兰打瞌睡，一时都笑了起来。如兰凑到王氏身边轻轻说了，盛老太太略一思忖也明白了，指着明兰笑个不停："好你个小淘包，这下免了你上学，你可乐了！"

明兰小脸涨得通红，低头咬牙腹诽：齐元若，你敢告姑奶奶的黑状！

只听平宁郡主还道："衡儿，你这状可不能白告了，你自己没有亲妹妹，以后可得把明儿当自个儿妹子般疼爱才好……"

盛老太太微微一笑，便道"这如何高攀得起"云云，王氏却脸色微变，须臾便镇定住了，也跟着凑了话一起笑着说说。

明兰偷偷望向墨兰和如兰，见她们犹不知觉，忽然心中微悯。

四

刘昆家的扶着王氏斜躺进铺着夹缎薄棉的锦烟蓉蕈湘妃榻，往她背后塞进一个金线蟒引枕，如兰跟上几步，急急道："娘，你倒是说话呀！我……"

王氏疲惫地摆摆手，道："你的心思我都明白，可……都没用，平宁郡主瞧不上我们家。"

如兰瞪大了眼睛："怎么会？我瞧郡主娘娘她挺和气的呀。"

王氏苦笑，凝视着如兰无知的面孔，忽然神情严肃起来："你仔细想想郡主今日对你六妹妹说的话，你也该动动脑子了，莫要一味任性糊涂。"

如兰低头仔细想了想，渐渐明了，喃喃道："难道……"想明白后顿时泪丧涌上心头。

看王氏一脸灰败，刘昆家的不忍道："那郡主娘娘端的是好手段，故意找六姑娘说由头，不就是瞧着她一副小孩子样，既不得罪人也把意思说明了。"

"可是……可是……"如兰过去扯着王氏的袖子,急道,"我……我……元若哥哥……"

王氏烦躁地一把甩开女儿的手,厉声道:"什么元若哥哥!他是你哪门子的哥哥?!以后规规矩矩地叫人家'公子',不对!以后都不要见了!刘嫂子,以后但凡那齐衡在府里,不许五姑娘出葳蕤轩一步,不然,家法伺候!"

如兰自小被娇惯,王氏从未如此厉色,顿时呆了:"娘,娘,你怎么可以……"

王氏霍然坐起来,神色严厉:"都是我的疏忽,只当你是小孩子,多娇宠些也无妨,没打量你一日日大了。昨日齐衡来家后,我听你一说便也动了心思,才由着你胡来,看看你那副模样,这是什么穿戴打扮?哪像个嫡出的大家小姐,不若那争风的下作女子!真真丢尽了我的脸,你若不听话,我现在就一巴掌抽死你!省得你出去丢人现眼!"

如兰从未被如此责骂过,吓得泪水涟涟,听得母亲骂得如此难听,瘫软在王氏脚边,止不住地哭泣,嘴里含含糊糊道:"为何……骂我……"

王氏看着女儿渐渐显露出姑娘模样的身段,知道不可再心软了,便淡淡道:"刘嫂子,给姑娘绞块湿巾子擦脸……如兰,莫哭了,你上来坐好,听娘说给你听。"

如兰抽抽泣泣地倚在母亲身上,王氏似乎回忆起娘家的往事,道:"为娘这许多年来,走了不知多少冤枉路,有些是叫人算计的,有些确实是自己不懂事自找的,现在想来,当初你外祖母对娘说的话真是句句金玉良言,可叹你娘当时一句也没放在心上,今日才有了林栖阁那贱人!你如今可要听娘的话。"

如兰停住泪水,怔怔地听了起来。王氏顿了顿,道:"这婚姻大事,自古都是父母之命,媒妁之言,没得姑娘家自己出去应承的。那种没脸的做派是小妇干的,你是嫡出小姐,如何能那般行事?男婚女嫁本得门当户对,若是人家不要你,瞧不上咱家门户,你能觍着脸上去奉承巴结?"

如兰最是心高气傲,顿时脸红,愤然道:"自是不能!"

王氏心里舒坦了些:"你年纪还小,好好过几年闺女日子,以后你出嫁了,就知道当姑娘的日子有多舒服了,有娘在,你舒舒服服地当小姐,岂不好?"

如兰想着齐衡,犹自不舍:"可是元……齐公子对我很好的,郡主娘娘兴许会改主意呢?"

王氏一股气又上来,骂道:"你个没眼力的死丫头!人家给你三分颜色,你便被哄得不知东西南北,你仔细想想,他对你们姐妹三个不都是一般客气

153

吗？说起来，他对明兰还亲热些，不过也为着她年纪小又孩子气！况且，做亲拿主意的是他父母，他都不见得对你有意。齐大人和郡主自想着一个门当户对的亲事，为什么要你？你再胡思乱想，当心我立刻告诉你父亲，让你再吃一回板子！"

如兰又哭起来，跺着脚道："母亲……母亲……"

王氏这次是硬心肠了，指着如兰骂道："你要脸不要？！一个大家小姐，不过见了个外头的后生两回，便这般牵肠挂肚，简直厚颜之至，不知廉耻！"

如兰被骂傻了，真是羞愤难言，一扭头便跑了，边哭边跑。刘昆家的要去追她，被王氏制止了，反而冲着帘子大声骂道："让她哭！这个不要脸面的孽障，哭醒了要是能明白便罢，若是不能明白，我还要打呢！打得她知道礼义廉耻！去外头问问，哪家的小姐会自己过问亲事的？正经人家的小姐都是由着长辈做主的，平日里一句都不问才当是，便是说上一句话也要羞上个半天！就算年纪小不懂事，也可学学她大姐姐是如何端庄行事的。我哪辈子作了孽，生了这么个厚脸的死丫头，不若打死了干净！"

如兰在外头听见了，更是哭得昏天暗地，一路跑向闺房，一头栽进枕头被子里，哭得死去活来，再不肯出来。

王氏坐在原处，气得胸膛一起一伏。刘昆家的上去给她顺气："太太别太上火了，姑娘到底年纪小，平日里又好和四姑娘争，她也未必真不知规矩，不过见四姑娘的做法，有样学样，一时斗气便学了而已。"

王氏恨恨道："都是那贱人！没得带坏我儿！"

刘昆家的又端了杯茶服侍王氏喝下，见王氏气顺了些，便试探道："那齐家……太太真的作罢了？端的是好人家呢。"

王氏摇头道："同是做娘的，我知道郡主的心思，她就这么一个儿子，这般品貌又这般家世，将来聘哪家姑娘不成？虽说咱们老爷也是好的，可到底不是那豪门贵胄出身，又不是圣上的心腹权贵，齐家自己就是公门侯府出身，如何瞧得上咱们。"

抿了抿唇，王氏又道："说句诛心的话，今日若是华儿，没准我还争上一争，可是如儿……"叹了口气，接着道，"不是我说自家的丧气话，论相貌，论才学，她如何配得上齐衡？自己的闺女，我都如是想了，何况人家郡主？算了，何苦自讨没趣，咱们别的没有，这几分傲气还是有的。如儿又没什么手腕，日后还是给她寻个门当户对的不受欺负就是了。"

刘昆家的笑道："太太倒是转性了，这般明理，老爷听见保准喜欢。"

王氏叹气道："我吃了半辈子的苦，才知道当初父母给我择的这门亲事真是好的，婆婆省心，夫婿上进，虽不是大富大贵，却也衣食富足。若不是我自己不当心，也轮不到那贱人进门！想想我姐姐如今的日子，唉……真是好险，我还眼红姐姐嫁得比我好，姐姐那般手段，嫁入康家都成了那样，要是我……唉……不说了。"

刘昆家的把空茶碗拿走，回来继续给王氏揉背顺气："太太四五岁时，老太爷便被派了西北巡检，老太太一意要跟了去，便把您托付给了叔老太爷。要说叔老太爷两口子真是好人，他们自己没闺女，又和老太爷兄弟情深，便待太太千分万分娇宠，可他们到底是做生意的，见识如何和老太爷、老太太比得？大小姐那些本事都是跟着老太太学的，太太十岁才和父母团聚，如何能怪太太？"

王氏幽幽道："这世上好坏都难说得很，我自小便觉得处处低了姐姐一等。待到出阁时，她夫婿的门第也比我的高，我还大闹了一场，险些被父亲上了家法。当时母亲就对我说，盛家人口简单，婆婆又不是亲娘，自不会拿架子消遣媳妇，夫婿是个上进的，但凡有些帮衬，将来定有好日子过，只要我自己做好规矩就成了。而姐夫虽家世显贵，学问也不错，为人却没什么担待，是个公子哥儿，家里三姑六姨的一大堆，母亲并不喜，因是康家老太爷与父亲交情极厚才做成亲家的。现在想来，母亲真是句句良言。"

刘昆家的笑道："当姑娘的，只有自己做了娘，才知道老娘的好处，看来这可是真的了。"

王氏总算开了笑脸："当初我与姐姐还为了姐夫争闹了一场，后来姐姐胜了，想起来真是好笑！将来我挑女婿，有娘一半本事便知足了。"

刘昆家的也笑了。过了一会儿，刘昆家的忽想到一事，道："太太，您说，四姑娘回去会如何与林姨娘说？林姨娘会不会找老爷说项？"

王氏顿时一阵大笑："我巴不得她去找老爷说！她若真说了，便等着一顿好骂吧！"

王氏难得一次料事如神，当夜，盛纮下了衙便去林栖阁歇息。

"你说什么？"盛纮疑惑道，"墨儿还要接着上庄先生的课？"

林姨娘娇嗔道："我知道老爷是为了避嫌。如姐儿和明姐儿不妨事，她们原就不怎么喜欢书本子，可墨丫头不同，她随了老爷的性子，自小知书达理，

155

如今庄先生的课她正听得有味儿，如何就停了？是以我给老爷说说情，大不了隔个屏风就是了。"

盛纮皱眉道："不妥。墨儿到底不是男子，纵有满腹诗书又如何？难不成去考状元吗？女孩儿家读了这几年书也就足了，以后在屋里学些女红才是正经！明丫头前儿给我做了个玄色荷包，又稳重又大方，很是妥帖，墨儿也该学学针线了。"

林姨娘听得直咬牙，强自忍住，款款走到盛纮身边，替他轻轻捏着肩膀，松松筋骨，凑到盛纮耳边吹气如兰，娇滴滴地轻劝道："读不读书是小事，老爷怎么不想长远些？想想那齐家公子，想想咱们墨儿……"

盛纮猛然回头，难以置信地看着林姨娘，刚有些晕乎燥热的身子立刻冷了下去："齐家公子与墨儿有何相干？"

林姨娘并未发觉盛纮有异，径直说下去："我瞧着那齐公子真是一表人才，家世又好，今日还与墨儿谈诗说文，甚是相投，不如……"

盛纮霍地站了起来，一把挥开林姨娘柔柔的红酥手，上上下下把林姨娘打量一番。林姨娘被瞧得浑身发毛，强笑道："纮郎瞧什么呢？"

盛纮冷笑道："瞧瞧你哪来这么大的口气，开口闭口就要给公侯家的公子说亲！"

林姨娘揪紧自己的袖子，颤声道："纮郎什么意思？莫非妾身说错话了？"

盛纮走开几步，挥手叫一旁的丫鬟下去，又站到窗前，收了窗格子，回头看着林姨娘，低声道："齐衡的外祖父是襄阳侯，当年襄阳侯护驾有功，却折损了一条腿，圣上便封了他的独女做平宁郡主，郡主自小在宫里长大，极为受宠。齐大人官至从三品，都转运盐使司又是个大大的肥差，非圣上信臣权贵不予任职。还有一事，齐国公府的大老爷只有一屡弱独子，迄今未有子嗣，一个闹不好，将来连国公府都是那齐衡的！"

盛纮歇了口气，端起茶碗喝了一口，接着说："自来公侯伯府出身的公子哥儿，不是庸碌无为便是放荡恶霸，似齐衡这般上进有才干的孩子还真没几个！"

林姨娘直听得两眼发光，心头发热，恨不得立刻招了齐衡当女婿。谁知盛纮口气一转，匪夷所思地看着林姨娘，铿声道："齐衡这般的人才家世、父母出身，哪家豪门贵女聘不得？当初在京城里上他家说亲的几乎踏破门槛，还轮得到我一个小小的知州？"

林姨娘被一盆冰水浇下来，心头顿时冷了不少，犹自不死心道："京城豪门贵女虽多，可有几个如咱们墨儿出挑的？她生得又好，诗词歌赋样样来得，如何轮不上？"

盛纮冷笑道："你简直不知所谓！人家堂堂公侯之家的嫡子，什么时候听说会聘一个庶女做正房奶奶的？你痴心妄想也得有个脑子，说出去莫要笑坏了人家肚皮！便是如兰，人家都未必瞧得上，何况你一个妾室生的庶女！"

这一番话说得又狠又急，如同一把钢刀把林姨娘一身光鲜都给剥落下来，只剩下卑微落魄，林姨娘不由得哭了起来："老爷说便说了，何必开口闭口嫡出庶出的伤人心？当初我就说了，怕是我这个姨娘将来耽误了墨儿的终身，果然叫我说中了！"

盛纮鼻子里"哼"了一声，道："耽误什么？是你眼高心更高，脑子不清醒胡思乱想，高攀也得有个度！墨儿是什么出身，人家是什么出身，你也不好好掂量掂量，净在那里做白日梦。你怎么不说让墨儿去做皇后娘娘？真是痴心妄想！"

林姨娘心里宛如被刀绞般恨，想了想，伏到盛纮身边，柔弱如丝道："纮郎，这也不全是为了妾身和墨儿，你想想齐家这样好的家世，若能与他们攀上亲事，老爷将来仕途必定一帆风顺，盛家也得益匪浅不是？老爷不妨去试一试……"语音低婉，柔媚动人。

盛纮听了，心中大大地动了，便对林姨娘道："试一试？你是让我去提亲？"

林姨娘见此，媚眼如丝地点点头。

盛纮深深吸了口气，定定神，恼怒道："我今天老实告诉你，便是那郡主娘娘提出的男女有别，暗示不要叫府里的女孩儿一起读书的！她的意思再清楚不过，便是不想与咱家女孩儿搭边！再说了，便是以后郡主改了主意，那怎么也轮不到庶出的！"

林姨娘没想到这件事，惊道："是郡主娘娘？怎么会？"

盛纮心里思度了一下后果，越想越后怕，一把将扯着自己袖子的林姨娘揉倒在地上，骂道："你叫我试一试？倘若我上门提了亲，又被人家回绝，你叫我以后在齐大人面前如何立足？你这无知妇人，真真愚蠢不堪，净想着自个儿的小算盘，也不为全家人想想，我若听了你的蠢话，将来坏了仕途可如何是好？！"

林姨娘知道自己说错了话，吓得脸色苍白，仰着脖子哑声道："老爷，墨儿她自小出挑，生得模样好不说，还通晓诗词，言语得体，我总想着将来的亲事不要委屈了她才好！老爷，她也是您的亲生女儿，您可不能不管她呀！"

盛纮见这女人还在夹缠不清，一巴掌拍开了她的手，道："只要你不贪心，不妄图高攀，给墨儿的亲事我自会留心，断不会委屈了她！罢罢罢，我这就叫人把葳蕤轩空着的西侧院收拾出来，明日就叫墨兰搬去和如兰一同住，以后一应适宜都由老太太规制，省得留在林栖阁叫你带坏了！学你那一套，莫非将来也想让墨儿去做妾？！"

林姨娘听了，一口气上不来，险险晕死过去，抱着盛纮的大腿苦苦哀求。盛纮想起儿女的前程，便狠下心来一脚踢开她，大步朝外走去。

林姨娘犹自伏在地上，躲在梢间的墨兰掀开帘子出来，也是满脸泪痕，过去轻轻把林姨娘扶起来，母女俩相对泪眼。过了半晌，林姨娘拉着女儿的手，道："孩子，别听你父亲的，他是大老爷们儿，不知道内宅的弯弯绕。若论出身，你自比不过如兰，可你相貌才学哪样不比她强上个十倍百倍？一样的爹，凭什么你将来就要屈居她之下？！若你自己不去争取，好的哪轮得到你！难不成你想一辈子比如兰差？"

墨兰泪眼蒙眬："可……可是，要是让父亲知道了，必不轻饶我的……"

"傻孩子，你要做得聪明些，借些名堂，找些名头，你父亲不会察觉的。好孩子，你诗文好，模样好，时间长了，不愁齐公子心里没你……孩子，别哭，以后你住到了葳蕤轩也有好处，你冷眼看着如兰有些什么，有什么缺的，便去向太太要，太太要是不给……哼，我叫她吃不了兜着走！老太太不是说姑娘没出阁前都一般尊贵吗？"

林姨娘娇弱的眉目竟然一派凌厉。

五

与两个姐姐的呼天抢地不同，明兰听说不用上课，第一件事就是叫小桃去长栋处递了请假条——早自习暂停三日，你老姐我要"休养生息"。

姚依依上辈子读了十几年书早读厌了，一开始上庄先生的课是为了多知道些这时代的事，总不能逮着内宅的丫鬟婆子就问当今天子姓啥名谁吧，但这段时日书读下来，于世情该知道的早知道了。近来庄先生加大力度地讲八股文和策论如何做，明兰生平只会写法庭记录稿，无须排比，不用对仗，且字数不限，庄先生一开始讲课她就昏昏欲睡，早就想脚底抹油了。

吃过晚饭把书本一推，洗过小脸、小脚丫，便开开心心地去见周老太爷，没有第二日早起的负担，一觉睡得香甜，醒来后伸着小懒腰，只觉得神清气爽。

此时正是夏秋之交，天光晴朗，明兰宛如刚放了暑假的孩童，一请过安后，便向崔妈妈要了钓竿、鱼篓，要去府中的莲池里垂钓。崔妈妈知道明兰素来懂事乖巧，这段时日见她读书教幼弟十分辛苦，便答应了，还给配了一盆子鱼饵，又细细吩咐丹橘、小桃要仔细看住明兰，离塘边远些，莫要掉进去反被鱼吃了云云，明兰点头如捣蒜。

盛府内有两个池塘，一个大些，靠近盛纮妻妾的主宅，另一个只有巴掌大，靠近寿安堂和家塾。大池塘里的莲蓬、藕荷、鱼虾都有人打理，明兰想了想便直奔小池塘。选定地方，丹橘给明兰安了小竹椅，撑了大绢布伞，燕草和秦桑一个端着茶水，一个端着水果点心，分别放在小竹几上。明兰见排场这般大，觉得不钓上个十几条也未免过意不去，可是越急越没动静。

好在小桃原就是乡下来的，于钓鱼捉虾最有经验，便教明兰挂饵看浮子，在名师指点下，果然立便有两条笨鱼上钩。小池塘里的鱼儿安逸惯了，何曾被捕捉过，都笨笨傻傻的，不过半个时辰明兰便钓了八九条。

明兰大是得意，这时见到清凌凌的池水中有一团黑乎乎的东西，心中一动，便拿过一柄长杆网兜，和小桃齐力朝那个方向用力兜了几下后提起。众人一看，原来是一只肥头大耳的甲鱼，正一副呆呆状扒拉着网兜。明兰乐了，小手一挥，带着笨鱼儿和胖甲鱼鸣金收兵，直奔西侧小厨房。

当初林姨娘成功进门后，因为种种原因，盛老太太愈加不愿意和人来往，便托说要吃素，又置了个只有五六个灶头的小厨房，与府里全然隔了开来，这个习惯到了登州也带了过来了。小厨房只管寿安堂的一众饮食，大家见盛老太太宠爱的六姑娘来了，都恭敬地笑着行礼。

明兰把鱼篓递过去，几条鲤鱼和那只甲鱼让丹橘端回去拿水养着，五条鲫鱼便拿来做菜，两条煲成两碗鲫鱼汤，三条做成两份葱香鲫鱼脯，明兰跟着上辈子的回忆指点着掌厨妈妈做了。待到中午开饭时，一份汤和鱼脯送上饭桌，另一份送去给崔妈妈和丹橘、小桃吃。

明兰心情雀跃地坐在桌旁，大眼睛眨巴眨巴地看着盛老太太，谁知老太太却一直不开饭，只看着门外。大户人家规矩大，长辈不说开饭，明兰连筷子

159

都不能碰，正要开口问祖母，忽然门口帘子一掀，一个修长的身影飘然而来。明兰看清了来人，嘴巴张大了……

"衡哥儿多吃些，下晌还得读书，可得吃饱吃好了，把这里当自个儿家吧。"盛老太太慈祥地朝齐衡说，又吩咐房妈妈给他布菜。齐衡唇红齿白，回以斯文一笑："这鱼真好吃，老祖宗您也吃……咦？六妹妹怎么不吃呀？"

明兰一直低头埋在碗里，才微微抬头，皮笑肉不笑道："您吃，您吃。"

盛老太太笑道："这两道鱼菜可是今儿个明丫头的心意，鱼是她钓的，也是她吩咐这么做的，味儿可真不错。"

野生的鲫鱼原本就鲜美可口，那鲫鱼汤是将鲫鱼用滚油略微炸成金黄色立刻投入砂锅中，配以笋片、新鲜蘑菇、香菇和嫩豆腐，放足了香姜料在小红泥炉上足足煨了两个时辰，待到豆腐都煨穿孔了才得成，汤色乳白，鲜美润口。盛老太太和齐衡都忍不住喝了两小碗。

还有那葱香鲫鱼脯，是将鱼肉片开，用盐、姜汁和酒腌渍上一个时辰，再用小胡椒和葱段放在温油中反复煸炸而成，葱香浓郁，微辣鲜咸，轻酸薄甜，极是开胃爽口。齐衡吃得美味，不觉连着扒了两碗饭，破坏了他谪仙般的翩翩公子形象，只看得他身后的小厮张口结舌。

饭后上茶，齐衡坐在盛老太太下首的一张常春藤编的高脚藤墩上，优雅地擦擦手指，端起茶碗道："可真谢谢六妹妹了，为了我这般费心。"

费你个头！明兰窝在旁边一把三边围起来的富贵花开乌木大椅中，和齐衡并排而坐，椅高腿短，便悬空一双小脚，眼睁睁地看着齐衡身下那把她惯坐的藤墩，呵呵笑了几声："凑巧，凑巧。"隐下轻轻咯吱声。

盛老太太笑道："这小猴儿淘气得紧，昨日一说不用上学，今日便背着鱼篓下水捞鱼去了，不过为着好玩罢了，衡哥儿莫谢她！"

齐衡目光闪烁着笑意："六妹妹，明日咱们吃什么？"

西湖醋鱼和清炖甲鱼汤，不过你没机会了，今晚它们就会上桌的！明兰暗下决心，脸上堆着天真的笑容："元若哥哥问得好，回头我就去厨房打听打听哦。"

盛老太太想起一事，道："我怎么听说你养了几尾活鲤鱼和一只甲鱼在院里？"

齐衡立刻灼灼目光望向明兰，明兰只能再次傻笑几声，不情愿地坦白，借口道："……鲤鱼和甲鱼得养个两天，待吐尽了泥沙才好做菜的……"

"那什么时候才能吐尽泥沙呢？"齐衡追问，似乎忽然对吃的很感兴趣。

明兰除了腹诽"你饿死鬼投胎啊"，只能认命道："大约……好像……差不多后天吧，呵呵……"

齐衡兴高采烈道："那咱们说定了，后天吃鲤鱼和甲鱼！妹妹可莫小气，不肯端出来哦。"

明兰讪讪笑了数声，低头狠狠啃了口枇杷果，心里转了转，抬头天真道："祖母，以后元若哥哥都在这里用午饭吗？"

盛老太太眼中一闪，笑道："衡哥儿和你大哥哥眼看就要考举了，可要紧着学业，这阵子他先在这里吃，回头家塾那儿布置好了，就和你两个哥哥一块儿在那儿用饭。"

明兰大喜，随即转头朝着齐衡拍手道："好呀，好呀，庄先生教的《论语》中说，三人行，必有我师，元若哥哥和大哥哥一起用功探讨学问，定能事半功倍，将来必然一齐考上！"

齐衡乐了，伸手捏了捏明兰头上的包包，觉得手感甚好："承妹妹吉言。"

明兰头上被动了土，抑郁得小脸蛋红扑扑的，鼓着脸不再说话。不想齐衡瞧她可爱得紧，忍不住又摸了摸她的头。

用过了茶，房妈妈安置齐衡去右次间歇午觉，又指挥几个丫鬟抬水备巾子让他梳洗。明兰本来想和盛老太太一块儿腻着说说话，探讨一下不用读书之后的日常安排，可这会儿隔间里睡了个大麻烦，她全无心情，便回了自己的梨花橱。

崔妈妈铺好了枕席床簟，便拎着小桃教熨烫去了。四个绿的在外头抱厦歇下，丹橘服侍明兰脱衣梳洗，梨花橱静谧温馨。只听见丹橘温柔地在耳边絮叨："姑娘到底大了，为何还梳着这孩童鬏儿？怪可笑的。房妈妈早教了我怎么梳头的，回头我给姑娘梳对俊俊的垂髻，戴上些钗儿珠儿，岂不好看？"

明兰对着镜子和丹橘扮了个鬼脸，苦笑道："再缓缓吧，这小鬏鬏梳着方便。"

丹橘似乎想到了什么，又在明兰耳边低语："……那齐少爷为人和气，我瞧着他倒喜欢姑娘，怎么姑娘一副爱搭不理的样子？"

明兰转头，看着丹橘一脸如姐姐般的关怀，压着极低的声音，正色道："我知道姐姐是好心。可你也不想一想，他是公侯之后，显贵之了，我不过是个知州的庶女，上有嫡姐和出挑的庶姐，这般无谓亲近，别到时候徒惹麻烦。"

真不好意思，她是功利的现代人，那齐衡和她一不沾亲，二不带故，三不可能娶她，在这礼教森严的古代，难道两人还能发展一段纯洁的"友谊"不成？

哪怕当了她姐夫，她也得避嫌，怎么想都想不出和这小子交好的必要性，反而处处是危险，一个闹不好，惹着了那两个春心萌动的姐姐，那才是要了命。

丹橘是个聪明人，一想就明白了，脸色黯淡，低声道："只是可惜了，我为着姑娘想，齐公子真是个好的……"

明兰看了会儿丹橘，微笑着摇头，拉过丹橘坐到一起，低声道："丹橘姐姐为我好，我自知道，现下我们都一日日大了，我今日要嘱托你几句话。"

丹橘肃然坐直。明兰认真地看着她的眼睛，一字一句轻声道："我们做姑娘家的名声最重要，便是几句风言风语就要了命的，我又是这么个身份，不过靠着老太太恩德才能活得这般体面。不论是为着自己，还是为着恩慈的老太太，举止行当尤要谨慎守礼，一言一行纵算不能为老太太争光，也不能为她抹黑！"

丹橘见明兰忽然一副大人神气，便认真听了，这几年服侍明兰下来，心里知道自己的这位主子看着一团孩子气，实则见识卓越，只听明兰接着说："……姐姐是我这屋里的头一人，不单我倚重姐姐，小桃憨直不说，那四个绿的也要靠姐姐管制。将来若是再来几个小丫头，我又不好亲自指责教骂，这也是姐姐的差事，是以姐姐自己先得把住了关节，不可让下头的小丫头乱了规矩，肆意淘气才是，我这里就托付姐姐了。"

言语殷殷，嘱托郑重，说到后来更带上几分严厉，丹橘知道这是明兰在认可自己的地位，心中既高兴又觉得重担在肩，便认真地点点头。

房妈妈安顿好了齐衡便去了佛堂，正瞧着佛龛内供着一个白玉玲珑的双龙吐珠四脚小香炉，炉上香烟缭绕，前处的案几上放着个錾花卉纹银托盘，上面供着些新鲜果子，盛老太太就坐在一旁，面前摆着一本摊开的佛经，手捻着一串惯用的紫檀香珠，微合双目，却没有念经。

房妈妈进来，便笑道："老太太眼神不好，不如叫六姑娘来读佛经，姑娘声音好听，朗朗上口的，连我都喜欢听呢。"

盛老太太微笑道："让她睡吧，小孩子正要多睡睡才长身子呢。况且这几日她心思重了不少，满脑子的官司，好好歇歇吧。"

房妈妈听到轻笑一声："今日那齐少爷来吃饭，老太太瞧姑娘吃惊的模样，眼珠子都快掉碗里了，真真好笑，不过细细想来，姑娘真是个明白人，不枉老太太这般疼她。"

盛老太太睁开眼睛，翻了一页佛经："老爷名字起得好，她这般见事明白，仔细思量，小心避嫌，当得起一个'明'字。"

六

齐衡此人生就天之骄子，家世显贵，俊美出众，待人宽厚随和，一副温和性子，无须老爹打骂便自觉自愿地热爱学习，十分上进稳重，在寿安堂吃了三顿午饭后，笑语晏晏，谈吐清雅，连守寡二十八年的房妈妈都开始表情软化许多。

大约二十年前，齐国公府红运当头，公爷的二位公子均娶了红极一时的显贵之女，长子娶了兵马大元帅兼国舅爷的长女，次子娶了襄阳侯的独女，使原本位居贵胄公府之末的齐国公一夕红得发紫。不过这种好运是有代价的，两位儿媳来头大，架子大，脾气自然也大，把婆婆哄得晕头转向，把丈夫管得滴水不漏。

大儿媳妇拿出父亲铁腕治军的本事，把丈夫房里的莺莺燕燕一扫而空，拔花除草，弄得夫妻俩膝下只有一子，还是药罐子，现在虽然娘家势力大不如前，可齐大老爷也宝刀已老，奋斗不出第二个儿子来了。

几年后二儿媳妇进门了，有样学样地把齐衡他爹也吃得死脱，自从生下齐衡后，平宁郡主便不再有孕，可也不许齐大人开辟第二战场，只能守着郡主和一个老妾苦哈哈地过日子。

除了一个长年躺在屋里养病的堂兄，齐衡连一个亲近的兄弟姊妹都没有，平常和旁支兄弟或表兄弟还能一起玩玩，可是平宁郡主对于一切可能成为她儿媳妇的女孩子严防死守，所以日常连表姐妹也不怎么来往。进了盛府读书之后，在平宁郡主日夜灌输的男女大防理念之下，齐衡对如花似玉的墨兰、如兰坚定地保持距离，只有明兰，郡主倒没怎么说道。

所以对丁齐衡而言，明兰是他迄今为止唯一遇到的小妹妹，漂亮乖巧得像只小胖松鼠，齐衡一见就喜欢。偏小明兰板着小包子脸，老喜欢扮严肃，几顿饭吃下来，齐衡愈加忍不住逗她闹她。其实齐衡为人不错，那日吃了明兰的鱼汤和鱼脯，第二天便给明兰带了一匣子从自家箱底翻出来的食谱，有煲汤的，药膳的，面食的。见明兰在那里做针线女红，第三天便带来了几本京城里时新的花样子，另满满一囊十几色的珠儿线。

明兰拒绝不了诱惑，而她拿人手短之后，往往就会变得殷勤可爱，给齐衡搬凳子、添茶水，见他下学便嘘寒问暖，"元若哥哥读书辛苦了""元若哥哥赶紧歇一歇"，小胖松鼠般忙碌地跑前跑后，和齐衡说话也很乖巧诙谐起来。

"六妹妹，你这是恃强凌弱。"齐衡看见明兰拿水草逗金鱼玩儿，故意玩笑道。

明兰无辜道："和它交手前，我不知道它比我弱来着。"

"那你怎么又不玩儿了？"齐衡见她丢掉水草，又问。

明兰很诚恳道："我听元若哥哥的话，不恃强凌弱了。"她觉得自己真的很狗腿。

齐衡很开心，又揉了揉她的脑袋，笑得回肠荡气，秀美的眉目舒展，光彩耀目，仿若顾恺之的魏晋风雅画般美好，寿安堂的小丫鬟迷倒一片。

待到第四天，他终于不来吃午饭了，明兰再次拿出水草，淡定地走向金鱼缸边。

"姑娘。"小桃从外头进来，手上捧着一个精致的草篓子，满脸糊涂，"齐少爷叫人送来这个给姑娘，说用这草逗鱼才好玩。"

明兰顿在那里，十分无力，好吧，也许她想太多了……

第九回 · 入暮苍斋

自从墨兰住进葳蕤轩之后,王氏一个头两个大,纵然姑娘们明面上月例银子都是一样,但私底下王氏自然多给自己女儿些,就算都是每季做三身新衣裳,自己的女儿当然要多两件,连老太太也不说什么,王氏自然乐得糊涂。谁知墨兰看着柔弱,眼睛却尖,便是如兰多了一支新钗也要哭上半天,哭得眼睛红肿、神色惨然,然后走出走进让上上下下都瞧见。王氏直恨得咬牙切齿,恨不得一巴掌上去。

刘昆家的劝道:"太太不用放在心上,她便是去找老爷哭诉又如何?三个姑娘各有靠山,这是老爷也知道的。咱们姑娘有太太,四姑娘有林姨娘,六姑娘有老太太,各念各的经罢了。有本事,就把林姨娘的产业收回来,把六姑娘从寿安堂迁到葳蕤轩来,让太太真统一教养这些姑娘,那时倘若太太有个厚薄的,老爷方好说嘴。"

王氏懊恼道:"这底下话我如何不知?老爷那里我也是不怕说的,可那死丫头整日一副哭丧脸进出,外头不知把我传成怎样呢。"

刘昆家的笑道:"小孩子没什么心机,以为这样便可以辖制太太了。太太不妨先去找老爷,说太太一没打,二没骂,好吃好喝供着,可四姑娘还是整日地哭,太太怕照拂不好,索性还是让四姑娘回去吧。太太一指头都没动过四姑娘,看她能说出什么来。她要是真敢说太太厚此薄彼,太太便也有了说头。"

王氏迟疑道:"若是她什么都不说,只在那儿哭呢?"

刘昆家的摇头道:"太太自可说,您尽心照料没落个好不说,她整日哭哭啼啼半死不活的,弄得活似欺负女儿的后妈一般,这恶名您可担不起,问老爷怎么办。"

王氏觉得虽生硬了些，却是于礼数无碍，便照了刘昆家的做了。盛纮听了，果然心下不悦，便去找了墨兰说话，进门就叫墨兰跪下听训话，外头的丫鬟只听见墨兰不住地哭，还有盛纮怒骂"学一哭二闹三上吊的下作把戏""……好好学学大家闺秀的做派""收回……产业"什么的云云，然后拂袖而去。

墨兰长这么大第一次被父亲骂，足足哭了一夜，第二天便老老实实地去给王氏请安，端茶送水做足了女儿模样，王氏说什么她便听什么，哪怕是训斥她也乖乖低头听了。见她这副委屈的样儿，王氏也不好拿架子拿过了，便也做戏般地当起了嫡母。

古代是个男权社会，男女分工明确，男人工作赚钱，女人管家理事，生下了孩子大家一人管一半，盛纮管儿子读书做官挣米，王氏负责管教儿女品行、分发月银、打理家务还有规制下人，还得给女儿们定期做衣裳首饰，如和登州官宦家的女眷来往，便把三个兰领出来见客，不过盛老太太很奇怪，三次里头倒有两次不让明兰去。

几天嫡母当下来，王氏忽地恍然大悟，长叹一声："老爷果然好算计，真真一片慈父之心！"

刘昆家的正坐在炕几上跟王氏对账，听了忙问为何。王氏苦笑道："老爷一直存着心思想把那两个丫头记到我名下，老太太已把明兰揽过去，将来要说人家，估计也不用我怎么操心。端看这回齐家公子来的情形，便知这丫头还是个老实的，没学那不要脸的上赶着巴结，知道自己的身份，不会与嫡姐争。把她记到我名下也无妨，大不了回头我也给她添些嫁妆便是，可是四丫头……哼！老爷知道我与林姨娘的嫌隙有年头了，儿女各不相干，也不好硬逼着我接纳四丫头，便想出了这个生米煮熟饭的主意，先把人弄过来，让我教着养着领着见客，回头等墨兰大了说亲事时，要我记她在名下，我也不好推托了。"

刘昆家的听了，心里暗道太太长进了，笑着说："太太说得有理，我想也是这么个理。可是太太不必忧心，这庶女记入嫡母名下是一般大户人家都有的，这种事记在族谱里，不过是前头骗骗祖宗，后头骗骗后人，当世的谁不知道谁的底细呀，难不成外头来说亲的真会以为墨兰是太太生的不成？也就是看着体面些，能攀个好亲罢了，不过纵使再体面还能体面过太太的正经闺女不成？"

王氏叹气道："你的话我何尝不知道，只是心里不痛快罢了。"

想起林姨娘往日得宠时的样子，王氏一阵一阵地气堵得慌，总思忖着想个什么法儿让那贱人的女儿嫁得凄惨无比才好，可是又不能乱来，一个不小心连累了自己的女儿可得不偿失了。

刘昆家的看王氏脸色，知道她又钻牛角尖了，便劝道："太太且把心放开些，将来姑娘出嫁了也指着娘家体面，只要柏哥儿来日大出息了，她还不得看太太的脸色？照我说呀，太太莫和丫头姨娘置气了，盯紧了柏哥儿读书才是要紧，瞧着秋闱就要开了，只盼着咱们大少爷能一举中的才是好呢，太太下半辈子的体面就都有了！"

王氏想起长子，顿时精神大振，拍着绣墩道："没错，那贱人整日夸枫哥儿好学问，考了两回才过了府试，老爷就宠得跟个什么似的。可笑今次院试落了榜，看她往后还如何说嘴！你提醒得好，幸亏母亲把你送了来！"

这样读了一年书，渐渐临近乡试，庄先生紧锣密鼓地讲经说文，索性把还在背《论语》的长栋放成了半日课，只留三个大男孩儿密集深造。长枫虽还不是生员，但也算半个考生，被一起拉拔进了考前补习班。王氏每日里鱼汤、鸡汤、猪脑汤地进补，盛纮心里抓挠似的想去问两句，却故作镇定地拿了本《道德经》装样。

明兰是个很没政治觉悟的小书记员，跟祖母两个窝在临窗的炕床上吃刚蒸出笼的红豆山药稻米粑粑。这是明兰新想出来的南方小吃，祖孙俩吃得齿颊留香。明兰含混地说："……嗯，真好吃……还有一笼给祖母晚上当消夜，吃了暖胃。"

盛老太太拿湿布巾子擦擦手，道："送些给柏哥儿吧，怪不容易的，这也是给盛家光耀门楣，回头你们也能得益。"想了想又说，"你上回给栋哥儿做的那个书包袋子我觉得很好，这回你哥哥去赶考，你先把别的活计放一放，也给他做些好用的吧，你哥哥也会念你的情。"

明兰点头。当初她见小长栋身边的小厮不得力，上学去许多东西还得自己拿，索性给他做了个三层袋的双肩书包，锦绣纹路的肩带，白云、蓝天、绿草的花样，用盛老太太不用的散线檀香佛珠在袋口处系着松紧带，既轻便又好看，小长栋喜欢得跟什么似的。

自己的手艺受到肯定后，明兰十分受鼓舞，便在上回长柏送来一对金鱼之后，做了个石青色松竹梅的扇套送过去，长柏一高兴，又回送了桐城特产的编花竹篓笔筒来。

明兰觉得自己当初决定学习的方向无比英明。女孩子的学习方向还可以选择，男孩子的努力目标只有一个——科举。

考科举的好处多多，考得好可以当官，考得一般可以当吏，考得不好的也可以在村里当个私塾先生。重要的是，一旦有了功名就可以免税了，即便是个秀才，见了县太爷也不用下跪。科举不仅对平民男子具有改变命运的重大意义，对于像盛长柏这样的官宦子弟也很重要。古代的官职不是世袭的，盛老爹是官，但他的儿子们也得靠自己的本事考科举才能获得官职，否则盛家的兴旺便只这一两代了。

这些都是盛老太太说的，说的时候口气中自然透出一股郑重之意。明兰偷瞄她几眼，从很久之前明兰就发觉自己这位祖母很奇特，虽然出身侯府权贵，却对那类靠荫袭的公孙公子很是不屑，反而对那些靠自己本事考科举的学子有一种莫名的好感，估计当年她就是这么看上诗文倜傥的探花郎盛纮他爹的了。

明兰一边推理前情，一边不自觉地伸手想再去拿一个粑粑，却摸了一个空，发现盛老太太已经叫房妈妈把点心收进暖盒里送走了。盛老太太回头瞧见明兰伸在半空中的白胖小手，眉头一皱，苦口婆心地劝道："小明丫，听祖母的话，你可一天天大了，不好像小时候那么吃法了，回头胖过了头，穿衣裳都不好看了。"

明兰讪讪地把小胖爪子收回来，她这不是掩饰美貌伪装低调嘛！

二

出门一个月后，长柏青着面孔虚浮着脚步回来了，见过祖母、爹娘后就一头栽进房间闷头闷脑地睡着了。这回盛纮倒没拿架子训话，他自己是考过的，知道乡试和之前考秀才的县试、府试、院试截然不同，真是要生生脱去一层皮。

乡试在省城济南举行，考完后不几日便放了榜，所以早在长柏回家之前吉报就已经传到了登州。长柏哥哥考了十几名，成绩大是不错。盛纮为了显得自己很见过世面并没有大肆铺张，只请了一些同僚好友和庄先生在家里办了几桌琼林宴庆贺一下。

在席面上，听众人夸赞，盛纮心中得意，看看左边的知府大人，想起他那斗鸡走狗的败家子，再看看右边的通判大人，想起他那寻花问柳的猪头崽，心里真是舒畅极了。

里头的女眷宴上，王氏也是风光体面。一众官太太谄词泉涌，家中有适龄女儿的还隐隐透出想要结亲的意思，王氏一概装傻充愣，只晚上与盛纮说了，骄傲自豪之情溢于言表，宛如农家大嫂辛苦多年收获的大白菜受人赏识了一样——都是土地好呀。

盛纮一口回绝："太太莫要心急，柏儿是长子，他的婚事自当郑重，这会儿且不急着与他说亲，待到明年开了春闱，若是杏榜题名，再与他找一门名声好、家世好的亲事才是正理。"

王氏迟疑道："若是不中呢？难不成非得等到中了状元才成亲？可别误了柏哥儿的年纪。"

盛纮道："只等明年便是，若是不中，我也不会非等到三年后。太太要为柏儿想想，我这辈子是入阁进中枢无望了，了不起将来混个三品堂官荣休便足了，柏儿将来纵是有恩师同年提携，也不如找个厚实的岳家才好。那些清贵的书香人家找女婿起码也得挑个进士吧。"

这番话原是二十年前盛老太太与盛纮说的。当初他也是刚中了举便有人上门提亲，却被盛老太太全部回绝了，说他父亲早亡，盛家又是经商起的家，除了几个念旧情的亡父同年，朝中并无人提携，这才巴巴等到盛纮次年中了名次靠前的进士，才娶到了王家二小姐。之后虽是盛纮自己上进，却也受岳家助益匪浅。

现在想来，盛纮官场顺遂，从未被上司欺压刁难，官场上人来人往也多有体面，焉知不是恩师杨阁老和王家的面子？盛老太太实是真知灼见。

齐衡的成绩约挂桂榜百名，不过对于像齐家这样的权贵公侯之家的子弟，齐衡简直是奇葩。据说从太祖时代算起，整个大周朝封了爵位的家族子弟考上科举的不超过四十个，虽然他们做官的不少，但大多是荫袭恩封或后来捐官的，总觉得在正途科举出身的同僚面前有些直不起腰来。这次齐衡考举，齐大人和平宁郡主大喜过望，连忙传信给京城的齐国公府和襄阳侯府，一时间齐衡成了全国王孙公子的杰出代表之一。

相比盛家只是办了几桌筵席，齐家摆了半个城的流水宴，光门口的鞭炮就放了几百两银子，还扛了几箩筐白面馒头施舍与穷人。第二日齐大人和平宁郡主便带着他们新出炉的举人儿子齐衡去盛府联络感情。

明兰清早刚起床，正坐在镜台前打哈欠，一听说姑娘们也要去见齐大人夫妇，立刻让丹橘把刚梳好的反绾垂鬓打散了，改成垂鬓双鬟髻，插上一对赤金缠丝玛瑙花的小流苏钗，穿上一件浅玫瑰红绣嫩黄折枝玉兰于前襟腰背的交领缎袄，配月白素缎细褶长裙，胸前依旧是那副金光灿烂的项圈和玉锁。打扮妥当后让盛老太太看了，老太太觉得太简单，又叫取了一对金丝镶粉红芙蓉玉的镯子给明兰戴，谁知明兰手小不好戴，老太太叹了口气，便换上两对嵌南珠的赤金绞丝虾须镯。

明兰抬起胳膊看，只见滚圆白胖的手臂上各悬着两只叮咚响的镯子，顿觉吃力。

齐大人长得不如盛纮儒雅轩昂，但胜在一股子尊贵之气，看着比郡主娘娘好说话，见了盛府几个儿女都一一问了话，然后让郡主分送了一个沉甸甸的锦绣荷包。盛老太太受过礼后，便回去歇息了，留下两对夫妇和几个孩子说话。因齐家和王家还有几分七拐八弯的亲戚关系，论起来算是表兄妹，所以也不多避嫌了。

"多亏了庄先生辛苦教导，方有我儿今日，本想好好谢谢，谁知先生近日告了假去走亲访友，只好等下回再登门道谢了。"齐大人捋着颌下微须，看着很开朗。

盛纮笑道："那段日子庄先生给他们两个讲课，一日都不曾歇，着实累了。他们前脚去济南，庄先生后脚就躺下了，起来后说，要趁着他们赶考还没回来赶紧去走走，否则一开始上课又不得空了。回头等庄先生回来，咱们摆上一桌，好好喝一杯。"

齐大人击掌大是赞同，转而又叹道："庄先生真有古圣人教书育人的热忱严谨之风！"

郡主笑道："盛大人能请庄先生至登州，真是便宜了我家衡儿，这些日子衡儿于府中多有叨扰，太太更是费心费力照看着，我这里多有过意不去，就怕误了府中哥儿读书。"

王氏也笑着回道："几个哥儿一块儿读书倒比独个儿的强些，衡哥儿又是个懂事知礼的孩子，谈不上什么叨扰的，郡主娘娘大可放心。"

郡主扶了扶鬓边的珠钗，看了一眼长柏，眼中颇有满意之色："这倒是。你家大哥儿有衡儿一起读书，自是更好了。"话说得很有礼，神色间却难掩一股傲色，仿佛齐衡在盛府读书是给了他们面子似的。王氏眼神垂下，不语。

这种时候就看出盛纮的本事了。明兰第一次看见自家父亲在上级面前的表现，不卑不亢，长袖善舞，说话得体又知道尊讳。他朗声道："读书靠的多是自己用功。那些苦寒出身的士子何尝有这般那般的讲究？太祖爷时的刘、李二相，先帝时的三杨，纵横捭阖，运筹帷幄，何等能耐，他们可也都是贫寒子弟出身，那可真是叫人敬佩！"

开国刘相正是齐大人的外祖父，齐大人素来最景仰这位先祖，听了面色大好，赞道："正是！咱们两家虽境况好些，可你们也不许懈怠，毁了祖宗名声。"

这话是对着男孩子们说的，盛家三个男孩儿和齐衡一起站起来，垂首应声。齐大人见盛纮的三个儿子都生得眉目清秀，不由得道："盛兄好福气，三位公子俱是一表人才。"又看看几个女孩儿，道，"儿女旺盛乃阖家之福。"

郡主娘娘神色有些不自在，不过这几抹不豫转眼即逝。见郡主不高兴，王氏自是知道前后的，便笑道："虽说多子多福，可咱们又不是那庄户人家，急等着男丁干活挣产。所谓儿好不用多，要是争气呢，一个就够了；要是不争气呀，越多越头痛。"

郡主娘娘眉眼展开，笑道："姐姐说得是。"

说着随手拉过一旁的如兰，细细看起来，不住地夸她端庄大方，十分喜欢，等等，又摘下腕上的一个玉镯给如兰套上。如兰被夸得满脸通红，神色间颇有得色，故意瞥了墨兰和明兰一眼，眼中似有示威。

墨兰脸色苍白，自她进屋后只接过礼物时说了句话，自此便没机会开口，细白的手紧紧攥住手绢。明兰正捏着那个锦绣荷包细细感觉，猜度着里面是什么，根本没看见如兰的眼色。

这边郡主和王氏拉着如兰说着话，那边盛纮和齐大人正对着四个男孩儿考校学问。齐大人早年也是一上进青年，可惜还没等他去考科举便受了荫封。虽说后来官做得不小，但看见那些正途出身的科甲官员总觉得底气不足，所以对读书好的少年郎都十分赏识。问过几句话后，发觉长枫侃侃而言，出口成章，而长柏却惜字如金，一派虚怀若谷，齐大人忍不住对盛纮言道："贵长公子端的一副当年王家老大人的品格。"

他口中的这位王家老大人便是王氏的亡父，长柏的外祖父。

这位王家外祖父当年是屈指可数得了善终的能臣干吏，历经三朝不倒，低调沉稳，无论高起低落都宠辱不惊，无论伺候哪个皇帝，就算皇帝一开始有心结，最后都不得不欣赏重用，堪称一代人杰。很可惜，王家的几个舅舅才干学问都并不出众，但凭着祖荫和皇帝的顾念，还是稳当地做着官，让盛纮好生羡慕。

其实长柏的样貌酷似盛纮，秉性却奇异地转了弯，拷贝了四分之一血缘的外祖父。盛纮虽然不是很喜欢王氏，但对她带来的优良基因十分满意。不过当他面对形神皆似自己的次子长枫时，心情不免又有些微妙的变化。

盛纮道："若真像了泰山老大人便好了，就怕只是画虎不成。"

盛纮和齐大人扯着长柏回忆起王老太爷的音容笑貌，王氏和平宁郡主扯着如兰说话。王氏三句话不离本行，忍不住夸起自家女儿这好那好来了。待到王氏夸如兰夸到针线时，郡主眼光闪了闪，瞥见一旁幼小娇憨的小明兰，心里一动，忽道："我正要说这个呢，说起来我要谢谢你家六姑娘了。"

王氏呆了呆。平宁郡主笑着把齐衡招过来，齐衡看见坐在一旁的明兰，小女孩儿正一脸茫然，齐衡好笑，便细细说了原委。

那日盛老太太吩咐明兰给长柏做些活计之后，明兰立刻贯彻执行。她打听了考场之内所有的衣物都不能是夹层的，又想到秋深天寒，便从库房里找了一大块厚绒来，细细裁开了，做成一对从脚尖一直套到大腿的护膝（类似长筒袜）。谁知叫某天来蹭饭的齐衡看见了，觉着好玩，便也要了一对，在奉上一本绝版的《镜花错针谱》后，明兰勉为其难地答应了。

"刚到济南前两日还好，谁知开考前一日天儿忽地阴冷起来，坐在那石板搭的号舍里头，一股子寒气就从脚下漫上来，亏得有六妹妹做的护膝，一点儿也没冻着。"长柏这时也过来了，站到王氏身旁，温言道。

郡主笑道："衡儿，还不谢谢六姑娘？她小小年纪就这般伶俐，真是难得。"

齐衡挑了挑眉毛，道："谢是要谢的，可账也是要算的。"

"什么账？"如兰惊疑不定地去看明兰。

齐衡走到明兰面前，哼道："你在我那护膝上绣了什么？"

明兰心头一颤，无辜地低声道："没什么呀，考场里不准有字，我就绣了个记号在护膝上，免得丢了。"

齐衡笑出一口漂亮的白牙："就知道你个小丫头会赖！"然后转身对一个小丫头吩咐了几句话，转过来继续说，"她在则诚兄的护膝边上各绣了一棵小小的松柏，端的是苍劲挺拔，可是她在我的护膝上绣了……哼哼……"

这时，那小丫鬟回来了，齐衡接过丫鬟手里的一团毛茸茸的物事，拿到众人面前，只见叠得好生整齐的一团绒布上，闪着一小片东西，众人凑上去瞧——上面端端正正绣着一个小小的金元宝,圆滚滚胖嘟嘟,憨态可掬,甚是有趣。

王氏失笑道:"这是何意?"

郡主娘娘倒是明白了:"哦,衡哥儿字元若,元宝的元,你便绣了这个?"

明兰红着脸点点头,一小下一小下地缩到长柏背后去,长柏也很讲义气地挡在前头。

大家看看俊秀飘逸的齐衡,再看看那个肥头大耳的小金元宝,顿时都笑起来,连如兰和墨兰也捂着帕子笑着,小长栋掩着小嘴乐得很。

齐衡故意捏了把明兰的小耳朵,道:"即便我比不上你兄长,也不至于像个金元宝呀!小丫头,你偏心偏得没边儿了!瞧我以后还给不给你带好玩的!"

明兰被当众揪耳朵,白胖的一张小脸窘得通红,用力扯开齐衡的手,拼命争辩道:"你字里面的元,元宝的元,不都是一个字嘛。那金元宝那么大,那么胖,可费了我不少金线呢。你若不喜欢,那我下回绣元宵好了!"

众人几乎笑倒,那边的齐大人和盛纮也听见了,盛纮指着明兰笑道:"你个小丫头,都快胖得跟元宵一个样儿了!"

明兰一边捂着耳朵,一边装傻卖乖,偷眼去看王氏,发现她似乎并未不高兴,有些放心,再去看如兰和墨兰,却见她们脸色略有僵硬。明兰心里一沉,她很清楚,她扮演无知孩童的日子已经不多了。

三

明兰很清楚,自己住在寿安堂的好处不只是吃穿用度的提升,还是一种舒畅的生活节奏,不必仰人鼻息看人脸色,可以娇憨自在地过日子。在寿安堂住了这些年,明兰从来不曾受到过王氏的刁难,和兄弟姐妹更是没说过几句话。每日和盛老太太腻在一块儿,在她跟前读书写字或做针线,晚上便睡在老太太的隔壁。

如兰每次心里不平衡时,也想给明兰寻些麻烦,可如果她要找明兰,必得经过重重关卡。寿安堂大门、正屋里的房妈妈、梢间里的崔妈妈,待她一路杀进梨花橱逮住明兰,盛老太太就在隔壁念经,她又如何找碴?连明兰给王氏请安都被老太太推说年纪小身体不好给暂免了。

自从搬进寿安堂，再无一人给明兰受过气、白过眼，盛老太太对她的种种维护，明兰心里一清二楚，也万分感激，可是随着墨兰搬入葳蕤轩，明兰知道，这种愉快的日子快要结束了。

"姑娘们渐渐大了，该有自己的屋子了，葳蕤轩如今还空着一处，不如让明兰搬过去，也好让她们姊妹多相处些日子，回头嫁了人也不知何日才能相见。"长柏中举回来后一日，王氏来请安时，笑着对盛老太太说道。

在里屋写字的明兰听见了，心里咯噔一声，看了眼炕几对面正帮她磨墨的丹橘，她也是一震。外间一时无声音，只有盛老太太低低的咳嗽声。这时，房妈妈笑着说："太太说得是，昨几个老太太还同我说该让六姑娘自个儿住了……可是，太太也知道，这些年亏得有了六姑娘，这寿安堂才热闹活泛许多，老太太身子虽说好些了，可这要是……"

房妈妈拖长了声音。王氏神色有些尴尬："倒是我疏忽了，自然是老太太的身子要紧。只是叫别家知道家里就明兰没自己的屋子，还以为我刻薄明兰呢……"

房妈妈忙接过话："太太说得也有理，不但她们姐妹要多处着，姑娘大了也得学着管自己的屋子，没得老腻在祖母身边长不大的，是以老太太说了，不如就将寿安堂东侧空着的那排屋子收拾出来让六姑娘住，那儿离寿安堂和葳蕤轩都近不是？"

这个提议十分和谐，王氏同意了，立刻指挥人手收拾屋子去了。

明兰惴惴地从里屋出来，走到盛老太太跟前，低着头拉着祖母苍老的手，摇啊摇的。盛老太太把小女孩儿拉上炕床，心疼地搂着，良久方道："你总得学着自己过日子，怎么管制丫鬟婆子、银钱收支、和兄弟姐妹们来往……祖母不能挡在你前头一辈子啊。"

明兰抬头看着盛老太太布满皱纹的脸，灰浊老迈的眸子，只觉得心里一酸，怔怔地掉下眼泪来，埋到祖母怀里："明兰会乖乖的，一定不给祖母丢脸。"

小姐住的绣楼多是南方特产，北方人素喜高阔爽朗，所以流行独立小院，寿安堂东侧那处小院原先不过是个赏雪看湖的别院，规模不及葳蕤轩一半大，王氏连着收拾了三次，盛老太太看了都不喜，说太过简陋，不适居住。

被盛纮知道了后，立刻请了泥瓦木匠将那小院里外整修了一遍，重新粉刷油漆修葺，足足弄到过年，盛老太太才点头，发话等开年便让明兰搬过去。经过这一折腾，盛府上下都知道六姑娘明兰是盛老太太的心头肉，便是搬出了寿安堂众人也不敢怠慢轻视。

因为这个缘故，这个年明兰过得格外抑郁，给祖宗牌位磕头时眼泪汪汪，看着烟花都会平白掉两颗泪，日日扭着盛老太太不肯放手，连睡觉都赖在祖母屋里，常常睡醒了脸上都是湿的。盛老太太每每瞧见了也是一番叹息，却并不言语。

出了正月，老太太挑了个风和日丽的好日子，房妈妈点齐了兵马，将明兰的一干事物打点清楚，浩浩荡荡地搬家去了。明兰拜别了盛老太太，一步三回头地离开了寿安堂——在这个世界，她第一个可能也是唯一一个避风港湾，那里有全然无私关心她、爱护她的祖母。可是，这世上没有人能为她遮风挡雨一辈子，终得她自己去面对。

搬新家的前一天，明兰捧着新做好的扇套去找盛长柏，请他给她的小院题个名字。

长柏哥哥收了润笔费，立即文思泉涌，大笔一挥——暮苍斋。

暮苍斋有三间坐北朝南的大屋，正中被明兰做了正堂，充当客厅，左梢间做了卧室，右梢间做了书房，大屋两侧各一间耳房，前后再两进抱厦，供丫鬟婆子们住。

这地方十分临近寿安堂，基本上被寿安堂外的园子包裹在里头，一条回廊连接两地。如果这里明兰惨叫一声，那里盛老太太立刻就能听见赶来救火。老太太用心良苦，明兰十分感动。

盛家六姑娘的基本配备是崔妈妈一名，大丫鬟两个，小丫鬟四至六名，外屋的杂役小幺儿不等，比墨兰、如兰的排场是差远了。不过暮苍斋原就小，明兰又怕人多是非多，乐得顶着谦虚的名头不添人。况且盛纮素来重官声，不肯弄出骄奢之风，是以盛家小姐的月例银子是二两白银，不过这是明面上的账，事实上如兰有王氏资助，墨兰有林姨娘赞助，盛老太太也每月给明兰另行送钱，大家心照不宣罢了。

乔迁那日，盛老太太坐镇正堂，兄弟姊妹们都来祝贺。长柏哥哥送了个润泽如玉的汝窑花囊，上头还插着几枝鲜嫩的红梅；如兰送了一个雕花绘彩的花鸟大理石笔筒；长枫送了一整套《山海志》；墨兰送了一对手书的门联和一幅亲绘的《渔翁垂钓图》；最后是长栋畏缩地拿出贺礼，香姨娘亲手绣的春、夏、秋、冬四季整套帐帘，分别是粉、翠、杏、蓝四色，绣着四季斑斓的花鸟鱼虫，甚是精致。看着长栋一副不好意思的样子，明兰偷偷凑到他耳旁："告诉姨娘，我很喜欢。"

小长栋立刻面有喜色。

第二天一早，明兰破例地没有睡懒觉，早早到了寿安堂请安，瞧见也是眼皮发肿的盛老太太，祖孙俩搂着又是一顿好叙。盛老太太把明兰前前后后看了三遍，活似孙女在外头睡了一夜便掉了三斤肉一般，叨叨着问暖阁漏不漏风，地龙热不热，炕床烧得怎么样。

坐在一旁的王氏端着茶碗，表情有些复杂。

早年婆媳没有闹翻的时候，她也当过一阵子好儿媳，其实盛老太太这人颇难伺候，秉性高傲清冷，多说笑两句她嫌人家闹，多殷勤些她嫌人家烦，多关心体贴些她又觉得被人干涉。

即便是当初的林姨娘养在她身边时也没见她怎么热络，因是王氏当初便不愿意如兰来寿安堂受冷遇，也不知这六丫头烧对了哪路香，竟这般受宠。当初刘昆家的提醒该把明兰迁出来了，她并不放在心上，细想起来倒是有理。

如果将来非要将明兰记在自己名下，那自己也得端起嫡母的款儿来，该培养感情就培养感情，该教导就教导。而且姑娘家大了，老是在寿安堂里，那齐衡进进出出的多有牵涉，也是不好。重要的是，最近陡然发现，在老太太的教育下，明兰行止得体，读书、女红都多有进益，反观自己的如兰，却依旧一派天真直率，专会和墨兰斗气使性，全无长进。把明兰迁出来，也好让如兰多和她处处，多少有些好影响，末了，自己在外头也有个好名声。

想到这里，王氏心情舒畅许多，端起茶碗呷了一口。另外，三个女儿请安比两个看起来排场些了不是？

搬入暮苍斋第二天，明兰就积极履行了义务，在寿安堂吃过早饭后，让丹橘看家，带着小桃和燕草去了正院给王氏请安，看见两个姐姐已经坐在房里，正面是铺锦堆棉的炕床，墨兰和如兰面对面地分坐在两边，时不时冷眼对看上一眼，宛如王八和绿豆。

明兰暗叹一声，心道终于开始了，走到当中，笑道："两位姐姐好，瞧着是我迟了。"一边说,一边不动声色地坐到如兰旁边。只是老太太拉着她多说了两句,寿安堂离王氏这里又远,不过如果她能拿出当年八百米达标的功力来也能及时赶到。可惜这年头的小姐连大步子都不能迈一下,害得她只能关起门偷偷做些广播体操和瑜伽锻炼身体。

墨兰当即冷笑一声:"六妹妹是老太太的心头肉,便是迟了会儿又有什么打紧?难道太太还敢为了这一刻半刻的迟,来责罚妹妹不成?"

明兰摸摸自己的袖子,把衣襟抚平了,如同抚平自己的心情,慢条斯理道:"四姐姐一大清早好大的火气,听姐姐说的,太太若是不责罚我,便是太太没胆量;若是责罚了我,老太太未免觉得不快,姐姐一句话可绕上了两位长辈呀。"

如兰睁大了一双眼睛,转脸看着明兰,满眼都是不敢相信和窃喜。那边的墨兰也是被噎住了。作为穿越者的明兰可能不怎么记得,可是墨兰清楚地记得五岁前的明兰是何等懦弱好欺负,她不止一次使唤差遣过她,如兰也对她呼呼喝喝不知多少次。之后明兰被带进寿安堂,便好几年都没怎么相处了,平日见面也是只客套地说几句,印象中只记得明兰十分老实懦弱,呆呆傻傻的。

墨兰目光陡然锐利:"你……说什么?你怎如此诬蔑?!"

明兰心里暗笑,和林姨娘一样,墨兰果然是外头柔弱内里强悍,其实如果是真柔弱又如何混得今日风生水起?明兰浅笑:"哦,看来我误会了,原来四姐姐不是想让太太责罚我呀。"

墨兰气得内伤。如兰张着嘴,心里大喜,喜滋滋地挽起明兰的胳膊,亲热道:"六妹妹以前身子不好,叫老太太免了给母亲请安,今日第一次来迟了也没什么。适才香姨娘服侍我娘吃过早膳后,刘妈妈找母亲有事,几位姨娘也叫去了,这会儿也还没出来呢,不妨事的。"

敌人的敌人就是朋友,这是王氏传给如兰的理念。平日里她和墨兰斗嘴,十次里倒有七次输的,如今空降外援,她立刻精神大振。

如兰找到了战友,拉着明兰说东说西的,一会儿说新进的狍子肉好吃,回头送些给明兰,一会儿又说她新得了幅《九九消寒图》,要和明兰一起看:"小时候六妹妹就和我住一块儿的,可惜后来去寿安堂便不怎么亲近了,要是咱们住一块儿就好了。"

墨兰早已平复了怒气,斯文地用茶碗盖拨动着茶叶,戏谑道:"五妹妹真说笑了,六妹妹在老太太跟前吃香的喝辣的,可风光着呢,如何肯来葳蕤轩?

唉——说起来,我是个没福气的,当初进不了寿安堂,可五妹妹比我们俩强得多了,怎么老太太也瞧不上眼呢?"

要论道行,如兰的确不如墨兰,她骂人在行,这种精致的斗嘴却往往会被拿住马脚,这一句话就被顶住了,捏着明兰的手立刻收紧。明兰哀悼着自己发疼的胳膊,道:"四姐姐真逗,当初五姐姐和太太是母女情深,舍不得太太才为难的。四姐姐倒是大孝顺,可老太太总想着莫要拆散人家骨肉,这才挑了我的。"

如兰立刻受到提醒,扑哧笑出来:"对呀,四姐姐倒是大孝顺,舍得林姨娘,老太太却不忍心呢!"随即放松了手,明兰忙不迭地抽回自己可怜的小胖胳膊。

墨兰站起身来,看着明兰,一字一句道:"你竟敢如此议论长辈和姐姐!"

明兰笑吟吟地道:"我如何议论了?四姐姐倒是指点下我哪一句说错了,说出来好叫妹妹改呀。"有本事你就从她的话里找出碴儿来。

墨兰意外地瞪着明兰,秀目大睁,明兰平静地看回去。她不是故意要和墨兰斗,但今天一进门墨兰便得理不饶人,咄咄逼人,句句藏厉,这会儿明兰若太示弱了,那不但被如兰轻视,还得准备好以后日日被欺负。她亮出爪子不过是让别人知道——人不犯我,我不犯人。她虽然没有亲兄姨娘,可也不是全无倚仗的。

两个女孩儿目光对峙着,空中火光四溢。如兰大是兴奋,两眼发光。明兰轻轻别过眼睛,装作害怕的样子,站起来走到墨兰面前,乖巧地福了福,恭顺道:"都是妹妹的错,若不是迟了也不会和姐姐拌嘴淘气了。四姐姐莫气,妹妹给您赔不是了。"

如兰心里大骂明兰果然没出息,抗打击力度也太差,这才坚持了多久呀,立刻撸袖子打算参战,这时门外帘子被彩环挑开了,道:"太太来了。"

王氏进来在正堂当中坐下,彩佩立刻给安上一个五环双福圆扁的黄铜脚炉。跟着王氏进来的三位姨娘恭立在一旁,三个兰也站起来,垂首行礼。王氏抬眼看了看众人,挥挥手道:"坐吧。天怪冷的,把炉子生得旺些。"

后一句是对着丫鬟说的,彩环立刻从屋角拿出一个曲纹双拐的火钳,给当中的九节錾云龙纹八棱形白铜暖熏炉加了些银丝细炭,屋子里暖和多了。如兰噘噘嘴,走到墨兰旁边坐下,明兰知道规矩,顺着次序挨着如兰坐下,对面一溜儿则是三个姨娘。这边一排是锦棉椅套的大椅,姨娘那边则是三个圆墩。

这是明兰第一次见识正牌太太的款儿，联想到部队检阅，王氏只差没喊两嗓子"同志们好，同志们辛苦了"。明兰思想无边乱散，再细细打量对面的姨娘们。

这几年没见林姨娘，发现她没怎么老，只眼角多了些细细的鱼尾纹，面庞依旧秀丽，举止妩媚；香姨娘容貌平常，但低眉顺眼间，却有一种温柔入骨的味道；萍姨娘是个美人，樱桃小口，弯眉细目，可惜神色有些轻浮闪烁，举止卑微瑟缩，带着那么一股子小家子气。

她们的身份分别是：故旧之女、太太陪房、同僚赠妾，加上死去的卫姨娘是外头聘来的民女良妾，基本上来源就齐了，明兰暗叹一句——麻雀虽小，五脏俱全呀！

王氏喝了口暖茶，对着明兰细问了几句新屋住得可还习惯。明兰严格按照房妈妈教的礼数，恭顺地一一答了。王氏本以为她久在老太太处受宠，多少有些娇惯宠溺得不服管束，正打算摆出架子来约束她，没想到她这般恭敬有礼，丝毫礼数都未错，举止乖顺，心里便十分宽慰舒坦。

"若是还缺什么，只管同我来说。"王氏温和地对明兰吩咐。

明兰微笑道："有了太太这句话，明兰回头可要厚着脸皮来讨东西了。"

王氏笑着又和明兰说了几句，然后眸光一转，忽地放下脸来，肃色道："适才我进来前，你们姐妹在吵什么呢？"

明兰心头一震，王氏直接说"吵"这个字眼，看来是要把事挑开了说，便低头看向墨兰，只见她不安地扯着帕子，那边的林姨娘嘴角露出一抹不屑的轻笑。明兰知道自己要被当枪使了，便低声道："太太恕罪，是明兰不好，头天来给太太请安却迟了，姐姐们教我规矩呢。"

王氏惊异地看了她一眼，想着到底是老太太教出来的，心里一转便有说法，对着墨兰、如兰两个道："做姐姐的，不是光斥责能耐，既知道六姑娘头天到我这儿，今日一早给老太太请安时你们就当提醒一二，不是等着妹妹有了过失再来摆姐姐派头的！"

就是如兰这么直肠子的也听出话里的意思了，忍着笑道："母亲说得是，没提醒过妹妹，便又有什么资格训斥人呢？"

墨兰低着头，神色愤恨，气得小脸通红，一言不发。明兰忍不住去看林姨娘，只见她神色如常，心里暗赞，果然有道行。在寿安堂时她就听说，不论林姨娘事实上有多猖狂，但从来不在明面上和王氏过不去，说话做事也让人拿不住半分把柄，反而有法子惹得王氏率先发火，这样就算惹到盛纮面前去，她也不怕。

今天王氏难得逮着个机会发扬一下嫡母的光辉，和颜悦色地对着三个女孩儿道："你们亲姐妹，何必一见面就剑拔弩张呢？我没像你们，跟着有学问的先生读了许多年书，可也知道，做兄弟的，做姐妹的，有今生没来世，自当友爱手足。当初孔嬷嬷打你们手板子时便说了，一家子姐妹，要有罪同罚，你们可别打完了板子就忘了疼。"

语声威严，三个兰都起身喏声，王氏感觉大好，挥了挥手。从内室走出两个十三四岁的丫鬟，一个着银红中袄青色比甲，另一个着翠绿长袄姜黄比甲，她们低头恭敬地走到当中给明兰行了礼。王氏微微点点头，又转向明兰："你身边那些丫头是老太太给的，虽是好的，可到底年纪小了些，崔妈妈又是有家累的，时时要回家，不能整日服侍你，我把银杏和九儿这两个大些稳重的拨到你屋里给你使唤。"

明兰心里笑了，果然来了，好在早想好了对策。她心里虽并不奇怪，可也不能显出来，脸上装作愕然道："太太把身边得力的人给了我，太太没人使唤可怎么行？"

王氏笑着摆摆手，放柔声音对明兰道："我本意是让你搬进葳蕤轩的，可老太太舍不得你，只好委屈你在暮苍斋了。因地方小也派不了许多人，可也不能比姊妹的体统差太远了，便是补上这两个，你那儿还是比你两个姐姐人少呢。"

如兰亲热地揽着明兰的胳膊，笑道："母亲早该给六妹妹派人了，回头我们上她那儿去做客，别是没人伺候才好。"

王氏白了女儿一眼，薄嗔道："当你是心疼妹妹，原来是想着自己舒坦！"

如兰吐着舌头，撒娇地笑了，香姨娘和萍姨娘也凑趣地笑着，明兰觉得差不多了，便顺从道："既然如此，我便谢过太太了。"

王氏拉着明兰的小手，慈爱地说："这两个虽年纪不大，却也在我身边调教了几年，里外活计都使得，你便放心地使唤吧。"

明兰一脸感谢信服，道："太太身边的人自是好的，我敬重还来不及，哪会不放心呢。"

又说了会子话，王氏便叫人散了。如兰今日心情特别愉快，趾高气扬地从墨兰面前走过，墨兰闷声不吭地跟着出去。明兰跟着墨兰，几个姨娘殿后，大家在门口便一一分开走了。

如兰打了个小小的哈欠,自回了葳蕤轩,估计补眠去了。林姨娘要回林栖阁,走前轻轻看了眼墨兰,似乎打了个眼色。香姨娘和萍姨娘默默地回自己屋了。明兰朝着暮苍斋方向走,墨兰朝书阁方向走,刚好两人顺路。

此时冬寒未消,湖面覆薄冰,枝头吊枯叶,配上稀稀拉拉的白雪隐没在地上,真是肃杀静谧。姐妹俩安静地走了一段儿,谁也不理谁。墨兰忍了又忍,终于忍不住:"六妹妹好福气,太太这般看重你,到底是老太太那边养的,姐姐便是拍马也赶不上。"

明兰叹了口气,这一上午她过得十分劳心,实在不想费力气教育小女生,但想了想,觉得还是早些把话说明白的好,免得以后战斗不止,于是止住脚步,转脸对旁边吩咐:"燕草,你先领着两位姐姐回去,叫丹橘给照应下。小桃,你到湖边捡几块圆些的小卵石,我那鱼缸大了,多放些玩意儿才好看。"

她们应声去了,随即明兰转脸直直地看向墨兰。墨兰怔了怔,她也是水晶心肝般的人,旋即明白明兰的意思,想起她今日心里的怨言还没说痛快,叫丫头听见也不好,便直言屏退自己身边众人,姐妹俩走到一棵枯树下站定。

"六妹妹有何见教?"墨兰笼着一个厚重皮毛的手笼,看向远处捡石头的小桃和秦桑,冷淡地说。明兰挑了挑眉,正色道:"姐姐是个聪明人,明人面前不说暗话,咱们今日摊开来说些心里话。"

墨兰听见这番利落的言语有些吃惊,拿眼睛瞟了下明兰,只见明兰深吸一口气,滔滔道:"自大姐姐嫁人后,家里便只有咱们姐妹三个,我说句心里话,论相貌,论才学,甚至论在父亲心里的位子,姐姐都是家里头一份的。"

好话人人都爱听,何况一个十来岁的小女孩,墨兰听了,冷淡的表情果然松了松。明兰见开头很好,便挑起话头:"四姐姐唯一差的不过是个出身罢了……"墨兰立刻脸黑了,明兰不敢耽搁,紧接着说,"若四姐姐也是太太肚子里出来的,将来便是大姐姐般的福气也当得,可老天爷安命,偏偏给四姐姐差了这么一招。"

墨兰目光极是不甘,鼻子里轻轻哼了一声,可到底把思绪散开去了,没有纠结在刚才的口角上。明兰小心翼翼地带入正题:"四姐姐,说一句不当说的,我也是庶出的,除了老太太怜惜些,样样都比不上你,姐姐又何必与我置气呢?"

墨兰一惊,正眼去看明兰,只见她也直直地看着自己,明兰虽身形未脱婴儿肥，周身却不见了那股子孩子气，一双点漆般的眸子沉静如深湖，娴静贞雅，竟如个大人般了，墨兰迟疑道："妹妹多心了，我何尝与你置气，不过是今日说了两句罢了。"

也不知为何，墨兰自觉气势弱了不少，适才斗口角的怒气也不见了。

明兰看墨兰不肯承认，也不多说，笑道："庄先生曾说过，世上之事最终是要落在'利害'二字上头的。咱们同为庶女，可四姐姐上有林姨娘护着，下有三哥哥保着，比之我不知强出了多少，这'利'字我便比不上。姐姐品貌出众，人所共见，且心有凌云志，姐姐是知道老太太喜好的，妹妹受老太太教养，只知道木人似的低头过日子，这'害'字我与姐姐也全然没有，咱们大可以和和气气地做姐妹不是？"

墨兰听了，心里翻江倒海般地涌动，既有些得意，又觉得被看穿了，且辩驳不出什么来，只掩饰着冷笑两声："妹妹说得好一番道理，适才在太太处，你可厉害得紧！"

明兰看墨兰脸色，知道她已经被说通了，不过是心里不服气，便笑道："人要脸，树要皮，妹妹我再不济事，也得顾着老太太。今日头一遭给太太请安便落下一顿排头，又让教养我的老太太如何下得去面子？就如姐姐也要顾着林姨娘的面子是一般的道理，咱们这样庶出的，尤其不能叫人瞧不起了不是？"

墨兰心里咯噔一声，上上下下地打量明兰，只觉得似乎从来不认识她一般。她素来自负口角伶俐，如兰若是无人相帮，那是常常被她挤对，可今日对着明兰，她却几无还手之力，偏偏还觉得她说得很有道理，句句落在心坎儿上，自卑又自傲，不甘又不服，她的心里话被一语中的。听着明兰缓缓的调子，温和稚气的孩童嗓音，她竟然也不觉得气了。

明兰看着墨兰神色变幻，知道今日算是达成目的了。和聪明人说话就是有这个好处，只消把利害得失说明白了，对方就能很容易接受，要是换成了如兰，一旦意气用事起来，便是道理它祖宗也没用。

明兰转开头去，缓缓地放松面部神情，愉快地看那边捡石子回来的小桃。拂过微微刺面的冷风，却只觉得凉快适意，目光转向寿安堂那两棵高高的光秃秃的桂花树，心里一片温暖柔软——反正……她也不需要墨兰真心以对，只要能和平相处就好了。她自有真心爱她、关心她的人，上辈子有，这辈子也有。

老天爷总算没对她这半个烈士人离谱。

第十回・庶女明兰

一

"她真是这么说的？"林姨娘已换上一件半新的石青色绣白玉兰花的缎面小袄，头上簪了一支镶蜜蜡水滴状赤金钗，半靠在炕头上拿着一卷书，眼睛却看着炕几旁的女儿。

墨兰点点头，慢慢靠到另一头挨着歇息，神色有些不定。林姨娘目光中闪着几分赞赏，笑道："没想到麻雀孵出只凤凰蛋，卫姨娘那般懦弱的性子，居然有这样一个囡女，到底是老太太教出来的。"

帘子一动，一个丫鬟用乌梨木雕的小茶盘端着个鎏金盏进来，墨兰接过后轻轻喝了一口，赞道："这个尝着好，上回太太送去葳蕤轩的那些燕窝盏又小又碎，一点味儿都没有。"随即挥手叫丫鬟下去，放下盏，轻声道，"娘，你说明兰那丫头说的能当真否？"

林姨娘抚了抚鬓角，轻哼了声："也当真，也不当真。老太太的脾气我知道，在她眼里，富贵乡里出不了好人，若是将来明兰也这么着，倒是与你犯不上了，可也说不准，这几年来，瞧瞧老太太宠那小丫头的那个劲儿，人活泛了，斋也不吃了，性子也活络了，还不是怕自己熬不到六丫头出阁，便拼着命地保养身子。"

墨兰心头一动，道："娘，今天太太送了两个人过去，莫非……"

林姨娘看着墨兰，眼里满是骄傲："到底是我儿，机灵聪慧，一点就透！自打明兰进了寿安堂，那老太婆也不再假模假式地扮清高了，把那小丫头宠得……啧啧，今日做新衣裳，明日打新首饰，翠宝斋的钗、琉璃阁的玉、瑞和祥的绸缎，什么茯苓、燕窝、肥鹅、大鸭子，跟不要钱似的往寿安堂里送！超出份例的自己掏银子，也全然不牵涉公账，太太便说不出什么来。"

墨兰想起暮苍斋的摆设，虽不多，却件件精致古朴，看着便是有来历的，心里不免有些愤愤。林姨娘也是越说越气，轻蔑道："哼，当日是我看走了眼，还以为她真是个大仁大义的贞洁烈女，把一干产业全给了非己出的儿子，自己退隐后头吃斋念佛，没承想也留了一手，还整日摆出一副我天大恩人的恶心模样来，装得一副穷酸样儿来唬人，若我有一份丰厚的嫁妆，谁人不好嫁？当初她要是不对我藏着掖着，我何至于……"

这次墨兰一句没接口，看了看在那头正生气的生母，只嘴角动了动，心道：你姓林，老太太姓徐，府里姓盛，她的养老体己拿出来给你做嫁妆？

林姨娘一摔书本，直起身子，冷笑道："哼哼，不过也好……这几年，老太太在六丫头身上花费的银钱太太早就惦记上了，不过是寿安堂被老太太看得活似个铁栅栏，太太安插不进也收买不了。老太太到底有没有钱，或有多少钱，太太是全然摸不着路数的，想来想去，也只有从六丫头那儿下手了……"

墨兰听了，心里没来由地痛快了下，笑道："叫太太去探探底也好，没得全便宜了那小丫头。老太太再宠她也得顾着规矩，府里姓盛的姑娘可不止一个，当我和如兰全是死的不成？总不能金山银山都归了她一个吧！"

林姨娘摇摇头："金山银山也不至于。当初老太爷早逝，还留了不少烂摊子要收拾。老太太把老爷记在名下后，又和三老太爷结结实实打了场官司，险些惊动有司衙门，着实折进去不少家产，后来又把产业整齐地还给老爷，老太太纵算有钱也有不到哪里去。瞧着吧，太太这般搂银子，掐尖要强爱揽权的脾气迟早又得惹翻了老太太！哈哈……"

林姨娘伏在迎枕上笑了一阵，慢慢敛住笑声，对墨兰正色道："以后你别与六丫头对着干，今日瞧着她也不是个好惹的，你与她好好做姐妹，老爷和老太太都会喜欢的，别学如兰整日打人骂狗的惹人厌……不过，要是能排着五丫头和她闹，那是最好。"

墨兰眼睛一亮，道："娘说得是。五丫头和太太一个样，爆竹脾气，一点就着，好糊弄！"忽然又神色黯淡了些，"偏大哥哥和她全然不像，心思深，人机警，读书这般好。倒是哥哥浮躁了些，庄先生也说他学问不扎实，不好好备考，却喜欢同那些酸秀才结交。"

林姨娘从炕上捡起书卷，笑道："别听庄先生瞎扯，他厉害，怎么自己考不取功名？都说少时了了，大时未必，我看大哥儿不见得如何。那些三四十岁的还有下考场的呢，你哥哥才多大，多结交些朋友，将来官场上也好应酬。"

墨兰端起燕窝盏慢慢喝着，有些忧心道："结不结交的也无所谓，大哥哥眼看就要春闱了，说不准就一举中第了，但盼着两年后的秋闱，哥哥也能高中才是。"

林姨娘忽地皱起眉，想起儿子屋里那几个小妖精似的丫头，成日里穿红戴绿涂脂抹粉的，没得勾引坏了她的儿子，不如……

就在银杏和九儿进了暮苍斋第二天，盛老太太发话：太太说得极有道理，六姑娘身边老的老，小的小，不堪用事，将寿安堂的二等丫鬟翠微也拨去给六姑娘使唤，待到几个大的要配人了，小的刚好能顶上。

明兰坐在右梢间的木炕上，下头林立着一众丫鬟，一旁是刚来的翠微、银杏和九儿，另一旁是丹橘和小桃，下首是几个三等小丫头。只见明兰笑着说："以后仰仗各位姐姐了。我身边这几个原是自小一起长大的，我也没怎么管教，不大懂礼。三位姐姐都是老太太和太太身边得意的人，便替我累着些。咱们院虽小，但五脏俱全，一举一动也得合规矩才是。翠微姐姐是房妈妈一手调教出来的，以后下头几个妹妹便烦劳您了。"

翠微生得一张白净的鹅蛋脸，看着便稳重和气，道："瞧姑娘说的，以后一个院里住便都是自家姐妹，我仗着老太太的谱儿便托大些，但愿各位妹妹不要嫌我才好。"她话虽是对着众丫鬟说的，眼睛却独看向银杏和九儿。

银杏秀丽的瓜子脸有些苍白，九儿低着头，侧脸看去，只见她噘了噘小嘴。

丹橘看了小桃一眼，只见她还是憨憨的，然后又去看明兰，只见她小小的身子端坐在上首。许是因为搬家劳累，与老太太分别难过，过年后她消瘦许多，原本白胖的小脸现出秀美柔和的弧线，露出纤细秀雅的脖子，一双眼睛便显得很大，幽黑沉静得深不见底，这样明净灵动的眸子后面藏着怎样的心事？

当初搬出寿安堂时，老太太不是没看出姑娘身边人手是断了档的，自己和小桃还有那四个绿的都和明兰差不多大，崔妈妈是有家累的，不能日夜在内宅，于是老太太当时便要拨人过来，不是翠喜便是翠微，谁知明兰却拒绝了。

"先等一等，回头我自会向老太太要人的，这会儿还说不准。"明兰脸上闪着孩子气般的淘气，神色却有些苦笑的意味，"总得等人家发了招数，咱们才好应对。"

当时只有老太太和房妈妈听懂了，也苦笑着摇头，丹橘却是一团糊涂，直到现在才明白过来，太太是所有哥儿姐儿的嫡母，插手暮苍斋的事那是顺理成章的,连老太太也说不得什么,自家姑娘早料到了太太会派人过来,便预留了这一招。

果不其然,第一天便送人过来了。银杏和九儿一进暮苍斋,便对着比自己小的丹橘摆出大姐姐的架子,又是太太派来的,丹橘立刻就得交出明兰屋内的权力。还好,那边寿安堂一得到消息,便及时拨了个翠微过来,年纪和资历刚刚好压了银杏和九儿一头,且是老太太身边来的。

丹橘有些后怕地呼了口气,在寿安堂时,她们几个小的便常跟着翠喜、翠微学东西,如今熟门熟路的也不怕,心里对自己姑娘敬佩间更添了些喜爱。

"留着这个空当,好让太太派个差不多的。若是一开始就留翠喜或翠微在暮苍斋,太太派个更有资历的,难不成祖母再添人来压制?那不是婆媳打擂台了?但愿我是小人之心度君子之腹吧。"明兰拉着老太太的手,一字一句慢慢地说,神色坦白无伪,语气有些苦涩。

当时丹橘在门口看着,听了之后一阵心惊肉跳,盛老太太几十年积威之下,便是当年最得宠的华兰大小姐也不敢事事直说的。小祖宗欸,老太太可不是你一个人的祖母,有些话是不能直说的……谁知老太太一点儿都没生气,反而疼惜地搂着明兰抱了半天。

后来丹橘偷偷问过房妈妈,老太太会否不快,房妈妈叹息道:"六姑娘是真聪明。"

老太太活了大半辈子,什么样的人没见过,什么样的鬼祟不知道,六姑娘自小聪明懂事,却独独在老太太面前一无遮掩,不论好的坏的,明的暗的,把心里话坦露得干干净净,这是对至亲至爱的人才有的信任。老太太这么多孙子孙女,为何这般疼爱六姑娘,因只有她是真真正正拿一颗心来贴心孝顺老太太的。

丹橘听了,深以为戒,她们做丫头何尝不是?

银杏性子和气,爱说、爱笑、爱打听,常跟着翠微奉承,也愿意帮着做活儿,两日处下来便和小丫头们混熟了;九儿有些娇脾气,自管自地做事情,和小桃倒很合得来。

"你觉得银杏此人如何?"明兰坐在右梢间里临帖,翠微和丹橘在收拾书架,坐在炕几对面的小桃在给她绕线,闻言便抬头道:"人倒挺和气的,好相处。"

"傻丫头，你倒不怕叫人骗了！谁知道她和你套近乎不是有所图？"丹橘回头便是一句。

"图啥呀？姑娘的事我一句都没说，房妈妈的板子我可没少挨。"小桃摸摸自己的手掌心，心有余悸。

"小桃叫房妈妈管制了这些年，轻易不会说姑娘的事。"翠微轻轻走到门口，掀开帘子往外看了下，回头放心道，"姑娘只在意银杏，便放心九儿吗？"

明兰笑道："你们仔细想想，九儿的娘是谁，银杏又是什么出身？"

"丫头出身呀。"小桃跳下炕，把翠微推上炕坐。翠微推辞了下，然后挨着炕沿坐下。

九儿便是那刘昆家的小女儿，在家很受疼爱，本该进葳蕤轩给如兰做贴身丫头，但如兰脾气不好，九儿也性子娇，一个弄不好，罚了九儿她心疼，得罪了如兰王氏不快，墨兰那里是千万不可送的，便只剩下一个明兰。

丹橘走过来，拉着小桃一起坐在下首的小机子上："房妈妈常说太太身边的刘妈妈是个明事理的，想她不过是给九儿找个平顺的地儿，不会打发女儿做那阴私之事。倒是那银杏，在府里是没根基的，非得做点儿事才好在太太面前报功。"

翠微看着丹橘颇为赞赏，心想到底是六姑娘的心腹，忽地那边明兰说了一句："可怜天下慈母心，九儿有这么一个娘，也是有福气的。"

丹橘到底年纪小，还一脑门子在纠结银杏的处理问题，翠微却十五岁了，脸微微发红，立刻想到：刘妈妈若是想攀高枝，便应将女儿送到大少爷身边去，她却送到六姑娘处，便是不想让女儿做小，待到九儿大了，好好寻个正头人家，风风光光地把她从暮苍斋抬出去。

明兰看着翠微若有所思的脸，再看看姐妹般的丹橘，忽然明白了银杏的奋斗，有些怅然道："女子在这世上活着不容易，大家相处一场，将来我也会尽力给你们找个好着落，便如老太太待翠微一般。"

翠微立刻红了脸，丹橘却板着脸，瞪了明兰一眼："还主子呢，这般拿自己丫头打趣，翠微姐姐是已定了亲的，回头姑娘多赏些嫁妆才是真的，也不枉翠微姐姐从寿安堂来给姑娘助力！"说着便乜斜着眼睛去看翠微，意味调侃。

翠微听着前半句还好，连连点头，觉得丹橘孺子可教，结果听到后半句，也是来打趣自己的，便恨声道："姑娘，我别的嫁妆也不要了，便把这个小蹄子给了我家小弟做媳妇吧！"

丹橘大怒，扑上来便要挠人。翠微躲到明兰身后，明兰立刻遭了池鱼之殃，大家互相揉搓着，笑作一团。

二

王氏知道寿安堂又送去了个大丫鬟后，沉思了许久，冷笑道："老太太看得可真紧。"

刘昆家的连忙劝道："太太千万别犯糊涂，老太太这是在给您打招呼呢。还是那句话，老太太可明白着呢，您要是一碗水端平了，她也不会亏待五姑娘的。瞧瞧她多疼大小姐，隔三岔五地往京城去信打听。到底是自己孙女，不过是可怜卫姨娘去得早罢了，太太何苦为个丫头，又和老太太不快呢？如今柏哥儿争气才是最要紧的。"

王氏捏着帕子，面色沉沉，道："安几个丫头过去也好，总不能什么都蒙在鼓里，该知道的也要知道，点到即止就是了。"

这事儿还没完，这天下午又有两个女孩儿被送到暮苍斋，刘昆家的亲自领过来，并苦笑道，这是林姨娘与盛纮央告的，没得自己妹妹使唤的人不够，做哥哥的却呼奴唤婢的自己舒坦，于是从长枫房里拨出两个最好的给六姑娘送过来。

盛纮看那两个丫头果然知书识礼，针线模样都很拔尖，当时便十分感动，狠狠表扬了一番林姨娘识大体和长枫手足情深。大约是受到表扬后十分鼓舞，长枫连续几日闭门读书。

看着那两个柔美的女孩，可儿和媚儿，十三四岁的年纪，一个娇俏，一个冷艳，窈窕妩媚，风致绰然。暮苍斋众人一片安静。没见过世面的小桃摸着自己的肉饼脸，呆呆地看着，下巴都快掉下来了。丹橘木木地去看明兰，银杏和九儿面面相觑，翠微还算镇定，笑着拉过她们的手说话。明兰几乎要仰天长叹，真是道高一尺，魔高一丈，遂赶紧向外宣布：暮苍斋地方小，虽人未满编，但已满仓，请大家放心，尽够使唤了。

明兰看着那两个漂亮女孩儿，想起三哥长枫的禀性，几乎想问一句：您二位，那个……黄花依旧否？刚动了下念头，也觉得自己太邪恶了。

如此一来，暮苍斋便热闹了。

九儿有个当管事的娘，便也生了一副爱揽事的脾气，随便大事小事都喜欢横插一杠子。刚进暮苍斋没几天，便全不把自己当外人，一看见几个小丫头斗嘴吵架，翠微还没发话，她便扯着小丫头骂了起来，口口声声说要让她娘把她们撵出内宅，小丫头们被吓哭一片。丹橘不悦，觉得九儿太逾越了些。

明兰苦笑："不论黑猫白猫，能抓耗子的就是好猫。"九儿到底把小丫头们镇住了不是？

银杏倒很低调，手脚也勤快，就是好打听，还爱翻东西，动不动就往明兰身边凑，满嘴都是奉承，丹橘费了姥姥劲儿才把她隔开。翠微训斥了她好几次："你懂不懂规矩，才来几天就往姑娘内屋闯，姑娘的物件也是你能碰的？打扫院子的活儿也别做了，先从针线上做起，别整日两眼乱瞟瞟打听！"

银杏唯唯诺诺地应着，一转身却我行我素，小桃只好负责盯梢。明兰安慰自己：好歹这是进步意义的麻烦，另两个才要命。

一次天气暖和，几个丫头在明兰屋里收拾东西出去晒，只听一声脆响，媚儿把一个青花笔洗给打翻了，碎在地上一片。明兰忍不住心疼道："小心些，若做不成便放下吧，叫丹橘、小桃弄。"谁知那媚儿杏眼一吊，低头犟声道："不过是个笔洗罢了。我在三爷屋里时，贵重的物件不知打翻过多少，也没见三爷说一句的，都说姑娘脾气好，没想到……"

明兰当时就僵在那里，她并没有很严重的等级思想，可就算是在现代，打翻了室友或朋友的东西也该说声对不起吧，面前这个如花似玉的小美人，横眉冷眼的倔强模样，好像还要明兰来哄她似的。

明兰生生顿在那里，也不知说什么好。一旁的小桃气不过，叉腰道："你好大的架子！姑娘还没说你呢，你倒先编派上姑娘了，打坏了东西还有理了？这笔洗与那几样是一套的，是前年南边的维大老爷送姑娘的生辰贺礼，打坏了一个，这文房四宝便残了！你念着三爷那儿好，来暮苍斋做什么！觉得委屈赶紧回去吧，咱们这儿庙小，容不下你这尊大佛！"

媚儿当时便哭着出去了，据说在屋里足足哭了一个时辰，还是翠微去劝才好起来。

这还算好，媚儿心高气傲脾气坏，总算还在尽丫鬟的本分，那可儿却一副文学女青年的大小姐做派，日日躲在屋里捧着本诗集伤春悲秋，派给她的活儿也不做，便是勉强拿起了针线，动了两针又放下了，掉一片叶子她要哭半天，听见雁鸣她还要写两句"杜鹃啼血"风格的悲情诗。回回看见她，不是正在酝酿泪水，就是脸上已经挂满泪珠。翠微提醒她不要整日哭哭啼啼的，触主人家的晦气，她当晚便顶着冷风在园子里哭了一夜，然后病了一场。

秦桑温柔，使尽浑身解数才逗她一笑。她三天不吃药，两日不吃饭的，要人哄着陪着，绿枝气不过要收拾她，被丹橘拦住了。后来一打听，才知她原是获了罪的官宦小姐。

"那又怎么样？她以前便是只凤凰，如今到底是个丫头，便该尽丫头的本分，咱们府买了她来难不成是做小姐的？这可好，咱们都成了伺候她的了！"绿枝给可儿看了一天的药炉子，尤在愤愤。

"她以前也是被伺候着的小姐，做了丫鬟难免有些心绪不平了。"丹橘接讨药罐，细细过滤药渣，心生怜悯道。

碧丝细声细气道："她和我们是一同进府的，这丫鬟都当几年了，还摆小姐谱呢！不过是仗着能诗会画的作怪罢了！哼，这屋里谁又不识得几个字了？"

碧丝是个"杯具"，她漂亮识字，综合素质比其他三个兰都强。

墨兰、如兰虽水火不容，挑丫头时审美却出奇地一致，不要容貌才华盖过自己的，碧丝被PASS了；长枫倒是喜欢漂亮美眉，可惜名额有限，便挑了更漂亮、更有才华的，碧丝又被PASS了，最后来到了明兰身边。

燕草端着茶壶灌水，她哄可儿哄得精疲力竭，让秦桑先顶着，回头再去换人。灌下半壶水后，燕草勉力道："也是我们姑娘性子太好了，一个两个都敢给姑娘脸子瞧，这要是房妈妈在，早就吃板子了。"旁边几个小丫鬟听了，顿时怀念起房妈妈的严厉来，唏嘘不已。

"都是叫三少爷给惯坏了，却让咱们姑娘吃苦头。"最后绿枝总结陈词。

丹橘被众姐妹派去明兰处转达群众意见，末了，也委婉道："姑娘，这么着可不行，下头几个好不容易叫房妈妈调教得规矩些，没得全败坏了。"

明兰为难道："她们是太太和三哥哥的人，总不好下他们的面子。我知道可儿累着你们了，可……她父母亲人都不在了，难免委屈冤枉。"

"冤枉？！"翠微奇怪地看着明兰，"姑娘在说什么呢？我听我爹说，可儿那丫头的爹就是咱登州近边的一个县令，最是贪婪，盘剥无厌，这才叫罢官下狱，家产充公，家眷发卖。"她老子是外庄管事，家里添的丫鬟小厮都是他经手的。

"会不会她父亲是冤枉的呢？"明兰想起影视剧里那些受冤枉的忠臣良将

的家人。"

翠微失笑："我的小姐哟，官员犯事罢官的多了，累及家眷的十宗里面也没有一宗的，没入教坊司的更是百里无一，哪那么多冤枉的！可儿她爹的事不少人都知道，确实是个贪官无疑，素日挥霍无度，抄没了家产还不够抵的，便累及了家眷。"

明兰还不死心："男人犯了过错，妻女何辜？"

小桃刚好进屋，她最近防银杏跟防贼似的，累得脑门儿发涨，正听见这两句，没好气道："姑娘，贪官家眷身上的绫罗绸缎，口中的山珍海味，都是民脂民膏。有多少被她爹弄得家破人亡的小民百姓，走投无路卖儿卖女，就不兴她父债女偿？能进咱们府还是她的造化呢。"

明兰讪讪地不说话了，不能怪她，电视剧都是这么演的嘛。

抱怨归抱怨，明兰息事宁人，想着慢慢教化，那几个不省心的总能被潜移默化的，谁知教育计划没有变化快。

这一天早上，长柏哥哥来暮苍斋视察，明兰答应给他做的棉鞋终于交货，于是他顺便来"收账"，明兰亲去迎接。长柏刚走进门口没几步，就看见一个冷艳小美女持着笤帚在扫地，长柏觉得她眼生，便多看了几眼，谁知她扬高了脖子，冷冷地哼了一声，神色高傲。长柏立刻皱眉，对着明兰道："怎的下人这般没规矩？你也不管制些！"

媚儿羞愤地放下笤帚就进屋了，明兰很尴尬。

走了几步到了庭院里，只见一个柔弱如柳絮的娇柔少女倚着一根廊柱，轻轻吟着诗，长柏一听，竟然是"青青子衿，悠悠我心"，再次皱眉对丹橘训斥道："丫鬟们识字懂事也就罢了，怎么还教这个？女子无才便是德，何况个丫鬟！"

可儿脸色惨白，蹒跚着回了屋。明兰很抑郁，呵呵干笑两声。

走进屋里坐下，明兰还没和长柏说上两句，银杏便抢过丹橘的差事，一会儿端茶，一会儿上点心，站在一旁一个劲儿地抿嘴微笑，一双妙目不住地往长柏身上招呼，小桃扯她也不走。长柏神色不豫，把茶杯往桌子上重重一顿，沉声道："六妹妹该好好管制院里的丫头了！"

说完，抄起新鞋子扭头就走。明兰差点吐血！

刚吃完午饭，闭门读书的长枫出来散步，散着散着就散到了暮苍斋。明兰虽与他不甚相熟，但也热情款待他进屋吃茶。长枫明显魂不守舍，一看见媚儿，便立刻起身，迭声问："媚儿，你近来可好？"媚儿恨声道："被撵了出来，也不见得会死！三爷不必挂心。"

长枫颤声道："你、你受委屈了！"

这时，可儿轻弱得如飘絮般一步三颤地来了，长枫目光都湿润了："可儿，你、你瘦了！"可儿再也忍不住，珠泪断了线似的往下掉："三爷……我当这辈子也见不着你了……"

长枫过去挽住她，可儿立刻放声大哭，长枫不住地安慰，暮苍斋内哭声震天。

翠微、丹橘几个看得目瞪口呆，连银杏、九儿也傻眼了，站在那里不知如何是好，然后，转过目光，一起看向明兰，示意该怎么办。明兰无语，暗伤不已。

本以为够衰了，没想到压轴戏在后头。

齐大人在年前向皇帝递了折子，皇帝大人便准了齐家三口回京过年，庄先生便宣布放了短暂的寒假，齐衡走之前预先送了份乔迁之礼来，是个洋漆架子悬的羊脂白玉比目鱼磬，旁边还悬着一个玲珑的白玉小锤。这么大块的羊脂白玉真是通透晶莹，明兰不敢放到正堂上招眼，只放在卧室的书桌上。

谁知这一日，墨兰和如兰一起来串门子，本来如兰已经坐上炕床吃茶了，但墨兰坚持要参观明兰的新宅子，拉着如兰径直走进了明兰的卧室，明兰当时就觉得不妙了，只听墨兰指着那个白玉磬娇声道："这就是元若哥哥送你的那个贺礼吧！"

如兰定住了眼珠，盯着那个磬足有半响，然后看着明兰再半响，那眼神让明兰背心一阵冷汗。墨兰在一旁抿嘴而笑："六妹妹真是好福气，让元若哥哥这般惦记，姐姐我搬入葳蕤轩时可没见他送乔迁之礼呀。元若哥哥对妹妹如此厚爱，不知是什么缘故呀？"

明兰茫然地睁着大大的眼睛，呆呆道："对呀，这是什么缘故，五姐姐你知道吗？"说着便一脸无知地去看如兰。如兰看着墨兰一脸幸灾乐祸，肚里一股无名火冒起，再看看明兰，两害相权取其轻，便大声道："这还不简单，齐家哥哥在寿安堂时常与六丫头一处吃饭，当她是小妹妹呢，母亲说了，咱家与齐家有亲，都是自家兄妹！"

越说越大声，如兰都被自己说服了，一边说一边看着一团孩子气的明兰，更觉得自己解释得很通。明兰拍手笑道:"五姐姐你一说我就全明白了,你好聪明哟!"

天可怜见,如兰长这么大,头一次在智慧方面受表扬。

墨兰还待挑拨几句,明兰摇着脑袋,天真道:"难怪往日里四姐姐三天两头往家塾里送点心给元若哥哥,原来是自家兄妹呀!"如兰利剑一般的目光射向墨兰。墨兰涨红了脸,大声道:"你胡说什么!我是送点心给两位兄长的!"

明兰摸着脑袋,茫然道:"咦?我怎么听大哥哥和四弟弟说,四姐姐的点心全塞给了元若哥哥呀……莫非我听错了?"说着疑惑地去看如兰。如兰心中早已定案,鄙夷地瞪着墨兰,冷笑道:"四姐姐好手段,真是家学渊源!"

墨兰一掌拍倒一个茶杯,厉声道:"你说什么?!"如兰心中一凛,要是扯上林姨娘,她又没好果子吃了。明兰连忙补上:"五姐姐的意思是说,待客热诚是咱们盛家的老规矩了,四姐姐果然有盛家人风范!"

如兰松了口气,满意地拍拍明兰的脑袋。墨兰怒视她们。明兰暗道:没办法,我是自卫。

笑着送她们走后,丹橘冷着一张脸回来,把门都关上,正色对明兰道:"姑娘,咱们得好好收拾下院子了,没得放这些小蹄子丢人现眼,连累姑娘名声!"小桃和翠微也应声称是。

明兰坐在炕上,拿了一本针谱和一个绣花绷子比对着,笑眯眯道:"不要急,不要急,你们什么都不要做,让她们去闹。你们出去串门子时,拣那要好的丫鬟婆子把咱们这里的事都说出去,尤其是大哥哥和三哥哥来时的事,务必要让太太知道。"

丹橘眼色一亮,喜道:"姑娘你……"便不再说下去。

翠微摇摇头:"便是让大家知道了又如何?还不是笑话姑娘管制不力,没能耐?到时候,没准儿姑娘还得落太太的埋怨。"

小桃也点头道:"是呀,太太不见得会给姑娘撑腰,有的是人想看姑娘笑话呢。"

明兰摆摆手,示意她们别说了,平静道:"晚饭后你们三个过来,帮我做些事。"

三个丫头只得郁郁地出去了。

明兰轻轻地把窗开了一线,看向外面,只见那一片红梅,鲜艳灿烂,摇曳生姿,在冰天雪地里也自成芳华——说不生气是假的,现在不是息事宁人的问题了，这几个丫头根本没有把她放在眼里，才敢如此放肆。太太掌管盛家，林姨娘有钱有儿女，她——不过一个小小庶女，只有老迈的祖母怜惜着，她们笃定了她不敢惹事，不敢得罪她们背后的主子！

明兰第一次开始理解古代大家庭的复杂之处，她不怕收拾这几个丫头，可不能得罪长枫和太太，她有靠山盛老太太，却不能事事让她替自己出头，她是所有孙辈的祖母，不能一概偏心，有些事她不能做，得明兰自己来。

若她有如兰的地位，也能惬意自如地当个大家小姐，轻松度日，可她不是。有人的地方就有江湖，她如今身在江湖，想要置身事外才是可笑，想想第一步先做什么。

晚上，丹橘和小桃把门窗关上，翠微帮着明兰裁剪张大大的白纸，准备笔墨。明兰道："你们三个帮我想想，日常小丫头们有什么不得体、不规矩的事，整理下，咱们列出一份规制来，白纸黑字写下来，回头好约束她们。"

翠微觉得很好，丹橘却很悲观："我知道姑娘的意思，可是就算写出来又如何？咱们又不好罚她们的。"

明兰开始添水研墨，灯光下眉目嫣然，唇边露出一对小小的梨窝，展颜道："不要生气，不要生气，饭要一口一口地吃，麻烦也得一个一个地解决，你们先照我说的做。"不要为了这些不知所谓的人坏了自己的品行，这些人不值得她损失平和愉快的心情。

小桃是最听话的，接着便一五一十地说起平日瞧见的丫鬟们不得体的行径，翠微笑着在旁总结，丹橘心细，慢慢把遗漏的地方补齐。三个臭皮匠虽然未必顶个诸葛亮，但肯定比明兰自己一个强。她们三下五除二便精简概括，罗列成条，什么"不得随意离开暮苍斋""不得议论主家行事""当值时应尽忠职守""不得吵架生事""不经招呼不得擅进正屋"，等等。

三个女孩儿都是自小当丫鬟的，最熟悉下边的细琐忌讳，一开始还有些顾忌着，后来越讨论越周全。明兰亲自给她们倒茶端点心，然后执笔一一记录。说到深夜，堪堪差不多了，翠微和小桃收拾散了一炕的纸屑和笔墨，丹橘端了盆温水给明兰净手。

一边细细揉搓着明兰手上的墨迹，丹橘一边忍不住道："姑娘，这真有用吗？咱们不能请老太太来做主吗？"

明兰用湿漉漉的手指刮了下丹橘的鼻子："山人自有妙计。"丹橘扭脸避开，嘟着小嘴，拿干帕子给明兰包手。

明兰忽然想到一事，又执起笔来捺了捺墨，在那大纸下面加上一句："未完，更新中……"

三

反正管不住，翠微索性不管了，只带着丹橘、小桃把明兰的正屋守住了，其他便睁只眼，闭只眼。暮苍斋一时和尚打伞，下头的小丫鬟有样学样，不是出去玩儿，就是去别院串门磕牙，只有燕草几个还老老实实地守着自己的活计——房妈妈这几年的训练果然没有白瞎。

这比的就是耐性，明兰忍得住，有人忍不住，刘昆家的先找上门来，对明兰暗示明示了一番，让她好好管教院里的丫鬟。

明兰很天真地道："她们都很好呀，有什么不对吗？"

刘妈妈忍了一肚子气，勉强道："那媚儿给大少爷脸子瞧，姑娘也不管管，这也罢了，还有几个整日穿红着绿的四处蹦跶，闲话生事！"

每日长柏几次上下学途中，只歪个儿几步便是暮苍斋，翠微、丹橘几个把明兰守得密不透风，银杏一腔热情无处奋斗，便天天守在门口，拉长了脖子等着，一看见长柏便上去请安问礼的，还殷勤地招待长柏来暮苍斋坐坐。长柏不胜其扰，便开口抱怨了几句。刘昆家的协助太太管家，当时便心中一惊，赶紧提着银杏训斥了一顿，可银杏最近脾气见长，居然顶嘴道："妈妈少操些心吧，我如今是六姑娘的人了，姑娘都不说我，您多哪门子事儿呀！"

刘昆家的气得半死。明兰很为难地扭捏着："银杏不过是热心了些，况且她是太太给的，我如何能不给她体面？"

刘昆家的悻悻而走。丹橘连忙道："姑娘，咱们可以收拾那帮小蹄子了！"

明兰微笑着摇头道："还不到时机。"

又过了两天，王氏特意在请安后把明兰留住，数落了一番："你院子里的小丫头越发不像样了，那个叫什么可儿的居然在路上和你三哥哥拉拉扯扯的，你也不管管！"其实王氏想说的是银杏，她最近更加频繁地出现在长柏面前。

明兰继续装傻："可儿原就是三哥哥屋里的，哥哥割爱给了我，我却要责罚人家，回头三哥哥不恼了我吗？"王氏恨铁不成钢，热情地鼓励了明兰一番，明兰迟迟疑疑地诺诺着。

扶着明兰从正院出来，小桃兴奋道："姑娘，这下连太太都发话了，咱们总可以收拾那帮小蹄子了吧？"

明兰依旧微笑道："再等等，耐心些。"

明兰掰着手指又数了三天，终于等到盛纮休沐，全家人一早去给盛老太太请安，明兰特地穿戴得有些潦草。大家行过礼后，按齿序一一坐下。盛老太太黑着一张脸，不言不语地坐在上头。盛纮见盛老太太面色不豫，便问怎么了。

盛老太太指着明兰，不悦道："你问问六丫头，她那暮苍斋都快被那群没规矩的东西闹翻了，也不好好整治整治！"

盛纮吃了一惊："这是怎么说的？明兰，怎么回事？"

明兰一脸没出息的样子，小心翼翼地站起来。王氏心里一惊，她知道最近暮苍斋闹得太不像样，不少管事婆子都来说事，盛老太太迟早得知道，想到明兰始终没有找盛老太太告状，对明兰倒有些满意。

别人还好，看明兰支支吾吾了半天，眼睛偷偷地看着长枫和墨兰，却始终说不出个所以然，如兰先急上了，大声道："爹爹，我来说。六妹妹太好性了，由着屋里的丫鬟胡闹，如今暮苍斋的小丫鬟平日里什么活儿都不干，只在花园里玩儿，园子不打理，屋子不收拾，大事小事都使唤不动，还闲磕牙搬弄是非，我的大丫头说了她们几句，也被好一顿顶呢！"

盛纮一拍大腿，怒道："明兰！你怎么不管管院里的人？"

这是盛纮第一次受理如兰的告状，如兰十分受鼓舞，还没等明兰接话，便抢着道："六妹妹屋里最会作怪的两个便是三哥哥给的，叫六妹妹如何管？"

盛纮一听牵涉到林姨娘，不免有些迟疑，看了旁边低着头的长枫一眼，有些怀疑地又看了王氏一眼。王氏看盛纮这副模样，知道他又怀疑自己拿林姨娘说事，一时火大，好不容易忍住气，强笑着道："如儿，不要胡说，你三哥哥定是挑得顶好的人才会给妹妹的。"

如兰立刻反驳道："我没有胡说！那两个小丫头，一个眼睛生得比天还高，竟然敢给大哥哥脸子瞧，另一个装模作样地充小姐，日日生病，天天要人伺候，派头摆得都快赶过她的正主儿了！明兰，你来说，我有没有凭空胡说？"一边说一边扯着明兰，要她做证。

明兰愁眉苦脸道："许是我那儿委屈她们了，得罪了大哥哥不说，还累得刘妈妈三番五次地给我们院里延医开药,这来了才十几天,可儿就生了五场病,好在三哥哥常来看望可儿,可儿病还好得快些。"

"竟有这种事?!"盛纮惊愕。

盛老太太冷声道:"前日里有人瞧见暮苍斋门口,光天化日的还有丫头拉扯着柏哥儿,成何体统!"王氏心里暗怒,手指狠狠掐了下椅子上的靠垫。

知子莫若父,盛纮抬头看了眼板着脸的长柏,再看了眼心虚的长枫,就知道事情是真的,暗骂林姨娘不省心,想除掉看不顺眼的丫头,何必扯上明兰呢?

一边的墨兰心中暗暗着急,拼命使眼色给长枫,一边笑道:"父亲别急,不过是些小事,回头教训下那些不懂事的丫头就是了,何必生气呢。六妹妹也是,不论谁给的丫头,进了暮苍斋便是你的奴婢,要打要骂还不是一句话?许是你面活心软,让丫头们瞧着好欺负罢了。"

长枫接到墨兰的眼色,立刻表态,面带赧色地对明兰道:"给六妹妹惹事了,不过她们两个素日在我那儿还好的,约是不习惯吧,妹妹好好说说她们就是了,她们都是聪明伶俐的。"

轻轻几句话,便把事带过去了。如兰嘴角鄙夷地翘起来,一旁兀自冷笑。盛老太太大怒,重重的一掌拍在桌上,提高声音道:"这是什么话!什么叫小事?什么叫面活心软?你们做兄姐的,看看明兰,搬出我儿才二十来天,都成什么样子了!难道主子还要让着丫鬟不成?刁奴欺主,难不成反是六丫头的不是了?"

长枫和墨兰见盛老太太生气,连忙站起来,恭立一旁。

盛纮转眼去看,果然明兰足足瘦了一圈,下巴都尖了出来,小脸儿气色萎靡,全然不复当初在寿安堂里白胖讨喜的模样,顿时皱眉,责问王氏道:"你怎么照看的,明兰屋里闹成这样,你也不闻不问?"

王氏忽然被波及,委屈道:"我想着姑娘大了,该自己管事了……"她其实是想让明兰自己处置掉可儿和媚儿的,话还没说完,被盛纮打断:"什么大了!明兰一直在老太太身边,这才刚搬出去自个儿住,你也不教教她管制奴才,只在一边看戏!"

这话说得有些重了,不过也的确正中事实,王氏脸色十分难看,心里暗恨不已。明兰看着差不多了,慢慢站起来,低声道:"父亲莫怨太太,太太对女儿很好,还送了两个丫头给我使唤呢,是女儿没本事,管不住下人。"越说声音越低，还带着哭音。

王氏这才脸色缓和了些，装出一副委屈的样子："那两个丫头到底是枫哥儿送来的，我如何好驳了他的面子？小丫头们有样学样也是有的。"说着低头瞟了盛纮一眼。

盛纮一想也是，略有歉疚，抚慰地看了王氏一眼。盛老太太坐在上头看着，嘴角浮起一丝讥讽，最后发话："还是太太累着点儿，教教明丫头怎么收拾屋子吧，她也好学着些。"

盛纮立刻附和："老太太说得是，本该太太来教的。"说着手下偷偷扯了下王氏。王氏也连忙道："明兰也是我的闺女，自然该我管。"

长枫一脸担忧，祈求地看着明兰。明兰拼命不让自己转头，只老实地站在盛老太太面前听训斥。如兰面带挑衅地瞟了墨兰几眼，墨兰面无表情，那几个丫头的死活她才不在乎，只是觉得有些丢脸。

王氏雷厉风行，说干就干，当天就带了管事妈妈和刘昆家的杀去了暮苍斋，让明兰在一旁坐着看。如兰死活也要跟着看热闹，便挨着明兰坐下了，看着外头的王氏如何发威。

刘昆家的把暮苍斋一众丫头都点齐了，整齐地站在院子里。王氏正位坐在上方，翠微小心翼翼地给她端了杯热参茶。王氏满意地呷了口，目光一一扫过院中的女孩儿们。女孩儿们虽然平日玩闹，但也知道今日不好，个个缩肩低头，屏气而立。

"我原容你们年纪小，没想到你们欺负六姑娘好性儿，竟一个两个爬到头上来了，好大的胆子！"王氏拍着椅子厉骂道，"哪个是可儿？出来！"

可儿摇摇曳曳地走上前，穿着一件水红镶毛的长襟缂丝袄子，柔弱娇媚，楚楚可怜。王氏看了看她，冷笑一声："好一个病西施！听说你来了这些天，三天两头吃药闹病，竟没好过，看来这地方与你不合了，罢了，降你为三等丫头，还送你回原处。"

可儿心头一喜，能回长枫身边，哪怕降级也是乐意的，只低低地给王氏福了福。王氏心里暗笑，摆摆手便让婆子陪着可儿去收拾东西。

接着，刘昆家的在王氏耳边说了两句，然后直起身子，高声叫道："媚儿是哪个？出来！"

媚儿咬着牙，挺直了背出来，给王氏行了个礼。王氏斜瞟了她一眼，冷声道:"好大的谱儿呀!听说你整日打人骂狗,与妈妈吵架,和姐妹拌嘴,连主子都敢给派头吃!"

媚儿轻轻颤抖着,忍着道:"回太太的话,我并不敢的,只是这屋里的规矩与原来的不大一样,我理论了几句,并无吵架拌嘴。"

王氏目中精光大盛,用力拍了下扶手,旁边一个婆子立刻上前,伸手就是一个响亮的耳光打过去,媚儿白玉般的小脸瞬时肿起半边。那婆子大骂道:"贱蹄子!敢跟太太顶嘴!这是哪里学的规矩,再有一句便打烂你的嘴!"

王氏冷哼了一声,看了刘昆家的一眼,刘昆家的心里明白,高声宣布:"媚儿革除月银半年,降为三等丫头,拉到二门外,打十板子!"

说着便有人叉着哭喊的媚儿下去。王氏端起茶碗轻轻拨动着,动作轻慢。明兰坐在里面一动不动,如兰看得十分高兴,还时不时扯着明兰的袖子道:"你也学着点,别回头又哭着找母亲搬救兵了!"明兰强笑着应声,小小的手在袖子里握成一个拳头。

最后,王氏叫人拉了银杏出来,上上下下地用刀子般的眼神打量她。银杏已经吓得瑟瑟发抖,双膝一软就跪下了。王氏淡淡道:"你是我那儿出来的,既然这般惦记我那儿的人,还是回去吧。"

银杏感觉到这句话里的寒意,吓得连连磕头,却又说不出话来。刘昆家的脸上挂着鄙夷的笑,叫人拉走了已经瘫软的银杏。

王氏处理完几个出头鸟,又高声呵斥了余下的小丫头几句,便带着如兰走了。明兰几乎是僵硬着笑脸,对着王氏千恩万谢了一番。

送走了她们,暮苍斋里忽然安静得如同墓地一般。媚儿是被抬着回来的,明兰叫丹橘去房妈妈处要来了药给她敷上,自己一个人静静地躲在屋子里,平平地躺在炕上,目光虚空地盯着屋顶发呆。

中午去寿安堂用午饭,祖孙俩默默无言地吃过饭,见她神色委顿,老太太也不说话,只由着她。饭后默默地喝了杯茶,明兰也不肯回去,待了一会儿,宛如迷路的小狗找到了家一般,耷拉着耳朵摸到老太太的卧室,自己脱了鞋袜,小松鼠般滚进盛老太太的暖阁里,衣服也不脱,拱着小身体爬进被窝。

盛老太太觉得好笑,跟着进去看她,只见明兰蒙头盖着被子,听到有动静,把被子掀开一线瞧了瞧,然后从被子下面伸出一只小手,扯着盛老太太的袖子,闷闷地说:"祖母,你和明兰一起午觉吧。"

盛老太太本要去佛堂，闻言叹了口气，坐在床沿，掀开被子一角，把小人儿的脑袋挖出来，温言道："事儿都完了？"明兰沮丧地点点头。

老太太又问："吓着了？"明兰抬起头，木木地摇头："没有。早知道的事，做都做了。"盛老太太揉揉孙女的头发，哄道："那又做出这副不死不活的样子？"

明兰埋到祖母怀里，整个脑袋都闷在熏染着檀香的衣服里，忽然想起同样味道的姚妈，一阵心酸，低声道："祖母，我是不是个坏人？我故意纵着她们，每次可儿生病，我就放出风声叫三哥哥知道，大哥哥下学也是我特意叫银杏知道的。银杏第一次跑出去后，刘妈妈来训斥过的，是我挡在前头，让银杏觉着有恃无恐，然后她才会一次又一次地去烦恼大哥哥……银杏老翻我东西，打听寿安堂的事，我早厌了她的！我知道太太最恨丫鬟勾引大哥哥，只要事情闹大了，她必定狠狠收拾银杏。我也知道，林姨娘不喜欢可儿才打发她来的，太太有机会必然会送可儿回去恶心林姨娘……我也开始算计人了，可……我不想做这样的人。"

说着说着，鼻头一酸，便掉下泪来，她觉得自己和电视剧里的坏人越来越像了。

明兰伏在盛老太太怀里呜呜哭个不停，泪水洇湿了大片的衣裳。盛老太太慈爱地抚着她的小肩膀，搂着她慢慢摇着，好像明兰还是个小婴儿，低声哄着："哦，哦……好了，好了，乖明丫儿，别哭了，这世上谁不想光明正大地活着，谁不想太太平平地过日子，可有几个人能够呢？"

明兰听出盛老太太语气里的无奈和沧桑，心里难过。从那四个丫头第一次闹腾开始，她就开始思量了。九儿虽然爱管闲事，但究竟还消停，她娘是盛府内宅总管，不能动她；媚川脾气大，慢慢收拾就好了，估计少不了一顿苦头；可儿是诱饵，也是烟幕弹，能把王氏扯进来顺手撵走；最麻烦的是银杏，太太派来的人，轻易动不了，动了也容易得罪太太，最好的办法就是让太太自己收拾掉，靶子便是长柏……

明兰心里嫌恶自己，满脸泪痕地抬头，哽咽道："大哥哥待我这么好，我连他也算计了，我……我……"

"这是没法子的事。"盛老太太忽然打断，轻描淡写道。

明兰吃惊，只见老太太若无其事地让房妈妈打水拿帕子，转头看见明兰怔怔的样子，便淡淡道："若柏哥儿是你嫡亲哥哥，你还会如此顾忌吗？"

当然不会，她会直接哭着找哥哥撑腰做主的——明兰心里惶然。

明兰想通了这关节，更是难过，泪眼婆娑地看着盛老太太，只见她布满纹路的面容平静如岩石，静静道："你要记住——你没有舅家，没有嫡亲兄弟，上头有厉害的嫡母，下头有出挑的姊妹，你要想活得舒坦、活得自在，就得放明白些。"

明兰从没听盛老太太这样说过，怔住了。

这时房妈妈进来了，端着一盆热腾腾的水，细心地把帕子浸湿后绞干。盛老太太接过热帕子，细细地给明兰擦脸，动作又温柔又慈爱，口中语气却冷得出奇："你若是太太生的，如何需要受这个气？自可趾高气扬地过日子；你若是林姨娘生的，旁人也算计不到你头上去；你若有嫡亲兄弟，以后娘家也有依靠……除了我这个没几天活头的老婆子，你还有什么？若你不这样，便得委曲求全地过日子，处处忍让，低声下气，你可愿意？"

明兰脑子里一片混乱，说不出一句话来。盛老太太把帕子还给房妈妈，接过一个白玉贝盒，挑了些珍珠杏仁油柔柔地给明兰柔嫩的小脸擦上，细细揉开了，感觉明兰脸上少了许多肉，老太太有些心疼，缓缓道："只要你没有特意去害人便是了。这回除了那几个丫头，谁也没少块肉，已然不错了。"

房妈妈站在一旁看着明兰，目光似有怜悯，轻轻道："姑娘要听话，老太太这都是为了你好，你得多长些心眼儿，想想以后怎么管制下人才是。"明兰木木的，好像在梦游，嘴里的话不知不觉就溜了出来："管制？太太今日震慑过，她们定然都怕了，还要管制什么？"

盛老太太立刻大怒，一把甩开明兰，肃然立在床边，厉声道："她们如今怕的是太太，不是你这个正头主子！你若不拿出些本事来压服下人，以后嫁了人如何主持中馈、执掌家务？你自己不争气，旁人也帮不上忙！快，给她穿好衣裳，让她回去，不许留在这里！这般没出息的东西，我不要见了！快！快！"

说着便甩手出门，盛怒之下步子略有些不稳，身子都微微发颤。房妈妈连忙上前扶住，出了门叫翠屏进去服侍明兰穿衣裳。盛老太太走得有些急，进了佛堂便喘了起来。房妈妈连忙扶她坐下，轻轻替她顺背："老太太也太严厉了些，六姑娘只是性子好，也不是全然蠢笨，她心里清楚着呢。"

盛老太太略略顺了气，恨铁不成钢地生气，叹道："聪明是聪明，小小年纪便晓得利害得失，也不轻举妄动，知道以退为进，我也放心她住到外头了。可偏偏性子太面，没半分魄力，由着丫头胡闹也不生气。"

房妈妈笑道："老太太这是心疼六姑娘才这么说的，您放心吧，六姑娘天性纯厚，人又聪明，将来福气大着呢。"

明兰被没头没脑地骂了一顿，呆呆地走出寿安堂。其实她并不怎么内疚，她不是无原则的圣母，只是失去了原本优游自如的心境，开始烦恼图谋的自己很让人厌恶。

她慢吞吞地回了暮苍斋，走过庭院时，忽道："去看看媚儿吧。"

说着便转身而去，绕过抱厦。今日一众丫鬟都格外老实，一看见明兰都恭敬地立在一旁。门口搁着个小药炉，秦桑拿着把大蒲扇看着火，药罐里咕嘟咕嘟地冒着热气。丹橘引明兰进了最右侧的耳房，刚掀开帘子，明兰就闻到一股浓浓的膏药味，皱了皱眉。只见媚儿苍白着脸，一个人俯卧在榻上，听见动静便转头，看见是明兰便要挣扎着下地。明兰轻轻扯了下丹橘，丹橘忙上去按住媚儿。

燕草从外头端了个软墩给明兰坐，又要去张罗茶水，被明兰制止了："别忙，我坐会儿就走，你们出去吧，我和媚儿说两句话。"丹橘便拉着几个小丫头都出去了。

借着午后阳光，明兰细细打量媚儿，只见她头发蓬乱，一边面孔泛青，一边面孔红肿，嘴唇都咬破了，唇上血迹斑斑，神色似有忐忑，目光不敢对上去。明兰看了她一会儿，静静道："可儿回去了，你若想回三哥哥那里去，我可以替你去说……"

"不！"媚儿忽然尖叫起来，横过身子拉着明兰的袖子，祈求道，"姑娘，你行行好，别叫我回去，我不回去的！我针线好，我以后好好服侍姑娘，绝不惹是生非了！"

明兰奇道："这是为何？"

媚儿咬了咬破创的嘴唇，脸色发白得更厉害些，明兰耐心地等着她，她终于低声道："以前的姐妹来看我，说……可儿一回去就被林姨娘痛打了一顿，撵到粗使婆子屋里去了。三少爷是个没担当的，平日与可儿不知发了多少情深义重的牙痛咒，可今日林姨娘大发雷霆，他竟不敢护着可儿！可儿的病虽有七分是装出来的，却也有三分是真的，这一下她可……她可……"

说着眼泪便掉下来了。媚儿吸了口气，扬起脸，一手抹干泪水，铿声道："可儿是个糊涂的，一心一意指望着三少爷，可我不糊涂，我娘就是做小的，爹爹一过世，那母大虫就把我们母女俩卖了，也不知……也不知今生今世还能不能见到我娘……"

明兰知道她的父亲是落了第的秀才，落魄却还不忘记纳妾。媚儿说得哽咽："我绝不做小，便是吃糠咽菜也认了！她们都说小爷们的丫头将来是要做通房的，我才一副人憎狗厌的模样，这才被排挤出来的！姑娘，是我猪油蒙了心，在三少爷那里被捧了两天，就不知道自己是个什么东西了，打量着姑娘好性儿便拿大，姑娘罚我打我都成，千万别撵我！"

明兰静静听着，缓缓道："我曾听过一句话，人有傲骨是好的，可不该有傲气，你既想明白了便留下吧……对了，你原来叫什么？媚儿这个名字不要用了，听着便不尊重。"明兰很奇怪自己竟然能用这样自然的口气，随意改别人的名字。

媚儿沉默了一会儿，低声道："如眉，我爹给我起名叫如眉，因冲了五姑娘的名字才改了的。"

明兰抬眼望向窗外，轻轻道："以后你就叫'若眉'吧，算是留个念想。"

若眉轻声道："谢姑娘赐名。"

明兰起身，离开前回头道："你识字吧，我写了份规矩章程，快些好起来，好教教小丫头们学规矩。"

若眉神色吃惊，转而又是一喜，低头道谢。

明兰走出耳房，忽地一阵暖风拂面，转眼看去，地缝里已冒出茸茸的青草尖尖来，明兰定定地看了会儿远处的风景，转头对丹橘嫣然一笑，道："风都暖和了，叫小桃去看看湖面冰化了没，咱们钓鱼去。窝了一冬，不定那鱼多肥呢。"

丹橘跟着明兰进出来回，知道她心情不好，一直惴惴的，不敢劝，忽见她又笑了，知道她已无碍，高兴地应声道："好嘞！我给姑娘找个大大的鱼篓子去！"

盛明兰，原名姚依依，非古代土著民，跨时空穿越女一枚，伪年龄十一岁，未婚，辍学，比上不足，比下有余，努力自学古代生存技能中。

第十一回 · 乖张顾二

一

战斗过后，当天下午王氏便带着明兰去寿安堂汇报工作情况。

"那银杏你带回去后如何了？"盛老太太换过一件墨蓝色的玄色丝绣八团花对襟褙子，靠在临窗炕上，淡淡地问道。

王氏皱眉道："我原看她还勤快些，这才拨到六丫头处去使唤，没想到是个没羞的东西。我已发落到庄子里去了。"从内宅轻省活儿的二等丫鬟被贬到庄子里去做活儿，这个罚不可谓不重。王氏顿了顿，舒展开眉头，转而拉着明兰的手轻轻拍着："你也忒老实了，丫鬟淘气你早早来报了我就是，何必忍着？"

明兰赧颜道："是太太心疼我才这般厉害发落的，其实银杏那丫鬟做事挺利落，年纪小不懂事也是有的，另一个九儿就很好。这些日子女儿管制不力，屋子里的丫鬟们都闹翻了天，就是她们几个还老实本分地守着活儿干，女儿还没谢过太太呢。"

王氏这才觉得找回些面子，朝旁边侍立的刘昆家的面露微笑。刘昆家的心中暗喜，明知自家女儿并没那么好，但听着有人夸奖总是高兴的。见明兰如此乖觉，坐在上首的盛老太太似无意地横了明兰一眼。明兰收到祖母的眼色，略略苦笑。

盛老太太敛下眼色，道："你这样很好，既教了明丫头，又震慑了那些不晓事的，有你在我也就放心了。"老太太八百年难得夸人一回，王氏心里得意，笑道："老太太谬赞了，媳妇儿不敢当。"

盛老太太微笑道："明兰从小跟在我身边，没学到半分太太的本事，只知道息事宁人，这般懦弱无能，当的什么事！"说着狠狠瞪了明兰一眼。

明兰拘谨地站起来，弱弱道："孙女以后不会了，定好好规制下人，不让祖母和太太操心。"

王氏笑道："这才是了。明丫头年纪小不懂辖制也是有的，学着便会了，老太太不必忧心了。"

盛老太太面上露出几分悦色，对着王氏又夸了几句，然后板着脸训斥明兰道："太太要管偌大一个家，你还累着她，以后再管不好你屋子里的人，我连你一块儿收拾了！"

明兰连忙应声，连连称是。王氏笑容满面地在一边为明兰说好话、打包票，盛老太太这才缓和了面色。

刘昆家的在一旁静静站着，心道：老太太厉害，六姑娘也不简单。她微微抬头看了看得意扬扬的王氏，握紧了手中的帕子，决定按下不说。

那天王氏发过威后，一屋子的小丫鬟如同陡然被割去了舌头般安静。第二天房妈妈又送来了一把戒尺，女孩们更是加倍勤快利索。几个平日和明兰打闹惯的，常委屈着一张脸进出，明兰也不去安慰，只把写好的《暮苍斋工作行为规范》发下去，采取层级制，让大丫鬟传达小丫鬟。每天抽出些空要求小丫鬟以讨论的形式分小组学习文件精神，每半个月由翠微主持试行期总结汇报，互相督促、互相鼓励，共建美好和谐的暮苍斋。

也是那天，被盛老太太骂了一顿后，房妈妈就来传话说让明兰自己在暮苍斋吃饭，除了早上请安，其他时间让她好好"整理"屋子。明兰苦大仇深起来，堪堪挨了半个多月。趁一个天光晴好的上午，她便揣着个小包包溜进了寿安堂，对着板着脸的盛老太太狠命地讨好，在老人家身上磨磨蹭蹭了好半天，又是捏肩捶腿，又是端茶递水，团团忙碌的，十分谄媚。盛老太太渐渐端不住了，怀里揣着个撒娇的小孙女也不推出去，只一张脸还冷着。

明兰一看情况好转，连忙拿出"贡品"，秀气可爱的小脸一副谄笑，把东西敬上："呵呵，祖母您瞧，这是孙女给您做的暖帽，细棉布的里衬，烧毛绒做的昭君式，您戴戴看……"

盛老太太一眼看去，只见那暖帽做得小巧轻便，鲜亮的姜黄色镶一指宽玄色边，上头用满地绣和铺绒缀出淡雅的寿纹。老太太看着心里便喜欢，但还没说话。

房妈妈已经"哎哟哟"起来，满口夸道："到底是六姑娘，知道这雪一消，老太太就不耐烦戴那里外烧毛的大暖帽子，便送来这个小巧的，瞧瞧这针脚细密的，这花儿绣的，便是那天衣阁出的也没这般好。来来来，老太太，您试试……"

说着便接过那暖帽，自发地在盛老太太的额头上试了起来。只见两边顺着头型慢慢朝后脑服帖开去，后头的珍珠锁扣一合，竟然刚刚好。盛老太太伸手一摸，只觉得触手绒软温厚，十分舒服妥帖，遂看了一眼犹自一脸忐忑的明兰，只会抱着自己的胳膊讨好傻笑，便心里一阵柔软。只听房妈妈还在那里夸："……要说老太太没白疼六姑娘一场，瞧这做的，竟这般合帖，姑娘到底是大了，活计越发出色了。"

明兰忙谦虚，一脸狗腿地道："哪里，哪里，主要是祖母的头长得好。"

盛老太太一个没撑住，笑了出来，一把搂过小明兰，抱在怀里狠狠拍了两下，嘴里骂道："你个没出息的！"

明兰立刻牛皮糖般黏了上去，搂着祖母的脖子一阵撒娇。

房妈妈松了口气。这半个月，盛老太太脸色着实难看，弄得她也是异常憋气。看着炕上盛老太太细细问着明兰这半个月吃的、睡的如何，房妈妈轻轻退下，赶紧吩咐厨房加几个明兰爱吃的菜，想着这几天盛老太太一个人吃饭，也没吃下多少东西。

寿安堂涛声依旧，生活恢复原状。

明兰又去找长柏哥哥。他如今正紧锣密鼓地备考春闱，只晚饭前有些空。明兰算着时辰赶早去等他，一进院门便由长柏屋里的大丫鬟羊毫领进去坐着，然后奉茶上点心，几个丫鬟进进出出竟然毫无声响。明兰想着这一路进院来，竟没看见一个漂亮的，不要说比若眉和可儿的美貌，便是碧丝、绿枝水平的也不多见，她再一次感叹自己这位大哥真是个妙人。

明兰还记得几年前那回挑人时，长柏哥哥第一个挑，他一不挑才，二不挑貌，只拣了几个老实巴交的。王氏很郁闷，觉得儿子大了，屋里得放人，非要挑几个标致的，长柏哥哥便说，才貌出众的女子大都眼高心高，容易惹事端，闹得他读书也不得安静，坚决不要。王氏一口气堵在嗓子眼儿里，有些话说不出口——儿子呀，这些女孩子就是让你"闹"的，十几岁的少年郎要那么安静干吗呀？还含蓄隐晦地解释了一番关于"通房"的含义。

长柏想了想，同意了母亲的建议，但回头就请刘昆家的出面，对着一众丫鬟说了句话，王氏听了，据说当时脸色变得好像蒙牛绿色心情。

盛府接连两代女主人在对待通房问题上都大同小异，当年作为侯府大小姐的盛老太太一进门就把盛老太爷的通房丫头统统dispose了，无人敢说她；后来王氏进门，有样学样地把盛纮的通房丫头也一股脑儿地送嫁配人，盛老太太默许。于是长柏让刘妈妈去说：盛家家风，通房抬不抬姨娘，将来好坏全凭以后的少奶奶。

王氏再度吐血。废话，不指着生孩子抬姨娘，谁愿做通房到老呀！看着儿子皱眉瞪眼时酷似他老爹的模样，王氏又反驳不出来，真真咬碎一口银牙。

丫鬟们很抑郁，后来服侍长柏久了，更知道这位少爷年纪虽小，但性情端凝稳重，说一不二，生平最恨不守规矩妖娆做作的。明兰严重怀疑这是林姨娘给长柏留下的童年阴影。

这样一来，那些水蛇腰、桃花脸的小丫鬟热情大大降低。长柏小院里十分和谐安宁，主仆上下一致地沉默安静，只闻得鸡鸣狗吠之声。有几次丹橘替明兰送东西过去，一进院子都是静悄悄的，紧张得连大气都不敢出。

——以上情报由小桃提供，心理活动由明兰补齐。

还有更绝的，长柏给院里的丫鬟分别起名为：羊毫、狼毫、紫毫、鸡毫、猪毫、兼毫……

其中王氏送来的一个最漂亮的女孩给起名为——鼠须！

知道这些后，小桃很诚恳地对明兰道："姑娘，谢谢您。"

正胡思乱想中，长柏下学回来了，一眼看见明兰坐着，开口便是："六妹妹来了？上回给你的《卫夫人听涛帖》临完了吗？"

明兰一张笑脸呆在当场："呃……还没完，还差一些。"

长柏坐到明兰对面，连茶也不喝一口，就噼里啪啦地数落起明兰来："业精于勤，荒于嬉，妹妹搬离了寿安堂也不能懈怠，虽说是女儿家，但一手字还是要练出来的，免得以后一出手便叫人笑话了……"

还有什么读书是为了明理，如果不懂礼数便近乎蛮愚了，滔滔不绝，没完没了。

明兰闷声不吭。她不明白，这位寡言少语的兄长平常一天说不了三句话，也没见他数落墨兰、如兰，可一教训起自己来就长篇大论。上次因为银杏的事自己就被足足数落了半个时辰，还不能回嘴，一回嘴被数落得更多，只得耷拉着脑袋老实听着。一旁的小桃十分没义气地偷笑。

好不容易长柏才说得告一段落，喝了几口茶润润嗓子，问："六妹妹来干

211

什么？"

明兰腹诽着"你终于想起问这个了"，便嘟着嘴叫小桃把东西递上来——是一双新制的棉鞋："喏，好容易赶出来的，鞋底我加厚了半寸，便是京城下雨也不怕的。"

羊毫连忙接过去递给长柏看。只见玄色的鞋帮厚实绵软，上头淡淡地刺绣着几株苍松劲柏，朴实大方。长柏面色不变地收下了："谢谢六妹妹，费心了。"

明兰鼓着脸颊："我都成了大哥哥的丫头了，做鞋子最费劲了，加上上回那双软屉，可累死我了，瞧瞧我的手，都扎了好几个孔呢！"说着，把一双小手伸到长柏面前。长柏看了眼，脸上淡淡的，伸手揉了揉明兰覆额的柔软刘海，道："喜欢什么，写纸上叫人送来，回头我从京城给你带。"

明兰这才展颜，脆生生地道："谢谢大哥哥。"

羊毫拿着鞋来回地翻看，赞道："姑娘真是好手艺，咱们爷就喜欢姑娘做的鞋，总说穿着最舒服。我也学着姑娘，依照着爷的旧鞋做的，怎么就不如姑娘做得好呢？"

明兰得意地摇头晃脑："此绝技只可意会，不可言传，鞋子就在那里，自己琢磨吧。"

——其实也不稀奇，每个人都有自己的走路习惯，或前倾，或后仰，或外开，或内收，鞋帮可以看出脚的形状和用力侧重，鞋底可以看出脚掌和脚跟的用力点。依照这个再有针对性地使用不同的软硬布料，拿捏宽紧分寸。明兰是拿出当年在法律典籍里细细比对条款的认真精神，好容易才想出来的。

羊毫笑道："我这就细细想去。"便捧着鞋子，转身退下了。

明兰估摸着该去寿安堂吃晚饭了，便起身想走。

长柏看了看她，斟酌了下，还是问道："六妹妹……前几日齐兄回登州来上学，听说他叫人去给你送东西，却被你拦在外头了？"

大约十天前，齐衡便随着父母从京城回登州了，来盛府读书的第一天便叫小厮上暮苍斋来送礼。明兰心里斗争了很久，坚决地回绝了糖衣炮弹。齐衡又不能杀上门来揪明兰的耳朵，一口气憋着十分难受，便找了交好的长柏说项。

明兰清了清嗓子，正色道："《礼记》有云，男女七岁不同席。我们姐妹几个都渐渐大了，理当避嫌，不可随意收受外男的东西了。"

看着玉娃娃般的小妹妹说着大道理，长柏嘴皮动了动，道："……那对无锡大阿福是南边进上来的，也值不了什么钱。"

明兰大摇其头："两个姐姐都没有，没道理就我一个有。"接着把男女授受不亲的道理再扩展了一番。长柏想起齐衡对她的抱怨和请托，又道："那对大阿福与妹妹长得十分像。"顿了顿，又加上一句，"嘴角也有窝儿。"

明兰小脸绷得一本正经，继续摇头："哥哥替我想想吧，回头叫四姐姐、五姐姐知道了，我该如何？哥哥与齐家哥哥一起读书，把个中道理好好与他说说吧。"

长柏眸光一动，静静地看了明兰一会儿，只见她眉翠唇朱，皓齿明眸，目光中似有可惜之色，沉吟了一会儿，缓缓地点点头："元若自小没有兄弟姊妹，瞧着妹妹讨人喜欢也是有的，不过如今也当避嫌了，我去与他说。"

明兰笑着谢过，然后带着小桃去寿安堂吃晚饭。长柏瞧着她小小的身子拉出一个纤细窈窕的背影，忽然起了一个念头：明兰若和自己是一胞所出，那便好了。

二

春闱一般在二月中旬，今年因皇帝龙体欠佳便拖到了三月初。长柏和齐衡二月半便出发了。自他走后，王氏每日烧香拜佛、道观打醮，弄得屋子里烟雾缭绕，外头人看见了还以为盛府着了火，险些引来浇水队。明兰每次去王氏那里请安都被熏得两眼通红出来。盛纮一开始斥责了几句"子不语怪力乱神"，但据叫靠情报，他其实也偷偷拜了两下来着。

这种考试一考就是三天，每场都跟熬罪似的，考上了也得脱一层皮。齐衡一出考场就被齐国公府的家仆横着扛回去了。长柏坚强地自己走上马车，然后被在京卫武学做训导的长梧接回去歇息，因此喜报比考生早一步到——长柏中了二甲第五名的进士。

王氏大喜过望，立刻就想人放鞭炮、散钱舍米，盛纮急急制止——齐衡落榜了。

齐大人倒还好，他知道像长柏这样一次就中的毕竟是凤毛麟角，大部分的考生都是考两三次才中的，便是考了十几年的都是有的。不过平宁郡主的脸却黑得如同锅底。

齐家人脉充足，就算死也要死个明白，老齐国公请教了这次的主考官。那位大人将着胡子转了几句文，大约意思是：人家考生为了春闱考试事事从简，从秋闱后便闭门读书，齐家倒好，生怕登州不够热闹，还赶回京城过年，让齐衡这前后一两个月里走亲串戚、喝酒赴宴，尽够热闹了，只最后大半个月临时抱佛脚，如何能考过？

平宁郡主后悔莫及。齐大人拍腿大悟：难怪盛府过年那么冷冷清清呢，原来如此，早知道就让儿子在登州过年了，对盛纮不由得另眼相看——到底是科班出身，就是有经验。

又过了几天翰林院再考，长柏被选为庶吉士，留馆授了编修，年后上任。跟着这个消息一起来的是，长柏哥哥的亲事说定了，相中的是江宁海家家主的嫡出二小姐，书香世家，满门清贵，父兄皆在朝为官。对于这两件事，盛纮和王氏的反应冰火两重天。

"难得柏哥儿考得好，为何不外放个官儿，却去翰林院那冷清的地儿苦挨！"王氏哭哭啼啼的，还埋怨盛纮，"老爷不是说，由几位世伯领着柏哥儿拜门递帖，疏通关系吗？怎么却弄了个低品级的庶吉士？"

"妇人之见！你知道什么，翰林院何等清贵，柏哥儿年纪还轻，若是外放了，反而流了下乘！"盛纮见自己一番心血被王氏贬得一文不值，气得半死。

王氏不知道翰林院有什么清贵的，只知道翰林学士清苦、清寒、清贫倒是真的，不过她也知道盛纮在这方面比自己有见识，便没再说什么，可另一件事更揪心。

"这便罢了，我们妇道人家也是不懂的，可柏哥儿到底是我生的，这讨儿媳妇的事我总能做主吧，老爷如今说也不和我说一声，便请了耿世叔去说亲，我做亲娘的到了这时才知道儿媳妇是哪家的闺女，老爷将我置于何地？！"王氏更觉委屈，一个劲儿地低头抹泪。

盛纮坐在炕几旁，端起一个豆绿底绘的粉彩成窑茶碗喝了口茶，冷笑道："别以为我不知，你瞧上了你大姐家的闺女。若不是我先下手为强，怕是这个月你就要请外甥女过来住了吧！"

王氏被一语道破用心，索性一下摔了帕子在炕上，双目一立："允儿有什么不好？知书达理，秀外慧中，又与柏哥儿中表之亲，彼此知根知底的，我瞧着再好也没有了！"

"对！就是知根知底！"盛纮重重地将茶碗顿在炕几上，目露鄙夷，"别的不说，大姐夫这般好的家世，如今官儿还没我大，前几年为父丁忧，竟丁出了好几个妾生子来，御史台参了他一个孝期纳妾，遂被罢官赋闲，他不思着如何疏通关系，返朝补缺，倒日日与一干清客相公吟风弄月、品评朝政！这般的亲家你要？"

王氏羞愤难当，反唇相讥道："就算老爷嫌康家如今败了，也不应找那海家，他们家家规明令子孙四十无子方可纳妾，做他们家的媳妇那是再好不过了，可是这样人家的闺女如何要得？我听说海家大小姐出了门子后，三天两头忤逆婆婆，不许丈夫纳妾，偏海家门第又高，这样一尊活菩萨请进门来，老爷让我如何做婆婆？！"

盛纮骂道："废话！若非如此，咱家如何与海家攀亲？只要你不无事生非地往柏哥儿房里塞人，好好做你的婆婆便无事！"

夫妻俩大吵一架，不欢而散。

王氏十分不甘，便一头哭到盛老太太面前去，要老太太给自己做主。

盛老太太半躺在软榻上，微闭双目，听王氏哭诉完，轻轻拍着她的背，叹道："老爷不是空穴来风之人，那康家如今到底如何了？虽说康家与我家也是姻亲，可到底不如柏哥儿的前程要紧，太太可要慎重。"

王氏知道盛老太太看着与世无争，其实心里都明白，加之哭得头昏脑涨，索性摊开了说："我那大姐夫也太不争气了，如今姐姐跟前的庶子庶女加起来竟有十几个之多，不知道什么乱七八糟的女人东生一个，西生一个，挤得满屋子都是！一个个都要姐姐照拂，娶妻的要聘礼，嫁人的要嫁妆，姐夫又不会生财，姐姐的嫁妆也不知赔进去多少。但凡姐姐有个不肯的，族里的那些光吃饭的叔伯就说姐姐不贤！虽说康家已是个空架子，好在她大哥儿还算争气，前几年授了礼部主事，我做妹妹的，总得帮衬一二，何况康家的门第也不算辱没了咱们家呀。"

盛老太太看着几上一个花卉纹金熏香的烟气四处乱散，过了好半会儿，轻轻唧叹道："太太倒是好心，可说句不中听的，姊妹再亲也亲不过儿子呀！唉……我也是做婆婆的，知道太太的心思，不过是怕那海家势大，将来压制不住儿媳妇，嗯？"

盛老太太清明锐利的目光扫来，王氏一阵心虚。其实她与大姐感情并不甚好,当年闺中也闹过吵过,可是后来盛家和康家此消彼长,情势掉转,她姐姐便常来信哀叹诉苦,几年前便开始游说结亲的意思,恭维奉承得她十分舒服。

盛老太太看着王氏面色不定,轻轻拍着王氏的肩:"当初徐家也有族亲来给老爷说亲,可我都一一回了,你们王家与我家素无往来,可老婆子我还是求了你来做媳妇。起初老爷能仕途顺当也得益于亲家老爷不少,你又生儿育女,操持家务,我今日敢说一句,从不后悔当日聘了你!可怜天下慈母心,柏哥儿的前程和太太的顺心,孰轻孰重?"

王氏被说得满面通红,想起自己这个儿媳妇其实也不甚称职,便不好意思起来,拿帕子轻轻揩着眼角。

盛老太太又道:"你也不必担心,孔嬷嬷曾与我说过那海家二小姐的人品德行,是极好的,与你必能婆媳和睦;那康家小姐是太太的亲外甥女,难道你就能摆起婆婆的谱儿,下狠手管教了?回头长柏出息了,诰命封号都是少不了太太的,岂不更好?"

王氏被说得心动,细想着也是,想起盛纮简单粗暴的沟通手段,委屈道:"我也不是那不明事理之人,若是老爷也这般与我好好说,我如何到老太太面前现眼……可是允儿怎么办?她都十七岁了,姐夫如今没有官职在身,高不成低不就的,别耽误了这孩子。"

盛老太太微微一笑,慈爱地拉着王氏的手:"太太觉得堂房的梧哥儿如何?"

王氏听了这话一愣:"老太太的意思是……"

盛老太太冷淡地道:"康家虽说是世家,可如今为官的也不过是你外甥一个,说到家产厚薄,太太比我更清楚。你维大伯家不敢说家财万贯,却也是殷实富裕的,他家只有兄弟二人,将来梧哥儿便是分家单过也富富有余。梧哥儿的人品如何,你做婶子的最清楚,这些年单身一人在京城里,直是老实上进,从无半点花花肠子,说起来也是亲上加亲的好事。"

王氏迟疑道:"可是……终究是商贾……"

盛老太太看王氏这副样子,嘴角微微挑了起来,想要出口讽刺两句,又忍住,直言道:"梧哥儿已然被保举了中威卫镇抚,转眼就要上任。他既有官身又有人品,家财又丰,若不是姻缘运不好总也说不上亲,我那老嫂子也不会托到我头上。太太若实在觉着不好,便算了,我找人另行打听别家姑娘就是。"

王氏一听急了,连忙道:"老太太莫急,我这就给姐姐写信,这实在是一门极好的亲事,想来姐姐也是明白的。"说着便急急地告辞而去。

看着王氏风风火火的背影，盛老太太悠然长叹一声，忽闻后面帘声风动，头也不回道："小东西，听够了吧，还不出来！"

只见明兰揉着眼睛，小脸儿睡得红白可爱，面颊上还留着隐隐的枕头印子，只披着一件绕丝绣缠枝玉兰花的粉红色袄子，噔噔噔地从里屋出来，扑进老太太怀里，小松鼠般一扭一扭地往炕上拱。盛老太太忙伸手把小孙女揽在怀里，却板着脸道："叫你回去睡午觉，偏要赖在我这里，可被吵醒了吧？"

明兰搂着祖母的脖子，糯声糯气道："祖母，我要有新嫂子了？"

"小丫头装什么蒜！不都听见了吗？"老太太在明兰背上重重地拍了一下。

明兰狡黠地眨了眨眼："祖母，其实那海家小姐是你相来的吧？"

盛老太太白了明兰一眼，眼角扫了一圈门窗。一旁的翠屏明白，忙转身就去巡视了一遍。老太太抚着明兰的头发道："也是你老子多事，讨儿媳妇本是当娘的事，却来烦你祖母，也罢，柏哥儿到底是咱家的长子嫡孙，终是轻忽不得。"

明兰仰着笑脸，纯洁无辜："父亲和母亲琴瑟和鸣、相敬如宾，定是对祖母相亲的本事十分满意的了。"

盛老太太板着脸想骂，却又忍不住先笑起来，只轻轻掐了孙女两下，摇着头道："你大哥哥这会儿可比你父亲当年强多了，有个刚升了五品的爹，有个忠勤伯府的姐夫，还有个体面的舅家，便是海家那样的书香清贵也不可小觑了。"

其实一开始，海家并不看好长柏，觉得盛家家世单薄了些，但盛老太太十分有信心。当年王家也曾犹豫过盛纮的亲事，不过当盛老太太带着盛纮上门拜访时，王家老太太一看见玉树临风、温文尔雅的盛纮，就立刻同意了——所谓丈母娘看女婿，往往是越看越喜欢的。

盛老太太操作起来很有经验，这次也是让耿家主母带着长柏去拜帖，海家太太一看见气质磊落、身姿挺拔的长柏，心里就同意了一半。也不知那海家小姐有没有隔着帘子偷看过，如果看了，估计也得迷上。

当然，这些明兰并不知道。盛老太太又道："那海家小姐是几年前孔嬷嬷与我说的，德容言功都是不差的，亏就亏在他们海家男人都不纳妾，便养的女儿也都容不下妾室，海门女这才难嫁的。不过你大哥哥不怕这个的，这些年统共一个通房，叫什么……嗯……"

"叫羊毫。"明兰给接上。

盛老太太轻轻一哂："这个还好，其他几个破名字也亏你大哥哥叫得出来，好好的姑娘叫什么猪、狼、鸡、鼠的……那羊毫不过中人之姿，也是个本分的，回头要留要遣都无妨。"

听老太太这般轻描淡写地就决定了一个女孩的人生，明兰渐渐黯下眼神。像羊毫这样被主人家收用过却没名分的女孩，未来其实很可怜。她们最好的结局就是抬了姨娘，在正房生育之后，如果男主人恩宠还在，还能生个孩子；若是主人家夫妻和睦，她从此就成了摆设，慢慢熬干青春；如果女主人容不下，便遣出去，或放了，或配人。

但是又能配到什么好人呢？不过是府里的下人、市井的浑虫、山里的樵夫、田里的农夫，但凡有能耐讨得起婆姨的有家底的男人，都不会要一个破了身子的女人。

但是又不能一味忍让姑息。明兰知道老太太当年的悲剧，很大程度上就是盛老太爷的通房姨娘挑拨搬弄的结果。这种自小服侍少爷的丫鬟，上下熟悉，又与男主人情深谊厚，常常在女主人进门之前便地位稳固，有时甚至会给新来的女主人下套子、使绊子。

明兰扪心自问：到时候，她能毫不犹豫地处置掉对手吗？

三

长柏哥哥大约很受中老年妇女的青睐，海夫人的来信一封比一封热情，刚开始信里还有些居高临下的味道，后来便一口一个"亲家公、亲家母"了。见长柏孤身一人住在京城盛宅，恨不能让长柏住到自己家中去。盛纮想到自己任期将满，索性叫家仆将京城的宅子慢慢打理出来，将来好让全家回京时住。

又过了半个多月，长柏终于回来了，告别丈母娘的热情，立刻迎接亲妈的热情。王氏摸着儿子的脑袋，只觉得自己十月怀胎和十几年的情感投资都没白瞎，激动得热泪盈眶。

其实她之前准备了一匹高头白马和一朵大红绸子扎的花球，打算让儿子游街一番以示荣耀，长柏抵死不从，王氏不免郁郁。其实明兰很理解王氏，嫁了个老公像老板，生了个儿子像老板，换谁都得抑郁。

作为补偿，盛纮选了一个凉爽和煦的日子在府中开筵，恰好逢了休沐日，好请一干僚友与上峰一同和乐。

春末夏初，园中景致幽绿嫣红，山石磊落，风光极好，正适待客。王氏本想请一班小戏儿开堂唱上几出，但盛纮觉着还是不要太张扬的好，便只开了几桌筵席。一众男客在前面吃酒，女客在后院另辟了一处饮宴。登州城里与盛家交好的人家不少，有些亲密的便早早到了，没想到来得最早的居然是平宁郡主。

不是王氏的人格魅力太大，而是在登州这个地界上，能和钦封三品郡主等级相当的女眷也没几个，其他的官宦女眷只会一味谄媚奉承，平宁郡主消受了一段日子的恭维不免有些腻。王氏好歹出身名门，到底混过京城闺门圈，交际起来也不含糊，中年妇女说起皇亲贵胄、宗室豪门的八卦闲话，那是干柴烈火一般热烈。王氏虽有些霸道，但也不敢在郡主面前拿大，尤其王氏不再推销女儿之后，那鲁直的性子反而与弯弯绕的郡主合得来。

平宁郡主先向王氏恭喜了一番，接着哀叹了自家儿子的落榜。今日王氏本来极是高兴，但对着郡主的哀怨面孔又不好太喜形于色了，便绞尽脑汁想出一件自家的悲催事来说说："都说高门嫁女、低门娶媳，那海家这般门第家世，又有这么个门风，这儿媳妇我将来如何管教？"

王氏牺牲自己娱乐对方的高尚情操立刻收到效果，郡主破涕为笑："你也是！既想娶个好门第的儿媳妇，又想痛快管教儿媳妇，天下哪有这般好事！"

若是别人这么奚落，王氏早掀桌子了，可对着郡主，她只能暗自狠揪帕子，然后呵呵干笑一番揭过去算了。

过不多时，来客渐多，只见满室珠环翠绕，环佩叮当。盛老太太正位坐上方，三个兰穿戴一新羞羞答答地站在一旁待客，让一群大妈大姊捏来摸去。明兰假笑得几乎脸皮抽筋，一阵阵脂粉香气熏得她头晕。对面致了仕的余阁老家老妇人旁边站了一个十五八岁的女孩，身着明紫色窄袖束腰纱衫和藕荷色碧纹湘江长裙，她瞧着明兰这副作假模样，便偷笑着朝明兰使了个俏皮的眼色。明兰大怒，偷着朝她一龇牙。

寒暄了几句，盛老太太便拉着余老夫人到寿安堂说话去了，王氏和一干太太夫人亲热了一阵后，想要聊些男婚女嫁的成人话题，顾忌着一旁的姑娘们，便让她们自去玩了。

墨兰手腕了得，闺密最多，一出门便围着四五个女孩嘻嘻哈哈说开了；如兰自恃身份，只与刘、李两位同知家的嫡女要好；明兰被盛老太太拦着没见过几次客，又要在王氏面前装一副老实样子，便没认识几个女孩，只那余阁老家的老夫人常来与盛老太太一同参佛，便与她家小姐嫣然熟识了。

219

余嫣然生得高挑细腰、温雅可人，有一度盛老太太还想把她给长柏做媳妇，可惜嫣然的那位在户部做五品侍郎的爹认为，把女儿嫁给同品级的盛纮做儿媳妇有些浪费，此事便不提了。

一众女孩都被引领进葳蕤轩去吃茶，众丫鬟早搬出各色锦墩绣椅和茶几翘案，又摆上了精致点心和盖碗。

如兰便笑道："这是我舅舅从云南捎来的白茶，姐姐们品品，吃着可好？"女孩们听了大感兴味，便端茶引盖轻尝几口。

墨兰眼角轻轻上挑了下，捂嘴轻笑道："五妹妹你真是的，什么稀罕的好东西，也献宝般地拿出来显摆，显得众位姐妹都没见过世面似的！别说这云南白茶，便是藏边的砖茶，上回吴家妹妹也拿来给我们吃过！"

如兰脸色不悦，只忍着不发作。她们姐妹不合在闺中也不是什么隐秘，周围坐的女孩都面不改色，自顾自地品茶说话。那吴宝珠最是知趣，笑道："墨姐姐快别提了，上回那劳什子直吃得姐姐们一嘴苦味，我真是悔极了，今儿这白茶就很好，淡雅温厚的。"

刘同知家的小姐也笑道："一样东西有一种味道，没得有好东西不拿出来给姐妹们尝尝的，如兰妹妹这是好客呢。"

陈新芽是知府独女，素来脾气骄纵，反与如兰不合，身为嫡女却乐意受墨兰捧着，她噘噘嘴，放下茶碗，道："我吃着不过如此，太淡了，没什么味道，不如我爹从庐山带来的白露好。"

如兰撇撇嘴，忽朝坐在角落的明兰道："六妹妹，你说呢？"

明兰越来越靠近门口，正想趁人不注意溜之大吉，冷不防被点了名，木了木，道："味道是淡了些，可胜在清香回味，自有一番别样风味，我是托了众位姐姐的福了，这茶五姐姐藏了好几天，连亲姐妹都没舍得给喝，只等到今天款待众位姐姐呢！"

礼轻情意重，一时周围女孩都纷纷道谢，如兰大感满意。

那边的余嫣然被一个通判家的庶女缠住了，趁机站起来，走到明兰身边，用葱管般的食指点了点明兰的脑门，嗔道："你这小丫头，今日怎么见了我都不说话？好没良心！"

明兰皱眉道："上个月我见天转暖，花红草绿，水温鱼活，叫了你几次过来钓鱼煲鱼汤喝，你只叫人来说了声没空，连个由头都没有，我才不要理你。"

话才刚说完，只见屋里众女孩大都神情古怪，挤眉弄眼的，明兰一头雾水地去看嫣然，却见她有些不自在。陈新芽则转头过来打趣道："墨兰妹妹，你这小妹子好不知趣，余家姐姐如今钓到好大一条肥鱼，如何有空来你家钓那几条小杂鱼？"

一大半女孩都咻咻地笑起来，却又什么都不说。只有年纪最小的洪青玉还很天真，拍手道："我知道，我知道，余家姐姐与京城宁远侯顾家的二公子正在说亲哩！"

明兰惊讶："真的吗？那可要恭喜姐姐了。"周围一片或真或假的恭喜声响起。可明兰觉得气氛有些怪异，似乎……有些不大对劲，便转头去看嫣然，只见她羞得头都不敢抬起，便讪讪地笑着岔开话题："哪个顾家？平宁郡主娘家不是也姓顾吗？莫非有亲？"

如兰快口道："正是本家！襄阳侯与宁远侯祖上是亲兄弟，一起为太祖爷打的江山，后来一道封的爵呢！"

明兰十分为嫣然高兴，笑道："那可真是好事了，这样的人家定是极好的。"

刚说完，只听墨兰忽插嘴道："可是……我听说，那顾家二公子性情有些乖张。"

四周再度响起窃窃私语，嫣然躲在明兰背后羞愧万分，一句话也不敢说。明兰大声强笑道："大家别听我四姐姐胡说，我们姐妹自打懂事就没去过京城，如何知道这些？"边说边狠狠地给墨兰使眼色。墨兰轻慢地噘噘嘴，不再言语。

嫣然目光中露出感激之色。

谁知那陈新芽又凉凉道："别的内情咱们不知道，可有一桩，我小时在京城，听说一次宁远老侯爷差点绑着他上宗人府问忤逆罪。"

刘小姐佯装一副惊讶状，大声吸气，引了旁边一众女孩都纷纷议论。明兰呆了呆，回头看看嫣然羞愤难当的样子，再看看周围女孩不是幸灾乐祸就是远远避开，最厚道的也不过说两句不冷不热的宽慰话，心里大怒：她知道她们为什么如此，无非"嫉妒"二字。

说起来，余嫣然是众位姑娘中出身最显赫的，虽说她父亲只是个侍郎，但她祖父是一代首辅，清誉满天下，先帝曾亲题"克勤慎勉"四字以为嘉奖，所以才有资格直接与侯爵府嫡次子谈婚论嫁。想当年华兰以盛家嫡长女嫁个落魄伯爵府的二子也是费了姥姥劲儿的。

明兰想为嫣然解围，便指着自己，故意板着脸打趣："男孩子小时候都淘

221

气呢！何况传言大都不靠谱，刘姐姐没见我前还'听说'我孤僻古怪呢，可是你们瞧瞧我，竟是这般貌美心善不是？"刘小姐尴尬一笑，其他女孩都喷笑出来。明兰厚着脸皮，挤眉弄眼地笑道："我说的话有什么不对吗？难道我不貌美？不心善？"

如兰指着明兰："你、你、你……"笑倒在杌子上，捧着肚子说不出话来。

屋里小声的哧哧笑变成了大声哄笑。明兰看旁边的余嫣然几乎快烧起来的面颊微微有些消退，心里很是怜悯，索性把戏做足，又玩笑道："姐姐们也太见怪了，嫣然姐姐不就是说亲事嘛，我还想给我家鱼缸里的小红和小白说亲哩！"

众人愈加捧腹，哄堂大笑。明兰严肃着小脸道："小红与小白也陪了我不少日子，看着它们年纪都不小了，我做主家的也得为它们的终身考虑一二呀！"

女孩们笑得东倒西歪。吴宝珠趴在一个女孩肩上，笑得满脸通红，抹了抹眼泪道："那成了没呀？"

明兰摇着头道："颇有难度。"

陈新芽笑得肚子痛，好容易挤出几个字，挑着声音道："这是为何呀？"

明兰一脸慎重，摇头晃脑道："婚姻大事，乃父母之命、媒妁之言，可我、我……上哪儿去给那对鱼儿找鱼爹鱼娘和大媒呀！"

陈新芽大笑："索性你就当了它们的爹娘吧，我来当大媒，这就拜堂成亲吧！"

女孩们几乎笑疯了。如兰笑着奔过去，用力扭了把明兰："小丫头，就你笑话袋子多，笑坏了众位姐姐，看你怎么交代！"见如兰如此，女孩们一个个拥过来围着明兰一阵揉搓。明兰卖力挣扎，奈何人小力微，直被捏得满屋子乱跑。

女孩们更乐了，绕着屋子打闹起来。见众人把焦点都转到自己身上来了，明兰松了口气，朝已经挪到门口的嫣然使了眼色。嫣然点点头，瞅着别人不注意便先溜了。明兰好容易把女孩们挣开，一身衣裳已经被扭扯得不成样子，便借口整理装束也告退了。临走前只听见如兰还在笑："我家小妹妹好玩吧，我爹爹和兄长也是极疼她的……"

然后是墨兰的声音，带着些许冷笑的意味："小丫头嘴皮子厉害着呢！"

又听其他几个女孩的声音道："我觉着盛家小妹很好，又逗乐又厚道。"

另一个女孩隐隐道："人挺好的，开朗有趣……"

明兰不去理她们，让丹橘陪着径直回了暮苍斋。一进屋果然见嫣然已在了，明兰一见她就挑起眉毛，指着骂道："你还敢说我没良心！与你姐妹一场，叫你钓鱼你不来,你说亲事我不知道,你被人笑话了却要我给你打遮掩!瞧瞧我这一身,说吧,你怎么赔?"说着,提起皱巴巴的裙边,一脸愤慨状。

嫣然走到明兰跟前,双手合十,连连拜着,迭声道:"好妹妹,好妹妹,都是我的不是。我若存心瞒你,叫我脸上长个大疖子。我今日来就要与你说这个的。好妹妹,适才真亏了你,不然还不定怎么让她们打趣我呢。"

说话间,翠微已经新拿了件葱绿盘金彩绣绵偏襟褙子和绿地绣花裙出来。明兰到四折乌梨木雕花绣缎屏风后头换了衣裳出来,还板着脸:"说吧,到底怎么回事?给我从实道来。"

嫣然苦着脸道:"不就这回事呗,我爹爹的上峰保的媒……"欲言又止。

翠微和丹橘很有眼色,见主子们要讲贴心话,待小桃端了茶碗点心上来后,便一齐退下了。

明兰看了门口一眼,坐到嫣然身旁,轻声道:"嫣然姐姐,不是我说你,如今不过是在说亲,还未定下,如何传得满城皆知?此事若不成,姐姐可怎么办?"

嫣然感动地握住明兰的手,道:"好妹妹,难怪我家老太太总夸你品性纯厚。平日里与我要好的姐妹也不少,可只你说出这般贴心的话来!只可恨我娘走得早,连个兄弟姊妹也没留下,都说有了后娘就有了后爹,我爹爹续了弦后,只带着后娘和几个弟弟妹妹赴任,把我一人留在这里,幸而祖父母垂怜,不然……"说着声音哽咽,珠泪盈眶。

明兰黯然,低着头轻轻揉着嫣然的衣角。嫣然吸吸鼻子,又道:"这次亲事本不是我祖父母的意思,是我那后娘攀上了宁远侯的一个不知什么亲戚,便促着父亲应了媒人,好在我祖父说他要再考虑打听些,这才未说定,可是那女人……那女人……闹得尽人皆知。"

嫣然再也说不下去了,只低低地哭了起来。明兰心里也为她难过,也劝不出什么话来,只轻轻抚着嫣然的手背,掏出一块新帕子来给她拭泪。过了一会儿,嫣然收了眼泪,吸了口气,重重顿了下头,展颜道:"瞧我,你们家大好日子,我却这般模样,叫妹妹笑话了!想来爹爹也不会坑了自己闺女的,姑娘家总是要嫁人的。我叫祖父也别东查西查了,横竖嫁过去便是。"

"可别介!"明兰本来一直静静听着,听到这句话忽地惊了一声,低叫起来,"你可不能稀里糊涂地嫁了呀。女人这一辈子,一般只能嫁一次,一次只能嫁一个,你这会儿要是不长个心眼儿,回头悔都悔不出来。叫你祖父去查,好好查，不好的千万不能嫁！"

嫣然破涕为笑："你这小丫头，怎么开口闭口嫁啊嫁的，敢情你也想着要嫁人了？"

这点程度的打趣给明兰塞牙缝都不够，她面色都没变一丝，正色道："嫣然姐姐，我知道你不愿祖父母与你爹打擂台，可你也当想想自己！你那后母我虽没见过，可也听说不是个好相与的。说句难听的，若是你嫁得如意了，她保准会抢着来仗你的势；你若受了委屈，你说她会给你撑腰出头吗？"

嫣然脸色发白，心里如一团乱麻。明兰站起来，走到当中以手捶掌，凛然道："嫣然姐姐，以后莫要自怨自艾了，你虽没了亲娘，可到底是嫡出的，祖父母都健在，可我呢？庶女一个，只有祖母。我虽样样不如你，可若有人逼我嫁个烂人，我也非得挣个鱼死网破不可！"

嫣然怔怔地看着明兰，柔嫩明媚的面庞一派平静，却隐隐现出坚毅果敢之色，她的心底陡然生出一股勇气，走过去亲密地拉着明兰的手，低声道："好妹妹，你放心，我定然不会自轻！你这般真心待我，我死也不会忘了你的好。"

明兰叫她说得不好意思，拿眼睛去看她，见她神色自如，便放心道："说什么死呀活的，别胡说了！以后你少与那些饶舌的来往，我家老太太不怎么让我出来交际，老说什么'知心姐妹不必多，几个足矣'，如今我才知道她老人家真是慧眼！"

嫣然笑道："你家老太太的用意可不只如此。我祖母倒与我透露过，你的婚事你家老太太心里早有主意了，可惜她们老人家都长了个蚌壳嘴，我死活也撬不开。"

明兰心里十分好奇，却又禁不住脸上有些发烧："我才几岁，你先担心自己吧！"

其实盛老太太的用心，明兰很快就明白了。登州城里适婚的男孩就这些，往日来往的都知道了，有两个年龄相仿的姐姐在那里，王氏和林姨娘都不是吃素的，有好的也轮不着明兰，索性不让明兰抛头露面，另辟蹊径。

只是盛老太太平日里与明兰无事不谈，一旦涉及婚事却一个字都不露，明兰又不好猴急地去问。唉，等着吧，但愿盛老太太看孙女婿的眼光比她选儿媳妇高明些。

四

盛老太太头一次做媒便得了个好彩头，康太太亲去相看了长梧。

王家这位大姐这辈子受够了窝囊书生的自负好色无能，一见了长梧便十分喜欢。只见他手长脚长，气宇轩昂，待人宽厚热诚，虽不甚俊秀白净，却是一派忠厚的向阳态。刚刚春末，康家便同意了婚事，鉴于男女双方都年纪不小了，两家一致同意尽快把婚事给办了。

这边风好水顺，余家那边却十分凄惨。余阁老虽致仕多年，但京城里到底还有人脉，不管平宁郡主如何美言，几番调查下来情况很不乐观，真真应了墨兰那个乌鸦嘴的话，那宁远侯二公子着实"乖张"，从小就飞扬跋扈不说，还动辄纵马街市、打架生事，常与公侯伯府的一干败家子斗鸡走狗，稍大些了居然与下九流的江湖人厮混上了，眠花宿柳，包小戏子，惹了一屁股的烂账。

顾家好容易相到一门亲事，谁知那二公子不满意要退亲，老侯爷夫妇不答应，他竟直接找上门去，等着那家人大宴宾客的日子，众目睽睽，将那家好生一顿奚落嘲讽，直让那家人羞愤得几欲寻死，婚事自然泡汤了。打这以后，京城里体面些的人家都不敢将女儿嫁给他，顾家急了，才把爪子伸到京城以外来。

明兰皱着眉头望向窗外。嫣然无人可诉苦，便每三五天请明兰过府一叙，谈谈余阁老打听来的消息和自己的心情。这些消息宛如噩耗连续剧！

天呀地呀，作为现实主义者，明兰很清楚，烂人就是烂人，没有那么多或有隐情或改邪归正的浪子。

明兰就不愿意，想必嫣然也没这个嗜好。

这一日，明兰再度受邀去了余府，搂着熬红了眼睛的嫣然断断续续哭了半响。最近余阁老和余大人书信吵得很厉害，余阁老要退婚，余大人死活不同意，还说子女婚事当听从父母之命，言下之意便是没您老啥事！余阁老说好吧，子女婚事父母做主是吧，便寄去没有落款的休书一封，说儿媳忤逆不孝，一定要儿子签了字休了她！

那边余后娘哭着要带儿女回娘家，这边余老夫人哭着让父子俩停火，嫣然是着火点，如何不难过心酸，直说道："明兰妹妹，我着实不孝，害得家宅不宁，索性嫁过去算了！"

225

明兰拼命给她打气："坚持到底就是胜利。姐姐有什么过错，都是你后娘撺掇的，把好好一朵鲜花作践到泥潭里去。他们要攀高枝，为什么不拿你那异母妹妹去说亲？她只小你两岁，也能说人家了，偏只把你往前推，这不是害人是什么！"

嫣然这几日哭得几乎脱了形，十分虚弱的样子："祖父年纪大了，经不起折腾，这躺在病榻上许多日了，要是有个万一……"

明兰叹气道："唉，这有什么好气的？你爹又不是背主叛国，不过想攀亲叫人给说糊涂了，人生在世间，难免有个过失的，我还偷吃过祖母供在佛前的果子被打过手板呢。迈过这个坎儿，父子血亲难不成还结仇了？你也是，这会儿虽闹僵了，可只要好好嫁了人，过他个十年八年的，小日子过得红火如意，回头拉着夫婿儿女，带着金银财宝、鸡鸭鱼肉回娘家，难道你爹还能不认你？"

嫣然带着泪珠扑哧笑了一下，心中大是希冀，目光迷离："真能如此吗？"

明兰用力拍着嫣然的肩膀道："放心！你祖父当首辅时，多少大风大浪都过来了，怎么会在小阴沟里翻船？喀，不是说你爹是小阴沟哦！你也得打起精神来，好好服侍你祖父，不要这副哭丧脸，扮出笑脸来。多大的事儿呀，一没下定，二没过礼，不算悔婚呀。"

其实在明兰看来，这事还很有可为。余阁老如此动气，想必京城余大人那里不敢太忤逆了，有那封休书压着，余太太也不敢轻举妄动，不然早先斩后奏把婚事订下了，那时再悔婚就麻烦了！听明兰细细分析，嫣然总算暂且放宽了心。

这事就这么僵持着。明兰宛如嫣然在黑暗中的一盏明灯，每当她彷徨动摇时，便拉明兰，说些笑话宽慰一二，便可暂缓焦虑之情。作为闺密，明兰义不容辞，一来二去的，余阁老和老夫人乃至余家二叔二婶都对明兰赞不绝口，直夸她性子好，人厚道。

不知是不是否极泰来，又过了几天，情况开始好转。据说那顾二公子十分诚恳地亲自拜访了余大人，并当面求亲，老侯爷也写了一封恳切的求亲信，余阁老和老夫人看了之后有些动摇，毕竟是贵胄子弟，若是本人肯悔改，未尝不是桩好亲事。

嫣然素性温柔，听祖父母这么说也有些心动；明兰撇撇嘴，没有说话。

牛牵到北京还是牛，明兰很信古龙的一句话：女人可能为了男人改变，但男人不可能为了女人改变，不过是装的时间长短罢了。

盛纮把长柏的婚期定在明年年初，到时在京城办婚礼。因年底任期就到了，夏末起，盛府上下再次开始清点家产仆众，有些当办的田产庄子当脱手则脱手，有些当地买来的仆妇杂役当遣散就遣散。明兰也开始对暮苍斋一众丫鬟单独谈话，问可有不愿跟着走的。

家生子不用说了，外头买来的不过小桃、若眉和另三个小丫鬟。盛家待下人宽厚，明兰又是个好性子的，丫鬟们都不愿离开，十来个女孩子问遍，只有两个要随老子娘留下的。

然后明兰开始清点自己的财产。其实她没有什么私房钱，平日里老太太给的零花钱虽多，但打点丫鬟婆子也用了不少，不过几十两银子。明兰按照当时物价细细算了算，够一个六七口的庄户人家过两三年，看着不少，其实在官宦人家却做不了几件事。倒是这几年积攒下不少金银玉器、首饰摆设。长柏哥哥送的字画书籍，着实值不少钱，明兰索性又订了个器物册子，把自己的东西分门别类地记录下来，一件件核对好了入册。

去年她搬进暮苍斋之前，盛老太太便从金陵老宅起出一套首饰匣子寄送过来，一整套共九个匣子，最大的那个有一尺高，九层，共四十九个明格和十八个暗格，最小的匣子却只有巴掌大小，打开来居然也有九个小格子，匣匣相套，格格可拆卸，全部都用上等的乌木海棠式透雕及金玄色螺钿镶嵌，再配上大小不等的九把对卧双鱼大锁和十八把玲珑半鱼小锁。

整套东西看着虽有年头了，但木质依旧光洁明亮，白铜、黄铜都打磨得锃亮如新，光线下呈现出美丽的色泽，精致古朴。明兰高兴得几乎合不拢嘴。当年天工坊鼎盛时期，最好的几位大师傅日夜赶工做了一个月的上品——便是盛老太太当年的陪嫁之一！

这东西搬进暮苍斋时，如兰还好，王氏有档次的陪嫁她也见过不少，不过酸了两句，几大拿白眼看明兰而已。可墨兰几乎当场红了眼珠，恨不得活吃了明兰，回夫又跟林姨娘哭了一场，林姨娘则跟盛纮哭了一场。

盛纮双手一摊：老太太的嫁妆，她爱给谁给谁，他有什么办法？说难听些，老太太入盛家门后没有亲子，倘若老太太身后勇毅侯府来讨要剩余的妆奁嫁产，他都不好意思置喙。

林姨娘痛定思痛，决定哪里跌倒就在哪里爬起来，又想来寿安堂请安，却被房妈妈拦在外面。林姨娘跪在门口哭求，引得府里众人都来看。盛老太太便哼哼唧唧地病倒在床上，大夫诊脉后来去便是那么两句：心绪郁结，脉络不通。

通俗些就是，老人家心里不痛快！盛纮忙把林姨娘拖走。

一开始明兰很歉疚，觉得自己惹来了林姨娘，谁知盛老太太一派见怪不怪道："这又不是第一次了，每回她想着从我这儿要好处时，便会过来闹腾！"

明兰很好奇，忙问怎么回事。

盛老太太倒也不遮掩，直白道："那年她的事露馅儿了，太太要赶她出门，老爷护着不让，太太不肯喝她敬的茶，她就跑来我跟前哭求，跪在地上几个时辰不起来，只求着我成全她的一片痴心。整日整夜地哭求，说若是我不成全她，她就只能一头撞死了。我被闹得实在乏了，便屏退众人，独自问她一句话，为什么一定要给老爷做妾，她一口咬死了是仰慕老爷的才华人品。哼，她要是直说，是小时候穷怕了，苦怕了，贪慕富贵荣华，我倒也咽下这口气了，可她偏偏要来诓什么真挚情意！她不过是打量着我以前的名声，所以事事拿'真情'二字来说，哼，她知道什么叫真情？真情当是……真情当是……"

"真情当是'富贵不能淫，贫贱不能移，威武不能屈'。"明兰接口。

"呵呵，孟圣人的话，居然被你拿来这么用，不怕先生打你板子？"老太太心中大赞，却佯怒着打明兰手心几下。

"后来呢？"明兰眨着亮闪闪的眼睛问道。

"我瞧着恶心，便找来老爷当面说，我可以成全他们，但从此不要再见到她，她若应了，我便立刻做主让她进门，但以后她不许到我跟前来。她一开始哭哭啼啼，一副情难两全的模样，假惺惺了几天便半推半就了。我强压着太太让她进了门。"

明兰不说话。老太太叹了口气，又道："她说话没半分可当真的，进门后几年，她不是没来我跟前赔过不是，哭也哭过，求也求过，下跪磕头跟不要钱似的，要我谅解这份真挚的情感，要我原谅她的无心之过……我便直接找了你老子来，说她再来折腾我老婆子，我便搬出去独居，你爹这才下了死令不许她过来。"

明兰听了半晌，悠悠地叹了口气。很久前，她就从盛老太太平静如死水般的表面下感觉到一股隐隐炽热强烈的情感，她是个爱也激烈、恨也激烈的骄傲女子，这种决然的极致往往容易伤害别人，更容易伤害自己。

联系当初墨兰来讨好她的事，明兰渐渐发现盛老太太一个古怪的脾气：若是人家不要，她反而愿意给；若是人家处心积虑来算计她，她反而死活不给。一想到这个，明兰便暗暗庆幸。

当年的明兰，大好年华，前途光明，却被一场泥石流给淹了，再投胎后的就业情况又十分恶劣，于是成了彻底的悲观主义者。从进寿安堂那天起，她从来没有开口要过任何东西，对盛老太太所有情况都从最悲观的角度来估计。她见寿安堂不像王氏那里常摆放着零食点心，甚至自己省下零花钱买零嘴来和老太太一起吃，把盛老太太闹了个哭笑不得。

林姨娘和墨兰样样都不差，偏偏不知道老太太喜欢的就是"不争"。

五

作为大龄男女青年的家长，筹备婚事的潜力是无限的。盛维和康家紧赶慢赶将一切筹备妥当，婚事就定在秋高气爽的九月末，好让新媳妇年底上祠堂给祖宗进年香。盛纮得了信儿，便这日早上晚些上衙，把儿女齐聚一堂说话。

明兰强忍着哈欠，被丹橘拖着进屋时，瞧见盛纮和王氏已坐在堂上的两把桐木高脚椅上，一坐东首，一坐西首，下首两边各按齿序站了兄姐。只见站在左边最末的长栋悄悄朝自己抛了个宽慰的眼色，明兰知道无妨，轻巧地走到如兰旁边，规规矩矩地站好。

盛纮呷了口热茶，王氏看着他放下茶碗，才道："你们都坐下吧，老爷有话要说。"

明兰坐下，抬眼看了看盛纮，只见他神色愉悦道："你们大伯父家要办喜事了，说起来是亲上加亲的好事。"说着便捋着胡子笑了起来。

没人敢追问盛纮，便一齐拿眼睛去看明兰。明兰很配合地笑道："是梧二哥哥和允儿表姐。大伯母相看后很喜欢表姐，说她贞静娴雅，大老太太来信说这都是咱们老太太保的好媒。爹爹，大伯父可有送媒人红包来？"

盛纮指着明兰大笑道："你这孩子！都大姑娘了，还这般淘气。"

王氏得意道："要说允儿的人品家世，真是没的挑，大伯家能得了这样一个儿媳妇也是有福的，这事能成真是缘分！"

墨兰嫣然一笑:"缘分是缘分,但细论起来,大伯家有这般福分也有爹爹的面子呢。"

这句话说得很隐晦,康家这样的世家肯把嫡女嫁入商贾的盛维家,多少也是冲着盛纮的面子。墨兰的暗示正中盛纮痒处,果然,盛纮听了并不说话,脸色却更愉悦了些,朝着墨兰连连点头,目光中满是赏悦。

明兰低头,看着旁边在袖子里握着拳头的如兰,暗暗叹气:若说墨兰以前是偶像派,这几年已经转为实力派了。无论她在如兰、明兰面前是个什么德行,但只要盛纮在场,她就是温柔细致的好女儿,关心长辈,体贴妹妹。

盛纮笑道:"大老太太来信说,这次婚事定要请老太太去吃酒,若是不去便要亲自来请。昨日我与老太太商议过了,月底便起程去宥阳。我有公事在身去不了,十月底我这知州任期即满,长柏近日便要去京城整理宅邸,长枫要备考秋闱,长栋还太小,明兰是定要陪着老太太去的。墨儿,如儿,你们可愿意去?"

如兰转头看了明兰一眼。其实明兰也很意外,依着老太太一贯冷清厌事的性子,明兰以为她这次定不肯去,正想着帮忙寻借口,没想到这次老太太却一口应下了。

墨兰瞟了明兰一眼,笑道:"这样的喜事,原本我是极愿意去的。只是咱们全家要搬去京城,太太家事繁杂,忙都忙不过来,这整理行囊、收拾箱笼,我们当得自己动手,五妹妹和三哥哥的我也都得帮着料理一二,如此便不去了。请六妹妹替我向梧二哥哥道个喜了。"

明兰笑着答应。

比起京城那个花花世界,宥阳自然差远了,何况那里还有齐衡!如兰也想到了,便冷声道:"谁要你帮着料理?四姐姐不想去便不去好了,别拿我当借口作伐。"

王氏眉头一皱,去看盛纮,果然他已沉声喝道:"你怎么说话的?你自小便粗心大意,你姐姐好心帮你,怎如此不知好歹?这般没规矩也不要去了,免得丢人现眼。"

如兰憋红了脸,却不敢还嘴。王氏怕又骂起来,连忙劝道:"小孩子不懂事,姐妹拌嘴也是有的。老爷有话赶紧说吧,时辰不早了,您还得上衙呢。"

盛纮瞪了王氏一眼,转头温言道:"明兰,这次便你一人陪着老太太去宥阳了,老太太年纪大了,你一路上多看着些。"

出去玩明兰是愿意的,自来了古代她就没出过门,可是一想到又要坐马车,便愁眉苦脸道:"爹爹,您说反了,就我这块料,见了马车就晕,别累着老太太看着我就是不错了,要不我走着去?"

盛纮瞧明兰一脸忧愁状,觉着好笑,板着脸道:"就你那小短腿,跑断了也只能赶上满月酒!"

屋内气氛一松,众人都笑了起来。明兰更加担心:"要不我也别去了。"

盛纮看着明兰白净漂亮的小脸,心里喜欢,道:"去!趁这个机会你也见见家里的亲戚,再去祖庙上炷香,你哥哥姐姐有什么贺礼要送去的,你就给捎上带去。"

话说完,盛纮便站了起来,两边众儿女也都跟着站起来,王氏站过去帮他整了整身上紫色的云鹤花锦绶。盛纮走过明兰身边时,又叮嘱道:"明兰,赶紧收拾了,莫要让老太太为你操心,去外头要规矩守礼。等回了京城刚好过年,爹爹带你上街去看年灯。"

明兰立刻点头如捣蒜。盛纮笑着摸了摸明兰的头,转身朝长柏招了招手,然后大步出门去。长柏随后跟上。长枫若有所失地看着他们父子俩的背影。

"爹爹叫大哥哥去,也不知什么事。"墨兰看出长枫心事,便故作不在意地随口问道。

如兰不屑地瞪了她一眼:"想知道,去问爹爹呗。"然后甩着帕子,随王氏进里屋去了。明兰最怕这个,忙不迭地溜出门去了。

一进里屋,如兰就被王氏劈头一阵数落:"你真是越大越回去了,即便学不了四丫头的心机,也学学六丫头的乖巧讨喜。这几年你爹爹多喜欢她呀,在我跟前没少夸她温雅柔善,心地纯良,还常对我叨叨着,日常一应嚼用绝不能委屈了她。"

如兰冷哼一声:"不过会做几双鞋子、几个荷包讨好罢了。"

王氏更怒:"鞋子虽是小事,却是一片孝心,便是我穿着她送来的鞋子,也觉着她是用了心的。你怎么不做?就知道一味和四丫头斗气胡闹。你爹这回叫明兰去祖庙祠堂进香,便是招呼老家的叔伯亲戚们知道,这孩子就要记到我名下了!"

如兰大惊失色:"真的?那四姐姐呢?她早年也是去过祖庙的,难道她也……"

"不知道,见招拆招吧。"王氏疲惫地坐倒在炕上。

这边母女俩头痛不已,那边,乱发招的盛纮正沿着花园子和长柏说话:"那几箱子贺礼我已叫来福规整了,走前你母亲会再点一点;我写了封信给你柳世叔,若无意外,他这回大理寺任满后将调任户部侍郎,你也写封信给梧哥儿,与他说些柳大人的喜好为人和家眷底细,让他早早备好了,回京后好上门拜访。"

长柏点头,过了一会儿,忽道:"大伯父很有本事。"

短短七个字,盛纮猛地转头看儿子,目光中大是赞赏:"你能想到这点便很好,这世上即便是亲戚,也是人敬我一尺,我敬人一丈。说起来你大伯父最像你曾祖父,一双空手打拼下偌大家业,一双儿子,大的承袭家业,小的便入仕途,将来他家必是兴旺的。柏儿,我只盼着将来你和枫儿能在官场上互相有个照应,栋儿瞧着没有书性,倒还算机灵周全,等大些了便让他经商置产,这样你们兄弟三人便富贵俱全了。"

长柏看着父亲意气风发的侧脸,轻轻咳了咳:"老太太这次去宥阳,怕是又要遇上三老太爷了,大老太太……也很了得。"

盛纮有些幽怨地看着一脸正经的大儿子,若是长枫在,必然会对他刚才的规划大声喝彩积极响应,没准还会拍上两掌,可长柏这般全无情趣,不过偏偏他最倚重的也是这个长子,想着便叹气道:"三老太爷家近年越发败落了,见天儿地去你大伯父家打秋风,他见松哥儿夫妇无子,还撺掇着族老要把自己孙子过继过去,这回见梧哥儿成亲,他定然又要闹腾。大老太太碍着族人的面子,总不好太过,只有你祖母,位分高,脾气大,压得住这位三老太爷。"

盛纮说着连连苦笑。长柏挑了挑眉,不再接话。

明兰的箱笼早收拾得差不多了,想着得给平日要好的闺密道别,旁人传个信也就罢了,那洪青玉比自己还小两岁,最是淘气调皮,是她坚定的钓友,便特意写了封信去说明,再请示过老太太后要亲去给嫣然道别。老太太知道明兰晕车,便吩咐房妈妈去备下自己用的青呢四抬帷轿,让她亲去给嫣然道个别。

刚到余府五十米处,明兰便觉着不对劲儿了,稍稍掀开轿帘一缝,只见余府大门紧闭,门口围了不少人在指指点点。明兰依稀听见几句"……陈世美……抛妻弃子……仗势欺人……"什么的,她立刻吩咐外头侍立的崔妈妈,叫车轿绕到后门进去。

余府看门的婆子对盛家车轿是早熟了的,可今日却一脸尴尬神色,不知是不是该放明兰进去。正僵持着，嫣然身边的奶母急急赶来，把明兰迎了进去，一路颤声在明兰耳边轻声道："……明姑娘待咱们姑娘比亲姊妹还亲，老婆子就不瞒着您了，今日一早有个不知什么来路的女子，带着一双儿女跪在我们家大门口磕头，说要见姑娘和老太爷、老夫人，若不让见便一头撞死在门上！哎哟，这可怎生是好？咱们姑娘怎这般命苦……"

明兰听她说得没头没脑，心里略一思索，便有些明了，迟疑道："那女子……是宁远侯府顾二公子的……"

奶母急得眼泪都快下来了，掩着帕子道："真真作孽！这与我家姑娘有甚相干？那女子口口声声说要给姑娘敬茶，说求姑娘可怜他们母子三人，给个名分，不然便跪着不起来，那两个孩子哭号得满府都听见了，老太爷被气得吐了一口血，昏厥过去，老夫人也撑不住了，偏二老爷一家去了济南，这、这、这跟前也没个能主事的人，我们姑娘性子柔弱，只会哭，全无办法……哎哟，佛祖在上，这是造的什么孽呀！"

明兰心里一紧，加快脚步走到后院，刚过了半月门，便见一群丫鬟婆子围在那里窃窃私语，或说或笑或议论。明兰转头便对奶母吩咐："去把你家二太太身边的管事妈妈请来，这般围着看，算怎么回事！"

奶母心里一惊，陡然明白过来，连忙跑着离开。明兰熟识余宅，便带着小桃、丹橘径直往里头走去，穿进庭院，只见一个素衣女子跪在当中，旁边搂着一儿一女，母子三人不住啼哭。明兰放慢脚步，径自绕过她，直直地朝屋里走去。

一进屋便看见余老夫人微弱地喘着气躺在软榻上，嫣然虚弱地坐在榻边，面色惨白，神色恍惚，一看见明兰，便上来紧紧握住她的手，颤着唇瓣喃喃道："叫妹妹笑话了……"随即又强打精神，朝那女子大声道，"你还不快起来，我不会受你的茶的！你快走！"

那女子抬起头来，只见她容貌秀美，形容可怜，头上斑斑血迹，想是磕头磕出来的，两眼泛着泪水："以后姑娘便是我的主母，若姑娘不肯容我，天大地大，我们母子如何容身？今日姑娘若不应了我，我们母子三人不如死在这里罢了！难道姑娘忍心看着我们死吗？"

嫣然素来面薄心软，被她这么一说，更是说不出话来，在明兰的目光下愈加无地自容，虚弱地喊了一句："你先起来吧，我……我不会让你死的……"

明兰听得直翻白眼。余阁老严于律己，一辈子没有纳妾，余老夫人顺顺

233

当当活到现在，儿媳又不敢忤逆自己，嫣然在祖父母的呵护下长大，祖孙俩估计从来没见过这种阵仗，抗打击性自然弱了些，这要是换了王氏或如兰、墨兰在这里，呵呵……

明兰忽然十分怀念那三个女人旺盛的战斗力。看着余老夫人进气少、出气多的样子，明兰咬了咬牙，便凑到老夫人耳边道："老夫人见谅，明兰要逾越了。"

余老夫人睁开一线眼睛，见是明兰，心里明白，却提不起力气，只艰难地喘着气道："你便如我自己孙女一般，去……去给我那没本事的丫头撑个腰。"

明兰站到门口，看着台阶下的那女子，清脆的声音响起："下跪何人？要我姐姐喝你的茶，总得报个名字吧！"

那女子轻轻抬起头来，见周围仆妇对明兰甚是恭敬，便以为这是余家二房的小姐，收住哭声道："我……我叫曼娘，这是我的一双苦命的孩子！"

明兰表情温和，笑道："纳妾不是主母喝杯茶的事。所谓家宅不宁，祸起萧墙，便是寻常人家讨个妾室也要问清来历，何况宁远侯是名门望族、帝都贵胄。若是我姐姐连你来历过往都不清楚，便随随便便喝了你这杯茶，岂不叫人笑话余家没体统？"

语音清楚，条理明白，众人听了都点头称是。曼娘神色一怔，有些意外地看着明兰。这时，丫鬟为明兰端来一个软墩子，明兰温文尔雅地坐下，微笑着问："现在我替祖母和姐姐问你一二，问清楚了，姐姐才好喝你的茶呀。不知你是想跪着回话，还是站着回话呢？"

见明兰这般派头，四周仆妇已经渐渐止住议论声，看着这母子三人笑话一般。曼娘咬了咬牙，站了起来，低声道："但凭姑娘问话。"

一个丫鬟为明兰端来一个托盘，明兰好整以暇地端起茶碗喝了口，和气地问："不知你是否是顾府中人？"曼娘低着头，闷闷道："不是。"

明兰心里暗笑，又问："哦，那便是外头人家了，不知你家父母兄弟如何？做何营生？"

曼娘苍白的脸陡然间发青了一般，抖着嘴唇，断断续续道："我……我没有父母，只有一个兄长，他自己做些小生意……"

"什么生意？"明兰紧紧追问，四周仆妇睁大了眼睛等着。

"在……漕运码头。"曼娘声音轻得几乎听不见了。

明兰正要说，码头搬运工倒也是个正当职业，忽然，老夫人身边的一个嬷嬷俯身过来说了一句，明兰皱眉道："那你与六喜班有什么关系？"

曼娘声如蚊啼："我哥哥原先在那里打过杂。"

明兰恍然大悟，她就知道，顾二那种纨绔子弟能认识的外头女子不是青楼便是戏楼的，便为难道："这可难办了！这我姐姐恐怕做不了主了，你不如自去求顾家。"

曼娘"扑通"一声又跪下了，泪水滚滚而下，连连磕头："那顾家嫌弃我出身低，不肯接纳，我没有法子……只求姑娘可怜可怜，眼看着我这一双孩子大了，总得给他们入籍呀！"

明兰看着那两个孩子，才三五岁，懵懂无知，心中微微怜悯，便试探道："顾家纵算不认你，可这孩子还是会要的吧！只是怕得委屈你了。"

曼娘大是惊慌，叫道："难道要拆散我们母子？瞧姑娘玉人一般的品貌，真是好狠的心肠！若离了我的孩儿，我……我还不如死了……"

说着，重重地把头磕在地上。旁边仆妇急忙去拉着。

明兰心里开始冷笑了，口气渐渐转硬："姑娘真是好算计，知道顾家人不容你，便要我姐姐来做个不孝的儿媳妇，这还没进门呢，便要先忤逆长辈了！"

曼娘目光闪烁，转而低头凄切地道："姑娘行行好，就可怜可怜我吧！救人一命，胜造七级浮屠，我们母子三人的性命就握在姑娘手中呀！将来我与姑娘的姐姐共侍一夫，定会恭敬顺从，唯令姐之命是从，我的这双孩儿就是令姐的孩儿……"

她话还没说完，里屋传来嫣然隐隐的哭声，余老夫人竭力喘着："赶出去，赶出去！退亲！退亲！"声音很低，外头听不见，只站在门口的明兰知觉了，便一下站起来，大声喝道："住嘴！"

女孩子声音尖细，音量很高，蓦然让庭中众人呆了一呆。明兰走到台阶口，居高临下地看着曼娘，冷声道："什么共侍一夫？无媒无聘，我姐姐和顾家有什么相干？你再嘴里不干净，当心我掌你的嘴！"

曼娘呆住了，她想不到这个花朵般漂亮的小女孩暴怒起来这般骇人，前一刻还和气温文，后一刻就立刻翻脸不认人，心里有些怯了，随即看着周围这许多人，又鼓起勇气，高声道："姑娘不叫我活，我们便都不活了！"

说着便抱起儿女往墙边冲去要碰头，立刻被周围的仆妇拦着，然后她号啕大哭不止，一双孩儿也被骇住了，连连尖叫啼哭，一时"娘呀""儿呀"叫声一片，混乱不堪。

这时，奶母拉着管事妈妈终于到了，看着这般场景，立刻叫人退散，然后指挥两个粗壮的婆子把曼娘一左一右架了起来。曼娘惊慌着不敢再哭。

明兰轻轻挥手，冷冷地看着她们，声音清亮缓慢："你的出身虽低，却也并无大过，安安分分地嫁个平头百姓也能平淡一生。可你明知自己的出身难以被豪门望族接纳，明知顾府不容你，又为何要做人家外室？既做了这外室，又何必来这里哭哭啼啼、要死要活？难不成当初你是被逼无奈而至如此境地的？哼！你叫我姐姐接纳你这不为顾府所容之人，陷我姐姐于不孝；你惊得余府上下鸡飞狗跳、惹人指点，陷我姐姐于不义；你开口闭口主母妾室的，我姐姐清白得金玉一般的人儿，却无端被你坏了名声！你与我姐姐非亲非故，你这么没头没脑地摸上门来，就让我姐姐不孝不义，还败坏清誉，我今日便是一顿巴掌把你打出去也不为过！"

明兰骂得头头是道，便是适才对曼娘心存怜悯的仆妇也都面露不屑。曼娘看情势倒转，又要开口争辩，明兰抢先开口："现在你有两条路：一条，你自己好好出去，余府家人送你上回京的路；一条，你被堵住嘴巴，绑住手脚，从后门抬着出去，丢上回京的车船！你自己选一样吧！"那管事妈妈甚为机灵，一听这话，立刻叫人去拿绳索绑带。

曼娘一张俏生生的脸转了好几个颜色，咬着下唇，婉转柔弱，可怜分分地看着明兰，又待说上两句："姑娘，我……"

明兰再度打断她，睥睨着她，冷冷道："你只需说，好或不好！妈妈，绳索可备好了？"

后一句是对着管事妈妈说的，那妈妈立刻应声道："早备好了！只等姑娘发话！"旁边几个粗壮婆子也蓄势待发，只等令下，便要动手。

曼娘眼睁睁地看着明兰，明兰毫不惧怕地看回去，常年目睹王氏母女与林姨娘母女切磋技艺，同台竞技，今日这点场面还真吓不住她。

两人目光对上良久，曼娘颓然无力，自己拉着两个孩子站起身，让仆妇拉了出去。

第十二回・少年弘文

一

明兰趴在车沿上吐出最后一口黄水，然后翻身倒在软软的卧垫上。老太太爱惜地抚着她的小脸。不过几天工夫，明兰身上万年不消的婴儿肥迅速崩溃。对于白胖小孙女会窈窕下来这一点盛老太太从来没有怀疑过，可惜她猜到了结局，没有猜到过程。

小明兰坐车晕得天翻地覆，看东西都是重影的，对着房妈妈叫祖母，对着驾车的老张说"崔妈妈，你怎么长胡子了"。老太太很是心疼，一路上都把明兰搂着，让她睡在自己膝上。

那日余府大闹后，明兰一回府就被盛老太太禁了足，外加罚抄佛经。盛老太太问她知道错了吗？明兰很老实地点点头，知道，太过张扬。

这一抄就一直抄到起程，明兰始终没机会再见嫣然一面。余府上下被守得密不透风，什么消息都出不来，外头只知道嫣然生了"重病"，与顾府的婚事暂缓。

看祖母脸黑如锅底，明兰一直不敢辩解，直到上了路后，看老太太心疼她晕车，态度缓和了许多，她才一边吐一边结结巴巴地为自己辩护一下："祖母您想想，孙女哪有那么二！"

有些事看着很安全，其实很危险；有些事看着很险，其实很安全。

首先，她做好事不留名。只要余家仆妇不出去嚷嚷，曼娘被骂了半天也不知道骂她的人是谁，何况这件事对余府来说并不光彩，他们必然把事情捂得严实，别说明兰的发挥，就是曼娘的表演也不会让下人露出去。而且盛家立刻要全家搬走，而余阁老家却是要在登州养老的，等到了京城或者随盛纮转调外地，那就更加没关系了。

238

盛老太太神色不变道："你又何必强出头？说到底，那也是余家自己的事。"

这句话正中靶心，明兰消瘦稚嫩的面庞忽然沉默起来，半响，小大人般幽幽地叹了口气："生为女儿身，这一辈子都得谨言慎行，不可落一点口实与人，可是……这样过一辈子又有什么趣儿呢？走一步路是规矩，说一句话也是规矩，从睁开眼到躺下睡觉，时时刻刻都要思量着利害关系，孙女真不喜欢这样过，不过是木头人一般熬日子罢了，孙女想偶尔……偶尔那么一次，也能做自己想做的、说自己想说的……祖母，明兰知错了。"

明兰伏在祖母怀里，心情十分低落，与其说她是为了逞一时口舌之快，不如说是物伤其类，同病相怜。像嫣然这样祖父母尚健在的，老爹就会为了荣华富贵置女儿幸福于不顾，那自己呢？如果有朝一日自家老爹需要牺牲女儿的婚事来换取利益，那盛老太太是否能为自己做主呢？在这世上，女孩家的命运真如浮萍一般，可是，为了衣食无忧的尊荣生活，是否非得牺牲一切性格和原则，而去忍让奉承乃至虚伪狠毒呢？

盛老太太也默然了，抚着明兰细柔如鸦羽的松散鬓髻。其实余老夫人后来曾亲过府道谢，直夸明兰急人所急，乃性情中人，颇有侠义之风，还说嫣然这辈子有这么个姐妹也算有福。盛老太太也知道此事并无大碍，只是想磨一磨明兰的性子，免得将来太锐利了容易自伤。

既然明兰已经认罪受罚，且改造态度良好，盛老太太便解除了消息封锁政策：嫣然的婚事千回百转。余阁老素有痰症，那日大闹后吐出一口夹杂浓痰的瘀血，倒因祸得福，舒开了经络，康复后的余阁老迅速投入工作，以迅雷不及掩耳之势为嫣然定了一门新亲事，是他旧年故交之家，婚事说好不好（和华兰比），说坏不坏（和嫁给顾二比）。

亲家远在云南大理，当地的名门段氏不知第几个嫡孙，比嫣然大了许多岁，据说人品很好，至今未能说上合心意的亲事是因为有腿疾（小时候摔断过腿），因此不能入仕。

这次余阁老是铁了心了，下手狠、准、快，直接叫儿子送银子过来置办嫁妆，再有啰唆半句，他就开宗祠把儿子逐出家门。明兰起程出发那一天，余家刚刚和段家过了定礼。

"也好。"明兰努力往好处想，"就算不能出仕，也能行医经商置产，许多事能做呢。对嫣然姐姐好才是最要紧的。"想着嫣然总算逃离陷阱，明兰又高兴起来，拍着手道，"这下子宁远侯又得四处寻亲家了，京城媒婆生意不错呀！"

"不用寻了。"盛老太太沉沉道,"余大人将嫣然的妹子许过去了,等及了笄便过门。"

明兰呆住了,直觉万分愤慨,恨不能握着拳头到外头去跑两圈,或狠狠咒两句老天。过了半晌,她一阵眩晕恶心,遂转过头,抱过一个空盂盆子继续呕吐。

一路往南,车辘滚滚,八月末的北方空气温爽,蓝天高阔。明兰的晕车十分顽固,始终相伴相随。为了给明兰解闷,又或许是出了门后大家都心情放松了,房妈妈开始给明兰讲古:"姑娘呀,你也别怪老太太罚你,她是为了你好,女人这一辈子,要活得好,门道可大了。"

趁老太太在另一辆马车里歇息,房妈妈坐在车里照看明兰,一边给明兰抚平毯子,拍软枕垫,一边絮絮叨叨。

房妈妈理论能力欠佳,但胜在几十年来耳闻目睹的实例案件充沛。按她的经验,女人这一辈子的好坏,不过是一命二运三本事,三者只要占其二,便可一生顺遂。

拿余老夫人来说,她出生于山东大儒之家,父母温厚,家规严谨,这命是很好的;后来许的夫婿余阁老是父亲的得意门生,余阁老于贫寒之时受恩师赏识且嫁女给他,便十分感激,与余老夫人一生恩爱,便是后来仕途顺遂青云直上之后,也不改夫妻情义,与妻子一心一意同至白头,余老夫人这运也是极好的。

如此,余老夫人便是搏斗能力为零也无所谓了。可以说,余老夫人一辈子都没经历过大风大浪,也不需要耍心机使手腕,温室花朵般的幸运儿。呃,也就是因为这样,她压不住嫣然她后娘,有时候还需要余阁老亲自出马教训儿媳。

"唉——没本事又如何?架不住人家生得好,嫁得更好呀!"房妈妈十分嗟叹。

明兰听入神了,这比说书还好听。

"看来投胎很要紧,若是爹妈好,便事成了一大半了。"

明兰由衷感慨,余老夫人的爹娘挑女婿的本事着实不错。谁知房妈妈不甚赞同:"那也不见得,嫣然姑娘生下没多久就没了娘,爹又是个狠心的,可她有余阁老和老夫人护着,但凡自己有些本事,将来也能立起家业来,就怕……她随了余老夫人呀!"

"是吗？"明兰拒绝苍白无力的理论，要求事实说明。

房妈妈很爽快地把自己捧出来说，说起来还不无得意。

她生在一个贫苦潦倒的农户，父亲重病缠身，她七岁之前没吃过一顿饱饭，母亲无奈之下把她卖给了人牙子，后卖进勇毅侯府，她的命实在不怎么样。

但是她进侯府之后，勤快老实，很快就被选到侯府小姐身边做丫鬟，然后凭着自己好学不倦，写字、算账、绣花、理家等本事一一精通，一心一意伺候主子，绝无二心，最后荣升为徐大小姐身边一等大丫鬟。

后来跟着陪嫁入盛府后，被老太太做主嫁给了一个管事，再后来夫妻双双脱籍自去谋生，儿孙满堂，家业殷实，一个儿子考上秀才后，开了个私塾，一个儿子开了好几家店铺，还有一个置办田产当起了小地主。

"妈妈运气不错呀！果然是好人有好报。"明兰越听越精神。

房妈妈微笑着摆摆手："光是好人可不顶用。当初我知道自己必是要被卖时，便日夜做活攒下几个大钱给了那人牙子，苦苦哀求他把我卖进个好人家，也是运气好，遇上个厚道的人牙子，这才有机缘遇上老太太。我在侯府里肯吃亏、肯多干活，才入了老侯爷和夫人的眼。末了，也是我促着我男人出门闯荡，才有儿孙的好日子。我如今服侍老太太，也是当一天算一天，陪着老太太说个话，解个闷，什么时候老婆子做不动了，便回乡抱孙子去！"

她中年丧夫之后，见儿女都已成家，又舍不得盛老太太一人孤零，便又入了盛府当差，说要全了主仆情义。她的儿孙颇为孝顺，逢年过节回回都来求她回去享清福，房妈妈只是不肯。

明兰咋舌不已，真是活生生的成功奋斗典范呀！看着房妈妈的目光不由得带上几分崇拜，她虽出身不幸，但运气＋本事＝成功人生，too。

房妈妈其实并不饶舌，平时说话极有分寸，这次这么连着几天叨叨，明兰知道是说给自己听的，她就是生时命不好，爹爹不疼，生母早逝，还是个庶女，不过运气不错，受到了祖母疼爱，但这是不够的，还需要自己争气。

听众的热烈捧场给了房妈妈莫大的鼓励，她天天讲一些，把自己知道的旧事逸闻当连载故事般讲给明兰听。讲故事时车门外让丹橘把门，闲人免进，有些地方讲得详细，间或发表议论；有些地方隐晦，得靠明兰自己领会。

在明兰连连追问下，房妈妈终于叹气道："都说咱们老太太厉害，拦着夫婿不许纳妾，整日要打要杀地闹腾，可是……唉，姑娘的爹不是好端端的吗？老太太吃亏就吃在这里，空担了个厉害的名声，其实心肠再好不过了！她心地光明磊落，只会一味与老太爷争执，却不防着小人贱婢的下作手段，夭折了自己的哥儿……这才伤透了心。"

说起往事，房妈妈一阵唏嘘，眼泪都出来了，又扯着明兰道："老太太气你在余家出头，也是一片苦心，要知道，女儿家的得厉害在心里头，厉害在面上那是要吃亏的，不但叫人诋毁，还不见得顶事！那越是厉害的，越是脸上看不出来。"

"我真知道错了。"明兰低声道。这一次，她是真心认错的。

见明兰明白老太太一番苦心，房妈妈又高兴起来，兴致勃勃地跟明兰讲典范的故事："那位小姐，喀……这会儿也是老太太了，她家世、长相都不拔尖，嫁得也不如你祖父有才，要说也是个贪花的，可她呀，这许多年愣是把男人看得牢牢的，一个庶子都没有。我听说呀，她家老头子如今年纪大了，几个老姨娘早不见了，反倒老夫老妻十分得欢。"

明兰十分憧憬。也不知是不是因为背后议论人的缘故，没过几天，明兰就见到了这位受到房妈妈热烈追捧的典范。

车舆行至京津渡口，便要下车换船继续南下，巧遇了也要一同搭船南渡金陵的贺府众人，贺老太太掀帘子外望时瞧见了盛府车驾的标记，便遣人来认，两下一搭，不用滴血认亲，两位小半辈子没见面的老太太便搂在一起泪眼叙话了。

只见那贺老太太发色乌黑，身子丰腴，面色红润，脸上纹路纵横，却是笑纹居多，见人便笑呵呵的，性子开朗热诚。她见明兰生得姣美可爱，硬是搂着亲了好几口，随后补上一个沉甸甸的荷包作见面礼，里面塞了一大把金锞子和一对羊脂白玉的平安扣。

明兰当时就呆了，她以为这位老太太应该是沉稳庄重的样子才对，没想到俨然是一个快活乐天的乡村老太，据说她只比盛老太太小两岁，可如今看着像小了十来岁似的。

"妈妈，你没弄错吧？她瞧着不像呀。"明兰攥着荷包，立刻动摇立场，趁无人时和房妈妈咬耳朵。房妈妈笑容满面，轻声回道："若是光装出一副好模样，心里却狠毒卑劣，不但伤了阴节，一辈子还累得慌。好好瞧瞧这位老太太，她才是有真本事，快快活活地过日子，从不气到心里去，谁都熬不过她！"

贺老太太言谈风趣，盛老太太见了她之后便笑声不断，遂决定两家搭一艘船。

"老姐姐，就等你这句话了！我这次动身匆忙，没预先订下船只。"贺老太太拍着自己的胸口，一副幸亏的样子，随即转身吩咐："快，去把弘少爷叫回来，咱们有船了！去说，还是他祖母有能耐，一下就逮着个有船的老姐姐！"

屋内众人皆大笑。盛老太太狠狠拍了她两巴掌，笑骂道："都做祖母的人了，还这般不正经。可别让我小孙女学你这老货的淘气去！"

明兰刚吐完最后一顿，渐渐有些精神了，乖乖挨在祖母身边听着，见祖母少有这般高兴，也凑趣道："祖母出马，通常可以一个顶俩。"

贺老太太笑得整个人都后倾过去，搂过明兰又亲了两口，对盛老太太嗔道："你这孩子好，倒像是我亲孙女，反是我那死小子，活脱脱你这副假正经的模样！"

正说着话，贺家一个仆妇进来，恭敬地禀报道："七少爷回来了。"贺老太太忙道："快叫他进来拜见！"只见帘子一掀，一个长身玉立的少年缓步进来，见了人纳头便拜。盛老太太忙叫人扶起来。待他抬起头来，明兰才看清他的样子。

十四五岁的少年郎，白净面庞，修眉俊眼，不如齐衡般秀美，却有一股浓浓的书卷气，行止端方稳重。贺家一派富贵气息，他却仅着一身素净的细缎直衣，除了腰间一条如意绦子系的青玉佩，身上竟全无佩饰。双方派过长幼后，便都坐下。

"这是你盛家妹妹，小明丫。"贺老太太热心介绍，随口用了明兰祖母日常叫法："这是我孙子弘儿，痴长你二岁。"

贺弘文见盛老太太身边坐了一个玉娃娃般精致漂亮的小女孩，眉弯眼笑，憨态可掬，却瞧着体气不足，颇为病弱，脱口道："小明妹妹，这梅子莫要多吃了，极伤脾胃。"

明兰冷不防被叫到，愣了愣，看了看手上正捧着的一盒梅子，转头看看祖母，再看看那少年，忽闻一股药草清香隐然若现，呆呆道："这是给你吃的，解乏……呃，既然如此，那你别吃了。"

243

二

几个月后，回京城与盛纮一家团聚时，曾有人问过明兰，贺弘文是个怎样的人。

明兰思索良久，回答："好人。"

贺家系属名门，贺家曾老太爷创白石潭书院，为天下读书人之先，领袖清流数十年，如今后人虽不及先祖显盛，但也是富贵俱全的，贺老太太嫁的便是贺家旁支，她的第三子早逝，只留下贺弘文一个儿子，很得祖父母眷顾。

贺弘文自小便研习医术，开船不久便为明兰熬煮了平抚脾胃的药草茶，味道虽苦，但效果不错，明兰只喝了一剂便觉得大好。不过，她笃信培养自身抵抗力才是王道，便不肯再喝了，又不好意思驳了对方的好意，只偷偷倒掉了事。

一日，贺弘文来看望明兰，随口问道："适才送来的草茶可服下了？"

明兰一脸正色："刚喝完。"谁知正在此时，小桃拿着杯子从外头进来，嘴里说着"姑娘放心，无人瞧见的——"，小桃看见贺弘文，半截话戛然而止。

明兰顺着贺弘文的目光看去，那白瓷莲花浮纹的碗盏上还留着几抹气味熟悉的青色药汁。贺弘文静静地转回头来看着明兰。明兰强忍心虚，十分镇定道："小桃，你洗个杯子怎这么久？"小桃呆呆的，只会说："杯子……很难洗。"

明兰头皮发麻地干笑几声，闪躲着不敢看贺弘文，道："呵呵，难洗，难洗。"

贺弘文恍若无事，微笑道："船上诸事，是不如陆上方便。"

明兰："……"

一旁陪侍的丹橘脸皮没那么厚，把头扭过去了。

第二天，贺弘文送来了双份的大碗药草茶，明兰当着贺弘文的面，英勇无比地举起碗盏，咕嘟咕嘟一口喝干草茶，然后把空空的碗底高高亮给贺弘文验货。

贺弘文微笑颔首，好像班主任嘉奖刚罚抄完的小学生。

严格说起来，贺弘文是明兰第一个真正接触的外男。他们的祖母久逢知己，躲在船舱里要把几十年的话补足，在一群老妈子、小丫鬟的看顾下，明兰和贺弘文着实见了好几面。

古代少男少女初初会面，话题照例都是这么开始的："小明妹妹都读过什么书了?"

明兰听着耳熟,掩着袖子含蓄道:"不过认得几个字,不做那睁眼瞎罢了。"答罢,自觉很有大家淑女风范。

贺弘文挑了挑眉,不置可否,只把目光往右一转,定定地看向书案上一沓练字用的宣纸,墨迹斑斑,显然字写了不少。明兰尴尬,补充回答:"只刚读了《女则》和《孝经》。"

贺弘文依旧不说话,再把目光往左一转,只见书架上横七竖八地堆了几本翻旧了的书,封面大开,医卜星相、天文地理,都是明兰央求长柏和长栋帮忙弄来的闲书。

明兰再次被捉包,强自笑了几声:"……这是家中兄长叫我带去送给堂兄的。"

贺弘文很能理解的样子,微笑道:"令兄真是涉猎广博。"

明兰嘴角抽了抽,干干地赔笑几声——天啊,地啊,只看正书的长柏哥哥,只看账册的长松哥哥,还有见字就晕的长梧哥哥,原谅她吧!

贺弘文最厚道的地方是,哪怕当场揭穿了明兰,也能很真诚地装傻点头,对明兰的一切烂借口都表示出十分信服的样子。人家如此上道,明兰也不好再装了,直以诚待人。

临近金陵,时气渐暖,上回北上去登州时明兰才穿来不久,体虚气短且处于人生的低谷,没有闲情欣赏风景,如今却是别有一番心情,只见沿岸景致渐精致柔和,明兰坐在窗沿看沿岸风光和忙碌的漕运船舶货运。贺弘文南北来回已见过许多次了,便笑吟吟地指点解说。

"大白鸟、大嘴鸟……麻袋船!"明兰呆呆地指着说,言辞十分贫乏。

贺弘文笑着解释:"那是鸬鹚,最擅捕鱼……那是沙鸥……不对,那是粮船……"

明兰开朗俏皮,贺弘文内敛稳重,两人相处甚欢。

"……家母想我科举出仕,无奈我不甚争气,只喜欢摆弄药草针典。"贺弘文赧颜道。

"贺家哥哥菲薄自己了。读圣贤书,不过是上为辅佐明君、匡扶社稷,下为光宗耀祖、泽及子孙,可万流归宗,行医济世一样可以惠及百姓、光耀门楣。哥哥祖母的父亲,当年何等医术医德,少年时,亲赴疫区救命济厄,年长

245

时，执掌太医院令，颁布医典令，世人何等景仰！"明兰十分真诚。医生真的是一项高尚职业，做好了，还有很高的收入。

贺弘文笑得温柔，静静看着对面的女孩。

"父亲早逝，母亲病弱，我不能依着母亲的心意读书进学，实是不孝。"贺弘文的忧郁薄纱般笼罩着秋色。

明兰摊着一双嫩白的小手，上面针孔可见："我素来不喜欢刺绣，祖母请了好几个师傅教我，到现在我绣出来的蝶儿还是像蝇子，想想也是不孝。"

贺弘文微笑道："妹妹年纪还小，慢慢练总会好的，我锦儿表妹最擅刺绣，那也是日日练出来的。"

明兰摸着自己的手指，随口问道："哦？她也住金陵？"

贺弘文神色黯淡："不，几年前她父亲因'小梁山矿案'获罪，全家被流放凉州了。"

明兰不说话了。几年前小梁山矿井坍塌，死了百余矿工，谁知矿主勾结当地官员，克扣抚恤金，反把那些死了男人的孤儿寡妇锁拿问罪，险些激起民愤，酿成大乱。

皇帝气得半死，其实他也知道，这不过是争储的余波，但也只能处罚些首恶官吏了事，从犯都是高高举起，轻轻放下，因此牵连进去的官员并不多，没想到他表妹家就是这少数炮灰之一。

"嗯，既然是流放，估计罪也不重，重罪的都砍头了。不是有大赦天下嘛，你表妹总能回来的。"明兰只能这样安慰。新皇登基便有大赦，只要不是十恶不赦，一般来说流放犯都能赦免，如今天下人都知道老皇帝的日子已是数着过的了。

贺弘文很是感激明兰的一番好意，过了半晌，道："当年姨夫也是有过错的，有过当罚，也不算冤枉，不过若能赦免自是好事。"顿了顿，又道，"我那里有自配的雪蚌膏，给小明妹妹抹手吧，冬日里做针线活指不灵便，涂了那能活血舒筋。"

少年语意温柔，目光和煦，便如凉意始起的深秋里，最后一抹淡金色的阳光，慢慢地爬上明兰的脸蛋，照得明兰有些脸热。

又堪堪行了五六天船，终于靠岸停泊，码头上站了不少小厮、管事打扮的人，都伸长了脖子往这里瞧，一半是盛维来接明兰一行人去宥阳，还有一半却神色哀戚，是来接贺老太太直去金陵娘家看病重的老父。

贺老太太挽着盛老太太的手说了好一会子话才放开。贺弘文对着明兰谆谆叮嘱："明妹妹要当心身子，长途跋涉兼之车船劳顿，最易生病的，回去后先好好歇上几天再去玩耍吧。"

明兰用力点头。

盛维和长子长松亲来接船。明兰第一次见到这位大堂哥，只见他肤色微黑，浓眉大眼，嗓音响亮，气概爽阔，和长梧生得很像。他一见到明兰便笑呵呵道："这便是六堂妹明兰吧，父亲一直在妹子品兰面前念叨你，这几年她没少嚷嚷着要见你！"

"明妹妹没到过宥阳吧，那可是个好地方，咱们盛家的老宅宗祠都在那儿，一个时辰的马车便可到金陵，回头我带着你和品兰出门去逛逛。"

"金陵达官贵人太多，咱们生意人家不凑这个热闹，还是窝在老家好，地方大，风光又好。明妹妹不是喜欢钓鱼吗？回头给你备上渔具，几十里的鱼塘你就是拿鱼竿子戳也能戳中！"

"秋日的山林最好看，赶在入冬前，妹妹可得去看看那漫山的枫树，与京城的不一样，没那么贵气，倒野得多。"

……

那日天晴气暖，秋风送爽，便是坐在轿里也不觉着气闷。盛维和盛老太太说着话，而长松哥哥骑着马在明兰轿外一直说话解闷，明兰有种小朋友去郊游的喜悦。

盛家虽然姓盛，但其实原本一点儿也不盛，反而有些剩。直到盛老太公抓住了改朝换代的时机发家致富，盛家才渐渐兴旺，修了祖庙，盖了宗祠，还在老家宥阳建了一座偌大宅邸。

大凡商贾出身的人都喜欢走文化路线，老太公发家后的第一件事就是重金聘了一位没落书香官宦家的小姐为妻，育有三子。

老大承袭家业却贪欢好色，迷上了一个歌姬出身的姜室，做出宠姜灭妻的闹剧，听说死时家产几被败尽；老二就是明兰的祖父，风度翩翩、倜傥潇洒的探花郎，遇上烈性的侯府千金，夫妻几乎成仇，不到三十岁就死于一场风寒；老三最极品，吃喝嫖赌却一直活到现在。

明兰深深叹息：引进基因改良失败，全军覆没。

早有小厮前去老宅报信。待明兰一行人到时，盛宅正门大开，门口站了一排衣衫光鲜的女眷，见盛老太太和明兰下轿，当头一个中年的圆脸妇人走上前来，对着盛老太太纳头便拜，笑道："婶婶总算来了，我家老太太盼得脖子都长了，这些年没见着婶婶，看婶婶精神爽健，侄媳妇比什么都高兴！"

正说着，转眼看见一个俏生生的小女孩站在盛老太太身后，便试探着问："这是我那侄女儿？"盛老太太笑呵呵道："就是这小猴儿，自小养在我身边，正好和品兰做伴。"

然后用眼睛看了明兰一眼。

明兰立刻挪动脚步，老实恭敬地站到跟前，乖巧地拜下："给大伯母请安，大伯母安好。"

李氏眼睛笑眯成一条线，不住地说："好好好，好孩子。"又细细地摸了摸明兰的脸，目光中流露出赞色，"这孩子可生得真好，规矩也好，这次可要多住些日子，教教你那泼猴般的品兰堂姐，没得她似没笼头的野马。"然后指了指身边一个年轻妇人，"这是你大堂嫂，住这儿要什么，尽管与她说。"

明兰再次躬身行礼："大堂嫂好。"

文氏立刻扶了明兰起来，柔声道："妹妹别多礼，待见过了老太太，你瞧瞧给你预备的屋子可喜欢。若不喜欢，咱们立刻换，这里便是妹妹自个儿的家，千万莫拘着了。"

李氏一身富态相，亲切和气却又稳重威仪，说话间，已引着盛老太太众人往里走去。穿过二门和茶房、门房，顺着传廊走进内宅，绕过照壁，入了大老太太住的正堂。明兰进去，只见当中坐了一个发丝银白的老妇人，面貌瘦弱干枯，只一双眼睛湛然有神。她一看见盛老太太立刻站起来，双手张开去扶。

盛老太太忙走上几步，叫道："大嫂子。"

大老太太亲亲热热地回礼："弟妹，多年不见了，你身子不好，又随着纮哥儿四处赴任，我也不好总累着你，只盼着有生之年还能再见你一面，今日能如愿真是佛祖保佑。"说着，声音有些哽咽。

盛老太太颇为感动，也说了几句亲热话，然后又叫明兰磕头拜见。大老太太拉着明兰细细看了，连连点头："这孩子生得好，标致又有福气。"

这是今天第二次有人夸自己漂亮了，明兰很努力才不去摸自己的脸，才十二岁的小姑娘能美丽到什么地方去，估计是亲戚间的恭维，总不好见面就说"你家孩子怎么长得跟倭瓜似的"吧。

一向直爽的长梧今日有些扭捏，自打明兰进门对他说了一句"恭喜梧哥

248

哥了"，他就活像烧熟了的章鱼，羞羞答答地回了盛老太太几句话后，便红着脸，低着头，直挺挺地立在一旁培养新郎官的含蓄气质。

看盛老太太和大老太太说话，李氏把明兰拉过去，指着站在旁边的一个和明兰同龄的女孩说："这是你堂姐品兰，说起来你们同岁。"

明兰看向那女孩，只见她圆脸大眼，模样颇似李氏，一对英气的秀眉挺拔，整张脸显得生机盎然。她也正在看明兰。明兰和她目光一对上，便微微一笑示好："品兰姐姐好。"

那女孩眸子闪亮，回道："明兰妹妹也好。"

说着，偷瞄了自己母亲一眼，见李氏过去服侍两位老太太，便左眼大大地朝明兰眨了一下。明兰吓了一跳，迅速瞟了一遍左右，玩心大起，也朝那女孩眨了一眼回礼，随即飞快垂下嘴角，一脸乖乖的老实状。

品兰瞪大了眼睛，大眼里盈满了笑意。

三

当天下午，已嫁了人的姑姑盛纭和堂姐淑兰也回娘家来拜见盛老太太，李氏忙叫丫鬟把正在品兰房里玩的两个女孩叫来。

品兰的长姐早嫁，长兄早娶，二哥长梧又去了京城，平日无人陪伴玩耍，只好苦心钻研九连环。明兰何曾练过这个，技不如人便甘拜下风。品兰得意至极，一边叫丫鬟整理裙裳钗环，一边絮絮叨叨解九连环的诀窍。

丹橘从螺钿首饰盒里捧出好大一支丹凤衔红宝累金丝珠钗，明兰咬牙受下，只觉得脖子都短了三寸。那边一个大丫鬟也紧着往品兰头上插一支嵌宝石花蝶重珠簪，品兰绷着脸一下推开，嘴里嚷着："我不戴那玩意儿，上回我戴了一晌午，闹得我脖子疼了三天！"

那丫鬟好生哄劝："我的姑娘，好好戴上吧，若是来的只有姑太太和大小姐，也不逼着你戴了，可慧姑娘和三太太也来呢，你瞧明姑娘都戴上了，她那个瞧着比咱这个还沉呢。"

品兰抬头看看明兰那支微颤颤的大珠钗，心理平衡了些，便嘟着嘴让戴了。

缓步朝正房走去，沿着抄手游廊拐个弯，一个丫鬟守在门口打开帘子道："二姑娘和明姑娘到了。"明兰随着品兰跨进门去。正当中坐着盛老太太和大老太太，大太太李氏坐在墩子上，文氏站着张罗茶果，都笑着和几个穿着华贵的女子说话。

一个四十多岁的妇人一直紧挨着盛老太太咬耳朵说笑话，她肤色微黑，一双眼睛却灵动活泼得真不似她的年纪。她见品兰旁边跟了一个不认识的女孩，立即起来拉着明兰细细地上下打量。只见女孩肤如雪凝，目光清澈，一对米粒般的笑窝在嫣红的嘴角隐隐若现，她顿时眼睛一亮，回头笑道："婶婶，这就是我侄女明兰吧！哎哟喂，瞧这小模样生的，比画上的还好看，都说侄女肖姑姑，果不然与我一个模子呢！"

大老太太指着她笑道："好你个没脸的，你这是夸明丫儿呢，还是往自个儿脸上贴金呢？就你那块料，就是再投十次胎，也捡不着这般的好皮子！"

那妇人居然撒娇着跺了跺脚："娘！我这可是给您争脸，我生得像您，我夸自个儿不也就把您带上一道儿夸了吗？您倒好，还拆台！"

大老太太无奈地摇摇头，盛老太太也被逗乐了，点点头道："纮丫头果然孝顺！"

屋内众人一齐大笑，丫鬟、媳妇也捂着嘴暗笑。

大老太太指着那妇人对明兰道："这是你纮姑姑。"又指着坐在下首墩子上一个尖眉细眼的妇人道，"这是你三老太爷家的婶婶。"然后指着站立在旁的一个年轻媳妇和一个垂首少女道，"这是你淑兰大姐姐，这是三房的慧兰堂姐。"

明兰立刻屈身过去，盈盈下拜行礼，一一叫过。屋内众人见她行礼严整规矩，从肩到腰到膝盖足弓姿势婉约轻灵，优雅浑然，待见得大老太太拉着她说上几句话，都觉得她落落大方，举止得体，恭敬老实又亲近，颇是招人喜欢。

盛纮最是直率，一把拉过明兰细细说话，一边问着喜欢吃什么、可住得惯之类的，一边从怀里拿出一个沉甸甸的大红金绣线绳边荷包给她："我家明兰生得好，回头姑姑送几匹上好的云锦倭缎来给你做衣裳！"

品兰生性豁达，见明兰受人喜欢也不生气，只假意恼道："姑姑好偏的心，如今见了个比我好的妹妹，便把我忘在脑后了。"

盛纮用力点了下品兰的脑门，笑骂道："你个小没良心的，你从姑姑这儿拿的还少呀！"

屋里众人说话，只那三太太没人去搭理，孤零零地喝着茶。忽然，她插口道："品兰侄女儿你就知足吧，虽说都是侄女，可还有你慧兰姐姐半分没落着呢。"

明兰低着头偷偷看向慧兰，只见她红着一张脸，低头不语；再看那三太太，衣裳看着光鲜，仔细瞧那边角袖口处，却有磨损补救的痕迹。

盛纮不去理她，只轻飘飘的一句话掠过："姊姊待我们兄妹有大恩，明兰自也不一般。"

那三太太被撂下，转头狠狠瞪了一眼慧兰，指桑骂槐道："你这不成器的，若你有你堂妹半分讨人喜欢的本事，便也得了你姑姑的大件小宗的物件了！如今白叫了十几年姑姑，半分银子也没捞着！"

盛纮当即反口："绉大嫂子的话我可听不懂了，难不成你家里的孩子叫我姑姑，都是打量着算计我的物件？"

三太太竖着眉毛尖声道："哟，可不敢！只是如今外头人都说，盛家大房、二房都金山银山堆填了海，却只看着自己兄弟叔伯落魄得要讨饭了也不管上一管，凭日日施粥放米给不相干的，也不过是虚图了个大善人的好名声，原来也是做样子的！"

品兰一听有人侮辱自家父亲，立刻大声道："我爹爹前日里刚给三婶婶家送去几大车柴米，至于银两那是月月不断的，这也是做样子的？"

大太太李氏沉声道："品兰，休得无礼！还不快退下！"

屋内一时刀光剑影。

明兰暗暗咋舌，低着头不敢让人看见自己脸上的惊异：往日里，她们姐妹三个吵嘴或者王氏和林姨娘明枪暗箭都是有的，可也从无这般撕破脸的行径；再偷眼去看旁人，只见包括盛老太太在内的所有人都面色如常。

大老太太哼了一声："绉儿媳妇，你今日是来拜见你二婶子的，还是来寻衅的？在长辈面前如此大呼小叫，也不怕叫小辈看了笑话！"

三太太涨红了脸，一言不发地坐下，猛喝茶吃点心。

明兰转头，只见品兰一脸得意，挑衅地看着慧兰。倒是淑兰颇有不忍，把慧兰拉走去说话，解了屋里的窘迫。这时，一个丫鬟进来，禀道："李家舅太太来了。"

大太太忙道："快请。"

丫鬟打开帘子，只见一个满头珠翠、体态丰腴的妇人进来，见了大老太太和盛老太太便恭敬地行礼，笑道："我来叨扰了，老太太莫怪，只是常听着我小姑子念叨婶娘和气慈爱，今日便厚着脸皮来拜见了。"

盛老太太笑道："舅太太也太过谦了，都是自家人，说什么两家话，年纪大了就喜欢热闹，你们能来我高兴得很。明兰，来，见过舅太太。"

明兰上前躬身行礼，迟疑着不知叫什么好。那舅太太忙开口："你便如品兰一般叫我舅妈吧。"明兰抬眼看了看盛老太太，见她微微颔首，便乖巧地叫了声："舅母好。"

舅太太朱氏眼眯成一条线："好标致的闺女，老太太好福气呀。"说着，也从身边的丫鬟手里接过一个菡苕色的荷包塞到明兰手里。明兰低头一瞧，只见这荷包珠绣辉煌，镶珍嵌宝，极其华丽耀眼，不看里头的东西，光是这荷包就价值不菲了。

大家坐下叙话。舅太太朱氏照旧没有理睬三太太，只和盛老太太她们说话，从金陵说到京城，从内眷说到子女。明兰从不小看这种内宅妇人间的闲话恭维，只细细听了，才知道早年间李老太公是和盛老太公一起发的家，一开始并不如盛家兴旺，不过人家的儿子生得好（没有引进外来基因，而是凑合了乡下的结发妻子），三代勤恳经营下来，家业繁盛，成了宥阳县城里数一数二的人家。

三太太几次欲插嘴都不得成功。大老太太说了会子话，忽对盛纮道："泰生呢？今日他没随你来吗？"盛纮笑道："梧哥儿难得从京城回来，我那傻小子总也说个没完。咦，舅太太，你今日一人来吗？"朱氏笑道："来了郁哥儿和都哥儿，都在外头呢。"

大老太太笑道："都是自家亲戚，快叫进来。"说着便叫丫鬟传人。

帘子掀开，进来三个年岁相当的男孩，齐齐给盛老太太下拜行礼。大老太太笑指着当头一个眉眼含笑、唇红齿白的男孩道："这是舅太太家的二公子郁哥儿。"后指着左边一个腼腆害羞的男孩道，"这是李家三公子都哥儿。"最后指着一个面皮微黑、厚实健壮的男孩道，"这是我纮丫头的小子，泰生。"

三个男孩各有风采，一时间屋内一片勃勃之气。除了明兰，其余众人皆早识的，于是明兰只得过来逐一施礼称呼，随着品兰一概都叫"表哥"。

朱氏笑着对明兰道："你还有个大表哥，这会儿出外办货去了，你大表嫂人是极好的，以后可要来我家玩。"

盛老太太赞道："舅太太好福气，哥儿都这般丰秀儒雅，端是美质良材。"

舅太太笑道："这两个魔星可闹着呢，老太太谬赞了。"

盛老太太拉过李家两个男孩，细细问了读书学问，知道大的已经考上秀才，小的也是个廪生了，更是喜欢："好好好，上进用功方是道理。"

朱氏笑道："他们这可算不得什么，听闻老太太家的长孙，不拘秀才、举人、进士，都是一次考中，如今被点了庶吉士，在翰林院供职，这才是真真的文曲星下凡的命格哟。"

盛老太太转头瞪了大老太太一眼："定是老嫂子到处说去的，没得夸坏了孩子。"

大老太太笑道："有好的自然要夸的，回头等这两个孩子上京赴考了，你且照应着点儿就是了。"

盛老太太道："这还用说，维哥儿媳妇的侄子便如我们自家孩子般。舅太太，待哥儿们上京了，就住到我处去，家里还有两个备考的小子，恰好做伴。"

朱氏就等着这句话，连声笑道："那可真谢谢老太太了，郁儿、都儿，还不磕头谢过？"

李郁、李都立刻再次拜倒，舅太太谢了又谢。

品兰附到明兰耳边轻声问："不过是住到自己亲戚家里头，做什么这般道谢呀？"

明兰苦笑，这小姑娘还真敢说，只答道："我家书多。"

事实是，考科举其实除了闷头用功之外，还需要大量的前后期工作，这里面大有门道：要知道主、副考官的文章喜好和政见倾向，甚至字体偏爱，还有当今朝政风向，不能涉及禁忌话题和派系斗争，等等，末了，还要会友拜师，在清流中混个人熟。

虽然考卷是封了姓名的，但事实上能当上主考官的，基本能从文章字迹和行文中猜出自己熟悉的考生。这不是作弊的，但只要不很离谱，可以获得相对稍高的评价。有盛家这样的官宦家族帮忙介绍引见，李郁、李都可以事半功倍。

明兰觉得吧，这个……不想考中的考生不是好考生，但不拉关系的考场才是好考场。

这时，品兰过去与胡泰生说话，嬉笑声大了些。盛纮转头去瞧，皱了皱眉，便腻到盛老太太身边笑道："我家泰生不是读书的料，婶婶可是嫌了哦。"

盛老太太似乎很喜欢这个淘气的侄女，笑骂道："你个泼猴，你小时候我多少回教你读书写字，你学得三天打鱼、两天晒网，连《三字经》也背不全，还有脸说嘴！泰生这都是随了你！泰生，过来。"拉过泰生的手，笑道："好孩子，男儿家行行出状元，我常听你舅父夸你，说你勤恳厚道，实心用事，打理家业十分得力，我听了不知替你娘多高兴呢！"

胡泰生只一脸憨厚地笑。品兰凑过来笑道："表哥，我明妹妹新来，你可带了什么好东西？"泰生老实回答："海子对边的西洋点心，给妹妹们尝个鲜儿。"

三太太不甘寂寞，忍了许久终开口道："我这一辈子也没尝过西洋点心，听说是极香甜的，也给我带些回去让你三舅舅尝尝，外甥可别学人瞧不起你三舅舅家！"

慧兰也笑道："瞧母亲说的，泰生表哥最是厚道，怎么会厚此薄彼瞧不起咱们家呢？"慧兰语气亲昵，一双水汪汪的眼睛朝泰生看去。泰生脸红过耳，低头站着，打死也不开口了。

屋内其余众人全装没看见，只品兰怒着又想冲过去。明兰暗叹一口气。她本想扯住品兰袖子，但估量了一下这位堂姐与自己的力量对比，决定改变战略。

明兰轻巧地一个转身，不着痕迹地拦在她跟前，一时还没想好借口，可箭在弦上，于是她说了一句自以为高明的话："品兰姐姐，你再与我说说那九重连环扣怎么解吧，这老悬在脑子里，我心头挠似的难受呢。"

品兰果然被阻住了，惊奇地转头："咦？刚才我不是手把手与你讲明白了吗？怎么这会儿工夫你又不知道了？"她音量有些大，一旁站的几个男孩都看了过来，尤其是年纪最小的李都，表情中隐约写着"她好笨"三个字。明兰窘迫得脸上发烧，心里大骂。

那李郁轻轻笑了下，笑着看了明兰一眼，道："似九连环这般深奥的也只有品妹妹这般聪明的人才一学就会，咱们笨笨的，自然得多讲几遍了。"

胡泰生最老实，连连应和："是呀，是呀，我也老学不会呢。"

品兰闻言大是得意："表哥说得是。"转头便对明兰耐心地再次说起解九连环的诀窍来。

明兰心里颇为惆怅：深奥你个头呀深奥！不过好歹达到目的了不是？

明兰笑眯眯地听着，不断点头应是，随意转头间，忽然看见上首坐的盛老太太，只见她与众女眷说话，连连微笑。明兰有些愣，只觉得这会儿祖母的笑容竟有几分熟悉……啊，对了，小时候姥姥拿白煮蛋哄她穿耳洞时，就是这个笑容。

四

宥阳盛家的气氛和悦美满，一家人从上到下都脾气相近，爱说爱笑，待人大方热情。明兰宛如服刑多年的劳改犯忽然获得假释了一样，整个人都松开了。

大约她和品兰真的是臭味相投，几乎一拍即合，一个行动派的野丫头，一个出馊主意的帮凶，外加一个惯于被表妹支使的老好人泰生，这几日盛家着实热闹。明兰钓鱼，品兰就帮忙捉泥蚯蚓，泰生在一旁端着鱼篓子，鸡婆地叨叨着"小心脚下滑"或"不要再往前了"什么的；品兰抓麻雀，明兰就帮着支簸箕撒谷子，泰生就蹲守在墙后扯着支棒上的绳子……

李氏要理家备婚，只好叫儿媳文氏去逮她们回来。奈何文氏原就不是小姑子品兰的对手，明兰又不便管，只能睁只眼，闭只眼算了。

"由她们去吧，小孩子家家的，想玩就多玩会儿吧，有生气些好，没得木头人一般。"大老太太微笑着解围。盛老太太看李氏一脸为难，本想训诫明兰一番，可转眼看见明兰这些日子玩得脸蛋红润，精神倒比在家时还好，心中不忍，便叹气道："侄媳妇如何不疼孩子，只是这女孩子家……现在不拘着她们，将来怕是要吃苦。也罢，侄媳妇，你且担待些，待过了梧哥儿的婚事，再好好收拾这两只小猴儿。"

一旁的品兰、明兰是被李氏逮来训话的，原本垂头丧气地站着，闻言都是一脸喜色。李氏又瞪了自己女儿一眼。

盛老太太和房妈妈均年老，早在登州时就叫明兰帮着房妈妈管些事，这次长途跋涉她们早已累了，便叫明兰整备行李，誊写给亲戚们的赠礼。

明兰才和品兰玩了两天便被捉去做事，品兰十分抑郁，只好跟在旁边嘟嘴抱怨。不过看着不论小丫鬟、老婆子都恭恭敬敬地回事禀报，明兰说一不二，令行禁止，那些仆妇竟没有半个啰唆的，品兰十分佩服。

"我也帮着嫂子理过事，那些下人总爱偷奸耍滑，每每叫我吃苦头，母亲不与我出头，还好生训我，这……有什么诀窍吗？"品兰倒也很虚心。

明兰何尝没有吃过苦头，这几日与品兰玩耍也多少知道她的脾气，便道："我来给姐姐猜猜看，你办一件差事前，可有先问过管事妈妈原先是如何的？"

"没有。"品兰一口否认，"我都向母亲和嫂子问清楚前因后果了，还问下人做什么？"

明兰又问:"你是不是直接叫身边人去办了事,绕过那些妈妈嬷嬷的?"

品兰点点头:"那些妈妈都仗着在老太太和太太面前有些体面,总也不把我放在眼里,况且一件事明明一次可好的,为何还要经二手、三手的穷麻烦?"

明兰一脸"果然如此"的高深表情,品兰心更痒了,连连追问。明兰便笑道:"那些家仆都是有卖身契在主人家手里的,如何有胆子和主家的小姐叫板?只要'萧规曹随'便无大错。你以后做事前,先将管事妈妈叫来,细问了以前是怎么行事的,可随着便都随着,若实在不喜想改个法子,你不要自作主张,也不要在婆子跟前露了意思,先找太太或嫂子问问是否妥当,再行事不迟。"

品兰皱着小脸,抱怨道:"母亲老挑我的错,我才懒得问她!"

明兰用力扯住品兰的脸,把她皱起来的脸拉平,板着脸道:"府里行事都是自有定例的,你怎知道自己的法子一定好?大伯母是经老了事的,你的法子好或不好,她一听就知道,总比你做错了要好。这是其一;其二,一件差事过一人的手便有一份干系在里头,你一上来就剥了人家的油水,人家能乐意?自然明着暗着给你下绊子。你若是提前与老太太和太太知会过了,便是再老体面的妈妈嬷嬷还能告你这个正经小姐去?"

看品兰还有犹豫之色,明兰最后送了一句给她:"管家本就不是容易的,你没听过'当家三年,猫狗都烦'吗?你若是怕事,索性别插手;若想管,便不能怕烦怕难,你如今还是有爹娘祖母撑腰的姑娘呢,那些做人媳妇的,对着婆婆、妯娌、小姑子,才真是难呢!"

有些话明兰没说,作为庶女,她比品兰更难,如兰和墨兰可都不是吃素的,王氏也未必会给她撑腰。

在明兰看来,多做多错,少做少错,想要不错,只有不做。

雇员的心愿是少干活,多拿钱,而雇主的目标是让雇员多干活,少拿钱,这组矛盾古今相同,不论多会做人的主母,只要危害到别人的既得利益了,那便免不了被难看。

拿十万两银子当一万两银子的家,让仆人活计轻省,月钱翻倍,节假日双薪,年末发花红,外加每年三次海外旅游,只要主母不是过分昏庸无能或被人骗了,基本上都会被人称颂"慈悲仁善"。可拿一万两银子当十万两银子的家,今天大伯子买个八百两的妾,明天小姑子们开个五百两的诗社,后天老祖宗捐一千两的香油钱,家里养上上千口的仆妇、丫鬟,男人又不会挣钱,那估计只有七仙女下凡才能当好家——人家是神仙,会点石成银票的说。

正常的做法是：用合理的钱当合理规模的家，不要奢侈浪费，穷搞排场，也不要过分苛刻，太过精细地算计仆妇，当宽松时得宽松，手指缝里漏出个一星半点的也无妨。在这个基础上，严整家规，规范家仆行为，教导规制家仆守礼，让家风井然，已是上上大吉了。

其实品兰很聪明，不过之前李氏教得不得法，不如明兰说得入耳，嫂子文氏又隔了一层不好细说。品兰细细想了颇觉有理，回去后便跟着母亲看她理事的光景，见母亲指挥人手收妆奁，打赏仆妇，安床备席，天天都有十几个婆子围着问这问那，只忙得像轱辘一般。品兰忽觉母亲辛苦，便乖乖地随着明兰一道做每日功课：临帖、刺绣，连着老实了好几日。

李氏见女儿收了性子，大松了一口气。前日她瞧明兰指挥家仆清点箱笼或整理物事均十分干脆利落，再看她点起数来连算盘都不用，掰着手指在纸上画两笔就清楚了，这才多大的丫头呀！李氏大吃一惊，再回头看看跟在明兰后头一个劲儿地嚷嚷"还没好呀，我们去玩吧"的女儿，不由得暗暗发愁。

如今看品兰有些懂事，李氏大觉欣慰，可瞧着品兰垂头丧气的样子，又觉心疼，揉着女儿的头发道："你明妹妹素日在家里规矩极重的，如今来了咱家，你只要别出格，便带着她园子里头走走，也是好的。"

到了接亲那日，盛宅上下装点一新，连仆妇都逐一换上新做的长袄比甲。品兰扯着明兰到处跑着看热闹，锣鼓喧天中，只见长梧哥哥穿着大红喜袍，骑着高头白马，迎喜轿而来。

"二哥也忒没出息了，瞧他笑的，嘴角都咧到耳朵后头去了！"品兰揽着明兰低语。明兰点头，今日长梧的确笑得像枚呆瓜，不过他值得原谅。

因大老太太不许纳妾，为避免青春期少年犯错误，男孩子都较早娶妻。长梧从十五岁开始说亲事，一路荆棘不断，什么马夫、伙夫、车夫都来凑过热闹，偏大老太太和李氏眼光颇高，不肯将就门第低的儿媳妇，于是长梧足足到了二十一岁才讨上老婆，叫他如何不乐？

明兰还见到了泰生的爹。这位胡姑父大名为二牛，明兰本以为既有二牛，上面定然还有大牛，其实不然。据说当年胡家老太太在生儿子的前夜梦见有人白送了她家两头牛，便给儿子起名二牛。牛姑父人很好，一直跟在大舅子盛维后头忙进忙出。

不过淑兰堂姐的夫婿孙志高那厮明兰就不是很喜欢，生得倒是眉清目秀，可眼睛便如长在额头上一般，一股傲慢之色。后来才知道这位孙姐夫是宥阳有

257

名的神童，十二岁便中了秀才，嗯……可是到现在还是秀才，在得知盛老太太出身侯府，儿孙均是科班出仕，立刻前倨后恭。

姑娘家不好抛头露面，既不能去喜堂观礼，也不能在外客中走动，品兰几次想突破重围到前头去看热闹，都被明兰扼杀在萌芽中，反被扯着到后园子去看新扎的花树。李氏清楚品兰的性子，百忙中遣了人叫女儿到后堂去陪老太太和众女眷说话。

"三房几个表小姐都来了吗？"品兰问道。那丫鬟笑道："全来了，连邻县的秀兰姑奶奶和月兰姑奶奶也来了。"品兰立刻沉下脸来，一口回绝："那我不去！"

那丫鬟为难道："姑娘，这可不成，太太吩咐过的……"明兰见小丫鬟连汗都急出来了，便道："你先走，我和你们姑娘这就过去。"

小丫鬟知道这明兰小姐虽来的日子不久，却和自家小姐极是投缘，常能对品兰规劝一二，便连声道谢着放心走了。

品兰瞪着明兰："你打什么包票？我可不去。"明兰凉凉道："我是无所谓啦，不过大伯母不放心你，自还会派人来逮你的，三请四请，最后不过是敬酒罚酒的差别罢了。"

品兰想起自家母亲的厉害，不由得灰心道："我是真不想见三房那几个呀！除了秀兰姐姐还好些，那慧兰你是见过的，还有一个庶出的月兰姐姐，唉，更不必说了。"

明兰拉着品兰慢慢朝正堂走去，边走边问，顺带引开品兰的注意力："到底有什么深仇大恨，你这么记着？"

品兰不自觉地随明兰往前头走着，愤愤道："你们一直在外地住，不知道三房那几个讨厌鬼！小时候三婶婶推说家境艰难，又说女儿家得贵养，便把三个女儿硬送到我家来，我和大姐没少吃她们的苦头！秀兰姐姐也还罢了，那月兰，哼，逢年过节分东西她总要闹一回，不是抢我的衣裳，就是偷姐姐的钗环，我去告状，她还到处觑着脸哭，说我们欺负她！"

"她还偷东西？"明兰还真没想到。

品兰想起往事，一肚子的火气："哪是偷？就是明抢！大姐姐屋里但凡没人在，她就自己进去乱翻东西，拣了好的自己戴上便再也不还了！大姐姐老实，从不说她，她便越发放肆，有好几次连母亲的屋子也敢进去翻。母亲一开始还忍着，说不过是些首饰，女孩子大了爱打扮就随她去吧。直至后来发觉少了几份地契，里头还有这祖宅的文契，母亲才急起来。"

"后来呢？契书要回来了吗？"明兰很恶趣味地追问。

这个问题很让品兰兴奋，她得意扬扬道："那时她差两个月就要嫁人了，她仗着已聘了人家，娘家人不敢收拾她，谁知我母亲先去三房客客气气地把她接来，然后派人去对那亲家说月兰姐姐染了风寒，婚期推迟半年，接着把月兰姐姐关了起来，不论三房人怎么来闹也不松口。不过三房的也不敢怎么闹，怕闹大了被人家退亲。哈哈，月兰姐姐足足被关了好几十天，她交了契书才放的人。原来她连三叔都没说，偷偷藏在自己兜肚里，想带去夫家呢！"

品兰说得眉飞色舞，明兰却张大了嘴，心中跷起大拇指——果然真人不露相，想不到那个圆脸和气的大伯母居然这般辣手！

品兰被勾起了谈兴，继续往下说："还有慧兰，与我小时候不知打过几架了，喏，你瞧瞧，这疤，就是五年前她把我推到石头上磕的，幸亏我拿胳膊撑住了，不然我的脸还不定怎么样呢！"说着，撸起袖子凑到明兰面前。明兰伸头去看，果然上面好大一条桃粉色的疤痕，如蜈蚣般扭曲。

"然后，她就被送回自家去了。"品兰恨恨道，"哼！都是白眼狼！"

慧兰和品兰足足差了三岁，居然也下得去这个狠手？明兰看着那条五六寸长的疤，能想象当初八九岁的品兰有多疼，便帮品兰放下袖子，安慰道："我常听大老太太说起秀兰姐姐，说她倒是个好的，相夫教子，夫妻和睦，可见大伯母也不全白养了呀！"

品兰总算开了笑脸："那还不都是我娘做了好事？那年秀兰姐姐连夜哭着跑来我家，头都磕出血来了，求我爹娘别让三叔把她嫁给一个黑心老财做填房。我娘好容易把她保了下来，还做主把她嫁了现在的姐夫，姐夫考上秀才后一直中不了举，也是我爹爹去疏通了关系，让姐夫在邻县做个教谕的。"

明兰连连点头："大伯大伯母真是好人，这般肯为侄女出头。欸？对了，那伯父为何不给孙姐夫也弄个教谕来当当？"

品兰冷哼一声："我那姐夫小时候曾被一个摆卦摊的说是有宰相的命，他便打定了主意要当两榜进士的，怎肯屈就那么一个八九品的清水小吏？几次回绝了我爹爹的好意，哼哼，可别才学没有志气高才好！"

听品兰吐槽，明兰不禁莞尔，心想，品兰如果生在现代，可以到天涯上开一帖子"扒一扒我的极品堂姐堂姐夫堂叔堂婶们"，何其狗血畅快，肯定能火！

待品兰讲的告个段落，姐妹俩已走到正房门口。当前一个丫鬟正伸长了

259

脖子等着，远远看她们来了，顿时喜出望外，急急地走上前来迎接："好姑娘，你们总算来了，里头老太太已经问过好几遍了，再不来可又要打发人去寻你们了。"

"啰唆什么！这不来了嘛！"倾诉完了陈年恩怨，品兰心情愉悦许多，拉着明兰抬脚便往里头走。门边服侍的丫鬟刚掀开帘子，里头一个陌生的老年女声便传了出来："……就把你们家的明姑娘许了我那侄子吧！"

品兰大吃一惊，反射性地转头去看明兰，惊奇地发现她居然反而有松了一口气的样子，只听她笑眯眯道："上回大伯母罚你抄书时你怎么说的来着？哦，伸头是一刀，缩头也是一刀。好了，我们进去吧！"

第十三回・淑兰和高

一

　　品兰一马当先地跨步进去，明兰紧紧地跟在后头。一进里屋，只见熙熙攘攘的一屋子女眷，太太、奶奶、小媳妇、大姑娘或坐或立，满室的华彩珠光。坐在边上的三太太见明兰进来，拍腿笑道："哎哟，真是说曹操，曹操到，正主儿来了！"

　　明兰恍若未闻，只随品兰上前一一给长辈见礼，然后恭敬地到上首坐的盛老太太旁边去站好。淑兰堂姐边上坐的老妇人是她的婆婆，她身着赭红锦绣褙子，头上横七竖八地插了五六支珠宝大钗外加一朵绒布玫瑰花，脖子上、手腕上都挂得满满当当，全身披金戴银，明晃晃的直耀得人眼花。

　　孙母自明兰进来就上下打量她，看了好半晌，沟壑纵横的老脸上绽开笑容，才道："前日里我听亲家三太太说起这孩子，就觉得好，今日一见果然是大家小姐的做派，啧啧，真好模样的姑娘！"说着，朝上首的两位老太太笑道，"我那侄子与这孩子年貌相当，趁今日大喜的日子，咱们也来个亲上加亲，亲家觉着如何？"

　　话说完，便直直地看着对方，等人家回话。一屋子女眷大多停下说话，抬头往这边看来。

　　明兰心中冷笑，一般说亲事为了怕人家拒绝，都不会这么直白提亲的，这孙秀才的妈也真够脸皮厚的，居然当着半个县有头脸人家的女眷直白地提了亲，叫人家怎么拒绝？

　　好吧，其实是明兰不喜欢孙母打量她的样子，活像市场上挑鸡蛋似的。

　　盛老太太用茶碗盖来回拨动茶叶，一言不发。大老太太皱了皱眉，正待说两句缓过去，盛纮已经抢着开口了："哟，亲家太太真会说笑，您那侄子都快二十了，我这小侄女才多大，这也算年貌相当？哎呀，不好，不好。"

孙母脸色有些不悦："大几岁怕什么，先在屋里放些人就是了，等过了门也能伺候周到。"

屋内女眷脸色各异，有好笑的，有惊诧的，也有摇头的，更多是鄙夷不屑的，直接低头与旁边人窃窃私语起来。明兰也对这位秀才妈敬佩不已，这媳妇还没说上呢，屋里人已经摆上台面了，这位孙母不是存心来找碴，就是真觉得无所谓，无知者无畏嘛。

可又不能明着说不许屋里放人，不然就会被扣上"妒"名。盛纮眼珠一转，笑道："亲家太太挑侄媳妇，我这也要挑挑侄女婿，我们盛家多少有些薄面，我那堂兄是个品级不低的官儿，更别说我堂侄了，可是钦点的翰林大老爷！我说亲家太太，您那侄子要讨媳妇可有什么说头呢？是有功名呢，还是有田庄铺子呢？这嫁汉嫁汉，穿衣吃饭，您倒是说个一二呀。"

盛纮说话又快又脆，兼之她性子爽利也是本县有名的，这番话说得半真半假，屋子里的人都笑了起来。大家都知道孙母的侄子早年父母双亡，不过是依附在姑姑家的，平日游手好闲，只一张嘴哄得孙母喜欢。

可孙母自打儿子中了秀才，觉得自己是书香门第，一般人家看不上，非要给侄子聘个好的。本县里有头脸的人家都被她烦过，看在盛家面上也不曾无礼，孙母吃了几次软钉子后有些灰心，几天前听三太太说起明兰，又动了心思，觉得明兰虽出身官家，但不过是个庶女，她去提亲还算抬举了呢，谁知两个老太太都不说话，干干撂着她，而那盛纮又刀口无德，句句扎心，孙母沉下脸来："我侄子虽没有功名财帛，却是正头太太生的！"

品兰小脸一片涨红，两眼几乎要喷火，在裙子下面无意识地攥着明兰的手，用力得几乎要掐出血来了。明兰低下头，腾出另一只手轻轻拍拍她——李氏也是庶出的。

当年盛维娶妻时，盛大老爷把家产几乎败尽，好在李老太公为人厚道，还记着当初和盛老太公一起发财的情分，便做主把孙女嫁过去。但他儿子儿媳不乐意，中途插手换了个庶女过去。谁知三十年河东，三十年河西，现在李家门里就数李氏嫁得最好，夫婿一心一意又能挣钱，当年那个被换掉的嫡小姐反而嫁得不怎么样，不知悔成什么样了。

骂人不揭短，这些年盛家渐渐发迹了，已经无人再提李氏的出身，孙母这话过分了。屋内寂静一片，众人都拿眼睛去看盛家人和旁边低头吃茶的舅太太朱氏。只见始终没有开口的大太太李氏直直地瞪着孙母,眼中冰冷一片,静静道:"长幼有序,明兰头上还有几个姐姐呢。论年纪,三叔叔家的慧姐儿更配亲家侄儿呢。"

三太太刚才还在幸灾乐祸,猛一下枪头掉转被扎了个正着,连忙急急地摆手:"不成,不成,这哪成啊!我家可不要个好吃懒做的穷——"兀然住口。三太太看见孙母正对自己横眉怒目,要不是众目睽睽,估计孙母就拿出当年耙田的架势来打人了。

不过屋里的女眷们都知道三太太的意思了,个个掩口低笑,一道道讥讽之色射向孙母和三太太,直把她们两个看得老脸绛红。

品兰心里大乐,终于松开明兰的手。明兰也觉得很解气,便拉了品兰悄悄后退几步,离开人群,站到花格后头歇口气。

这时,坐在三太太身旁的一个美貌少妇掩口轻笑了一声道:"母亲也别急着推了,孙妹夫可是有功名的,没准亲家太太还瞧不上妹妹呢!"

孙母面色稍稍缓和了些,冷哼了一声:"说得是,三太太多虑了!"故意把余音拖长了。三太太气得浑身发抖。身后站的慧兰难堪至极,低头咬唇,死死地揪着一块帕子绞着,狠狠瞪了那美貌少妇一眼。那少妇毫不在意,看都不看她。屋里众人低低窃笑。

刚才人太多,明兰没有一一记住。品兰连忙解说:"坐在三婶婶旁边那个穿水红的就是月兰姐姐,旁边坐的那个好脾气的是秀兰姐姐。"

明兰"哦"了一声,嫡母、嫡妹和庶女,果然啊……敌人的敌人就是朋友这句话,恐怕在月兰身上不起作用。

慧兰看周围女眷嬉笑指点间,似乎在指自己,羞红了脸跺了跺脚,一扭头跑了出去。秀兰看妹妹行动失礼,便赔了个罪也跟着出去。月兰不耐烦跟三太太坐,站起来走到品兰、明兰身边,很自来熟地来摸明兰的衣裳鬓发,嘴里笑道:"好个标致的妹妹,我见了就喜欢。"

明兰在登州也会过女眷,可没见这么上来就动手动脚的,只把身子侧侧偏开。品兰冷眼看着,一句话都不说。月兰见姊妹俩都不搭理自己,也不难受,只自顾自地说话。品兰烦她,噘噘嘴便扭头去拿茶果吃了。

月兰一边说话,一边直勾勾地看着明兰双鬟上用珍珠金丝缠出来的花朵状华胜,金丝绾花精致漂亮,那明珠更是颗颗圆润晶莹,显是贵重之物,心里十分羡慕,上手去摸了摸,道:"姐姐我还没见过这么大的珠子呢!二伯父是做官的，妹妹必经惯富贵，不如将这借姐姐我戴两天，也好在婆家风光风光！也是给咱们盛家长长脸不是？"

明兰讶然睁着眼睛，这是在……跟她要东西吗？

明兰突然怀念墨兰了，她再怎么耍心眼儿，好歹要的档次比较高，这般死乞白赖地向刚见面的堂妹要东西的事儿她还做不出来。

没等明兰答复，月兰已经自己动手，飞快地从明兰头上拔下那华胜来，拿在手里细看，摸着觉得甚是满意，回头对明兰笑道："谢谢妹妹了，回头我再还你。"说着便往自己头上去插。明兰看得目瞪口呆。

这时，品兰拿茶果回来，正听到最后一句话，心中怒火噌噌冒起来，冷不防从月兰背后凑过去，劈手夺过那华胜，塞回明兰手里，冷笑道："月姐姐这是借呢，还是抢呀？明兰还没答应呢，你就动手了！都说姐夫有钱，月姐姐还眼红妹妹的东西？哪有这般做姐姐的？"

月兰见到了手的东西又被夺了回去，顿时柳眉倒竖，骂道："我与明妹妹说话，你来插什么嘴？呸，尖酸刻薄的东西，当心嫁不出去！"转头又朝明兰笑道："妹妹不知道，我们这种乡下财主就是有钱也买不到好东西，不过是借两天戴戴，妹妹不会如此吝啬吧？"

品兰正要还口，被明兰一把拉住。明兰用眼神安抚了下品兰，转头对着月兰笑了笑，然后一本正经道："对不住，我吝啬，不借。"说完，立刻扯着品兰往前头走去。

月兰张口结舌地站在原处，只见品兰一边帮明兰把华胜戴回头上去，一边挨到老太太身边笑着说话。

月兰倒也不敢追上去再去要，只在原地跺了跺脚。贪人东西的事儿她是做惯的，本想着拔了那华胜便赶紧坐回堂中，适才看着明兰一言不发的样子，想她是个老实的，小女孩脸皮薄不敢声张，待会儿赶紧回自家，以后大约也不会见面，此事便无声无息地了了，没想到……

月兰悻悻地回到三太太身旁，才知道外头戏台子快要开锣了，屋内大部分女眷正随着大太太李氏出去。月兰连忙跟上三太太一道走。盛纮和两位老太太本也要去的，可被孙母缠住了，舅太太朱氏也在一旁听着，品兰和明兰找了对墩子坐在那儿自己说话。

孙母正在那里滔滔不绝地大肆张扬自家儿子，夸得几乎没边了："……县令老爷硬要请我家志哥儿吃酒，说是要请他写一幅字去当匾额，哎呀呀，志儿推托不得才应了的,要我说呀,能得了志儿的字真是县令老爷的福气了……"

品兰忍无可忍,凑到明兰耳边说:"明明是姐夫吃醉了酒硬要送字给县令老爷的,且那次吃酒是我爹有事要与老爷说,偏偏姐夫自己过来乱喝一气,又胡言乱语了半天,害我爹爹没少和县令老爷赔罪!"

孙母自我陶醉了半天,终于想到了盛老太太:"听说亲家老太太的孙子也是读书人,不知几岁中的秀才呀?"这是孙母最喜欢的话题,百谈不厌,便是对方是考了状元的,若是中秀才的年纪比自家儿子大,她也要吹嘘半天。

盛老太太轻笑了下:"十五岁。"

孙母十分得意:"哟,那可没我们志儿考上得早,不过也算是年少才高了。"

盛老太太轻描淡写地谦虚道:"谈不上才高,不过那年登州,有好几个十一二岁的小秀才。"

孙母皮笑肉不笑地干笑了几声:"那也没什么,兴许那年特别好考吧,就算都是秀才也不见得都是有才的。"

这句话就惹恼了旁边的舅太太朱氏,她忍不住讽刺道:"说起来,你家哥儿自打十二岁考上秀才,都考了几回举人了吧,怎么还没中?"

孙母强忍怒气:"人家考了几十年的都有呢,几年算什么?"

朱氏捂嘴轻笑:"您说得是,几十年也是有的。"

孙母大怒,又见盛家女眷不来帮自己,一肚子火气无处发,便对着身旁的儿媳淑兰骂道:"还不给你婆婆续茶?这般没眼力见儿,要你何用!"

淑兰当众被骂,脸红过耳,低头去传小丫鬟。品兰见姐姐这般委屈,心里疼痛,又不便出言,只握着拳头。明兰忙在她耳边低呼:"不要妄动,镇定,镇定,你祖母有分寸的。"

盛老太太不动声色地继续看茶叶浮动。大老太太渐渐带了些气,但脸上半点也不显出来,只静静地听着。

孙母不满地看着走开去的淑兰,撇撇嘴,回头道:"亲家老太太呀,不是我自夸,如我家志儿这般品貌的,那是打着灯笼也难找,亲家闺女能入了我家门真是八辈子修来的好福气!这进门都几年了,还一无所出的,这要换了别的人家,早一封休书打发了。"

盛纮最是护短,抿了抿嘴,终于没能忍住:"人家进门十年才生出娃娃来的也有,这四五年里,我侄女都给侄女婿讨了几个小的了?"

朱氏帮忙道:"说得是,子嗣自有祖宗老天保佑,都讨了一屋子小老婆了，还想怎么的？"

孙母冷笑道："她要真贤惠，就该让人进门，没得置在外头惹人笑话。"

大老太太沉声道："出身不干净的女人，如何进门？女婿也是读书人，你这种话也说得出来，不怕辱没了祖宗！"

孙母不甘地叫道："你家闺女自己没本事，还想拦着男人纳妾不成？难道要我们家绝后？"

品兰忍无可忍，再也听不下去了，扭头就走，明兰急急忙忙地追了上去。品兰体力好情绪差，憋着一口气，一下子就跑了个八百米，明兰几乎跑断肠子才在一棵柳树下把人追上，抱着品兰的胳膊死也不撒手，只一个劲儿地喘气。

品兰一脚一脚地往树上踹，气愤地咒骂："该死的！我姐姐这般好的人，怎么摊上这种事儿！凭什么？凭什么？"

明兰抚着胸口用力喘气，只能等品兰踹得没力气了，才把她慢慢拉到一座遮蔽得颇好的假山下，拣了块干净的石头两人坐下。这种事情明兰也不知道怎么劝，若是她还在现代当小书记员，一定会很豪气地大喊"离婚吧"，可这里，唉……姐妹俩静静坐了半天，忽然假山后头传来一阵急促的脚步声和说话声。

"……妹子，你莫走，听姐姐把话说完呀！"

"我要去看戏了，姐姐你不用说了，我不想听。"

——是秀兰和慧兰！品兰和明兰迅速对看了一眼。

作为一个有经验的偷听者，明兰第一个反应是去捂品兰的嘴，谁知品兰比她动作更快，一手就按在了明兰的嘴上，然后一动不动地坐好，专注地侧耳倾听。看见如此娴熟流畅的动作，明兰忍不住浮起疑问：莫非是同好？

那边的秀兰说话了——"婚嫁大事于我们女儿家，可如投胎一般要紧，妹妹你可千万别糊涂呀！那家少爷我听说过，虽有钱，可贪花好色，十来岁就内宠颇多。"

"那能怎么办？姑姑当我贼一般地防着，我连泰生表哥的面都见不上，如今年岁也到了，只能另找出路了。"慧兰恨声道。

"泰生？唉，这你想也不要想了，有些事你不知道，当年姑姑想嫁给姑父，我们祖父却撺掇着大伯爷把姑姑许配给别家，还差点把姑父活活打死，听说后来是二老太太出面保下的。姑姑心里纵使没积下怨恨，也不会好瞧我们这一房的。"秀兰语气怅然。

品兰、明兰互看一眼，居然还有这种事？品兰目光中大是兴奋，明兰也是一肚子八卦——原来姑姑和牛姑父是自由恋爱呀。

咚咚几声，似乎是在跺脚，慧兰的声音隔着假山又传过来："……姐姐，你看看今天他们家的排场，再看看品兰、明兰那两个丫头身上穿的、头上戴的，随便摘一件下来便抵得上我所有了！我可不要过苦日子，要嫁就得嫁有钱的！"

"你别傻了，这嫁人不是有钱就好。你姐夫家虽然贫寒，但待我诚心诚意，婆婆也是个知冷知热的，如今我守着他和一双儿女，比日日山珍海味还知足！你莫看月兰嫁的有钱，她那男人极是无赖，日日寻花问柳不说，好不好便把她打一顿，屋里有儿女的姨娘都不把她放在眼里，这种日子你愿意过？你还是好好求求大伯母，她会为你做主的。"秀兰苦口婆心。

慧兰似乎冷笑了几声："那是姐姐八字好，走了运，你们同时许嫁，淑兰姐姐嫁得如何？那也是个贫寒人家的秀才，可就不如姐夫心地好！受着媳妇的嫁妆，还整日呼来喝去地摆威风，偏也碰上淑兰那个没用的！哼，得了，还是有钱的稳妥些……"

说完，就一阵重重的脚步声，似乎甩开秀兰走了。秀兰急急地追上去，声音渐渐远去。

品兰缓缓放开明兰的嘴，脸上似笑非笑，悠悠地开口："明妹妹，我忽然不气了，说起来，再怎么样，我姐姐还没挨过一指头呢。"

二

新二嫂康氏叫允儿，第二天一早给两位老太太和公婆敬茶时，明兰在旁细细观察，果然温柔婉转，娇羞可人，再看看旁边的二哥长梧，傻笑得像个大倭瓜，看来昨晚很是和谐。

盛维和李氏都很喜欢新媳妇，打赏了一封厚厚的红包外加一对水色极好的翡翠龙凤镯，康允儿颤着头上的五凤朝阳珠钗红着脸收下。李氏顾忌着大儿媳，便没有说什么开枝散叶的话，只和颜悦色地吩咐了几句"妯娌和睦"。

请安后，品兰偷偷和明兰说，康允儿陪来的嫁妆还不如淑兰嫁给孙秀才时的多，明兰看了一眼毫无心机的品兰——看来康家是真败落了，难怪父母都是世家嫡出的允儿会下嫁。

不过塞翁失马，焉知非福？从大嫂嫂文氏几年未有所出而公婆夫婿依旧多有维护的样子来看，允儿也是有福气的。

想到这里，明兰忍不住叹气，老天爷呀，为什么她所知道的仅有的几个古代好男人都是三代以内旁系血亲呀！也不知将来她那口子是如何样子，要是摊上个孙姐夫那样的，那她只能在红杏和百合之间选一个了……

从之后几天的表现来看，盛老太太这次做的媒很好，康允儿谦和有礼，对长嫂恭敬，对小姑温文，就是太矜持了，动不动就害羞，不过配上大大咧咧的长栂也不错。

允儿对盛老太太特别恭敬，有一次布菜时知道有老太太喜欢的素烩芝麻菜，就一个劲儿地往老太太盘里添菜，来吃饭的盛纮打趣道："都说新人洞了房，媒人丢过墙，我这侄媳妇可一点儿没忘了媒人呀！果然是好孩子，不忘本。"

允儿羞得连耳根子都烧熟了，恨不得一头钻进地里去。大老太太用力打了盛纮两下，自己也忍不住笑了起来。在旁间吃饭的品兰深恨自己不在现场，不能插上一脚，她特别喜欢逗这个腼腆的新嫂子。明兰每每拔刀相助，拦着不让品兰欺负。

不过有长栂追在后头教训，品兰也不大能得手，兄妹俩常打闹成一团。

李氏看家里和睦很是欣慰，可想起长女淑兰，不由得黯然，只在心里连念阿弥陀佛，希望儿女们都能美满和睦。

婚后第七天，盛家上下一起去祠堂拜祖先，男丁割祭肉上完供后，再退出让女眷进去敬拜，主要项目是介绍允儿给盛家的牌位和活着的族人认识，入籍后允儿就算盛家人了。

盛家发迹得晚，所以可考的祖先不多。明兰昏头昏脑地跟着拜了好几回，一会儿上香，一会儿磕头，头昏脑涨之际忽记起适才允儿被写入家谱后，大老太太和自己的祖母又与几位族老女眷说了几句，然后族长盛维又添了几笔，写了些啥？

在回去的马车上，明兰就忍不住问盛老太太。谁知老太太轻飘飘地去了一句重磅炸弹："将你记入了你母亲名下，以后你就与如兰一般了。"

明兰瞠目，过了会儿才结巴道："怎么……怎么这样？太……呃，母亲知道吗？"

盛老太太看了明兰一眼，神色不动："我知会过她了。"

明兰一脑袋糨糊，呆呆坐在马车里。老太太行事干净利落，事先没有半点风声，事后轻描淡写，明兰满肚子的话却不知从何说起，最后只抱着祖母的胳膊来回摇晃，把脑袋埋在祖母身上，小声道："谢谢祖母，叫祖母费心了。"

盛老太太半合着眼睛，只吐出一句："废话。"

石青色绒锦织的车顶微微摇晃，明兰静静抬头看着，她知道只有写在原配名下的儿女才算是嫡出，其实这不过名头好听些罢了，亲朋好友谁又不知道她是庶出的，不过她婚嫁时总算能体面点儿。

明兰忽然暗笑起来，以后如兰再想骂她"小妇养的"却也不能够了……明兰猛地一惊，拉着祖母的袖子轻轻问道："那四姐姐呢？她也记入太太名下了吗？"

盛老太太没睁开眼睛，只淡淡道："你是不与如兰争的，墨兰……看她自己的造化了。"

明兰似懂非懂地思忖着，看来就算记入了王氏名下，也并不表示她真的和如兰平起平坐了，她依旧比如兰差了一层，如果她和如兰发生利益冲突，那么……

明兰苦笑，原来是个山寨版的，不过也好，聊胜于无嘛。

又过了半个月，长梧要回京任中威卫镇抚，李氏虽舍不得儿子，可也知道这次获的官职是多少人抢破了头的，多亏了盛纮多方打点才能成。只康允儿忐忑不安，生怕婆婆发话叫她留下来，那京城花花世界，长梧单身一人如何守得住？

就怕夫妻再见时，不知多出几个小的，想起自己母亲的委屈，允儿心头一阵阵地发寒，只好愈加恭敬周到地服侍公婆，早起晚睡事事谦卑，倒让盛府上下愈加喜欢。

一日去给盛老太太请安，李氏说起这个，不由得叹气道："哥儿要奔前程，我这做娘的也不好拦着，只可怜他小小年纪便离了爹娘，待回了京还要请婶娘多看顾一二了。"

允儿侍立在一旁，额头沁出细细的汗来。李氏回头看了她一眼，缓缓道："梧哥儿媳妇才进门没几天，我也不甚放心，想留下多调教些日子。允儿，你说如何？"

允儿心里一片冰凉，眼眶发热，但依旧强笑着："有母亲教导，媳妇高兴还来不及呢。"

明兰本来赖在祖母身上打盹,这会儿有些醒了,忍不住插嘴道:"大伯母,还是让二嫂嫂随哥哥一道上京吧。"

李氏故意道:"这是为何?"

明兰不好意思道:"这个,我舍不得新嫂嫂啦。"这个理由太弱智,没人相信,明兰小声地又补上一句,"那个……其实梧哥哥更舍不得。"

允儿脸上羞红一片,虽知明兰不过是童言童语,但心中感激,偷偷以目光示谢。

又过了几日,大儿媳文氏被大夫瞧出有了身孕,盛维和李氏乐坏了,直道是允儿带来的好福气。文氏听了也信,甚是感激这弟媳,妯娌俩拉着手说了好一会子话。

其实李氏并非刻薄婆婆,只是她怕允儿官家小姐出身,没了公婆钳制便恃宠生娇,在京城里有王氏撑腰,更会轻慢自己儿子,如今想想也算了,回头不行再把儿媳召回来就是了。

允儿乐得几乎要淌泪,却不敢显出十分,只乖巧地听李氏吩咐以后在京城里如何人际来往、照顾夫婿,几日后便随长梧上京了。

盛府渐渐清静下来,一日秋风渐歇,日头和暖,早饭后盛老太太忽对明兰道:"明丫儿,陪祖母进城去逛逛吧。"

明兰正站在桌前裁剪布头,丹橘在旁拿尺子比量着,翠微翻着几本花样,小桃在旁看茶炉子。这几日品兰被大伯母捉去看账本,明兰空下来便打算给人堂嫂文氏做个小孩儿兜肚,闻言抬头,也没反应过来,便道:"进城?我们不就在城里吗?"

——宥阳不是县城吗?难道是乡下。

盛老太太笑着嗔道:"傻孩子,待进了金陵你就知道什么叫城里了。咱们回自家屋子瞧瞧去,这些年没回去了,好些用不上的旧物件得归置下,没得都烂光蛀空了。"

当年的盛老太公分家时给三个儿子一人留了一座宅子,因为二儿子完成了从商贾到读书人的转变,在迎娶侯府小姐前,老太公便把二儿子的宅置在了金陵。

271

盛老太太和明兰一起上了马车，带上了一半的丫鬟婆子。盛维担心照顾不到，便又给派了七八个粗壮家仆婆子，驾车备好，一路缓缓朝金陵去。刚进了金陵城门，明兰就觉得车外头热闹喧嚣不同凡响，可大家小姐出门不好掀开车帘子朝外看，明兰只能学武林高手，蹲在车里听风辨音，靠外头的吆喝来判断街上都有些什么。

盛老太太看着明兰一副吱吱小松鼠样心痒难耐，强忍着不去翻帘子，只把小脸贴在车壁上细细听着，心里暗暗觉得好笑，却故意不去点破，只让她忍着。

待到了盛宅，丹橘扶着明兰下车，然后明兰转身扶着祖母下车。宅门口早迎了十几个老仆，当头一个老头子样的管事上前下跪行礼，高声道："小的们在这儿恭迎老太太、六姑娘回府！"然后后面一排仆妇杂役都团团跪下磕头，呼喊声也很整齐。

盛老太太点点头，似乎还满意，挥挥手让都站了起来，然后由明兰扶着，一行人鱼贯进了府。那管事的看见老太太十分激动，一路上磕磕巴巴地说个不停："许多年没见着主子了，老奴心里高兴呀，这宅子空着也没个样子，老太太要不要坐上竹竿在府里走一圈瞧瞧？哎哟，这是六姑娘吧！老奴一直没见过，就跟珍珠花、玉石树一般，真真好气派！"

盛老太太也微笑道："这屋子没人住，冷清了也是有的，也不用到处瞧了，你我是信得过的，你家小子在柏哥儿身边当差也是得用的。"

那管事老头听闻自家孙子受主子赏识，面上喜色，乐呵呵地迎着众人到正堂坐下，管事的叫府中下人逐一来给盛老太太磕头。明兰受了几车皮的恭维话，直吵得耳朵嗡嗡响，都没记住谁是谁，忙活了半天，总算消停了。

盛老太太带着明兰来到内堂，拐过几个梢间，又绕过库房后头，最后来到幽僻冷清的屋子。房妈妈早已等在那里，盛老太太看见她，淡淡道："东西都起出来了？"

房妈妈躬身答是，然后带着翠微、丹橘等一干丫鬟婆子出去了，只在屋里留下祖孙俩。

明兰被这些举动弄糊涂了，看祖母神神秘秘的架势，似乎要交代什么。她一回头，正看见盛老太太已经坐在当中的一把陈旧的木椅子上，然后指着地上整齐摆放的七八口箱子，对明兰道："这些都是你祖母当初的陪嫁。"说着嘴角轻轻挑了挑，似有讽刺之色，又加上半句，"只剩下这些了。"

明兰愣愣地看着这些箱子。盛老太太示意她去打开。明兰便走过去逐一把已经开了锁的箱子掀开，然后一股子霉味扑鼻而来。明兰一阵咳嗽，少说也有三十年没开了！

也不知有没有细菌、霉菌，她勉强睁开眼看去，黑漆漆的积满了灰尘，有些上头还挂了好些蜘蛛网，只能依稀看出是些瓷器、青铜、古玩之类的，最后两个小箱子被裹得更严实，沉重的红木箱子里头似乎还有一层铁箱子。

盛老太太眼神幽深，似乎想起许多往事，静静道："原来还有好几十箱子上等的料子，什么绸缎、锦绒、皮子的，都叫我一把火烧了，还有些被我变作了银钱。打点疏通都要银子，总不好让你父亲两手空空地行走官场。当初从侯府陪来的，只剩下这些了……给了你吧。"

明兰刚刚咳嗽好了些，又险些呛着，连忙回道："祖母的东西自要传给哥哥的，呵呵，给我些银子就好了。"别开玩笑，她要是扛着这些嫁出去，还不被王氏掐死，就是长柏哥哥也未必会待见她。

盛老太太似乎没有听见，自顾自地说下去："你们几个姊妹，除开你们父亲给的嫁妆，我照例每人贴一千两银子，哥儿们嫡庶有别，你大哥哥娶媳妇我贴一千五百两，两个小的我每人给八百两就是了。我在盛家待了一辈子，你祖父待我那点子情分也算结清了，可这些箱子便与盛家无干系了。"

语意平淡，倒像是在交代后事，明兰心里难过。要知道余嫣然所有陪嫁加起来也不过一千五百两银子，这还是余阁老怜惜她远嫁给贴补了的。当然，这从另一个方面也反映了余阁老很清廉，余大人很吝啬。

明兰过去扯着祖母的袖子，轻轻劝道："祖母，还是给哥哥吧，他才是咱家的长子嫡孙呀。"

盛老太太久久才回过神来，看着明兰，那眼神古怪得让人心惊，缓缓道："这箱子不敢说价值连城，也够你一世无忧的了，你真不要？"

明兰叹着气，索性说开了："说实话吧，好东西人人都喜欢的，可是有多大头戴多大帽了，该是我的，就是我的，不是我的，抢也没用。这些个宝贝物件便是放到大姐姐夫家去也是够阔气的了，我如何受得起？还有……"明兰在祖母兴味的目光下说不下去了，讪讪地结尾，"总之，孙女年纪还轻，若是有造化，自有好日子过的，这些青铜古玩还是算了吧。"

在这古代，钱真不是万能的，如果没有相应的能力和家世护佑，有钱的商贾容易被官府或权贵讹诈敲打。盛维越来越富而没什么波折，就是有个当官的堂弟，宥阳的七品县令换了几任都与盛家和睦相处。李家为什么死活也要儿子读书做官？他们家早够钱了，也是一样的道理。如果为了这几箱子东西得罪了王氏和长柏，那真是得不偿失了。

盛老太太好笑地看着明兰："谁说这七八口箱子都给你了？"

明兰顿住了，尴尬地笑了笑。

盛老太太指着最后那两口箱子道："那才是给你的，都是些我使过的玉器首饰，多大的脑袋戴多大的帽子，这祖母知道，不会让你逾矩的。"接着放柔声音，"你能不贪图银钱，祖母很高兴，这些物件给了你，也不枉了。那几口箱子也不是给你大哥哥的，以后祖母自有别的打算，你今日也见见世面，可是前朝的古物呢。"

明兰讨好地扭到盛老太太身上去，小声道："我哪里看得懂，祖母说与我听吧。"

老太太瞪了她一眼，无奈地拉着小孙女走到箱子前，一样一样地说了来历名称。明兰听着听着，忽然冒出一句："要不这两箱子祖母也自己留着吧。"

老太太这次是真惊奇了，看了看孙女。明兰犹豫了好一会儿，还是说了："父亲、母亲还有哥哥姐姐自然都是极孝顺的，可祖母总得留些体己银子呀，手中有粮，心中不慌……"

其实她想说的是，千子万子不如手中的银子，何况你还不是亲的，这是明兰的肺腑之言。

老太太心中一动，柔声道："好孩子，你放心，祖母的棺材本厚着呢。"

府里留着的仆妇里有不少是老太太原来的陪房，老太太要和她们说话，怕明兰闷，便打发她到园子里去逛逛。明兰嘟着嘴："我不爱逛园子。"她想逛街。

盛老太太板着脸塞给她一把小算盘："那就练练这个吧，连百子都打不下来，当心以后嫁了人，把家给败了。"

明兰幽怨地瞅着祖母，权衡了一下，痛苦道："那我还是逛园子吧。"

人家上过小学、初中、高中的奥数班好不好？基本功就是心算！

明兰毫无兴趣地绕着半片湖走了一圈，然后坐在一棵枯黄的柳树下的白石头上，双手撑着脸颊，对着湖水发起呆来。金陵的湖水清凌凌的，和山东的大不相同，映照出明兰一张皱皱的苦瓜脸。明兰忽然使起小孩子气来，捡起一把石子，一颗一颗地往湖里乱丢。

连嫁妆都备好了，看来祖母对自己的婚事已经心里有数了，偏不让她问。不论多疼她，不论被明兰哄得多晕，盛老太太始终拒绝让明兰参与讨论婚事。

听说当年她的婚事就是自己拿的主意，在簪花筵上偷偷看见新出炉的探花郎，听人家吟了两句诗，当场生情，违抗疼爱自己的父母，下嫁盛家，新婚几年后爱淡情弛，夫妻反目。

听起来很像话本故事，诚然，"艺术源于生活"这句话是有根据的。

明兰很伤感地继续丢小石子，她真的很想知道她将来的"阿娜达"是谁呢。

"明兰妹妹。"一个清朗的少年声音响起。

明兰呆呆地抬头，胡乱张望一圈，才看见湖边赫然站立一位俊朗少年。他正朝这边走来。看明兰木愣愣的样子，贺弘文边走边笑道："妹妹不认识我了吗？"

明兰粲然而笑，站起来俏皮地福了福："弘文哥哥，小妹这厢有礼了！"

贺弘文走到明兰三步处站住，拱手而鞠："今日祖母携我贸然造访，失礼，失礼。"

明兰瞧见贺弘文身上的素衣孝巾，便敛容道："你外曾祖父出殡，我和祖母本想去的，可是……"

贺弘文连忙摆手，温和地笑道："你们原就是来吃喜酒的，又住在伯父家里，红白事相冲总是不好，你们不来是对的。"

明兰低声道："贺老太太定然很是伤怀。"

贺弘文走过来，瞧着明兰，和气道："祖母豁达，常言人皆有生死，此乃天道。外曾祖父已是高寿，睡梦中过世，也算是喜丧了。死有何惧？"

明兰怔了一下，点头道："贺老太太说得极有道理，我也不怕死，我只怕活得不痛快。"

贺弘文听了一动，笑道："我也不怕死，只怕活不长而已。"

明兰终于笑了出来。

贺弘文见她笑了，才问道："适才妹妹做什么愁眉苦脸的？你堂兄婚宴上红包拿少了吗？"

明兰摇头，苦着脸道："我不会打算盘，祖母说我会败家。"她当然不能说自己在担心盲婚哑嫁，只好随口诌一句。

贺弘文失笑："这有什么，我小时候拿上配的人参膏去喂金鱼，费掉了不知多少,金鱼也翻了白眼,父亲追在后头训我是败家的。"想起亡父,弘文脸上一黯。

明兰大摇其头:"伯父训错了,这哪是败家,这是庸医!我们的错误完全不可同日而语,请不要把我拉下水。"

贺弘文扑哧一声,不禁莞尔,指着明兰连连摇头。少年温柔从容,笑得和煦爽朗。湖光山色,秋风吹动一抹淡淡草叶香气,明兰忽觉心境开阔。

三

回宥阳盛宅已是傍晚,贺弘文留了一大包草药风制的陈皮给明兰。明兰尝着甘甜清凉,一回去就分出一半给品兰送去,谁知品兰却不在屋里,丫鬟支支吾吾地说大小姐回娘家了。明兰立刻就觉着不对,连忙又到了淑兰的原住处。

刚进内间,只见淑兰满脸都是泪痕,面色灰败如老妪般倚在床榻上昏迷,品兰握着拳头在屋里暴躁地走来走去。明兰忙问何事,品兰磨着牙齿把事情解释了一番。

原来孙志高的那位外室有身孕了,孙氏母子大喜过望,连忙要把外室纳进府来。淑兰秉性柔弱,不过身边的妈妈颇为果断,一看事态不对,即刻带着淑兰回了娘家。

下午孙母便杀上门来,傲慢地要求淑兰让那外室进门。

大老太太寸步不让,只给了四个字:"留子去母。"

孙母冷笑几声,张扬摆袖而去。

品兰气愤不过,跑出去对着一棵枯黄的柳树破口大骂了半个时辰。明兰在一旁也劝不出什么话来,只默默陪着。直到天渐渐黑了,品兰、明兰才垂头丧气地回屋,刚到屋门口就听见里头传来一阵悲戚的哭声和李氏无奈的哄劝声。

"自婚后,婆婆说不可打扰相公读书,一个月中……不到三五日……埋怨我无能,我便为他纳妾……他又嫌那些个无趣……如何是好?"淑兰的哭诉断断续续地闪进了明兰的耳朵。品兰天真,半懂不懂,可明兰全明白了。

淑兰相貌平凡,又老实懦弱,孙志高自诩才子雅士,老婆、通房统统看不上,好容易见了一个漂亮懂风情又有几分才华的"边缘"女人,自然被迷住了。

明兰轻轻叹气,这个世界对男人总是比较宽容的,只怕淑兰这次要吃亏。

果然，之后几日，盛府被几拨人马搅得鸡飞狗跳，有来说情的孙氏族人，也有来瞧热闹的三房女眷，更有在乡中素有名望的耆老来调解。不过说来说去，大意见还是一样的：叫淑兰大人大量，让那女子进门算了，便是生下男丁也是归在淑兰名下的。

盛家始终不松口，时日久了，外头流言蜚语骤起，说长道短，纷纷指责盛家女儿善妒，不肯容人。孙志高始终不曾来接妻子，更索性把那舞姬领进了门，里里外外当正头夫人般奉承起来。李氏也渐渐熬不住了，只有大老太太坚忍沉默如同磐石，任凭谁来说，只闭口不言。

半个月后，大老太太忽然发话，说她要见见那个舞姬。孙母以为盛家撑不住了，第二日便乐颠颠地带着那舞姬上门来。谁知大老太太一言不发，只把那舞姬上上下下打量了半天，又问了几句话，然后转身进屋。孙母还没回过神来，便被送出门去了。

这一日，品兰心不在焉地看着明兰往兜肚上描花样，不住往外头张望。忽然，一个小丫鬟快步跑进来，在品兰耳旁说了一句，品兰立刻如弹簧般蹦起来，拉起明兰飞也似的往外跑。明兰险些被拖倒，绣花绷子掉在地上都来不及捡，没头没脑地跟着跑起来。

二人跌跌撞撞奔了一路，穿花丛，过树林，只觉得路越来越窄，后来索性连正经小路都不走了，踩着草泥地深一脚，浅一脚地越走越偏僻，绕过主屋几间房，来到一间幽暗的茅草屋。

明兰终于甩开品兰的手，喘气道："我再也走不动道儿了，你到底要做什么？"

品兰红通通的小脸上闪着兴奋的光彩："那天孙老太婆来过后，祖母把自己关在佛堂里都几天了，只和你祖母说过几句话，连我母亲都不肯见，我一直叫人守着。今日祖母忽然叫母亲去见她，如果我猜得不错，她们是要商量姐姐的事。"

明兰连连点头，觉着这位堂姐很有逻辑分析头脑，便问："那又怎么样？"

品兰怪叫一声，恶狠狠地揪住明兰的袖子："我姐姐的生死大事，你居然说'那又怎么样'？信不信我揍你！现在我要去听她们说话，你去不去？"

明兰惊讶得连眼珠子都快掉出来了，所谓大家闺秀，是连打听人家私密都不应当的，何况偷听？好吧，虽然她也偷听过几场，但那都是老天爷送上门来的呀！

明兰惴惴道："这……这不好吧？怎么可以偷听？"一看品兰脸色不悦，连忙又道，"何况你怎么偷听呀？你祖母难道会敞着窗子大声说出来？"

品兰胳膊一挥："不用担心，这儿有个狗洞，我小时候被罚在佛堂禁闭时常溜出去的，很是隐蔽。幸亏这回祖母在佛堂说话，不然我还真没辙。我当你是亲姐妹，好姐妹有福同享，有难同当，前几回你总与我一道挨罚，很讲义气，所以我有好事也不忘了你！"

明兰一个趔趄，几乎跌倒，有没有搞错？钻狗洞和偷听算哪门子有福同享？！

品兰不理明兰哆哆嗦嗦的抗议，利索地扒开肆长的杂草山藤，露出一个尺余宽的窟窿，一边用眼神威逼明兰，一边一把拖过她往那狗洞里塞。明兰苦着脸，等品兰进去后，挽起袖子，扎起裙摆，一路狗啃泥般往前挪动。过了一会儿，前头的品兰便直起了身子，然后把明兰拉出狗洞。明兰转头一看，自己刚才出来的洞口原来是一个大水缸和杂草挡着的。

品兰吃力地把水缸搬回去："我特地叫她们这几日别往这个缸里打水的。"

然后两个女孩贼头贼脑地穿过一个院子，小心地闪进内宅。品兰熟门熟路地溜进一个窄门，然后就是一片漆黑。品兰蹲下，明兰笨拙地随着品兰狗爬几步，然后爬进一个类似柜子的地方。

品兰凑到明兰耳边，蚊鸣般的声音道："这里是佛龛后面的夹间，放心，这屋子很大。"

明兰渐渐心慌起来，觉得今日自己着实唐突了，只伸手过去拧了把品兰。她们趴着等了一会儿，忽听见帘子掀动声，然后是李氏屏退左右的声音，似乎婆媳俩坐得离佛龛很远。

接着李氏轻轻道："老太太，您……您叫儿媳来，莫非……"

大老太太道："我足足想了几日，决心已定，叫淑兰和离吧。"

明兰猛地一惊，黑暗中感觉品兰呼吸也重了不少，只听李氏轻轻涕道："老太太，您再想想吧，淑兰年纪还轻，这……下半辈子如何过呢？"

过了好一会儿，才听见大老太太声音干涩无波："我何尝愿意？我来回思量，足足想了几个日夜，着实没有法子了，趁她还年轻，赶紧把事儿了了，以后兴许还有好日子过。"

李氏轻轻抽泣。大老太太道："女人这一辈子无非三个依靠，父兄、夫婿、儿子。那孙家母子的德行你是瞧见了,这样的婆婆,这样的男人,叫淑兰如何熬过一辈子?若是她有个子嗣也罢了,靠着儿子总也能熬出头,可如今她连个傍身的都没有,待你我和她爹闭了眼,她哥哥嫂子总是隔了一层,你说她以后的日子可如何过?"

李氏忍不住,哭出声来:"我可怜的淑儿,都是我害了她,当初猪油蒙了心,瞧上了那个姓孙的杀才!想着他家贫,瞧在我们厚待他们母子的分儿上,定会善待淑儿,谁知、谁知……竟是个猪狗不如的!"

大老太太叹气道:"我本也不忍,原想等等看。你也见了,淑丫头回娘家这许多日子了,他竟连看都不来看一眼!凉薄至此,我算是灰心了,如今我们俱在,他就敢如此糟践淑丫头,以后若真谋得个一官半职,那还了得?罢罢罢,你也把心眼放明白些,别指望他了。"

品兰紧紧抓住明兰的腕子,明兰吃痛。她很理解品兰的心情,但还是毫不客气地拧了回去。

李氏哀戚道:"我并非舍不得那小畜生,只怕坏了家里的名声。若是撕破脸,他家不肯好好善了,执意要休妻怎么办?"

大老太太冷笑几声,沉声道:"姓孙的被人捧了这几年,早忘了天高地厚。他以为别人捧他是瞧在他的面上,哼,也不掂量掂量自己,不过是七分钱财三分起哄罢了,如今以我们家还怕了他不成?要私了,我们有人手;要公了,我们有钱财;便是要打官司,难道我们家官场上没人?他若是肯好好地与淑兰和离,便留下一半的嫁妆与他家,否则,哼哼,他们孙家原来是什么样子,便还让他们什么样子!"

李氏听了,沉默了一会儿,似乎还在犹豫。大老太太又道:"本想着不论哪个小的生下一男半女,淑丫头过到自己名下也罢了,可是那贱人你也是见过的,妖妖娆娆,口齿伶俐,惯会谄媚有心计,你看着是个省事的?日后她生了儿子,淑儿还不被她连皮带骨吞了?"

李氏不语了,但泣声渐止。明兰觉得她是动摇了。

大老太太长长叹了一口气,怆声道:"儿媳妇呀,你是没经过我那会儿,全家上下都叫那贱人把持了,真是叫天天不应,叫地地不灵,我那大姐儿,不过一场风寒,一剂药便能救了的,却生生被磨死了!我这才狠下心,带着你男人和纭丫头躲到乡下去,幸你二婶子帮把手,拦着不让你公公写休书。我们母子三人在乡下什么苦都吃了,好容易才熬出头……"说着似乎哽咽了。

明兰一阵心酸，想着大老太太枯槁的面容上那些皱纹，每条都埋藏了几多苦痛酸楚。旁边的品兰似乎轻轻咬着牙齿。

李氏轻轻道："老太太的话我都晓得，淑丫头是我身上掉下来的肉，瞧她受苦，我也似刀割一般，可……可……只怕……只怕耽误了品儿，她也大了，人家要是因这个，不要她怎么办？"

明兰忽然觉得身边一阵风动，品兰再也忍不住，轻轻把明兰推到里角，一骨碌从夹间里钻出去，一把掀开厚厚的帘子，扬声道："我不怕！让姐姐和离！我便是一辈子不嫁，也不能叫姐姐在孙家受罪！"

明兰以狗啃泥姿势趴在地上，只觉得根根头发都竖了起来，吓得魂飞魄散，肚里一百遍地臭骂品兰这头猪，手脚吓得冰凉。这要是被逮住了……呃，估计也不会把她怎么样吧？明兰强自镇定下来，仍旧一动不动地趴成狗狗状。

幸好她窝在木隔间的里角，又隔了一层帘子和一层流苏，那婆媳俩并未察觉里面还有一个人，只被忽然钻出来的品兰吓了一跳。然后李氏气急败坏地骂起品兰来，品兰顶嘴，当然，她不会说里面还有一个，李氏和大老太太也想不到听众会有两个。

然后品兰似乎被打了一巴掌，但她铁骨铮铮，一声未哭，"扑通"一声跪下了，然后大声表白："人的命，天注定，若女儿有福分，便是姐姐和离了也无妨，若是叫姐姐过着苦日子，我便是当神仙也无趣！"然后连连磕头恳求李氏。

明兰惊慌之余也没怎么听清，最后似乎是母女俩抱头痛哭起来。

直到明兰定下神来，李氏已带着品兰离开，似乎下定决心要和孙家干一架了。明兰趴在里面背心都是冷汗。外面十分安静，因此她也不敢发出一点儿声音，心里无数次祈祷，只希望大老太太今天不想念经，赶紧回去休息，好让她溜掉。

谁知她趴了约一盏茶工夫，大老太太也没有离开的意思，只听见她拨动念珠的声音。明兰觉着膝盖已经麻了，汗水冷下来，身上一阵阵发寒，只暗暗叫苦。这时，盛纮来了。

母女俩都是爽快人，寒暄了几句便直入正题。

盛纮道："母亲和嫂子说定了？"

大老太太没说话，明兰猜测她应该是点了点头。

然后听盛纮又道："也是当初嫂子想偏了，不愿老靠着堂哥家，不就是二堂嫂嫂给她看过几次脸色嘛！那又如何？她连自己婆婆都敢轻慢，何况我们这些做买卖的？且二婶和堂哥可是好的，提携帮衬从无二话，咱们两房有来有去的，有什么不好？可嫂子非想自家也出一个官老爷，这才把孙家纵容成这样！好了，好了，不说了。娘，您打算什么时候动手？"

大老太太叹了口气，道："都预备好了，就这三两天，事毕后叫淑丫头住到你那儿去，你与她好好说说道理，女人家自己懦弱不争气，到哪儿都叫人看不起！你若瞧着合适，也可打发她到苍乡桂姐儿夫家去，那家婆婆与我是旧识，人是再好不过的，必不会给眼色瞧，让淑丫头在乡下散散心也好。"

盛纮似乎哼了一声："淑儿小时候还好，和我家桂姐儿一道爬山赶牛，胆子大，性子也爽利，后来硬是叫嫂子拘成这样，学什么大家闺秀，这下可好，学出个没用的！看看我家桂姐儿，亲家和女婿是厚道人，公婆小姑都亲亲热热的，小日子别提多美了！"

言语中颇有得色。大老太太轻笑道："那是她肚子争气，你姑爷家九代单传，人丁稀少，桂姐儿进门四年生了三个小子，这会儿肚子里又是一个，那家人还不把她当菩萨供起来？不过你也得提醒她，不可轻慢了，当心以后吃苦。"

盛纮看把母亲逗乐了，便又说了几句长女的笑话，然后忽问："哎呀，娘……哦，对了，这事儿二婶都知会过了？"

大老太太道："废话！你当这次非请她来不可？老三虽胡闹，这些年我们处处忍让，难道还拿捏不住？自打那小畜生弄了外室，我就起了这个心意。这回你二婶带了你堂哥的一封信给县太爷，金陵更是她的娘家，故旧遍地，我看那小畜生能翻出天去！"

盛纮恨声道："哼，孙家那群王八蛋，等淑兰脱了身，看他们还嘚瑟得起来！哎，说起来，二婶人可真好。"

大老太太似乎"嗯"了一声，道："亲戚家就当如此，咱们自己立得住、有本钱，也对得起你二婶家的礼数，亲戚间好来好去的，你帮着我些，我帮着你些，你嫂子就是想不明白这一处。还有，你少给我装蒜！你当我不知道，你二婶这次肯来，不是分明丫头入籍的，你打什么鬼主意，当心你嫂子和你恼了！"

一阵清脆瓷器响动，盛纮似乎慢悠悠地倒了杯茶："我知道您打的主意，紧着先让梧哥儿成了亲，然后远远打发到京城，便只剩下一个品兰，她只十二三岁，议亲还早，趁这个时候赶紧让淑兰和离，待过个几年，众人都忘了，品兰说亲也不耽误了，便是有耽误也无妨，不是还有我们泰生嘛！"

大老太太似乎恼了，大声道："你这副怪模怪样的做给谁看！品兰配你们家泰生,亲上加亲,有甚不好?难不成你还瞧不上?"

盛纮一阵清脆的笑:"哟,娘,您这话说反了吧?不是我瞧不上品兰,是我嫂子瞧不上我们家泰生吧!"

大老太太不说话了。盛纮似乎吹着热茶,又道:"真论起来,品兰这般野性子没规矩,做儿媳妇算不上好的,可到底是自己侄女,纵使平日里对泰生呼呼喝喝的,我也愿意娶进门来好好待着。可大嫂子心眼高,瞧不上你女婿是庄户人家出身,想着要攀李家的郁哥儿,偏李家又瞧不上品兰,她又回过头来瞧着我们泰生好了。哼,嫂子也忒气人了,我们泰生再不济,也是要钱财有钱财、要人品有人品的,这几年为着品兰,我不知推掉了多少好人家!嫂子倒好,当我们泰生是什么?要就要,不要就不要,随她挑挑拣拣吗?这回我还偏不随她了!"

盛纮似乎也动了气,把茶杯重重地顿在桌上。

屋子里沉寂了好一会儿,大老太太才轻轻道:"所以你便写信给你二婶,把你家泰生好生夸了一顿?"

盛纮干脆地承认:"不错!我知道堂哥家里有几个丫头,王氏嫂嫂的宝贝闺女我不敢想,不过养在二婶跟前那个我想想总成吧?"

里面的明兰听得心惊胆战,忍不住再次痛骂品兰:叫你偷听沉不住气!叫你只听前半段!事关你终身幸福的后半段没听到吧?该!回去就不告诉你!

那边,大老太太凉凉道:"如今你嫂子慌了手脚,日日和你赔笑脸,你痛快了?"

盛纮呵呵笑道:"好吧,当初我请二婶来,是想杀杀嫂子的威风,不过后来……喀,娘,不瞒您说,我可真动了心思。那丫头还真没说的,也不扭扭捏捏地充大家闺秀架子,落落大方。啧啧,那通身的规矩气派,娘,你瞧见她吃饭、走路、行礼的样子没有?到底是宫里的嬷嬷教出来的,一举一动又好看又体面,待人亲切和气,女红、理家也都来得……娘,您别这副脸子给我瞧,您别当泰生是您外孙,您当他是亲孙子,若让您挑孙媳妇,您要哪个?"

明兰听人这么夸她,心里有些飘飘然,要说泰生也是个好男孩,可是……可是……呜呜,为什么?为什么又是一个三代以内旁系血亲呢?品兰,你真的要嫁他吗?遗传不安全欸。

大老太太似乎再次无语了,过了一会儿,低声叹气道:"可品兰怎么办呢?"

盛纮大大咧咧地笑道:"娘,您别往心里去,这事儿八字还没一撇呢!我喜欢明兰,也得二婶喜欢泰生才行。欸?娘,您看出来了没有?李家的舅太太好像对明兰也有些想头。"

大老太太没好气道:"你这猴儿都看出来了,别人会看不出?不只他家,我听闻你二婶在金陵遇上个旧时的手帕交,那家也有个哥儿,好似人品颇得你二婶喜欢。"

盛纮倒也不生气:"对呀!所以说嘛,以后的事儿且看着吧,若是我们泰生有福气,二婶能看上,那便很好;若是二婶另有意思,也无妨,不是还有品兰嘛!呵呵……这算不算风水轮流转呀?"

大老太太骂道:"你这会儿倒不气你二婶挑拣你们泰生了?"

盛纮悠悠道:"不一样。二婶待我的恩德,只要不把我家泰生煮了吃喽,都成!"

四

盛氏母女足足聊了大半个时辰,什么该听不该听的明兰都听了,好容易老人家乏了,盛纮扶着歇息去了。明兰艰难地挪动已经跪麻的腿慢慢退出去,双腿酸麻刺痛,腰弓背伛,像个老阿太,还要防着被人看见。

明兰很佩服自己,这种情况下她居然还不忘把水缸拉回去,钻出狗洞时把杂草都拨拉上。

一身泥巴,狼狈不堪,明兰不敢回自己屋,只偷偷溜去品兰处。只见那丢下战友的叛徒正忐忑不安地等着自己,一见面就满脸堆笑讨好起来,拿出备好的衣裳请明兰梳洗更换。

明兰上去就是一阵揉搓,略略出了口气后才动手梳洗,一脱下衣裤,两个女孩都吓了一跳,明兰的手肘、膝盖都红肿一片,白嫩的肌肤上好像盖章似的布满了佛堂石砖的纹路。

品兰拿自备的药膏推拿了半天,又熬了姜汤给明兰灌下去驱寒,饶是如此,第二天伤处还是转成斑驳的青紫色。明兰大怒,扯着品兰的面颊用力扯开两边去。品兰哇哇大叫,但很老实地受着,一连几天都乖乖地跟只小哈巴狗似的,一个劲儿地赔罪。

待明兰的膝盖青紫褪尽时,大老太太便集齐了孙、盛两家的族长耆老,以及素有交情的德馨老人，最后请了孙氏母子，济济一堂，要了结这件事。如此盛事，品兰岂坐得住？在李氏跟前央求了半天。李氏自然不肯让女儿去观看大人吵架，反是大老太太说了一句："她也不小了，该让她知道知道世道的艰难，没得像那娇花般经不起风浪。"

大老太太的生存哲学和儿媳妇不一样，她认为杂草比观赏用的兰花强多了。李氏不好违抗婆婆，瞪了品兰一眼不管了。品兰立刻去找明兰，连声道"同去同去"。明兰也很心痒，但还是先禀过盛老太太，谁知祖母竟也不拦她，于是两个女孩便高高兴兴地偷绕到正堂的隔间。

到了隔间，却发现淑兰已经端坐在那里，神色枯槁如丧夫般。

"是老太太叫我们姑娘来的。"淑兰的贴身丫鬟轻轻说了。明兰和品兰对看一眼。这次大老太太怕是要下狠药了，一次性断了淑兰的念想。

孙氏母子见盛家仆人恭敬地来请，以为盛家妥协了，便大摇大摆地上门去，到了一看，竟然坐了半屋子的人，在座的不是地方上德高望重的，便是两家人的长辈，再一扭头，竟然看见本地的通判老爷也在，旁边还跟了两个录事。孙志高渐有些不安，只孙母还犹自不知，趾高气扬地挑了把最前边的椅子坐下。

待众人一一见过礼后，胡姑父和长松将那通判老爷和两位录事请出去吃茶。品兰隔着门缝仔细瞧了瞧，回头轻轻道："幸亏三房的没来，不然定叫他们瞧笑话了。"

进过一盏茶，盛维扫了一圈堂内众人，一拱手道："今日请众位父老到此，便是要议一议小女与孙家姑爷之事，家事不利，请诸位莫要见笑。"

孙志高一看这架势，心道：莫非你盛家仗着势大想要逼我就范不成？想着先下手为强，便冷哼一声："岳父大人，所谓不孝有三，无后为大，志高忝为孙家子孙，如今二十有五尚无子嗣，实乃不孝。现家中妾室有了身孕，正是孙家之喜，内人自当妥善照料，岂料她竟妒忌至此，不肯容人。岳父大人深明大义，当训诫她一二才是。"

盛维听他如此颠倒黑白，饶他素来厚道，闻言也不禁一股气上涌。李氏看丈夫紫胀的脸色，便缓缓站起道："此乃家宅内事，我当家的不好说，便由我这当娘的来说吧。"说着转身向孙志高："姑爷，我来问你，我闺女进门三年，为你纳了几个妾？"

孙志高气息一窒，哼了一声不说话。

李氏继续道："我闺女进门不足半年，便为姑爷你张罗了三个通房，一年后又从外头买了两个，第二年聘了一个良家的姨娘，另三个通房，第三年又是四五个，如今姑爷你二十有五，屋内人林林总总已有十二三个了。"

　　听李氏如数家珍地把自己的底细抖搂出来，孙志高脸皮涨红。四周耆老族人都纷纷侧目。一个与孙志高素有嫌隙的族叔凉凉道："怪道大侄子屡试不中，原来如此忙碌哟。"

　　孙志高羞愤难言。孙母看儿子发窘，连忙道："男人三妻四妾本是寻常，况且我儿是为子嗣大计，亲家这是何意？"

　　盛纭冷哼一声，道："到底是为了子嗣，还是好色，天晓得！"

　　孙志高大怒，几乎要拍案而起。

　　孙家老族长一看情况不对，连忙出来打圆场，道："亲家且先息怒，这夫妻嘛，床头打架床尾和，一家人有话好好说，何必争执呢？"

　　孙母见有台阶下，赶紧道："没错，不要扯这些有的没的，媳妇自己无能也不说了，既然房里有人怀了身子，她便好好接纳进来，待生下个一男半女，也是她的福气。"

　　李氏语音森然："今日便要说这个，我只问亲家一句，若是我儿坚不肯纳那女子，你们待如何？"

　　孙志高霍然站起，一脸高傲："不贤之人，要来何用，休书一封，下堂去吧！"

　　盛维终于忍不住，连连冷笑道："好好好！好一个读圣贤书的女婿！"

　　明兰心中怜悯，转头去看淑兰，只见她眼神空洞，身子摇摇欲坠，全靠丫鬟撑住。品兰咬牙再三，在明兰耳边说："我若是个男子，定出去狠狠揍他一顿！"

　　明兰看品兰那威武雄壮的样子，心道：其实你虽是女子，你姐夫也未必打得过你。

　　孙志高看盛家人不说话，又傲慢一笑："所谓一日夫妻百日恩，若她肯贤惠些，好好照料孙家子嗣，孙家也不会少她一口饭吃！岳父岳母仔细思量下吧。"然后大马金刀地坐下，一副笃定了盛家舍不得他这女婿的模样。

　　李氏看他这副样子，心中最后一抹犹豫也没了，真真恨得杀人的心都有了，大声道："不用思量了！你孙大才子我们高攀不起，不过不能休妻，只能和离，一应陪嫁全部取回！"

孙氏母子大吃一惊，没想到盛家人竟然如此刚硬，面面相觑。在座众人也吃惊不小，震惊过后，纷纷劝道"莫要意气用事""宁拆十座庙，不毁一门亲"云云。

孙志高好容易回过神来，大叫道："什么和离？此等不贤不孝之人，休书一封都是便宜的！"

孙母忙接上："嫁入我孙家门，那些陪嫁自然都姓了孙的，凭什么取回？！"

李氏看着这母子俩的德行，竟对自己勤恳老实的女儿没有一丝留恋眷顾，她终于明白大老太太的一番苦心，心中坚定起来，扬声道："什么不贤不孝！你们黑了心肝！也说得出口？你要孝顺繁衍子嗣，我闺女也没拦着，我家虽是做买卖的，可也知道何为妇道孝道。人道进门七年无出方为过，可我闺女成亲不到半年就给你纳小的了，这样你还说她'妒忌'！她进门三年，一个月中倒有二十多天是睡在你老娘屋里的，端茶递水，伺候饮食，下灶上房，三更睡，五更起，打骂没有半句还口的，这还不贤惠？！"

李氏想起女儿年纪轻轻，却一副老妇般的枯瘦模样，伤心难抑，几乎哽咽。众人听了也是唏嘘难言，指责的目光纷纷射向孙氏母子，更有人暗想：都不让夫妻俩睡在一起，如何叫人家生儿子？好一个刁钻刻薄的婆婆。

孙母被众人看得十分难看，纵使是面皮老厚，也不仅脸红了些。孙志高气鼓鼓地低头而坐，闷声不吭。

李氏恨意满涨，大声道："你们这般苛待我儿，居然还想休妻，还想要陪嫁！我告诉你们，休想！"

孙志高冷笑一声："男人休妻，天经地义，你们倒是敢拦？"

李氏也报以冷笑，从袖子中抽出一张纸来举起，道："你纳妓为妾，有辱斯文。这是你那淫妇在千金阁的旧户籍。哼哼，她原是贱籍。我这就修书一封，连这籍书一道寄去给你的老师和金陵的学政大人，如何？也叫那些成日与你吟诗作对的书生看看你这副嘴脸！纵算不能革了你的功名，你在士林的名声……"

孙志高这次是真的变了脸色，强自镇定："哼，读书人风流的多了，名满天下的余杭四子就个个都有出身风尘的红颜知己！"

盛纮笑道："不过人家可都没往家里拉呀，更别说还让她登堂入室延育子嗣了。"

孙志高火冒三丈，却又不敢发火。通判大人就在外头，孙家族长一看李氏这架势，就知道他们是有备而来，今日之事看来是不能轻轻揭过了，立刻转头劝孙志高："既然如此，待那女子生下孩儿，你就把她送了吧，没得为了一个风尘女子不要妻子的。"

孙志高闻言，忽然化身情圣，眼眶含泪："这万万不可！她……她卖艺不卖身，实乃一青楼奇女子呀！"

隔间里的品兰低低骂了声："放屁！"

明兰忍不住叹气道："这很正常，从来奇女子大多出在青楼，平常人家出来的叫良家女子。"而这些奇女子通常都会遇到那么一两个嫖门英雄，上演一段可歌可泣的真情故事。

不过淑兰没有明兰这么想得开，听到这里，她空旷的眼里终于落下滚滚泪水，掩着嘴无声地哭泣起来。

这个时候，外头忽然进来一个管事打扮的妇人，她恭敬地走到李氏身边，交过去一大沓单据和一大串钥匙。李氏拿过东西，微笑点头。孙氏母子一见此人，顿时惊叫道："卞妈，你怎么来这里了？"

那卞妈微笑道："我不过是跟着大小姐陪嫁过去的，本就是盛家人，有何来不得？"转头对李氏道："太太，这是姑娘陪过去的田产庄子还有奴婢的文契，这是当初的嫁妆单子。"

大老太太谋划了这么久，自然事事周到，孙氏母子前脚出门，留在孙家的人手就立刻动手，粗壮杂役挡住门口，管事婆子迅速整理，打包箱笼，点齐人马，把淑兰嫁过去的一切连人带东西都带回了盛家。

孙母一跳三丈高，几乎扑过去："好你个盛李氏，你居然敢抄我们老孙家！那都是俺家的东西，你快还来！我……我和你拼了！"说着便要过去抓李氏的脸。旁边的仆妇连忙拦住了。在场的仆妇都是李氏的心腹，见自家大小姐受辱，都暗自气愤。只听"扑通"一声，也不知怎么回事，孙母脚下一绊，结结实实地摔了个狗啃泥。

孙志高连忙去搀扶，只见孙母咬着了舌头，结巴着说不出话来。

品兰、明兰心里大是爽快。

李氏一扬手中的契书，冷哼道："陪嫁单子在此！我可没拿你们孙家一针一线，倒是少了几千两银子和许多首饰，也罢了，便当作是我儿住你家三年的花用吧！哼，你若不服，要打官司，我也奉陪！"

孙志高怒不可遏，大吼道："她嫁了进来，便生是我孙家的人，死是我孙家的鬼,她的东西自然都姓孙的!什么你的我的,都是孙家的!"

盛纭大笑出声,指着孙志高道:"我虽不是读书人,但也听说过'见雕栏,思骏马',既然我侄女这般惹你的眼,你又何必留着她的东西!岂不睹物思人?哦,莫非——"她拉长声音,一脸恍然大悟,"莫非我们宥阳第一大才子舍不得钱财?啧啧,这可就太俗气了哟。"

孙志高被堵住了,梗得脖子老粗老红,面目几乎扭曲。堂内众人都劝来劝去,一时没个消停。这时,久久沉默的大老太太忽然开口了:"各位父老乡亲,请听我老婆子一言。"

众人方渐渐静下来。大老太太沙哑的声音慢慢道:"我们盛家在宥阳这地界上已数代,自老太公算起,与各家都是几代交好的,并非我盛家女儿嫉妒不容人,而是……而是……唉……"大老太太长长叹气,神色哀戚。

李家的一位保长拱手道:"老太太莫非有难言之隐?尽请说来。"

大老太太惨然道:"几十年前,我们盛家门里也进过一个风尘女子,那之后的事儿各位叔伯兄弟也都是知道的,我那大丫头红儿没的时候还不足十岁!维儿他爹为那女子闹得倾家荡产,连这祖宅——"大老太太指着头上屋顶,"竟也卖了!"

当初大老太爷宠妾灭妻的事可是远近闻名,但凡上点儿岁数的人都知道。在座的耆老都是经过那事的,眼见着偌大的家产一点一滴被抵尽当光。这件事情被无数家长拿来做典型案例训斥儿子少逛青楼之用。

大老太太忽然打出悲情牌,孙氏母子立刻摸不着头脑。只听大老太太惨淡着神色,继续道:"亏得祖宗保佑,各位叔伯父老扶持,我们母子这些年熬出了头,这才赎回了祖宅,我闭上眼睛对得起九泉之下的列祖列宗,老婆子这里谢过诸位了!"

说着,大老太太竟站起来,要给在座的耆老行礼。众人忙都站起来拦住,连声不可。盛维在宥阳名声很好,不光是他抚恤孤老、修路铺桥,更是他复兴家业的故事很有励志意义。

大老太太立直身子,决然道:"赎回这祖屋那一天,老婆子我对着老天立誓,族中其他人我管不着,可凡我这一支的,无论男丁女眷,绝不与娼门女子来往!若违此誓,老婆子我不得好死,死后堕入十八层地狱,叫牛头马面拔舌头、下油锅!"

斩钉截铁的几句话听得众人俱是一惊,心里倒理解起来:人家当年被一个风尘女子弄得几乎家破人亡，现在你叫人家闺女和一个舞姬互称姐妹，岂不欺人太甚？"

几句话下来，堂上气氛已经变了，不说都向着盛家，却也无人为孙家说话了。孙氏族人只能静坐不语。孙氏母子也开始暗暗发慌，这一顶大帽子扣下来，他们十分被动。

这时，大老太太忽然又放柔了声音，徐徐叹气道："你们孙家的难处我也晓得，好容易有了后，如何舍得放手？且志高又与那女子有情义，可我盛家女子又是断断不能与那女子同一个屋檐下的……"众人都拉长了脖子，抬着头等着听。

大老太太道："不如我们各退一步，就让他们和离了吧，当初淑丫头带去的陪嫁，留下一半在孙家，也算全了你我两家一番姻缘，如何？"

这句话一说，全屋人俱是松了一口气。孙族长立刻大声道："到底是老太太深明大义，如此自是再好不过的，两家人也不可伤了和气。志高侄儿，你说呢？"

明兰暗暗叫绝，这大老太太平日里看着木讷沉默，没想到一出手如此不凡，整场事件，角色分配明确，节奏控制得当，感情把握合理，一步一步引人入彀，自编自导自演，实在是人才呀！人才！

孙志高心中犹自不甘，觉得憋屈。孙母也不肯罢休，淑兰的那些嫁妆她初初就盯上了，要不是跟过来的几个婆子厉害，她早就一口吞了，如今叫她吐出半口来，如何心平？

李氏看了这母子俩一眼，大声道："若是不肯，咱们就衙门见！把你那淫妇拖出来游街，叫宥阳县里人伙儿瞧瞧孙大才子的德行！"

孙志高最是要脸面，闻言便冷哼道："和离便和离，当我稀罕吗？"反正有一半陪嫁在手，也算不少了。

盛维沉着脸，立刻请外头的通判老爷进来，连同那两个录事的，低声说明一番，便立刻当堂写起文书来。随后李氏拿出那张陪嫁单子，孙母还想细细看，挑些好东西，孙志高当着通判老爷的面，如何肯落人口实？看也不看就把那单子对半一撕，丢下半张。

李氏又道："陪去盛家的下人都是家生子，我们如今是两家人了，也不好叫人家骨肉分离，这样吧，我将银子补齐了，人就一个都不留了。"说着，从袖中拿出几张银票递过去。

站在当中的几个族人眯老睒眼看过去,每张都是一百两面额的,似乎有四五张之多,都暗忖:盛家倒是厚道,这些银子买多少人也够了。

文书写好,通判老爷看了眼盛维,道:"这就签押了。"

孙志高首先往前一立,龙飞凤舞地署了名,然后捺了个指印上去。

李氏忙道:"小女体弱,由我当家的来吧。"

这时,只听哗啦一声巨响,明兰和品兰都吓了一大跳,转头去看,只见淑兰不知何时已经站起身来,双手用力,一把推开隔扇,大步跨了出去。品兰想追出去,被明兰用力拖在门板后,透着门缝看过去。

"淑兰,你出来做什么?"李氏失声道。

淑兰面上泪痕尚且未干,却朝父母直挺挺地跪下,泣声道:"都是女儿不孝,叫祖母和父亲、母亲为我操心了!"

李氏掩面暗泣,盛维心中大恸,转头不看,大老太太眼中却闪动欣慰。

只见淑兰衣袂决然,神情坚毅,向堂内众人盈盈一拜,缓步走向桌案前,拿过笔挥手写下,捺过手印。

孙志高看着淑兰枯黄的面色,忍不住轻蔑道:"你无才无貌,本不与我相配,当初便是我家许错了婚事,如今这便好好去了,以后配个杀猪种地的,可要贤惠些了。"

欺人太甚!李氏和盛维俱是大怒,便是周围众人也觉得太过了。

孙志高还在笑,淑兰猛然一个回头,目光炽热愤怒,看着这个她曾仰赖以为生命的丈夫,这副嘴脸如今竟是如此令人作呕。她用力吐出一口唾沫,重重地吐在孙志高的脸上,然后看着气急败坏的那个男人,静静道:"你这好色忘义、无德无行的小人,多瞧你一眼都恶心!"说完,再次给众人福了福,然后便挥袖而去。

孙志高急着拿袖子擦脸,耳边传来轻轻的讥笑声,恨得要命。

众人面露不屑,纷纷与盛维道别,竟无一人搭理孙家母子,便是孙氏族人也只与孙志高拱了拱手。孙志高觉着今天叫通判大人瞧笑话了,连忙上前去给通判大人搭话套近乎,谁知那通判理都没理他,冷冷地打量了他一番,然后与盛维热络地说了几句便告辞了。

孙志高大怒,转头与孙母道:"好个势利的老贪吏!前几日还与我吃酒评诗,今日便翻脸不认人,待我考取了功名,当狠狠参他一本!"

盛纮轻笑一声:"哟,这都考了几回了,连个举子都没捞上,还参人呢,怕是连奏折长啥模样都没见过吧,真是癞蛤蟆打哈欠——好大的口气!"

孙志高气得哇哇大叫,可论口舌他如何是盛纮的对手,又被讽刺了好几句。

品兰早已离开隔间追着安慰淑兰去了,只明兰还待在隔间。两个陪侍的丫鬟互相看了看,见明兰一动不动地站在当地,一脸沉思的模样有些奇怪。

明兰慢慢挪动脚步,低头思忖。这些日子来许多不解之事,连同自己祖母的良苦用心,她如今有些明白了。

【未完待续】